작가를 위한
세계관 구축법

구동 편: 종족, 계급, 전투

구동편

On Writing and
Worldbuilding

티머시 힉슨
지음

방진이
옮김

종족
계급
전투

작가를 위한
세계관 구축법

늘 괴짜들의 세계에 머물길

2018년 2월 8일 유튜브에 '글쓰기에 관해: 하드 마법 체계On Writing: Hard Magic Systems'라는 영상을 올리면서 든 생경한 느낌을 아직도 기억한다. 가치 있는 뭔가를 찾았다는 느낌이었다. 단순히 사람들이 기꺼이 소비하고 싶어 하는 무언가를 만들었다는 것이 아니라, 세상에 남길 만한 무언가를 만들었다는 개인적인 가치가 있다는 뜻이다. 그 영상의 가치를 과장할 생각은 없다. 고작 3분짜리 영상이었고, 그 대본을 쓰는 데는 일주일도 걸리지 않았다. 그러나 그 영상을 계기로 나는 강의 쪽으로 완전히 분야를 바꾸었다. 내 파트너에게 그 영상의 조회수가 1만 뷰를 넘기도 힘들 거라고 말했던 것이 똑똑히 기억난다. 주류에서 꽤 벗어난 틈새 주제를 다뤘고, 내 전공 분야도 아니었다. 영상을 올린 지 사흘도 되지 않아 조회수가 20만 뷰를 기록했을 때 내가 얼마나 놀랐는지는 충분히 상상이 갈 것이다.

사람들이 무료로 볼 수 있는 교육용 콘텐츠를 만들면서 나는 진정한 보람을 느꼈다. 이전에 만든 영상에서는 느껴보지 못한 감정이었다. 사람들이 자신의 기술을 갈고닦고 자신의 꿈을 좇는 데 도움을 주면서도 내가 정말 좋아하는 이야기를 할 수 있다는 점이 특히 만족스러웠다. 나는 언제나 글쓰기를 독자의 처지에서 접근했다. 왜 어떤 이야기가 내 마음을 그토록 사로잡는지를 연구하고 싶었다. 영상 제작은 다른 사람들에게 작법을 가르친다기보다는 내가 발견한 것들을 나누는 활동이었다. 나 스스로 그런 글쓰기를 배우는 과정의 일부였다. 나는 예전부터 구조, 속도감, 인물 등 이야기의 작동 원리를 연구하는 것이 즐거웠다. 글쓰기는 그런 연구의 연장이었다. 단어를 적절한 순서로 연결하면 누군가를 감동시킬 수 있다. 우리 세계에서 이야기는 마법에 가장 가까운 것이다.

당연히 이런 식으로 이야기를 연구하는 것과 사람들에게 이야기 쓰는 법을 가르치는 것은 명확하게 구분할 수 없는 활동이다. 글쓰기를 가르치는 사람은 그 두 가지를 다 해야 한다. 나는 스스로 이 분야의 전문가라기보다는 충실한 독자이자 작가라고 생각하지만 나를 전문가로 여기는 사람들도 있다는 것을 안다. 내 생각과 장광설을 사람들이 그렇게까지 신뢰한다는 사실에 세상으로부터 인정받았다는 자부심도 느끼지만 아주 두렵기도 하다. 내가 들은 최고의 칭찬은 창작 강사들이 수업 시간에 내 영상을 활용하거나 과제나 참고 자료로 내 영상을 제공한다고 말해준 것이다. 뭔가를 제대로 하고 있다는 생각이 들면서 인정받았다는 기분이 들지만 나에게 그런 인정을 받을 자격이 있다는 확신이 없다 보니 두렵다.

다만 나는 내가 아는 내용을 다른 사람과 나누는 것을 좋아하며, 내 영상과 글이 다른 사람들의 글쓰기 여정에 꽤 큰 영향을 미쳤다는 것은 안다. 나는 그런 일을 할 수 있었다는 것에 감사하고, 내가 그런 일에 얼마나 뛰어난지를 정확하게 파악하려고 애쓰기보다는 그런 기회를 얻었다는 것에 집중해야 한다. 내가 얼마나 뛰어난지에 집착하는 것은 결국 광기로 이어질 뿐이다.

이 책이 독자가 함께 참여할 수 있는 토론의 장처럼 느껴지길 바란다. 이 책을 쓰면서 '해야 한다'는 표현을 사용하지 않으려고 늘 조심했다. 글쓰기에 절대 법칙이란 없기 때문이다. 독자에게 더 큰 만족감을 안기거나 출간되는 데 더 유리한 작법이나 장치가 있을 뿐이다. 모든 법칙에는 예외가 열 가지 이상 존재하며, 그 열 가지 예외에서 천재적인 글이 탄생할 수도 있다. 이 책은 온라인 시리즈에 더 적절한 사례들과 더 상세한 분석을 덧붙여 더 구체적이고 체계적으로 서술한 책이다. 이 책이 글을 쓰기 전에 미처 생각해보지 못한 더 많은 질문과 핵심들을 제공하는 귀중한 자료가 되길 바랄 뿐이다.

차례

1
시련과
성장

2
캐릭터와
관점

3
종족과
역사

4

계급과
구조

1

시련과
성장

1장

어떻게 싸워야
잘 싸운단 소문을 들을까?

J. K. 롤링	J. K. Rowling
《해리 포터와 불사조 기사단》	Harry Potter and the Order of the Phoenix
《해리 포터와 죽음의 성물》	Harry Potter and the Deathly Hallows

J. R. R. 톨킨	J. R. R. Tolkien
《반지의 제왕 3: 왕의 귀환》	The Lord of the Rings: The Return of the King

K. M. 와일랜드	K. M. Weiland	R. F. 쿠앙	R. F. Kuang
《소설의 구조 짜기》	Structuring Your Novel	《양귀비 전쟁》	The Poppy War

고어 버빈스키	Gore Verbinski
〈캐리비안의 해적: 망자의 함〉	Pirates of the Caribbean: Dead Man's Chest

로버트 조던	Robert Jordan	리 차일드	Lee Child
《대사냥》	The Great Hunt	《실패는 없다》	Without Fail

마이클 디마르티노	Michael DiMartino
브라이언 코니에츠코	Bryan Konietzko
〈아바타: 아앙의 전설〉	Avatar: The Last Airbender

브랜던 샌더슨	Brandon Sanderson	블레이크 크라우치	Blake Crouch
《스카이워드》	Skyward	《암흑 물질》	Dark Matter

스티그 라르손	Stieg Larsson
《여자를 증오한 남자들》	The Girl with the Dragon Tattoo

스티븐 킹	Stephen King	앨마 카츠	Alma Katsu
《샤이닝》	The Shining	《더 헝거》	The Hunger

제임스 S. A. 코리	James S. A. Corey
《익스팬스: 깨어난 괴물》	Leviathan Wakes

조지 루카스	George Lucas
〈스타워즈: 새로운 희망〉	Star Wars: A New Hope

조지 R. R. 마틴	George R. R. Martin	프랭크 허버트	Frank Herbert
《왕좌의 게임》	A Game of Thrones	《듄》	Dune
《검의 폭풍》	A Storm of Swords		

싸움 장면을 쓰기가 어렵다는 건 누구나 안다. 일단 싸움 장면을 쓸 때는 두 가지 관점에서 접근해볼 수 있다.

- **거시적 관점**　장면의 뼈대와 그 장면이 서사에서 담당하는 역할
- **미시적 관점**　싸움 장면에서 사용된 단어 하나하나와 문장 하나하나의 흐름

거시적 관점에서 싸움 장면을 어떻게 구성할지에 관해서는 이미 많은 조언이 있다. 드라마 대본이나 영화의 시나리오에도 유사한 법칙이 적용되기 때문이다. 그러나 미시적 관점에서 싸움 장면을 설명하는 경우는 거의 없다. 이 장에서는 먼저 미시적 관점에서 싸움 장면 쓰는 법에 대해 알아보고, 그다음에 거시적 관점에서 싸움 장면을 구성하는 법을 다루겠다.

길면 길다고, 짧으면 짧다고!

⚡

싸움 장면 쓰기에 관한 가장 흔한 조언은 싸움 장면의 문장을 짧게 구사해야 한다는 것이다. 격투에서 공격과 방어를 주고

받는 모습을 더 잘 표현하기 위해 문장을 비교적 짧게 쓰는 작가도 있다. 《잭 리처》 시리즈의 작가 리 차일드는 단 한 순간도 장면이 늘어진다는 느낌이 들지 않도록 대체로 문장을 짧게 쓴다. 《실패는 없다》에 나오는 싸움 장면을 살펴보자.

비스마르크가 슬며시 웃었다. 손가락에 힘을 주었다. 손가락 관절이 하얗게 빛났다. 방아쇠를 당긴다. 둔탁한 철컥 소리가 들렸다. 리처가 달려오면서 이미 꺼내든 휴대용 나이프의 칼날이 비스마르크의 이마를 스쳤다. 리처는 왼손으로 베레타의 총신을 잡고 순식간에 위로 잡아 올렸다가 자신의 무릎 쪽으로 확 당겨서 비스마르크의 팔을 부러뜨렸다. 비스마르크를 밀어낸 리처가 휙 돌아섰다. 니글리는 거의 움직이지도 못했다. 그러나 차고 영상에서 봤던 남자는 니글리의 발치 눈밭에 축 늘어진 채 누워 있었다. 양쪽 귀에서는 피가 흘러나오고 있었다.

이 단락에는 미처 완성되지 않은 문장도 있다. "손가락에 힘을 주었다Tightened his finger"에는 주어 '그'가 생략되었다.* 마치 이런 긴장된 순간에는 똑바로 생각하는 것이 어렵다는 듯이 말이다. 이런 불완전한 문장은 긴박한 분위기를 만들어내고, 긴장이 고조된 순간에 본능에 의지하는 인간의 사고 패턴을 더 정확하게 흉내 낸다. R. F. 쿠앙도 《양귀비 전쟁》의 싸움 장면에 비슷

---

* 영어는 문법적으로 모든 문장이 호응을 이루는 주어와 서술어로 구성되어야 한다. 이 문장은 우리말 문법에서는 불완전한 문장이 아니다.

한 작법을 적용해 잔인하고 재빠른 무술 동작을 짧은 문장들로
서술했다.

벤카와 달리 네자는 타격을 흡수하고 공격을 계속 이어나갔다.
린의 공격이 한두 번 먹혔다. 네자는 곧 적응했고 다시 공격을 퍼
부었다. 네자의 주먹은 강했다. 두 사람이 대련을 시작한 지 2분
이 지났다.

… 린은 무조건 이겨야 했다. 높이 치솟는 용. 납작 엎드린 호
랑이. 쭉 뻗은 황새.

린이 다음 주먹을 날렸을 때 네자는 그녀의 팔을 잡고 자기 쪽
으로 당겼다. 린의 호흡이 흐트러졌다. 그는 그녀의 얼굴에 손톱
을 박고 쇄골까지 긁어내렸다. … 네자는 린이 피를 흘리게 만들
었다.

… 첫 주먹은 무사히 피했다. 네자는 주먹을 다시 거둬들이면
서 방향을 바꿔 손등으로 그녀를 내리쳤고, 린은 숨이 턱 막혔다.
얼굴 아래쪽 절반이 얼얼했다.

그가 그녀의 뺨을 때렸다.

그가 그녀의 '뺨을 때렸다'.

… 그녀는 숨을 쉴 수가 없었다. 서야 바깥쪽에 검은 점이 찍혔
다. 검었다가 붉어졌다. 무시무시한 분노가 치솟았고 그녀의 머
릿속을 가득 채웠다. 호흡을 되찾는 것만큼이나 복수가 절실했다.
그녀는 네자에게 고통을 주고 싶었다. 네자는 벌을 받아야 했다.

… 아니다. 고통이 성공으로 이어진 예는 없다.

네자는 주먹으로 린의 얼굴을 한 번, 두 번, 세 번 가격했다.

이런 짧은 문장은 대개 형용사 등 수식어를 빼고 적극적인 동작 동사strong verb 활용에 집중한다. "네자는 주먹으로 린의 얼굴을 한 번, 두 번, 세 번 가격했다." 이 문장 자체가 매우 절제된 문장이며 심지어 압축적이라고도 할 수 있다. 짧은 문장의 기능과 짧은 문장을 써야 효과적인 경우들에 대해서는 이미 아주 잘 설명되어 있으며, 기억해둘 필요가 있다.

그러나 앞서 예로 든 싸움 장면들에는 긴 문장도 나올 뿐 아니라 싸움 장면인데도 문장 길이를 줄이지 않는 예도 충분히 많다. 따라서 싸움 장면에서는 무조건 짧은 문장을 써야 한다는 식으로 받아들이지는 말자. 게다가 때로는 오히려 긴 문장을 쓰는 편이 나을 수도 있다.

뛰어난 싸움 장면은 단순히 문장 길이로 결정되는 것이 아니다. 뛰어난 싸움 장면들을 살펴보면 그 장면을 구성하는 각 비트의 길이가 대체로 짧다는 것을 알 수 있다. 블레이크 크라우치의《암흑 물질》에 나오는 문장 하나를 들여다보자.

나는 마룻바닥 위로 나가떨어졌고, 뒤통수를 얼마나 세게 박았는지 눈앞에서 빛이 번쩍거리는데, 어느새 그가 내 위에 올라탔고, 묵사발이 되어 피가 뚝뚝 떨어지는 얼굴을 하고서는, 한 손으로 내 목을 졸라댔다.

이 문장은 아주 빠른 속도로 넘어가는 4개의 비트로 구성된다. 각각 "나가떨어졌고" "박았는지" "올라탔고" "졸라댔다"다. 일상에서 접하는 문장보다 훨씬 더 많은 동사 비트verb beat가 들어 있다. 보통 문장에는 동사가 1-2개 들어가는데, 그 동사 비트를 각각 짧게 만들면 아주 빠른 속도로 긴장이 고조되는 느낌을 준다. 그런데 그런 동사 비트를 한 문장에 여러 개 집어넣으면 속도가 훨씬 더 빨라진다. 동작 사이사이에 쉬는 구간이 없기 때문이다. 호흡을 고를 여유가 없다.

이 문장을 염두에 두면서 《해리 포터와 불사조 기사단》에서 J. K. 롤링이 덤블도어와 볼드모트의 싸움 장면을 어떻게 묘사했는지 살펴보자.

> 덤블도어는 부드럽고 긴 손짓으로 마법 지팡이를 휘둘렀다. 커다란 이빨을 드러내며 덤블도어의 팔을 물려던 뱀은 허공으로 날아가더니 까만 연기 한 줄기만 남기고 사라졌다. 못에서 물이 솟아나와 마치 유리를 녹여 만든 고치처럼 볼드모트를 덮었다.

이번에도 속도와 긴장감이 문장의 길이에서 나오지 않는다. 동작 비트의 길이가 중요하다. "휘둘렀다" "물려던" "날아갔다" "사라졌다" "솟아나와" "덮었다". 이 문장 하나에서 엄청나게 많은 일이 벌어지지만, 비트 하나하나의 단어 수는 많지 않다. 이 문장의 동작 비트는 《양귀비 전쟁》의 동작 비트와는 달리 툭툭 끊어지지 않는다는 점에 주목할 필요가 있다. 《해리 포터와 불사조 기사단》에서는 한 동작 비트가 다음 동작 비트로 매끄럽게 흘러가는 반면 《양귀비 전쟁》에서는 각 동작 비트가 그 자체로 무게감을 지닌다. 그러나 둘 다 아주 빠르게 지나간다.

문장을 짧게 줄여도 되고, 길게 늘여도 된다. 문체에 맞춰 선택하면 된다. 적극적인 동작 동사를 연속으로 이어놓으면 독자는 각 격투 동작이 실제로 일어날 법한 속도로 그 동작들을 따라가게 될 것이다. 앞서 예로 든《해리 포터와 불사조 기사단》의 문장을 읽는 데 걸리는 시간은 영화로 같은 장면을 보는 데 걸리는 시간보다 오히려 짧다.

말이 되게 싸우려면

동사 여러 개를 죽 이어 붙인다고 해서 흥미진진한 싸움 장면이 나오지는 않는다. "마윈은 적에게 발차기를 날렸고, 그다음에는 주먹을 꽉 쥐고서 팔을 뻗었다. 왼쪽으로 피하면서 팔꿈치를 꺾어서 적의 턱에 꽂았다"라는 문장은 동사 여러 개를 이어 붙였지만 흥미진진하지도 않고 눈에 잘 들어오지도 않는다. 뛰어난 싸움 장면을 보면 짧은 문장으로 이루어졌든 긴 문장으로 이루어졌든, 한 동사에서 다음 동사로 넘어가는 과정이 인과관계로 연결된다는 느낌을 받는다. 제임스 S. A. 코리의《익스팬스: 깨어난 괴물》에는 이런 장면이 나온다.

> 몸이 묶인 홀든의 몸이 마구 흔들렸고, 곧장 등이 의자에 찰싹 붙었다. 그 사이 알렉스는 로시난테를 몇 차례 급회전시킨 뒤 조정관을 확 잡아당겨서 마지막 어뢰를 피했다.

"흔들렸고" "붙었다" "잡아당겨서" "피했다"로 연달아 빠르게 이어지는 이 네 가지 비트는 앞 동사의 결과이면서 뒤 동사의 원인이 된다. 홀든의 몸이 흔들렸고, 등이 의자에 붙었다. 우주선이 속도를 내면서 어뢰를 피했기 때문이다. 당연히 요란한 경험일 수밖에 없다.

이런 인과관계는 독자에게 이어지는 문장들에 순서가 있다는 것을 알려준다. 이 글을 앞서 나쁜 예로 든 글과 비교해보자. "마윈은 적에게 발차기를 날렸고, 그다음에는 주먹을 꽉 쥐고서 팔을 뻗었다. 왼쪽으로 피하면서 팔꿈치를 꺾어서 적의 턱에 꽂았다"에서는 인과관계가 전혀 느껴지지 않는다. 각 동작은 그 자체로 특별하게 다가오지 않는다. 그다음에 오는 동작과 아무 관련성이 없기 때문이다. 인과관계로 연결되는지 시험하는 한 가지 방법은 동작 비트의 순서를 바꿨을 때 싸움 장면의 흐름이 달라지는지 보는 것이다. 만약 동작 비트의 순서를 바꿨을 때 싸움 장면의 흐름이 달라지지 않는다면 인과관계가 부족한 것이다.

앞서 든 나쁜 예를 다음과 같이 개선할 수 있다. "마윈은 남자를 발로 차서 바닥에 쓰러뜨리고 주먹을 그의 가슴에 꽂았다. 남자는 주먹 아래에서 꿈틀거렸고 마윈은 남자가 마구 내지르는 공격을 피한 뒤 팔꿈치로 남자의 턱을 부쉈다. 남자는 줄이 끊긴 꼭두각시처럼 축 늘어졌다."

인과관계 사슬을 구성할 때 작가들이 자주 사용하는 패턴이 몇 가지 있다. 가장 흔한 것은 반응reaction-정지pause-행동action의 세 단계 패턴이다.

조지 R. R. 마틴의 《왕좌의 게임》에 나오는 다음 싸움 장면을 살펴보자.

다만 바르디스 경에 대해 한 가지 말해두자면, 그는 주인의 명령을 충실히 받들었고 그 어떤 명령도 소홀히 하지 않았다. 뒤로 물러서서 상처투성이 방패 뒤에 몸을 웅크린 채 숨어 있는가 싶더니 어느새 앞으로 달려나가고 있었다. 황소처럼 불쑥 뛰어드는 통에 브론은 비틀거렸다.

이 싸움 장면의 중심 문장은 두 번째 문장이다. 반응(뒤로 물러선다), 정지(몸을 웅크린 채), 행동(달려나가고 있었다)이 모두 담겨 있다. 브랜던 샌더슨의 《스카이워드》에서는 스펜사가 공중전에서 적에게 추격을 당한다.

나는 어클리비티 링을 잘라내고 축을 중심으로 휙 돌아서 곧장 아래쪽으로 내달렸다.

반응(잘라내고), 정지(축을 중심으로 휙 돌아서), 행동(아래쪽으로 내달렸다)이다.

이런 패턴은 동작 간 인과관계를 유지하면서도 싸움 장면에 리듬감을 부여한다. 반응-정지-행동 패턴을 따르면 인물이 표현만 바꿔가면서 같은 동작을 반복하는 것을 피할 수 있다. 공격하고 공격하고 공격하는 게 아니라, 전술을 바꾸고 주변 상황을 파악해 그에 맞춰 반응하고, 자신의 마지막 동작을 돌아보게 된다.

크라우치의 《암흑 물질》에서는 두 번째 패턴을 발견할 수 있다. 목표goal-갈등conflict-실패disaster다.

머리를 두 손으로 잡고 무릎으로 찍으려고 했지만 그가 손으로 내 다리를 걸어 쓰러뜨렸다. 나는 마룻바닥 위로 나가떨어졌다.

목표(잡고), 갈등(찍으려고), 실패(쓰러뜨렸다)가 한 문장에 담겨 있다. 이 단순하고도 빠른 문장 패턴은 또 다른 기능을 한다. 반응-정지-행동은 목표를 향해 전진하는 느낌을 주는 반면 목표-갈등-실패는 목표에서 더 멀어지는 느낌을 준다. 이 두 가지 패턴을 섞어서 활용하면 싸움 장면에 그럴듯한 리듬감을 부여할 수 있으며, 매 순간 전세가 바뀌면서 독자가 동작에 몰입하게 만든다. 동작 사이에 인과관계뿐 아니라 공격을 주고받는 듯한 느낌이 더해진다.

비록 한 문장에 다 담아낸 것은 아니지만 샌더슨의 《스카이워드》의 다음 장면에서는 이 두 가지 패턴을 이어 붙였다.

나는 가까이 다가가서 크렐 우주선에 라이트랜스를 꽂았다(목표). 그런 다음 돌아서서 보그와 함께 크렐 우주선을 대열 밖으로 끌어냈다(갈등). 조종실이 흔들리기 시작했고… 우리 둘 다 통제 불가능한 엄청난 소용돌이에 빨려 들어갔다(실패). … 나는 어클리비티 링을 잘라내고 축을 중심으로 휙 돌아서 곧장 아래쪽으로 내달렸다.

그러나 이런 패턴을 절대 법칙으로 여길 필요는 없다. 이것들은 단지 패턴이고 제안일 뿐이다. 문장의 길이와 비트의 수는 마음껏 정하되 정확한 묘사와 리듬감 형성에는 인과관계가 훨씬 더 중요하다는 것만 기억하자. 문장 구조가 다양하면 대체로 도움이 된다. 독자가 긴 단락을 이해하기가 더 쉬워지고 독자의 관심을 붙들기도 더 쉬워진다.

자세히 묘사한다고 꼭 지루한 것은 아니다

⚡

앞서 살펴본 인과관계 구조와 동사 패턴도 유용하지만 그 것만으로는 속도감 있는 싸움 장면을 쓸 수 없다. 싸움 장면의 모든 순간을 똑같이 자세하게 쓸 필요는 없다. 싸움 장면을 그릴 때 특히 집중해서 상세하게 묘사하는 세 가지 주요 순간이 무엇 인지 알아보자.

첫째, 힘의 균형이 바뀌는 순간이다. 앨마 카츠의 《더 헝거》 에 나오는 이 장면을 살펴보자.

스탠턴이 권총집에서 총을 꺼내기도 전에 남자가 달려들었 고,〔ㄱ〕 스탠턴은 뒤로 넘어졌다. 모래바람이 일면서 시야가 흐려 진 스탠턴은 마치 얼굴 없는 유령과 싸우는 듯한 기분이었다. 다 만 그 유령은 위스키 냄새에 절어 있었다. 남자가 날린 주먹을 간 신히 피한 스탠턴은 바로 옆 모래밭에 칼날이 박히는〔ㄴ〕 소리를 들었다.

두 남자는 모래밭 위를 뒹굴고 또 뒹굴면서 어떻게든 상대방을 제압하려고 애썼다. 어둠 속에서 두 사람을 밀어대는 거대한 손과 도 같은 바람과도 싸워야 했다. … 하지만 스탠턴은 남자의 갈비

뼈에 크게 한 방을 먹였고, [ㄷ] 남자의 비명을 들었다. 스탠턴은 금세 누구 목소리인지 알아차렸다. 루이스 케스버그였다.

이 싸움 장면에는 완벽하게 구별되는 순간이 세 번 나온다. 각각 [ㄱ], [ㄴ], [ㄷ]으로 표시했다. [ㄱ]은 싸움이 벌어지는 계기가 되는 사건이다. 여기서는 남자가 스탠턴에게 달려들어 쓰러뜨리면서 힘의 균형이 깨졌다. [ㄴ]에서는 칼이 등장해 승패에 걸린 이해관계를 심화하고 스탠턴은 한층 더 불리한 상황에 놓인다. 스탠턴은 바닥에 쓰러진 채 상대방에게 눌려 못 일어나고 있을 뿐 아니라 목숨마저 위험하다. 마지막으로 [ㄷ]에서는 스탠턴이 드디어 전세를 역전시킨다. 상대방의 갈비뼈를 가격했을 뿐 아니라 그가 누구인지도 알아냈다.

또한 여기서 중요한 것은 카츠가 싸움 장면의 대부분을 묘사한 방식이다. "두 남자는 모래밭을 뒹굴고 또 뒹굴면서 상대를 제압하려고 애썼다." 이 문장에는 세부사항이 아무것도 나오지 않는다. 그러나 독자는 무슨 일이 벌어지고 있는지 충분히 이해할 수 있다. 두 남자가 흙먼지 속에서 칼을 사이에 두고 몸싸움을 벌이고 있다. 자세히 묘사하지 않는 이유는 힘의 균형에 아무런 변화가 없기 때문이다. 이 장면을 자세히 묘사한다면 특별한 이유 없이 쓸모없는 세부사항을 전달하는 것이 된다. 싸움 장면을 진행하지도 않고, 이 장면에서 독자가 느끼는 긴장감을 변화시키지도 않는다.

그러나 싸움 장면에 따라서는 격투에서 우위를 점하는 것보다는 격투와 무관한 목표를 달성하는 것이 중요할 수도 있다.

스티그 라르손의 《여자를 증오한 남자들》에서 살라는 친구 블롬크비스트를 구하기 위해 연쇄 살인마에게 맞선다. 블롬크비스트는 서서히 질식사당하고 있다. 블롬크비스트를 구하는 일은 시간과의 싸움이다. 그렇기 때문에 라르손은 힘의 균형이 변하는 순간뿐 아니라 블롬크비스트를 구한다는 목표에 가까워지거나 그 목표에서 멀어지는 순간들도 구체적으로 묘사한다. 다만 그런 순간이 많지는 않다.

싸움 장면의 어느 지점에서 독자가 긴장감을 느끼게 될지를 고민해볼 필요가 있다. 단순히 등장인물이 살아남는 것이 중요한가, 아니면 격투에서 살아남는 것 외에 달성해야 할 다른 목표가 있는가? 공포 소설에서는 상대방이 확연히 더 강할 때가 많다. 따라서 긴장감은 대개 약한 쪽이 무기를 확보하거나 탈출할 수 있을 것인가를 둘러싸고 생겨난다.

세부사항을 더할 수 있는 두 번째 유형의 순간은 등장인물에 대한 중요한 사실이 드러나거나 더 구체화될 때다. 앞서 살펴본 《양귀비 전쟁》의 인용문으로 돌아가 어떤 순간이 자세히 묘사되었는지 찾아보자.

네자가 다시 한번 린에게 달려들었을 때 린은 네자를 붙들고 함께 바닥으로 쓰러졌다. 두 사람은 흙바닥을 뒹굴면서 상대방을 제압하려고 했지만 쉽지 않았다.

네자는 허공에 대고 주먹질을 하면서 린의 얼굴을 마구잡이로 겨냥했다.

첫 주먹은 무사히 피했다. 네자는 주먹을 다시 거둬들이면서 방향을 바꿔 손등으로 그녀를 내리쳤고, 린은 숨이 턱 막혔다. 얼굴 아래쪽 절반이 얼얼했다.

그가 그녀의 뺨을 때렸다.

그가 그녀의 '뺨을 때렸다'.

발에 차이는 것은 견딜 수 있다. 칼날처럼 날카로운 손 공격도 충분히 받아들일 수 있다. 그러나 뺨을 때린 손등은 무자비하게 파고들었다.

《더 헝거》에서처럼 힘의 균형에 변화가 없는 순간들은 두루뭉술하게 묘사된다. "두 사람은 흙바닥을 뒹굴면서 상대를 제압하려고 했지만 쉽지 않았다."

그러나 쿠앙은 린이 네자에게 뺨을 맞은 순간을 아주 집요하게 묘사했다. 린은 사회적으로 고립된 채 자랐고 끊임없이 맞고 자랐다. 그래서 뺨을 맞는다는 것은 그녀에게 지극히 창피하고 치욕스러운 일이었으므로 그 뒤로 그녀는 아주 다른 태도로 싸움에 임하게 된다. 다른 비트와 달리 이 순간은 린의 인물호 character arc * 의 일부이고, 린의 강점과 약점을 잘 보여준다. 등장인물이 개인적인 도전에 직면하거나 성장 또는 실패에 해당하는 행동에 나서는 순간이 있다면, 그 순간은 훨씬 더 자세하게 묘사해야 한다.

마지막으로, 서사적으로 중요한 순간들, 이를테면 등장인물이나 독자가 곱씹기를 바라는 순간들은 다소 길게 늘일 수도

---

* 등장인물이 이야기 속에서 자신의 여정을 걸으며 변화하거나 성장하는 것.

있다. 《해리 포터와 죽음의 성물》에서 해리 포터와 볼드모트의 마지막 결투 장면을 예로 들어보겠다.

마치 대포를 쏘는 듯이 쾅 하는 소리가 울려 퍼졌다. 그리고 그들 사이에서 폭발한 금빛 불꽃들은, 그들이 따라 걷고 있던 원의 한복판, 즉 그들의 마법이 충돌한 지점을 보여주고 있었다. 해리는 볼드모트의 초록색 광선이 자신의 주문과 부딪히는 것을 보았고, 떠오르는 태양을 배경으로 까맣게 보이는 딱총나무 지팡이가 높이 날아오르더니, 마법이 걸린 천장을 가로지르는 것을 보았다. 그 지팡이는 내기니의 머리처럼 빙글빙글 돌면서 허공을 뚫고 날아왔다. 마침내 자신을 완전히 손에 넣은, 그러므로 결코 죽일 수 없는 주인을 향해서. 해리는 수색꾼다운 완벽한 솜씨를 발휘해 아무것도 쥐지 않고 있던 손으로 그 지팡이를 붙잡았다. 한편 볼드모트는 두 팔을 벌린 채 벌러덩 쓰러졌다. 새빨간 눈의 가느다란 동공은 위로 휙 뒤집어졌다. 톰 리들은 바닥에 쓰러져 평범한 최후를 맞았다. 그의 몸은 힘없이 움츠러들었고, 새하얀 두 손은 텅 비었으며, 뱀처럼 생긴 얼굴은 공허하고 아무것도 모르는 듯했다. 볼드모트는 거꾸로 튀어나온 자기 자신의 저주에 맞아 죽은 것이다. 해리는 양손에 각기 지팡이를 하나씩 쥔 채, 껍데기만 남은 적의 모습을 뚫어지게 내려다보며 서 있었다.

이 한순간을 아주 길고 자세하게 묘사한 덕분에 독자는 볼드모트가 끝내 패배하는 것을 보면서 충분히 카타르시스를 느낄 수 있다. 이 순간은 실제로는 길어야 단 2-3초일 텐데도 작가는 이 순간을 길게 늘여서, 달리했다면 불가능했을 장엄함을 더했다.

싸움 장면 쓰는 법을 논하면서 샌더슨은 이렇게 말했다. "시나리오를 쓰는 게 아닙니다. … 책에서 (싸움 장면의 모든 동작을) 묘사하면 아무리 훌륭히 묘사해도 지루할 뿐이에요. … (장편 소설이라는) 매체의 장점을 활용하세요."

장편 소설의 최대 장점은 독자의 상상력이다. "그들은 30초 동안 바닥에서 엎치락뒤치락했다"와 같은 막연한 묘사가 먹히는 이유다. 그런 장면을 아무리 훌륭하게 묘사한들 독자의 상상력이 만들어낸 장면만 못할 것이다. 작가가 자세히 설명하지 않아도 그런 장면은 누구나 쉽게 떠올릴 수 있다.

그러나 작가가 독자의 상상력을 더 잘 활용할 수 있도록 돕는 도구들이 있는데, 그중 두 가지를 소개하겠다. 《배신자의 칼날》의 작가 세바스티앙 드 카스텔은 "싸움 장면의 초반부터 각 무기가 공간에서 어떻게 움직이는지를 (독자에게) 알려줘서 그 움직임이 생생하고 피부로 느껴지도록" 하는 것이 중요하다고 말한다. "그러면 인물의 행동과 반응에 마음껏 집중"할 수 있기 때문이다. 처음부터 격투의 분위기와 흐름, 즉 공격과 수비의 움직임을 독자에게 확실하게 전달할 수 있게 된다.

이런 예가 조지 R. R. 마틴의 《검의 폭풍》이다. 다음은 오베린 공자가 그레고르 클리게인과 결투를 벌이는 장면이다.

오베린이 긴 창으로 재빠르게 찔렀지만 그레고르 경은 창끝을 방패로 밀어낸 뒤 번뜩이는 큰 검을 높이 들고서 오베린을 향해 다시 돌진했다. 오베린은 털끝 하나 다치지 않은 채 가볍게 돌아서며 피했다.

이 도입부에서 오베린은 독사처럼 몸이 가벼워 재빠른 공격을 하고, 그레고르 경은 큰 산을 연상시킬 정도로 덩치가 크고 움직임이 느리지만 치명타를 날리는 유형의 싸움을 한다고 설정된다. 싸움 장면을 이런 식으로 시작했기 때문에 이후에는 다소 막연하게 묘사하고 넘어갈 수 있다. 독자가 이미 두 사람이 어떤 속도로, 어떤 동작으로, 어떤 유형의 공격과 수비를 하는지 알기 때문이다. 인물과 무기가 움직이는 방식과 그런 움직임으로 주변 환경이 어떻게 달라지는지 초반에 설명해두면 나머지 내용은 독자가 알아서 이해하게 된다.

또 이런 막연한 묘사에서는 창의적인 표현이 빛을 발하기도 한다.

두 사람은 먼지와 피 속에서 몸싸움을 벌였다… 그레고르 경은 커다란 팔로 오베린 공자를 휘감고는 마치 연인을 안듯이 자신의 가슴 쪽으로 꽉 잡아당겼다.

여기서는 싸움 장면을 빠르고 정확하게 묘사하게 아니라 어떤 감각을 전달하는 데 초점을 맞추고 있다. 이런 평범한 순간에는 정확성이 별로 중요하지 않다. 동사를 이어 붙일 필요도 없다. 싸움 장면을 남다른 은유로 묘사하고 싶다면 바로 이런 순간에서 실력을 뽐내면 된다.

싸움은 어쨌든 공간에서 펼쳐진다

⚡

다른 장면과 달리 싸움 장면에서는 독자가 공간을 이해하는 것이 특히 중요하다. 등장인물이 어디에 있는지, 주변에 무엇이 있는지, 물리적 공간의 형태상 어떤 움직임과 동작이 가능한지를 독자가 알 수 있어야 한다. SF 소설가 롭 웰스Rob Wells는 이 점을 다음과 같이 정리한다.

우리가 저지르는 가장 큰 실수 중 하나는 소설이 시각 매체가 아니라는 사실을 잊는 것이다. … 우리는 방이 어떻게 생겼는지, 의자가 어디에 있는지 모른다. 그래서 등장인물이 의자를 집어들었을 때 뜬금없다고 느낄 수 있다. 작가는 독자에게 격투가 벌어지는 무대를 미리 알려줘야 한다.[1]

독자에게 공간을 설명하는 것에 대해 말하면서 《해리 포터와 불사조 기사단》의 마법부를 언급하지 않을 수 없다. 롤링은 의도적으로 싸움 장면이 펼쳐지기 훨씬 전에 공간을 설정하고 설명해서 나중에 격투가 벌어졌을 때 독자가 그 장면을 생생하게 떠올릴 수 있도록 했다. 어떤 작가는 싸움 장면 중에 공간을 묘사하는 함정에 빠지기도 한다. 그러면 속도감이 확 떨어지고, 등장인물이 숨을 곳이나 탈출구가 나타났을 때 독자는 작가가 편의주의적 선택을 했다고 느끼게 된다. 롤링은 싸움 장면에서 사용될 모든 공간적 요소를 미리 묘사해둔다.

… 넓건 좁건 모든 면에 반짝거리는 시계들이 있었다. … 책장 사이의 공간에도 걸려 있었고 방 하나를 꽉 채우며 늘어선 책상들 위에도 놓여 있었다.

롤링은 나중에 싸움 장면에서 앞서 묘사한 공간적 요소를 언급한다.

붉은색 빛줄기가 제일 가까이에 있던 죽음을 먹는 자를 맞혔고, 그자는 뒤로 넘어지면서 쾌종시계를 박살 냈다. … 헤르미온느는 조준을 더 잘하려고 책상 밑을 기어가고 있었다.

미리 묘사해둔 시계와 책상은 싸움 장면에서 다시 등장해 공격의 방해 요소로 활용되어 싸움 장면에 재미를 더한다. 독자 역시 이미 한번 시각화한 요소들이기 때문에 다시 떠올리기가 쉽다.

롤링은 내내 이런 식으로 공간적 요소를 미리 설정해둔다. 그러면 싸움 장면에서 등장인물과 그 순간에 인물이 느끼는 감정에만 집중할 수 있다. 격투가 벌어지는 무대를 설명하느라 단 한 단어도 낭비할 필요가 없기 때문이다.

싸움 장면에서 공간 활용은 체호프의 총과 같다. 근처에 절벽이 있다고 묘사했다면 독자는 막연한 두려움을 느낄 것이고, 심지어 나중에 누군가 그 절벽에서 떨어질지도 모른다고 생각할 것이다. 만약 총이 있다고 밝혔다면 사람들은 거의 언제나 그 총이 나중에 싸움에서 사용될 거라고 예상한다. 싸움 장면은 이

전에 쌓아둔 기대감을 뛰어넘을 수 없다. 앞서 공간적 요소를 도입했다면 독자와 등장인물은 그에 맞는 긴장감과 기대감을 갖게 된다. 특히 방에 문이 단 하나밖에 없다는 식으로 잠재적 장애물을 강조했다면 더욱 그렇다. 기본적으로 작가가 만들어낸 환경이 등장인물의 격투 방식을 결정한다면 그런 조건을 미리 확실하게 알리는 것이 좋다.

싸움 장면 설계에 유용한 도구 중 하나가 동선blocking이다. 동선은 원래 연극 용어로, 무대에서 실제로 연기를 하기 전에 등장인물이 어떻게 움직일지를 대략적으로 정하고 표시해두는 것을 말한다. 싸움 장면을 쓸 때 아무것도 정하지 않은 채 무작정 등장인물의 동작을 묘사하기보다는 그런 동작이 공간에서 어떻게 전개될지를 미리 시각화하는 것이 좋다. 등장인물의 시야에는 어떤 것이 들어오고, 등장인물은 어떤 것을 활용하는가?

이런 작업은 제한적인 시점에서 글을 쓸 때 더 어려워진다. 1인칭 시점은 물론이고 심지어 3인칭 관찰자 시점으로 쓸 때도 어려울 수 있다. 격투에 참여하는 인물이 아주 많다면 더 그렇다. 한 명의 인물이 모든 인물의 동작을 다 파악하는 것은 불가능해 보인다. 《해리 포터와 불사조 기사단》은 이 작업 또한 아주 흥미로운 방식으로 해낸다.

시리우스의 죽음은 이 싸움 장면에서 가장 중요한 비트다. 하지만 단 한 명, 해리의 시점에서 서술되었다. 그런데 롤링이 공간을 잘 활용한 덕분에 여러 인물이 뒤엉킨 상태에서도 이 순간에 이르는 과정이 자연스럽게 느껴진다. 롤링은 독자에게 각 인물이 어디에 있는지 계속 환기한다. 시리우스가 죽기까지 그가 어디에 있는지 네 번이나 짚어 준다.

> (시리우스는) 푹 꺼진 바닥을 향해 계단을 뛰어 내려오면서 주문을 쏟아붓고 있었다.

> … 눈물이 앞을 가렸지만 3미터쯤 떨어진 곳에서 시리우스가 죽음을 먹는 자와 결투를 벌이는 모습을 보았다.

> 시리우스는 벨라트릭스와 맞서려고 달려가며 소리쳤다.

> (해리는) 루시우스가 시리우스와 벨라트릭스가 결투를 한창 벌이고 있는 단 쪽으로 날아가 부딪히는 모습을 보았다.

> 시리우스는 막 아치문 너머로 넘어졌다.

다른 인물에 대해서는 시리우스만큼 자세히 알려주지 않는데, 그럴 필요가 없다. 다른 인물들의 행동은 이 장면의 흐름에서 별로 중요하지 않기 때문이다. 독자는 여전히 여러 인물이 이 장면에서 무엇을 하는지 읽지만, 롤링은 힘의 균형 변화에서 특히 중요한 역할을 하는 해리, 말포이, 벨라트릭스, 시리우스에 대해서만큼은 공간에서 어디에 있으며, 어디로 이동하는지를 아주 꼼꼼하게 추적한다. 그래서 독자는 시리우스가 단에서 죽음을 맞이할 때도 충격을 받지 않는다. 독자는 그가 어디에 있는지 알고, 어떻게 그곳에 가게 되었는지 알고, 해리와 얼마나 멀리 떨어져 있는지 알고, 누가 그를 죽였는지 안다. 이 장면은 흐름을 명확하게 제시하면서도 시리우스의 죽음을 향해 나아가고 있다는 것은 미리 눈치챌 수 없게 한다.

한 인물의 시점에서 싸움 장면을 쓸 때도 각 비트에서 중요한 역할을 하는 인물들이 어디에 있는지 독자에게 계속 알리자.

적절한 동작에는 적절한 동사를

⚡

문장 구조와 속도도 중요하지만 싸움 장면의 분위기와 느낌을 잘 살리려면 단어 선택이 특히 중요하다. 공격 하나하나가 불러일으키는 고통과 결과를 묘사하는 것은 단어이기 때문이다. 스티븐 킹은《샤이닝》에서 싸움 장면 곳곳에 신체 부위를 지칭하는 단어를 넣어서 그 장면의 분위기를 더 어둡게 만든다.

> 망치는 호루라기처럼 쉭 소리를 내며 치명적인 속도로 떨어지면서 그녀의 말랑말랑한 배에 파묻혔다. … 망치가 가슴 바로 아래에 박히면서 갈비뼈 두 개가 부러졌고, 그녀는 복부 오른쪽이 폭발하는 듯한 통증을 느꼈다. … 망치가 떨어졌고 그녀의 무릎 바로 아래를 내리쳤다. … 그녀는 발작을 일으키듯 고개를 돌렸고 망치는 그녀의 귀에서 살점을 뜯어냈다.

스티그 라르손도《여자를 증오한 남자들》에서 같은 방법을 사용한다.

골프채는 … 마르틴의 어깨 근처 쇄골을 내리쳤다. 엄청나게 세게 휘둘렀고, 블롬크비스트는 뭔가가 뚝 부러지는 소리를 들었다.

두 작가 모두 의도적으로 특정 신체 부위를 가리키는 단어를 사용해서 독자에게 인간이 얼마나 나약한 존재인지를 상기시킨다. 그래서 독자는 그 공격을 더 격렬하고 불쾌하고 잔혹한 것으로 느낀다. 공격을 피하는 순간이 훨씬 더 많이 강조되는데, 공격이 성공하면 무조건 치명상을 입기 때문이다. 주인공은 고무 인간이 아니다. 배경에는 항상 죽음의 그림자가 드리워져 있고, 작가는 글을 통해 그 사실을 계속 상기시킨다.

앞의 예들을 상대적으로 더 유쾌한 소설인 로버트 조던의 《대사냥》과 비교해보자.

보이드가 없으니 랜드는 계속해서 반 박자씩 늦었다. 투락의 육중한 검날 끝이 그의 왼쪽 눈 아래를 스치며 얕은 고랑을 남겼다. 코트 팔자락이 어깨에서 훌렁 벗겨졌고, 젖으면서 색이 더 짙어졌다. … 강은 강둑 밑을 깊숙이 베어낸다. 그는 한쪽 무릎을 꿇으면서 검을 가로로 그었다.

이 글에서 통증을 나타내는 단어는 라르손이나 킹이 사용한 단어보다 훨씬 추상적이다. 인물이 상처를 입었지만 대체로 치명적이지는 않다. 그리고 신체 부위를 지칭하는 단어를 넣어가며 섬뜩하게 표현하는 데 집중하지 않는다. 조던의 글은 격투의 결과를 구구절절 설명하지 않는다. 공격을 피하는 것에도 그다지 집중하지 않는다. 덜 잔인하면서도 더 흥미로운 광경을 비교적 가볍게 전달한다. 이런 작법은 또한 상대적으로 어린 독자를 대상으로 하는 소설에서 자주 사용된다. 이런 작법 자체에 문제가 있다는 말이 결코 아니다. 끔찍한 상처를 입히지 않는 싸움 장면도 충분히 흥미진진할 수 있다. 그러나 더 사실적인 싸움 장면을 쓰고 싶다면 공격으로 상처를 입은 신체 부위를 특정해서 그 상처를 더 원초적으로 표현하고, 공격을 피하는 것에 초점을 맞추자. 더 추상적인 동사와 형용사를 쓸수록 독자에게는 싸움 장면이 덜 사실적으로 다가올 것이다.

또한 작가들이 싸움 장면을 쓸 때는 평소보다 더 다양한 동사를 사용한다는 점이 눈에 띄었을 것이다. 인물이 말을 할 때는 '말하다' 외에 다른 동사를 잘 사용하지 않는다. 긴 대화에서 '말하다'를 다른 동사로 다양하게 바꾼다고 해서 얻는 효과가 크지 않기 때문이다. 그러나 싸움 장면에서는 공격과 수비 동작을 다양한 동사로 표현하면 싸움이 더 흥미롭고 다채롭게 전달된다. 싸움 장면은 본질적으로 아주 극단적인 움직임으로 채워진 신체적이고 활동적인 장면이기 때문이다. 대화를 나눌 때는 목소리의 높낮이나 말하는 방식이 그렇게까지 극과 극을 오가지 않는다. 싸움 장면에서는 동사를 적절히 선택하면 그 인물을 더 잘 묘사할 수 있다. 몸집이 작은 인물에게는 '종종걸음을 치다'가 어울린다면 몸집이 큰 인물에게는 '땅을 울리며 성큼성큼 다가오다'와 같은 표현이 어울릴 것이다.

독자의 머릿속에 들어가서 싸우는 법

⚡

단순히 영화 속 훌륭한 싸움 장면을 글로 옮긴다고 해서 소설 속 훌륭한 싸움 장면이 만들어지지는 않는다. 두 매체에는 서로 다른 기회와 도구가 주어지며, 그런 기회와 도구는 아주 다른 감각 경험을 만들어낸다. 영화 매체를 위한 조언을 너무 많이 받아들이다 보면 소설 매체의 장점을 놓치게 된다. 독자의 상상력을 활용하는 것에 대해서는 이미 앞에서 다뤘다. 소설 매체의 또 다른 도구는 등장인물의 주관적 경험이다. 소설에서는 시각 매체에 비해 등장인물의 머릿속으로 훨씬 더 깊이 들어갈 수 있다.

플랭크 허버트의 《듄》은 아주 흥미로운 사례다. 싸움 장면 대부분이 등장인물의 머릿속에서 이루어지기 때문이다.

폴은 이제 싸움을 잠시 멈춘다. 빙빙 돌기는 하지만 공격하지는 않는다. 상대의 불안감이 느껴졌기 때문이다. 기억 속 던컨 아이다호의 목소리가 폴의 의식으로 흘러 들어왔다. '적이 너를 두려워하면, 그 순간에는 그 두려움에 주도권을 넘겨. 불안감이 적을 휘감을 시간을 주는 거지. 두려움이 공포가 되도록. 공포에 질린 사람은 자기 자신과 싸워야 해. 그러다 마침내 상대는 절박함에 사로잡힌 채 공격을 하지. 그 순간이 가장 위험하지만, 공포에 질린 사람은 대체로 치명적인 실수를 저지르기 마련이란다. 넌 여기서 그런 실수를 탐지하고 활용하는 법을 훈련받는 거야.'

동굴에 모인 군중이 수군대기 시작했다.

저들은 폴이 자미스를 가지고 놀고 있다고 생각해, 제시카는 생각했다. 저들은 폴이 쓸데없이 잔인하게 군다고 생각하는 거야.

그러나 제시카는 또한 군중이 대체로 흥분에 차 있다는 것, 굉장한 구경거리를 본다는 그들의 즐거움이 느껴졌다. 또한 자미스가 점점 더 압박감에 시달리고 있는 것이 보였다. 자미스가 더는 참을 수 없는 순간이 가까워지고 있다는 것을 자미스뿐 아니라 제시카도 ⋯ 그리고 폴도 알 수 있었다.

자미스는 높이 뛰어올라 오른손으로 내려치는 척했지만, 그의 오른손에는 아무것도 없었다. 크리스나이프를 든 손을 왼손으로 바꾼 것이다.

제시카는 숨이 턱 막혔다.

그러나 폴은 챠니에게 경고를 받았다. '자미스는 양손으로 싸울 수 있어.' 게다가 폴은 워낙 힘든 훈련을 받았기 때문에 그런 속임수에 대해 이미 들어봤다. '칼을 든 손이 아니라 칼에 집중해.' 거니 할렉은 여러 번 말했다. '손보다는 칼이 더 위험하고, 칼은 어느 손으로든 잡을 수 있으니까.'

폴은 자미스가 실수하는 순간을 포착했다. 폴의 시선을 돌리고 칼을 든 손을 바꾸려고 뛰어오를 때 발을 잘못 디뎌서 착지하는 순간에 다시 자세를 바로잡기까지 반 박자가 더 걸렸다.

발광구의 어두운 노란 빛과 지켜보고 있는 병사들의 까만 눈을 제외하면 훈련장에서 대련할 때와 다를 바 없었다. 신체의 움직임으로 공격을 방어할 수 있다면 방패는 필요가 없었다. 폴은 옆으로 슬쩍 피하면서 자신이 들고 있던 칼을 재빨리 휘둘러 자미스의 가슴이 떨어지는 곳을 향해 위로 꽂았다. 그리고 뒤로 물러서서 자미스가 쓰러지는 것을 보았다.

자미스는 얼굴을 아래로 향한 채 낡은 천 조각처럼 툭 떨어졌다. 그는 짧게 한번 호흡을 멈추고는 폴을 향해 고개를 돌렸다. 그리고 돌바닥에 누워서는 꼼짝하지 않았다. 그의 죽은 눈동자가 검은 유리구슬처럼 멍하게 바라보고 있었다.

이 장면의 거의 절반 정도가 폴의 머릿속에서 전개된다. 위험을 재고, 모든 움직임을 폴의 여정과 연결한다. 이런 내적 성찰은 싸움 장면에 깊이를 더하고 재료만 충분하다면 완전히 다른 차원의 깊이를 더할 수 있다. 그런 면에서 이 장면은 브랜던 샌더슨의《스카이워드》의 다음 장면과 차별화된다.

내 손이 다리 사이에 있는 탈출 손잡이를 향했고 … 나는 비명을 지르면서 손잡이를 잡고서 있는 힘껏 당겼다.

그리고

나는 탈출하지 않을 것이다. … 나는 겁쟁이가 아니다! 나는 죽는 것이 두렵지 않다. 그런데 그들은 어떻게 되지. 내 안에서 무언가가 물었다. 만약 네가 죽으면? … 나는 비명을 지르면서 손잡이를 잡고서 있는 힘껏 당겼다.

전자는 마치 카메라 렌즈를 통해 싸움 장면의 일부를 지켜보는 듯한 느낌을 준다. 후자는 주동 인물인 스펜사의 주관적 경험에 흠뻑 빠져들게 한다. 전자도 괜찮은 글이지만, 깊이가 부족하다. 인물의 주관적 경험으로 싸움 장면을 구성하고 행동에 깊이를 더하라.

내면화와 행동 사이에서 균형 잡기

⚡

스티븐 킹은 앞서 살펴본 《샤이닝》의 싸움 장면에서 잠시 멈추고 웬디에게 남편이 정말로 자신을 죽이려고 한다는 사실, 자신이 지금 이 순간 생사의 기로에 놓였다는 사실을 내면화할 시간을 준다.

> 남편이 손에 든 망치로 그녀를 때려죽이려고 한다는 무시무시한 사실을 갑자기 깨달았다.

《암흑 물질》에서 블레이크 크라우치는 주동 인물이 자신이 죽기 일보 직전이라는 사실을 내면화하도록 싸움 장면을 일시 정지한다.

> 죽음이 다가오는 것을 똑똑히 알 수 있었다. 아무 말도 떠오르지 않았고, 오직 아이오와 서부의 조부모 집에서 보낸 어린 시절만이 드문드문 떠올랐다.

롤링은 해리가 시리우스의 죽음을 내면화하도록 싸움 장면을 일시 정지한다.

믿을 수 없었다. 믿지 않을 것이다. 그는 여전히 루핀을 뿌리치려고 안간힘을 썼다. 루핀은 모른다. 저 베일 뒤에 사람들이 숨어 있었다. 해리는 이 방에 처음 들어왔을 때 그들이 소곤거리는 소리를 들었다. 시리우스는 숨어 있는 것이다. 그저 보이지 않는 곳에 웅크린 채.

이 장면들의 공통점은 내면화를 통해 그 싸움 장면이 왜 그 인물에게 중요한지를 탐색한다는 것이다. 그래서 그 싸움 장면으로 인물이 얻는 깨달음이나 강렬한 감정이 드러난다. 이렇게 하면 행동에 감정이 실리고 그 행동이 더 사실적으로 느껴진다. 내면화는 감정적으로 중립적인 경우가 드물다. 만약 감정이 배제되었다면 단순히 인물의 사고 과정을 묘사한 것에 불과하다.

이때 주의해야 할 점은 말하지 않고 보여줘야 한다는 것이다. 너무나 진부한 경구라서 그 의미가 많이 퇴색했지만 이 경우에는 여전히 유효하다. 또한 장편 소설이라는 매체의 두 번째 장점과도 연결된다. 바로 오감이다.

우리는 보통 시각과 청각에만 집중한다. 시각 매체에서 주로 활용하는 감각이기 때문이다. 그러나 소설은 오감을 모두 활용해 독자의 몰입을 유도할 수 있다. 앞서 살펴본 《더 헝거》의 싸움 장면은 공격해온 남자의 지독한 위스키 냄새와 모래를 씹는 느낌을 언급한다. 이런 것들은 텔레비전 드라마나 영화에서는 거의 불가능한 다른 차원의 현실성, 역겨움, 불안감을 싸움 장면에 더한다.

다음은 《여자를 증오한 남자들》에 나오는 장면이다.

블롬크비스트는 의식을 잃기 직전이었고 관자놀이의 통증은 견딜 수 없을 정도였다. 그녀는 돌아섰고 그의 얼굴이 토마토처럼 벌개진 것을 보았다. 눈을 희번덕거리고 있었고, 혀가 입 밖으로 튀어나와 있었다. … 그녀는 까치발을 들고 가죽 끈을 미친 듯이 끊어냈다.

라르손은 이 장면을 다음처럼 내면화할 수 있었다. '그는 죽음이 임박했다는 것을 알았고, 그녀는 필사적으로 그를 구해야 한다는 것을 알았다.' 그러나 라르손은 그런 생각을 신체 동작으로 변환했고, 극심한 공포와 절박함이라는 감정을 감각과 시야에 들어온 이미지로 전달했다. 라르손의 글은 싸움 장면이 왜 중요한지를 기억과 신체 감각으로 '보여'주는 반면 내면화로 표현한 글은 그것을 '말해'준다. 기본적으로 감정은 되도록 오감을 활용해 신체화하라. 내면화는 싸움 장면 도중에 삽입해야 하는 중요한 이야기 비트를 위해 아껴둬라. 《듄》은 대다수 이야기보다는 내면화를 더 극단으로 몰고 가면서도 아슬아슬한 지점에서 멈춘다. 대다수 작가는 그런 위험을 감수하려 들지는 않는다.

말싸움은 아니어도 싸움에서 말은 중요하다

⚡

지금까지 살펴본 거의 모든 싸움 장면에는 대화가 나온다. 대개 지극히 실용적이다. 간결하고, 퉁명스럽고, 핵심을 찌른다. 격투가 팽팽한 접전일 때는 인물들이 일반적으로 꼭 필요한 말만 하거나 분노, 두려움, 통증을 나타내는 말을 내뱉는다.《양귀비 전쟁》에서는 린도, 네자도 말을 하지 않는다. 싸움에 온 신경을 집중하기 때문이다. 심지어 대화가 꽤 많은 부분을 차지하는 《익스팬스: 깨어난 괴물》에서도 그 길이가 짧아서 아주 빠르게 전개되는 긴장감 넘치는 상황임을 강조하고, 모든 대화가 이야기를 전개하는 역할을 한다.《익스팬스: 깨어난 괴물》에서 등장인물은 우주선의 팀원들이다. 이들이 협력하고 소통하는 과정에서 긴장감이 조성된다. 그런데도 두 문장 이상으로 이루어진 대화는 고작 3개가 전부다.

또한 싸움 장면의 대화는 종종 감정적이고 아드레날린이 솟구치는 가장 원초적인 본능만 담는다.《여자를 증오한 남자들》에서 살란데르는 연쇄 살인 강간범과 싸우는 동안 딱 한 번 입 밖으로 소리 내 말한다. "당해보니까 어때, 이 변태야?" 범인을 향한 그녀의 증오는 그녀가 범인이 기절할 때까지 패는 동안 던진 단 하나의 짤막한 질문에 모두 함축되어 있다. 자신의 비극적인 과거를 독백으로 줄줄 읊을 필요는 없다. 이것은 윌리엄 셰익스피어William Shakespeare의 작품이 아니다. 이렇게 간결하게 표현한 덕분에 장면의 속도감이 유지된다.

그러나 여전히 많은 소설이 싸움 장면에 장황한 독백을 집어넣는데, 그것도 괜찮다! 작가 중에는 그런 초현실주의적이고 공상적인, 더 나아가 셰익스피어의 비극에나 나올 법한 극적인 효과를 글에 집어넣고 싶어 하는 사람도 있고, 그런 소설에는 긴 대화가 잘 어울릴 수 있다.《샤이닝》에는 그런 대화가 없더라도 다른 소설에는 그것이 잘 맞을 수도 있다. 싸움 장면에서 인물이 자연스럽게 말을 한다면, 그것이 그 인물의 성격인 것이다. 《검의 폭풍》의 오베린 공자가 바로 그런 인물이며, 심지어 소설 자체에서 격투 중에 그런 불필요한 수다를 떠는 것이 오베린 공자의 단점이라고도 지적한다. 결국 오베린 공자는 그런 수다스러움 탓에 패배하고, 그 장면의 대화에서는 이 점을 아주 훌륭하게 살린다.

또한 힘의 균형이 바뀌는 순간이나 한쪽의 힘이 일방적으로 강할 때 대화가 튀어나온다는 점도 기억할 필요가 있다. 대개는 더 강한 인물이 말도 더 많다. 세밀한 묘사가 힘의 균형의 전환점을 표시하듯이 대화도 그런 역할을 한다. 이를테면 격투 중에 어떤 인물이 말을 하기 시작했다면 그것은 그가 싸움의 주도권을 쥐게 되었다는 것을 의미할 수 있다. 대화와 내면화는 싸움 장면의 속도를 조절하는 도구가 된다. 독자에게 숨 쉴 틈을 주기도 한다. 그러나 내면화나 대화를 너무 많이 집어넣으면 싸움 장면이 늘어질 수 있다. 적절한 수준을 유지하는 것이 쉽지는 않다. 그러므로 앞서 살펴본 사례들을 잘 연구할 필요가 있다.

싸움에도 기승전결이 필요하다

⚡

싸움 장면을 거시적인 관점에서 접근하려면 무엇보다 싸움 장면도 한 장면이라는 사실을 확실하게 인지해야 한다. 싸움 장면에서도 긴장이 고조되었다가 완화된다. 그 장면이 달성해야 하는 서사적 목적도 있고, 서사에서 담당하는 역할도 있다. 싸움 장면의 가장 일반적인 구조는 3막 구조다. 격투가 시작하고, 격투가 복잡해지거나 치열해지고, 격투가 마무리된다. 딱히 심오한 내용은 없지만, 싸움 장면이 어딘지 부족하게 느껴질 때 적용할 수 있는 유용한 틀이다. 앞서 살펴본 《해리 포터와 불사조 기사단》의 싸움 장면을 떠올려 보자.

- **1막**   죽음을 먹는 자들이 어린 마법사들을 공격하면서 예언의 구슬을 내놓으라고 요구한다.
- **2막**   헤르미온느가 부상을 당하고 네빌의 마법 지팡이가 부러지면서 격투가 치열해진다.
- **3막**   해리의 친구들이 잡히고 해리도 포위되면서 격투가 절정에 다다른다. 그러다 불사조 기사단이 나타나며 격투가 마무리된다.

이처럼 등장인물이 직면한 문제를 더 복잡하게 만들거나 심화하면서 위기의 내용을 여러 번 바꾸면 독자가 이야기에 더 깊이 빠져들 수밖에 없다. 장애물이 바뀌고 행동에는 책임이 뒤따른다. 격투에 리듬감이 부여되면 단조로운 싸움 끝에 모든 것이 좋게 마무리되는 것보다 훨씬 강렬한 인상을 남긴다. 격투 과정이 복잡하고 치열한 덕분에 마침내 문제가 해결되었을 때 더 큰 만족감을 얻는다. 만약 결과가 좋다면 카타르시스를 느낄 것이고, 결과가 나쁘다면 마음이 아플 것이다.

이런 구조는 격투에 참여하는 두 세력이 긴장을 주고받을 때 효과적이다. 그러나 모든 싸움 장면이 그런 식으로 흘러가지는 않는다. 작고 약한 소년이 아이들을 괴롭히는 힘 세고 못된 소년에게 맞서는 장면이라면, 소년이 이길 가망이 전혀 없는 상황에서 소년이 일방적으로 맞기만 하는 식으로 전개될 수 있다. 이런 장면에서는 격투가 복잡해지거나 치열해지는 것이 별 도움이 안 된다. 이런 격투에서 핵심은 소년의 인물적 특징을 보여주는 것, 요컨대 그가 불의에 맞서는 인물이며, 그런 상황에서는 어떤 결과라도 기꺼이 감수하는 인물이라는 점을 보여주는 것이다.

모든 싸움 장면이 여러 쪽에 걸쳐 심화되고 복잡해져야 하는 것이 아니라는 점을 다시 한번 강조하고 싶다. 앨마 카츠는 《더 헝거》에서 단 두 단락으로 싸움 장면을 끝낸다. 남자가 스탠턴을 바닥으로 쓰러뜨리면서 격투가 시작되고, 칼이 등장하면서 격투가 치열해지고, 어둠과 먼지가 시야를 가리면서 격투가 복잡해지며, 주인공이 칼에 찔릴 뻔하면서 격투가 절정으로 치닫다가 스탠턴에게 유리한 사실이 밝혀지면서 격투가 마무리된다. 서너 문장으로 전세가 뒤바뀌는 등 격투를 심화한 덕분에 두 단락에 불과하지만 훨씬 더 흥미로운 싸움 장면이 연출되었다.

앞서 특히 세밀하게 묘사해야 하는 순간이 어디인지를 설명할 때 힘의 균형이 바뀌거나 서사에 또는 인물에게 중요한 순간을 강조해야 한다고 말했다. 3막 구조는 이런 내용과 잘 맞아떨어진다. 이해관계가 복잡해지는 지점들이 그렇게 강조해야 하는 순간과 일치할 때가 많기 때문이다. 〈아바타: 아앙의 전설〉에서 아앙이 불의 제왕 오자이와 벌이는 마지막 격투에서는 별개의 상황들이 죽 연결되는 부분이 나온다. 그러나 다음의 세 지점에서 격투가 복잡해질 때 아주 구체적인 세부사항이 더해진다.

- 아앙이 번개로 오자이를 죽일지 말지 결정해야 하는 순간은 인물이 변화하는 중요한 순간이다. 아앙은 도덕적 신념을 지키기 위해 오자이를 죽이지 않기로 결심한다. 또한 이로 인해 힘의 균형이 바뀌면서 아앙은 수세에 몰리고 쫓기는 신세가 된다. 불의 제왕 오자이가 아앙을 추격한다.
- 아앙이 아바타 상태에 들어가고 오자이에 대적할 만큼 엄청난 힘을 손에 넣게 되는 순간은 힘의 균형이 바뀌는 순간이다. 이 순간은 서사적으로 중요한 순간이다. 아주 오랫동안 아앙이 얻는 데 실패한 힘을 얻게 되었기 때문이다. 또한 이해관계가 커지면서 아앙은 새로운 국면을 맞이하게 된다.
- 아앙이 또 한번 오자이를 죽이기를 거부하고 아바타 상태에서 벗어나 오자이를 항복시킬 다른 방법을 찾는 순간은 아앙이라는 인물에게도, 전체 서사에서도 매우 중요한 순간이다.

내가 정말 좋아하는 두 번째 장면 구조는 K. M. 와일랜드가 《소설의 구조 짜기》에서 제안한 것이다. 이 책은 구조에 대해 배울 수 있는 최고의 입문서다. 와일랜드는 싸움 장면에 의미를 부여하는 주변의 요소들에 대해 생각해보게 만드는 구조를 제시한다. 그 주변의 요소들을 장면의 발판이라 할 수 있을 것이다.

어떤 이야기 비트에서든 발판은 그 이야기 비트를 지지할 수도, 무너뜨릴 수도 있으며, 싸움 장면도 예외가 아니다.

많은 장면은 크게 두 가지 범주로 나눌 수 있다. 행동 장면 active scene과 반응 장면reactive scene이다. 행동 장면에는 목표, 갈등, 실패 또는 해결이 들어가며, 반응 장면에는 반응, 딜레마, 선택이 들어간다. 글쓰기는 복잡한 작업이므로 이 두 장면의 경계가 모호해지기도 한다. 모든 행동 장면 또는 반응 장면이 앞에서 나열한 순서대로 비트를 연결하지는 않으며, 때로는 앞에서 나열한 여섯 가지 비트가 모두 한 장면에 들어간다고 생각하는 게 도움이 되기도 한다. 여섯 가지 비트가 한 장면을 구성한다고 생각하는 게 내게는 도움이 된다. 어느 경우에나 이런 비트가 해당 장면의 목적과 역할을 지지한다는 핵심은 변하지 않는다.

한 가지 예를 들어보겠다. 조지 R. R. 마틴의 《검의 폭풍》에서 티리온 라니스터의 운명을 결정할 거산 그레고르 경과 독사 오베린 공자의 싸움 장면은 목표(시련 극복), 갈등(결투라는 시련), 실패(마지막 순간에 그레고르가 오베린을 죽인다)로 구성되는데, 이것은 와일랜드의 범주로는 행동 장면에 해당한다.

이 행동 장면 다음에는 와일랜드의 범주로는 반응 장면에 해당하는 장면이 나온다. 티리온은 감옥에 갇힌 채 자신이 어쩌다 죽음을 앞둔 신세가 되었는지 되돌아본다(반응). 그는 어떻게든 목숨을 건질 방법이 없을까 고민한다(딜레마). 그는 죽더라도 '피맛을 보면서 죽겠다'고 결심한다(선택).

행동 장면도 그 자체로 무게감을 지니지만 등장인물이 내적 성찰을 하게 만드는 반응 장면을 통해서 앞의 행동 장면에 깊이가 더해진다. 반응 장면에서 등장인물은 행동 장면의 실패를 곱씹고, 그 결과를 내면화한 뒤 그 결과를 바탕으로 새로운 길을 선택한다. 싸움 장면은 진공 상태에서 존재하는 것이 아니다. 그 장면은 어떤 식으로든 그 뒤의 이야기에 영향을 미친다. 단순히 극복해야 할 장애물, 이야기 줄기에 긴장을 더하는 요소가 아니라 정서적·서사적 여파를 남기는 이야기 비트다. 구조적으로는 행동 싸움 장면과 반응 장면을 짝지으면 독자에게 잠시 숨 쉴 틈을 주면서 등장인물과 마찬가지로 격투를 곱씹어볼 여유를 제공한다.

핵심은 이것이다. 만약 싸움에 반응 장면을 덧붙일 필요가 없다면, 그 격투는 이야기에서 어떤 역할을 하는가? 단순히 억지로 긴장감을 고조하려고 싸움 장면을 넣지는 않았는가? 반응 장면이 반드시 등장인물의 위기에 관한 것일 필요는 없다. 단순히 전략을 수정하거나 약간 짜증을 내거나 상처 난 자존심을 달래기 위한 것일 수도 있다. 그러나 이 모든 것이 싸움 장면을 지지하는 비계를 구성한다.

독자를 들었다 놨다 하는 방법

긴 싸움 장면에서 독자의 흥미를 유지하려면 어떻게 해야 할까? 격투가 점점 더 복잡해지고 치열해지면 독자의 시선을 붙들 수는 있겠지만, 이것이 반복되면 영화 〈스타워즈〉에 나오는 행성 파괴 무기 '죽음의 별'보다 더 강력한 무언가를 내놓아야 할 것이다. J. R. R. 톨킨의 《반지의 제왕 3: 왕의 귀환》에 나오는 펠레노르 평원 전투를 들여다보면 이 전투가 수많은 작은 목표들로 이루어져 있다는 것을 알 수 있다. 병사들의 사기를 북돋운다. 성문을 방어한다. 적군을 지치게 만든다. 마술사왕을 죽인다. 이 모든 목표는 하나의 전투 안에서도 격투가 여러 번 심화되었다가 완화되는 기회를 제공함으로써 목표 달성에 성공하거나 실패하면서 더 포괄적인 심화와 완화 패턴을 만들어낸다.

이 외에도, 긴 싸움 장면은 그 격투에서 자신만의 목표가 있거나 시련을 겪고 있는 인물을 여러 명 등장시킨다. 펠레노르 평원 전투에서 피핀, 메리, 에오윈, 간달프는 인물호를 따라간다. 간달프가 자신의 목표를 달성한다고 해서 에오윈이 마술사왕을 패배시키는 데 성공한다는 보장이 없고, 에오윈이 성공을 거둔다 해도 세오덴 왕의 생존이 보장되지 않는다. 이런 개별적인 목표, 성공과 실패는 격투에 정서적 깊이를 더한다.

긴 싸움 장면에서는 각각의 목표 달성이 성공하거나 실패하는 동안 좋은 쪽으로든 나쁜 쪽으로든 긴장을 여러 차례 이완시켜서 독자가 카타르시스를 느낄 수 있게 해야 한다. 이렇게 하면 독자가 긴장 피로에 빠지는 것을 막을 수 있다. 모든 순간이 가장 긴장감 넘치는 순간이고, 그 순간보다 더 긴장감 넘치는 순간이 이어지는 식으로 계속되면 독자는 긴장 피로에 휩싸인다. 이완이 없으면 긴장은 피곤한 것, 심지어 지루한 것이 되어버린다. 긴장 완화는 매우 중요하다. 소강 상태는 더 긴장감 넘치는 부분을 지지하는 발판이다. 심지어 독자가 긴장이 해소되었다고 믿고 안도의 한숨을 내쉬도록 속이는 무기가 될 수도 있다. 독자가 안심한 순간 적대자가 돌아와 더 맹렬하게 달려들게 하는 것이다.

또 싸움 장면을 문제 해결 장면으로 활용하면 훨씬 더 흥미로워진다. 제임스 S. A. 코리는 《익스팬스: 깨어난 괴물》에서 격투가 시작되자마자 문제를 제시한다. "로시난테호에는 어뢰가 충분하지 않았다. 알렉스가 먼 거리에서 연속 발사를 해대면서 방어 포격을 뚫고 정류장에 타격을 입힐 것이라고 막연하게 기대할 수는 없었다." 퍼즐이다. 몇 개 안 되는 어뢰로 최대의 공격 효과를 얻으려면 어떻게 해야 할까? 이 장면에서 갈등은 단순히 포격을 하는 것만이 아니다. 궁지에 몰린 등장인물들이 해결해야 하는 다차원적인 문제다. 독자는 이 장면의 긴장을 여러 방면으로 느끼게 된다.

영화 〈캐리비안의 해적〉 시리즈는 이 전술을 잘 활용한 것으로 유명하다. 대표적인 예가 시리즈의 두 번째 영화 〈캐리비안의 해적: 망자의 함〉의 '물레바퀴' 싸움 장면이다. 이 장면에서는 윌, 잭, 노리스 세 인물이 결투를 벌인다. 세 사람은 '돌아가는' 커다란 물레바퀴에서 싸움을 벌일 뿐 아니라 각자 상자 열쇠를 손에 넣으려고 애쓰는 중이며 게다가 누가 진짜 적인지도 확실하지 않다. 이들은 싸우면서 협상도 한다. 이 영화 시리즈에서 거의 모든 싸움 장면에는 문제 해결이라는 보조 목표가 있으며, 등장인물이 여러 목표 중에서 선택을 해야만 하기 때문에 싸움 장면이 더 흥미진진해진다. 이 사람을 죽일 것인가, 아니면 미끼를 물 것인가? 소녀를 구할 것인가, 아니면 빚을 갚을 것인가?

꼭 싸워야 할 명분이 필요하다

⚡

《그린본 영웅기》의 작가 폰다 리는 이렇게 말했다.

> 격투가 의미가 있으려면 그 격투가 이야기에서 꼭 필요한 요소
> 여야 한다. 독자의 관심을 붙들기 위해, 그리고 사건의 분량을 늘
> 리기 위해 자꾸 격투를 끼워 넣는 것은 할리우드에서 종종 써먹는
> 방법이지만 그런 심심풀이 땅콩 같은 영화를 모방하고 싶지는 않
> 을 것이다. 그 싸움 장면의 목적이 무엇인지 스스로 물어보자. 등
> 장인물에 관한 사실을 드러내는가? 나중에 파문을 일으킬 중요한
> 플롯 포인트의 토대가 되는가? … 그 싸움 장면을 빼면 이야기가
> 완전히 무너지는가? 그게 정상이다.[2]

앞서 살펴본 것처럼 싸움 장면이 이야기에서 꼭 필요한 요
소인지는 그 싸움 장면에 반응 장면이 필연적으로 뒤따라야 하
는지를 판단 기준으로 삼을 수 있다. 행동을 조금 더하고 그에
따른 부수적인 죽음 등으로 이야기를 풍성하게 만들기 위해 갈
등을 더하기도 하지만, 그게 늘 최선은 아니다. 아마도 더 실질
적이고 핵심적인 판별법은 등장인물이 그 싸움 장면에서 살아
남을 것인가라는 기본적인 질문 뒤에 감춰진 진짜 질문을 파악
하는 것이다.

잭 토런스가 웬디 토런스를 추격하는 장면은 단순히 웬디
가 살아남을 것인가를 묻는 것이 아니라 잭에게 조금이라도 인
간미가 남아 있는가를 묻는다. 브랜던 샌더슨의 《스카이워드》

의 최종 결투에서는 주동 인물인 스펜사가 지금까지는 한결같이 거부했지만 마침내 자존심을 버리고 비행선에서 탈출할 것인가를 묻는다. 《해리 포터와 불사조 기사단》에서는 해리가 자신에 관한 예언의 정확한 내용을 알게 될 것인가를 묻는다. 좋은 싸움 장면은 단순히 다음 이야기로 넘어가기 전에 통과해야 하는 관문이 아니라 격투를 벌이는 동안 서사나 등장인물에 깊이를 더할 기회이기도 하다. 가장 일반적인 방법은 등장인물의 인물호에서 위기의 순간에 싸움을 맞닥뜨리도록 만드는 것이다.

나는 폰다 리만큼 싸움 장면에 대해 엄격한 태도를 취하지는 않는다. 싸움 장면을 뺐을 때 이야기가 '반드시' 무너져야 한다고 생각하지는 않는다. 다만 그런 관점에서 자신의 글을 평가하고 자신의 서사 비트를 뒷받침하는 논리를 파악할 필요가 있다고는 생각한다.

마법사가 마법을 쓰는 것은 반칙이 아니다

⚡

하드 마법 체계 판타지 소설을 쓰는 작가들은 종종 자신의 마법 체계가 얼마나 멋진지 보여주는 데 몰두한 나머지 이야기가 절정에 다다를 때까지 주제와 등장인물을 보여주는 것을 미루곤 한다. 그러면 이야기는 작가가 자신의 기발하고 독특한 발상을 선보이는 무대로 전락한다. 절정에서의 싸움 장면은 등장인물과 주제에 깊이를 더하고서야 더 만족스럽게 완성된다. 마법 체계가 얼마나 멋진가는 부차적인 문제다.

이것은 대체로 이런 요소들이 '언제' 결실을 맺는지와 큰 관련이 있다. 이야기의 절정에서 긴장이 최고조에 달하는 순간이 언제인지 파악한 뒤 그 텍스트가 무엇을 탐색하는지 물어보자. 주요 등장인물에게 중요한 순간인가? 마법 체계에 대한 무언가가 드러나는 순간인가? 또는 둘 다인가? 두 요소를 동시에 해결하는 것도 효과적일 수 있지만 긴장이 최고조에 이른 지점이 인물호의 정점과 잘 맞물리지 않으면 독자는 그 사실을 눈치챌 것이다. 그렇게 되면 마법 체계가 인물호의 성공적인 완결보다 더 중요하거나 더 파급력이 크다는 것을 암묵적으로 인정하는 셈이 된다.

이야기에서 마법 체계가 어떤 식으로 작동하는지 독자에게 전달하기는 쉽지 않다. 그래서 품이 많이 들고 작가의 진을 빼면서도 독자는 전혀 궁금해하지 않는 것을 설명하는 지루한 글이 탄생하곤 한다. 《작가를 위한 세계관 구축법 생성 편》에서는 설명을 더 효과적으로 쓰는 법을 살펴보면서 그런 설명을 갈등, 긴장, 의외의 장면 안에 녹여내는 법을 집중적으로 다루었다. 싸움 장면은 이런 장면의 조건을 충족한다.

여기서 한 가지 주의를 준다면, 싸움 장면은 단순히 격투가 벌어지기 때문에 독자의 흥미를 끄는 것이 아니다. 갈등의 결과가 그 뒤의 이야기에 아무런 영향을 미치지 않는다면 그것은 갈등이라고 할 수 없다. 그렇다고 그런 갈등이 무의미하다는 것은 아니지만 작가의 의도가 너무 빤히 읽히기는 할 것이다. 행동 장면과 반응 장면에 대해 살펴본 내용을 되새겨본다면 반응 장면이 필연적으로 뒤따르는 싸움 장면은 그런 마법 체계 설명을 살짝 끼워 넣기에 아주 좋은 자리다.

이야기 초반의 싸움 장면 또한 체호프의 총 같은 역할을 할 수 있다. 요컨대 그런 장면에는 나중에 활용할 핵심 정보를 집어넣을 수 있다. 가장 널리 알려진 예는 《해리 포터와 죽음의 성물》에 나오는, 희생과 사랑으로 발동되는 보호 마법일 것이다. 《해리 포터와 마법사의 돌》에서는 볼드모트와의 싸움 장면에서 해리의 어머니가 자신의 목숨을 희생해 해리를 보호했고, 그 덕분에 볼드모트의 공격으로부터 해리를 보호하는 일종의 방어막이 생겼다는 사실이 소개되었다. 《해리 포터와 죽음의 성물》에서는 해리가 친구들을 구하기 위해 자신의 목숨을 기꺼이 내던진 덕분에 볼드모트와 죽음을 먹는 자들의 공격으로부터 친구들을 구하는 보호 마법이 발동된다. 초반에 마법 체계의 요소들을 적절히 설명해두면 나중에 그 요소들을 아주 기발하고 훌륭하게 활용할 수 있다.

또한 이런 순간들은 예비 장면pre-scene이라 불리는 일종의 전조로 활용할 수도 있다. 예비 장면은 훗날 훨씬 더 큰 규모로 일어날 사건을 살짝 맛보게 해준다. 가장 익숙한 예로는 영화 〈스타워즈: 새로운 희망〉의 중반 즈음에 루크 스카이워커가 포스를 전적으로 신뢰하면서 두 눈을 감은 채로 레이저를 몇 차례 막는 장면일 것이다. 포스를 신뢰한 덕분에 그는 나중에 '죽음의 별'을 완벽하게 파괴할 수 있게 된다. 전자는 후자의 예비 장면이다. 마법 체계의 규칙을 미리 설정하고 소개한 덕분에 조지 루카스는 절정 장면에서 굳이 따로 설명하지 않고도 그 규칙을 아주 효과적으로 사용할 수 있었다.

사실적으로 싸우면 무슨 재미?

↯

싸움 장면이 사실적이지 않다는 것은 매우 흔한 비판이지만 사실적인 싸움 장면이 반드시 훌륭한 싸움 장면인 것도 아니다. 조지 R. R. 마틴의 《검의 폭풍》에서 브론은 바르디스 에겐 경과 대결한다. 이 장면은 검과 갑옷이 등장하는 대다수 싸움 장면보다 훨씬 더 사실적이다. 마틴은 갑옷이 얼마나 무거운지 강조하고 그 갑옷이 바르디스를 짓눌러서 그의 동작이 더 느려진다는 것도, 브론이 키가 크기 때문에 검을 휘두르는 반경이 더 넓어 근접전에서 아주 유리하다는 것도 알린다. 또한 바르디스의 갑옷 투구에는 눈의 위치에 맞춰 틈이 나 있지만 그 틈새가 워낙 좁아서 시야가 좁다는 것도. 이런 요소들을 미리 설정해둔 덕분에 결국 바르디스의 죽음이 자연스럽게 느껴진다.

사실주의의 주된 이점은 사실성이 허구의 이야기에 신뢰성과 타당성을 부여하는 데 도움이 된다는 점이다. 사실성이라는 토대 위에 더 창의적이고 환상적인 요소를 쌓아나가면 독자도 그런 요소들을 기꺼이 받아들인다. 그러나 훌륭한 싸움 장면이 반드시 사실적이어야 한다고 말하는 것은 지나치게 엄격하다. 많은 작가가 초현실적이고 환상적이고 극적이고 경이로운 싸움 장면을 쓰고, 그런 장면의 비사실성으로 독자의 마음을 사로잡곤 한다. '무술 영웅'이 등장하는 무협 장르는 초현실적인 결투 장면이라는 오랜 전통을 지금까지 이어오고 있으며, 만화와 애니메이션도 마찬가지다. 사실적인 요소가 중요하듯이 비사실적인 요소도 중요하다.

바쁜 작가를 위한 n줄 요약

①

문장이 길든 짧든, 싸움 장면에서는 짧은 행동 비트가 긴장과 속도감을 유지하는 기능을 한다.

②

동사 사슬은 인과관계, 그리고 시간 감각으로 뒷받침될 때 가장 효과적이다. 반응-정지-행동 또는 목표-갈등-실패 패턴을 적용하는 것이 한 가지 방법이다. 이런 패턴은 싸움 장면에 리듬감을 부여한다.

③

싸움 장면의 모든 순간을 세밀하게 묘사할 필요는 없다. 힘의 균형이 바뀌거나 인물이 자신의 목표에 더 가까워지거나 멀어질 때 또는 서사나 인물에게 중요한 순간에 세부사항을 더하는 것이 효과적이다.

④

추상적인 묘사와 독창적인 표현을 쓰면 결정적이지 않은 순간에 독자가 격투의 분위기와 흐름을 느끼는 데 도움이 된다.

⑤

싸움 장면을 시작하기 전에 물리적 환경, 그중에서도 특히 격투를 복잡하게 만드는 중요한 장치들을 미리 설정해두자. 그러면 독자가 격투에 집중할 수 있고, 격투에 앞서 긴장을 고조하는 데도 도움이 된다. 싸움 장면에서는 중요한 이야기 비트에 관여하는 인물의 신체 움직임만 추적하면 된다.

6

통증과 공격을 묘사할 때 구체적인 신체 부위를 지칭하면 공격이 더 사실적이고 잔인하게 느껴진다. 이런 묘사에서는 보통 공격을 피하는 것을 강조한다. 추상적인 표현을 쓰면 싸움 장면을 더 가벼운 분위기로 전달하게 된다.

7

인물의 주관적 경험이 행동에 깊이를 더한다. 내면화는 흔히 격투의 중요성을 탐색할 때 이루어지고, 대체로 감성적인 문투로 쓴다. 그런 경우가 아니라면 그런 생각을 오감을 통해 신체 감각으로 변환하라.

8

싸움 장면의 대화는 대개 짧고 직설적이다. 감정을 나타내거나 힘의 불균형을 나타내기도 한다. 그러나 가장 중요한 것은 인물의 성격이다. 이것은 제안일 뿐 법칙은 아니다.

9

싸움 장면도 하나의 장면이다. 여러 차례 긴장이 고조되는 3막 구조를 적용해보자. 긴장이 고조되는 지점을 격투에서 힘의 균형이 바뀌는 순간, 서사적으로 중요한 순간, 인물에게 중요한 순간에 맞추면 효과적이다.

10

싸움 장면에 필연적으로 반응 장면이 뒤따르는지 스스로 물어보자. 반응 장면에서는 인물이 사소하게라도 행동 장면의 결과를 돌아본다.

11

긴 싸움 장면에서는 등장인물들이 목표 달성에 성공하거나 실패하면서 긴장이 여러 차례 이완되도록 개별적인 목표를 많이 집어넣자. 또한 긴 싸움 장면에서는 여러 인물에게 각기 다른 목표를 설정해주기도 한다. 긴장의 이완은 중요하다.

싸움 장면을 문제 해결 장면으로 삼으면 그 장면에 즉각적으로 깊이가 더해지고 더 흥미로워진다. 특히 등장인물들이 여러 목표 중 하나를 선택하게 만들면 더 효과적이다. 싸움 장면이 진짜로 답하고자 하는 질문이 무엇인지 파악하자.

싸움 장면에서 인물이나 주제보다 마법 체계가 돋보이는 일이 없도록 하라. 싸움 장면은 설명이나 전조를 집어넣기에 아주 좋은 자리다.

2장

이야기의 성패는
속도에 달려 있다

네드 비지니   Ned Vizinni
《꽤 웃긴 이야기》   It's Kind of a Funny Story

로버트 러들럼   Robert Ludlum
《본 아이덴티티》   The Bourne Identity

리 차일드   Lee Child
《악의 사슬》   Worth Dying For

마이클 라이트   Michael Wright
《누미너스》   Numinous

스티븐 크보스키   Stephen Chbosky
《월플라워》   The Perks of Being a Wallflower

앤드루 로   Andrew Rowe
《충분히 발전한 마법》   Sufficiently Advanced Magic

윌리엄 셰익스피어   William Shakespeare
《로미오와 줄리엣》   Romeo and Juliet

재스민 왈가   Jasmine Warga
《하얀 거짓말》   My Heart and Other Black Holes

제임스 스콧 벨   James Scott Bell
《갈등과 서스펜스》   Elements of Fiction Writing: Conflict and Suspense

퀀틱 드림   Quantic Dream
〈비욘드: 두 개의 영혼〉   Beyond: Two Souls

패트릭 네스   Patrick Ness
《우리 나머지 사람들은 그냥 여기서 살고 있어요》   The Rest of Us Just Live Here

프레드릭 배크만   Fredrik Backman
《베어타운》   Beartown

속도감은 독자가 사건을 경험하는 속도를 말한다. 속도감이 빠른 것이 무조건 좋지는 않다. 느리게 진행하는 것도 중요하다. 이야기가 언제 빠르게 전개되는 듯이 느껴져야 하는지, 언제 느리게 전개되는 듯이 느껴져야 하는지 알아야 이야기의 속도감을 잘 조절할 수 있다.

여기서 다룰 속도감은 두 가지로 나눌 수 있다.

- **미시적 속도감**   특정 장면의 미세한 속도감
- **거시적 속도감**   전체 서사의 속도감

속도감에 관한 조언은 대개 미시적 속도감에 집중되어 있다. 미시적 속도감도 물론 중요하지만 여기서는 상대적으로 덜 다뤄지는 거시적 속도감을 더 자세히 살펴보겠다.

달려야 할 땐 달리자

⚡

문장 구조와 문법적 요소를 활용해서 각 단락의 속도감을 높이거나 낮출 수 있다. 로버트 러들럼의 《본 아이덴티티》에 나

오는 다음 글을 살펴보자.

> 그는 벽 옆에 웅크리고 있었다. 제이슨은 몸을 일으키고 총을 쐈다. 총소리에 레이저 빔이 제이슨의 몸 위로 휙 지나갔다. 제이슨이 목표물이었다. 어둠 속에서 총알 두 발이 날아왔다. 총알 하나가 금속 창틀에 맞고 튕겨나갔다. 쇳조각이 그의 목에 구멍을 냈다. 피가 솟아 나왔다.
> 달리는 발소리. 총을 쏜 자가 빛이 나오는 곳으로 달려가고 있었다.

짧고 강렬한 문장이 사건을 재빠르게 관통하면서 속도감을 더한다. 문장들은 행동-반응 구조로 이어진다. "제이슨은 몸을 일으키고 총을 쐈다. 총소리에 레이저 빔이 제이슨의 몸 위로 휙 지나갔다." 선택이 곧바로 결과로 전환되면서 시간을 압축한다. 러들럼은 짧은 구문을 사용한다. 등장인물이나 독자나 고민하고 있을 여유가 없다. 문투는 시적이기보다는 정확하고 단순하다. 전투 장면을 다룬 1장에서 살펴본 작법들을 활용해 러들럼은 신체 부위를 지칭하는 구체적인 단어를 사용해 원초적으로 묘사한다. "쇳조각이 그의 목에 구멍을 냈다." 신체 상해에 대한 매우 사실적인 공포를 이끌어낸다. 또한 이 장은 손에 땀을 쥐게 하는 장면으로 끝난다. 이 모든 작법이 한데 어우러져서 독자는 사건이 아주 빠른 속도로 전개된다고 느끼고, 바로 다음 문장이 등장인물의 마지막일 수 있다는 생각에 얼른 페이지를 넘긴다. 이런 작법이 적용된 사례는 액션 장면action scenes에서 가장 쉽게 찾을 수 있지만 긴장이 고조되는 모든 장면에 적용할 수 있다. 이와 대조적으로 패트릭 네스의《우리 나머지 사람들은 그 냥 여기서 살고 있어요》에 나오는 다음 장면을 살펴보자.

그 사건이 벌어진 날 밤 내가 처음 병원에 갔을 때 스티브는 흉 터가 더 늘어지고 커지지 않도록 막는 이 오일을 내게 주었다. 나 는 종종 그 오일 때문에 순환 고리에 갇히곤 한다. 오일을 바르고, 닦고, 바르고 닦는. 그러다 마침내 얼굴을 그냥 놔두는 것보다 내 가 흉터를 더 크게 만들고 있다는 확신이 들면 멈춘다.

이 단락에 나오는 문장들은 길고 복잡하다. 마치 등장인물 의 사고 속도를 따라 움직이는 듯한 기분이 들 정도로 인물의 동 작에 머물고, 인물의 내적 성찰을 완전하게 전달한다. 동작 이면 에 있는 감정을 구체화할 수 있도록 반복과 운율을 통해 분량을 늘리고 행동과 반응, 원인과 결과 사이의 간격을 늘린다.

어느 쪽을 택하든 속도감의 가속화와 감속화 모두 크게 보 면 글로 등장인물의 경험을 모방해 패턴화하는 것을 목표로 삼 는다. 속도감이 빠른 글의 패턴은 독자에게 잠깐이라도 멈춰서 생각할 시간이 없다는 느낌을 주는 반면, 속도감이 느린 글의 패 턴은 독자가 조금 더 오래 머물면서 빠져들 여유를 주어서 감정 비트에 깊이를 더한다. 독자가 등장인물의 감정적 소용돌이를 더 오래 느끼도록 해주고 성장의 어려움, 성장하려면 시간과 사 색이 필요하다는 점을 강조해서 등장인물의 내적 성찰을 보조 한다. 독자가 그런 감정 비트를 빨리 통과하도록 재촉하면 등장인물의 선택이나 외상이 중요하지 않다거나 지나치게 쉽게 해결된다고 느끼게 된다.

속도감이 긴장과 정교하게 얽혀 있는 건 사실이지만 속도감을 그런 식으로만 이해하면 긴장감 높은 순간들은 무조건 속도감 있게 써야 한다고 오해하게 되는데, 그것은 결코 사실이 아니다. 제임스 스콧 벨은 《갈등과 서스펜스》에서 스스로 '긴장 늘이기Stretching the Tension'라고 부르는 것에 대해 설명한다.

리 차일드는 단 몇 초에서도 엄청난 양의 긴장을 짜낸다. 우리를 기다리게 하는 걸 전혀 두려워하지 않기 때문이다. 그리고 그것이 긴장의 열쇠다. 기다림. 오래 기다리면 기다릴수록 더 좋다.[3]

리 차일드의 《악의 사슬》 속 다음 단락을 살펴보자.

리처는 군청색 쉐보레를 보자마자 모텔에서 빈센트가 한 말이 떠올랐고 도로시 코의 헛간에 숨어서 지켜봤던 두 남자와 연결했다. 동시에 그렇게 연결한 것에 자신에게 이의를 제기했다. 쉐보레는 아주 흔한 차종이고 군청색도 매우 흔한 색이다. 동시에 자신이 본 이란인 두 명과 아랍인 두 명이 떠올랐다. 그러면서 겨울에 네브라스카 호텔에서 이방인 두 쌍이 만나는 것이 과연 단순한 우연일까 스스로 물었다. 그리고 만약 그것이 우연이 아니라면 세 번째 한 쌍의 남자들이 근처 어딘가에 있을 거라는 생각이 들었다. 다만 그들이 자신이 도로시의 헛간에서 봤던 그 전달들일 수도 있고, 아닐 수도 있다. 여기서 여섯 명의 남자가 모이는 것을 설명할 길이 없다고 해도, 그들이 만나는 목적을 알 수 없다고 해도 말이다. 동시에 리처는 눈앞에서 남자가 자동차 열쇠를 떨어뜨리고, 팔을 움직이는 것을 지켜봤다.

이 단락은 잭 리처가 단 한 번 주먹을 휘두르기 위해 상황을 파악하고 움직이는 장면을 묘사하고 있다. 차일드는 시적인 것과는 거리가 먼 간결한 표현을 사용하면서도 리처의 사고 과정을 구체적으로 서술하고 독자가 리처의 사고 패턴을 느낄 수 있도록 긴 구문과 문장을 더한다. 상황을 더 복잡하게 만드는 세부사항과 요인을 조금씩 천천히 집어넣으면서 긴장을 고조시키는 한편, 행동과 반응 사이의 간격을 아주 넓게 벌린다. 전부 하나의 행동, 즉 주먹을 휘두르는 행동이 마침내 실행되었을 때 그 파급력을 더 키우기 위해서다. 차일드는 긴장을 길게 늘인다. 그래서 갑자기 이 주먹 한 방에 굉장히 많은 것이 걸린 듯이 느껴진다. 만약 차일드가 단순히 '리처는 자신을 미행하는 두 남자를 알아보았다. 그는 즉시 몸을 돌려 첫 번째 남자의 가슴에 주먹을 날렸다'라고 썼다면 도저히 그런 효과를 낼 수 없었을 것이다. 기본적으로 이것은 이런 작법을 적용할 때 따라야 하는 법칙이라기보다는 따르면 좋은 지침에 가깝다.

긴장을 길게 늘이라는 벨의 의도는 어느 정도는 타당하다. 스릴러 소설을 읽을 때 누가 연쇄 살인마인지 밝혀지기를 기다리는 것이 그토록 만족스러운 이유이기도 하다. 기다림에는 보상이 따른다. 그러나 이 늘이기 작법을 너무 자주 활용하면 효과가 떨어져서, 긴장감이 느껴져야 하는 장면이 질질 끄는 장면이 되고 만다. 이 작법을 사용하고 싶다면 긴장이 높은 아주 중요한 두어 장면에만 적용하기를 권한다.

또한 벨의 조언은 정서적 긴장을 길게 늘일 때도 아주 유용하다. 스티븐 크보스티의 《월플라워》에서 독자는 찰리의 머릿속에서 여러 페이지를 넘긴다. 찰리는 정신적으로 불안정한 십대 청소년이 자신의 친구 무리가 와해되는 상황에 적응하느라 어려움을 겪고 있다. 작가는 단순히 찰리가 신경쇠약에 걸렸다고만 말하고 넘어가지 않는다. 그로 인한 정서적 긴장을 10여 페이지 분량으로 늘여서 행동과 반응 사이의 틈을 한껏 넓힌다. 오래 지속되는 정서적 혼란은 누구나 공감할 수 있는 감정이다. 이러지도 저러지도 못하는 상황에서 무엇을 해야 할지 몰라 하며 자신의 감정에서 빠져나오지 못하고 영원히 헤매는 기분은 많은 독자에게 익숙하다. 마치 마비된 것 같은 느낌이 들기도 한다. 등장인물의 여정이 무엇이건 주로 내면의 위기에서 긴장을 이끌어내는 이야기에서는 그 여정이 결정적인 요소라고 느끼도록 만드는 데 있어서 이렇게 천천히 타들어가는 정서적 긴장이 중요한 역할을 한다. 작가가 찰리가 자신은 정말로 괜찮다고 반복적으로 말하도록 한 다음에야 독자는 찰리의 생각이 급격하게 흩어지다가 어느 순간 이렇게 끝나는 것을 읽는다.

너는 내게 정말로 소중한 사람인데 나 때문에 네 시간을 낭비하게 해서 정말 미안해. 그리고 네가 아주 잘 살았으면 좋겠어. 너는 그럴 자격이 있으니까. 정말이야. 너도 그렇게 생각했으면 좋겠다. 그럼, 이만. 안녕.

이런 감정 비트를 행동-반응으로 구성하기는 어렵다. 크보

이런 감정 비트를 행동-반응으로 구성하기는 어렵다. 크보스키는 쉼표나 세미콜론 같은 문법적 휴지 장치를 없애 멈추지 않고 이어지는 생각의 흐름을 만들어내지만, 이것은 앞서 여러 페이지에 걸쳐 느린 속도로 진행된, 그러나 여전히 매우 치열한 내적 성찰을 보여주었기 때문에 가능했다.

아주 빨리 전개되는 장면이라도 정서적 순간들에서는 독자가 순간에 머물 수 있도록 작가가 글의 패턴을 바꾼다는 것을 알수 있다. 이런 미시적 작법은 해당 장면의 원초적인 감정을 다루지만 빠르고 느린 장면들이 각각 그 자체로는 괜찮은데도 이야기 전체의 속도감이 이상한 경우도 있다. 아마도 "이야기가 계속 앞으로 나아가게 하라"라는 조언을 들어본 적이 있을 것이다. 서사가 갑자기 브레이크를 밟은 듯 멈추는 원인 중 하나가 이른바 부수적 임무 문제Sidequest Problem다.

샛길은 건너뛰어라!

⚡

비디오게임을 한 번이라도 해봤다면 보통 플레이어가 Z라는 목표에 도달하기까지 여러 퀘스트를 깨야 한다는 사실을 알 것이다. 가족을 죽인 용을 해치우는 것이 최종 목표라고 해보자. 그러나 용과 맞서기 전에 먼저 각성의 검을 얻어야 한다. 이 목표를 Y라고 부르자. 그런데 이 검을 얻으려면 먼저 천공의 사원을 찾아가야 한다. 이 목표는 X라고 부르자. 그런데 이 사원을 찾아가려면 먼저 마녀를 잘 구슬려서 그 사원이 어디 있는지를

알아내야 한다. 이 목표는 W라고 부르자. 따라서 이 게임의 서사는 다음과 같다.

- 출발점 → 목표 W → 목표 X → 목표 Y → 최종 목표 Z

이런 스토리텔링 형식에서는 플레이어와 최종 목표 사이에 다소 엉뚱해 보이는 장애물들을 심어놓는데, 이는 게임을 너무 복잡하게 만들지 않으면서도 분량을 늘리는 장치처럼 느껴진다. 이 장애물들을 헤쳐나가는 동안에도 플레이어는 이야기가 앞으로 나아간다는 생각이 들지 않을 것이다. 이 장애물들 자체에는 특별한 의미가 없기 때문이다. 그나마 플레이어의 개인사와 연결된 유일한 목표가 Z, 즉 용을 해치우는 것이다. 여기서는 이 장애물들이 플레이어에 대해 새로운 사실을 알려주거나 플레이어를 도덕적 딜레마에 빠뜨리거나 하는 일은 없다고 전제한다.

그래서 얻은 결과물은 결국 부적절한 속도감이다. 불필요하게 이야기가 늘어지고 각성의 검을 얻거나 하늘의 절을 지키는 수호신을 죽이기가 아무리 어려워도 지루하기만 하다. 중심 서사가 앞으로 나아간다는 느낌이 들지 않기 때문이다. 그저 최종 목표 Z를 달성하기 위한 중심 서사가 지연될 뿐이다.

이 게임이 책이었다면 이런 장애물이 글자로 표현되었을 텐데, 그 글은 이야기에 대해 아무것도 알려주지 않을 것이다. 감독이자 시나리오 작가인 라이언 쿠Ryan Koo는 픽사의 스토리텔링이 성공한 이유를 이렇게 요약한다. "단순화하라. 집중하라.

등장인물을 합쳐라. 샛길은 건너뛰어라." 경험이라는 측면에서
보면 엉뚱한 장애물과 부수적 임무는 중심 서사를 돌아가는 샛
길이다. 장애물 W부터 Y까지 모두 빼더라도 특별히 중요한 것
을 잃지는 않는다. 이 장애물들이 꼭 존재해야 할 서사적인 이유
가 없기 때문이다. 플레이어가 이미 각성의 검을 가지고 있다고
한들 무슨 문제가 되겠는가? 이것이 부수적 임무 문제이며, 소
설을 쓸 때도 이런 실수를 저지를 수 있다.

전체 서사의 속도감을 고려할 때는 어떤 장애물이 결말에
더 큰 의미를 부여하는지, 어떤 장애물이 불필요한지 찾아보자.

- 결말을 근본적으로 바꾸는가?
- 주요 등장인물의 성격 변화 과정에 꼭 필요한 요소인가?
- 이야기나 이야기의 세계에 관해 새로운 사실을 드러내는가?

만약 이 세 가지 중 어디에도 해당하지 않는다면 장애물을
굳이 그 자리에 넣어야 할까? 만약 애매하다면 장애물을 이 세
가지 중 하나를 충족하는 다른 이야기 비트와 합치는 것도 고려
해볼 만하다. 벨은 서브플롯의 속도를 다루면서 다음과 같이 비
교한다.

서브플롯은 중심 줄거리와 서로 영향을 주고받으면서 이야기
를 복잡하게 만든다(적어도 그래야 한다). … 감정을 통해 또는 물리
적 수단을 통해 서브플롯은 메인플롯에 맹렬히 달려들어서 온갖
혼란을 일으킨다.[4]

월리엄 셰익스피어의《로미오와 줄리엣》에서 메인플롯은 열여덟 살 소년 로미오와 열여덟 살 소녀 줄리엣의 로맨스다. 몬 터규가와 캐퓰렛가의 적대 관계는 서브플롯이다. 왜냐하면 이 서브플롯이 메인플롯에 침투해 로미오와 줄리엣의 로맨스를 복잡하게 만들기 때문이다. 인물호에서도 중요한 역할을 하고, 이로 인해 두 사람이 죽음을 맞이한다는 결말을 결정한다. 이것이 부수적 임무였다면 로미오와 줄리엣이 만난 뒤 이야기 중반 즈음에 두 가문을 화해시키고, 그 뒤로는 다시 적대 관계에 관한 이야기가 나오지 않을 것이다. 두 인물의 인물호에도 영향을 미치지 않고, 결말도 그대로일 것이다.

앞서 든 게임의 예에서 각성의 검을 얻기 위해 플레이어가 성장할 필요가 없고, 각성의 검을 얻는다고 해서 결말이 달라지지도 않으며, 게임 세계에 관한 새로운 사실을 드러내지도 않는다. 메인플롯에 정면으로 달려들어 온갖 문제를 일으키지도 않는다. 장애물이 모두 서브플롯이어야 하는 것은 아니지만 장애물도 서브플롯과 마찬가지로 존재의 이유를 입증해야 한다.

이런 식으로 장애물을 분석하면 이야기에 복잡성과 깊이를 더하는 장애물만을 남겨서 서사가 꾸준히 앞으로 나아갈 수 있게 된다. 부수적 임무는 빠르게 진행되든 느리게 진행되든, 중심 서사가 전개되는 속도에는 거의 영향을 미치지 않는다. 부수적 임무가 진행되는 동안에는 중심 서사가 실질적으로 멈춰선 상태이기 때문이다. 플래시백이 종종 어색하게 느껴지는 이유이기도 하다. 작가들은 앞서 나열한 세 가지 조건 중 한 가지도 충족하지 못하는 플래시백을 이야기에 집어넣곤 한다.

2013년 퀀틱 드림이 출시한 게임 〈비욘드: 두 개의 영혼〉은 초능력을 지닌 소녀가 주인공인 서사 중심 게임이다. 소녀는 자아를 발견하는 동시에 자신의 능력을 악용하려는 세력을 피해야 한다. 이 게임 14챕터의 제목은 '나바호Navajo'인데, 이 챕터에서 소녀는 미국 중부의 어느 외딴집에 사는 아메리카 원주민 가족을 만나 모험을 떠나게 된다. 이 챕터는 엄청나게 길고 진행 속도도 느려서 게임 전체에서 가장 재미없는 챕터로 여겨진다. 주인공인 조디는 이 챕터가 끝날 무렵 조금 성장하지만 이 챕터에서 장애물을 깨는 데 드는 시간에 비하면 충분히 성장하지 않는다. 새로운 정보를 얻는 것도 아니고, 이 챕터에서 일어나는 사건들이 게임의 결말을 크게 바꾸지도 않는다. 중심 서사가 진행된다는 측면에서 보면 이 챕터를 통해 얻는 보상이 너무 적다. 속도감 조절에 실패한 것이다. 앞서 살펴보았듯이 이런 애매한 경우에는 '나바호'라는 장애물을 다른 장애물과 합쳐서 서사에 대한 기여도를 높이는 편이 나았을 것이다.

독자를 '엄청난 것'의 열차에 태워라

여기서 말하고자 하는 것은 중심 서사의 바람직한 속도감은 독자가 '엄청난 것The Big Thing'에 다가가고 있다는 느낌이 들게 하는 속도라는 것이다. 토머스 해리스의 《레드 드래곤》에서는 이것이 연쇄 살인마를 붙잡는 데 얼마나 더 가까워졌는가를 의미한다. 재스민 왈가의 영 어덜트 소설 《하얀 거짓말》에서는 아이셀이 자살 충동에서 벗어나는 데 얼마나 가까워졌는가를 의미한다. 편집자가 작가에게 빠른 속도로 전개되는 도입부가 필요하다고 말할 때는 싸움 장면이나 말다툼으로 이야기를 시작하라는 뜻이 아니다. 심지어 앞서 살펴본 가속화 작법을 적용하라는 뜻도 아니다. 이것은 작가가 독자를 '엄청난 것'으로 향하는 선로에 얼마나 빨리 올려놓는가에 관한 것이다.

이를 위해서는 '매혹하기'나 질문 또는 계기적 사건inciting incident의 첫 번째 반전이나 폭로 등이 필요하다. 그다음에는 독자가 작가가 설정한 '엄청난 것'으로 향하는 다음 단계로 넘어갔다고 느끼기까지 얼마나 걸리는가의 문제다. 대개 2막에 집중된 서사의 더딘 진행은 '엄청난 것'으로 향하는 '단계들' 사이사이의 간격을 넓힌다. 이야기에서 '엄청난 것'은 무엇인가? 독자에게 '엄청난 것'의 첫 번째 맛보기, 두 번째 맛보기, 세 번째 맛보기를 언제 제공하는가?

빠른 것이 짧은 것이 아닌 이유

⚡

편집자인 셉템버 폭스September C. Fawkes는 내가 그전까지는 한 번도 생각해보지 않은 사실을 지적했다. 서브텍스트의 부재가 속도감을 늦춘다는 것이다.

> 한번은 원고를 교정했는데, 비트와 감정 이입 장치들이 전부 적절했다. … 그런데도 어딘지 모르게 이야기가 더디게 흘러가는

것 같고 지루했다. … 알고 보니 서브텍스트가 거의 없다시피 했다. … 텍스트를 이해하고 파악하려고 지적인 노력을 들일 이유가 없었던 것이다.[5]

서브텍스트는 이야기를 풍성하게 만든다. 의식적이든 무의식적이든, 독자는 추가적인 의미를 찾아 끊임없이 텍스트를 샅샅이 들여다본다. 숨겨진 단서나 암묵적으로 전달되는 내용을 이해하기 위해서다. 행간을 읽는 것이다. 서브텍스트가 없으면 속도감이 느려진다. 같은 단어를 사용했더라도 그 단어에 담긴 정보의 양이 줄어들고 독자가 감춰진 내용을 숙고하고 발견하는 재미가 사라지기 때문이다. 다음은 네드 비지니의 《꽤 웃긴 이야기》에서 인용한 내용이다.

"야, 괜찮아?"

내 이름으로 삼아야겠다. 슈퍼히어로 이름 같지 않아? 야, 괜찮아.[*]

"어…." 내가 우물거린다.

"크레이그 건들지 마." 로니가 끼어든다. "크레이그 존에 들어갔잖아. 크레이그 중이라구."

"그래." 나는 근육을 움직여 얼굴에 미소를 만든다.

단어들이 어떤 일을 하는지 보이는가? 입을 배신하고 탈출해

---

[*] 원문은 "You all right, man?"이다. ~man으로 끝나는 슈퍼히어로의 이름 같다는 말장난이다.

버린다.

"괜찮아?" 니아가 묻는다. …

"괜찮아." 니아에게 답한다.

크레이그의 미소와 그의 감정이 분리되는 것에서 독자는 크레이그의 진짜 감정과 그의 우울증에 관한 뭔가를 알게 된다. 표면적으로는 이 이야기의 사건은 크레이그가 괜찮다고 말한다. 그러나 그 사건을 쓴 방식에서 독자는 뭔가가 아주 크게 잘못되었으며 크레이그가 괜찮지 않다는 것을 알 수 있다. 서브텍스트를 영리하게 활용하면 독자는 모든 장면이 '엄청난 것'에 가까워지고 있다고 느낄 수 있다. 표면적으로는 결말에 전혀 기여하지 않는 듯 보이는 장면에서도 말이다.

판타지 소설과 SF 소설에는 이 점과 관련해 특히 극복해야 할 큰 걸림돌이 있다. 바로 세계관을 구축하면서 속도감을 조절해야 한다는 것이다. 마법 체계, 정치, 종교 기타 이야기 세계의 세부사항은 이야기 속에 능숙하게 엮어 넣지 않으면 독자가 잠시 멈춰서 그 세부사항을 억지로 배워야만 하기 때문에 서사의 속도감을 유지하는 데 치명적인 걸림돌이 된다. 앤드루 로의 《충분히 발전한 마법》에는 복잡한 마법 체계가 나오는데, 그 마법 체계 자체가 주는 재미가 있는데도 마법 체계가 너무 복잡해서 싸움 장면이 자꾸 뚝뚝 끊긴다는 비판을 받기도 한다. 등장인물이 한창 뭔가를 하는 중에 독자에게 마법 체계가 어떻게 작동하는지를 알려주기 위해 작가가 감정 비트나 행동 비트에서 자꾸 벗어나는 바람에 긴장이 확 풀어지기 때문이다.

이 장은 설명을 간결하게 전달하는 법을 다루는 장이 아니다. 그런 내용은《작가를 위한 세계관 구축법 생성 편》에서 다룬다. 그러나 세계관 구축이 장면의 진행에 방해가 된다면, 그것은 보충 설명이 필요하다고 작가가 느끼기 때문이다. 때로는 보충 설명이 필요할 수도 있다. 그러나 그렇지 않은 경우가 대부분이다. 만약 자꾸 보충 설명을 해야 한다고 느낀다면 작가는 독자가 무슨 일이 벌어지고 있는지 이해할 수 있을 정도로 똑똑하지 않다고 생각하거나 미리 충분히 설명하지 않았기 때문이다. 속도감을 해치지 않는 세계관 구축은 장면의 감정 비트를 지지한다. 마이클 라이트의《누미너스》에 나오는 다음 장면을 살펴보자.

정교한 선과 무늬는 너무나 아름다웠지만, 그럼에도 그 모든 것이 무의미했다. 베일링 벨의 성소 탑은 지나의 거대한 탑들이 무너지기 전의 형상을 본떠 만들었다. 그러나 아무런 기능이 없는 껍데기에 불과했다. 오로지 최초의 탑들이 어떤 모습이었는지를 모방해서 보여주기 위해 설계되었고, 그마저도 제대로 모방하지 못했다. 님은 지나의 위대한 작품을 재현하려는 사람들의 노력을 비웃고 싶었지만 인간들은 오히려 슬퍼하기만 했다.

이 장면의 감정 비트에서 인간은, 신과 같은 존재가 대륙을 통치하던 옛 황금기를 돌아보고 그리워한다. 이 비트는 등장인물이 누구인지 이해하도록 돕고, 건축물을 묘사하는 세계관 구축은 이 감정 비트를 보조한다. 세계관 구축을 위해 샛길로 빠진

부분들을 다시 살펴보면서 그 샛길이 감정 비트를 지지하는지 방해하는지, 작가가 독자의 이해력을 충분히 신뢰하는지 확인해보자.

마지막으로 속도감과 장르에 대해 이야기하겠다. 속도감에 장르를 불문하고 적용할 수 있는 보편적인 기준은 없다.

구조와 속도감은 전통적으로, 빠르게 전개되는 1막, 다소 느리게 전개되는 2막, 빠르게 전개되는 3막이라는 형태로 연결된다. 이것이 일반적인 조합이기는 하지만, 장르에 따라서는 다른 조합이 더 잘 어울릴 수도 있다. 사람마다 이야기에 몰입하는 방식이 다르기 때문이다. 현대의 영 어덜트 소설 장르가 흥미로운 사례다. 속도감이 떨어지는 글은 독자가 등장인물의 성격 변화 과정에 관심을 가지게 만드는 중요한 요소다. 독자가 인물의 생각을 찬찬히 들여다보고 인물의 선택과 실수의 여파를 제대로 느끼기 위해서는 시간이 필요한데, 속도감이 빠른 글은 독자에게 여유를 허락하지 않는다. 현대의 소설 작가, 특히 영 어덜트 소설 작가들은 속도감을 늦추는 작법을 많이 활용한다. 그래야 독자가 이야기에 몰입하기 때문이다. 또한 그들은 우울증이나 자살처럼 젊은 세대가 공감할 수 있는 주제에 그런 작법을 적용한다. 젊은 세대가 책을 펼쳐 드는 이유는 깊은 심리적 내면 성찰에 끌리기 때문이다. 이것은 현대 영 어덜트 소설이 1인칭 시점으로 서술되는 비중이 훨씬 더 큰 이유이기도 하다. 속도감이 느린 글과 마찬가지로 1인칭 시점은 독자가 이야기에 몰입하도록 유도하는 보완적인 요소다.

위의 인용문과 리 차일드나 로버트 러들럼의 글을 비교해

보라. 차일드와 러들럼은 빠른 속도감이 중요한 스파이 소설과 스릴러 소설을 쓴다. 이들은 라이트와는 아주 다른 독자층에게 사랑을 받는다. 영 어덜트 소설에도 빠르게 전개되는 장면들이 있지만, 이야기 속 구체적인 사건들은 등장인물의 내면 깊숙한 곳에서 이루어지는 심리적 여정과 달리 독자를 완벽하게 끌어들이지는 못한다. 페이지를 넘길 때마다 이야기에 확 빨려 들어가 흥분을 느끼기를 기대하기보다는 이해받고 대변되고 공감받고 싶은 욕구가 앞서기 때문이다. 그래서 1막, 2막, 심지어 3막도 속도감이 느릴 수 있다.

패트릭 네스의 《우리 나머지 사람들은 그냥 여기서 살고 있어요》는 일반적인 이야기에서는 단역에 불과할 인물의 시점에서 서술된 영 어덜트 소설이다. 네스는 의도적으로 전형적인 이야기의 틀을 뒤집어가며 글을 쓴다. 작가는 속도감도 뒤집는다. 이 소설은 1막, 2막, 3막 모두 느리게 진행된다. 마지막 순간에는 뭔가 엄청난 갈등이 일어나면서 이야기가 흥미진진해질 거라고 기대하지만, 결국 흐지부지 마무리된다. 어찌 되었건 이 소설의 주동 인물들은 실제로는 단역에 불과하니까. 주동 인물들의 이야기는 그야말로 평범하기 짝이 없고, 인생은 모름지기 3막 구조로 흘러가지 않는다.

이야기 전반에 걸쳐 주동 인물 마이키의 서술은 길고 느릿느릿한 문장들로 이루어져서 빙 돌아가는 느낌을 준다. 대화는 목적도, 방향도 없는 것 같다. 그러나 이 모든 것이 의도된 것이다. 이런 작법은 마이키의 모든 생각과 행동에 무게를 실어 둔하게 만든다. 마치 삶이 헛된 것이고 그의 의지를 벗어난 것 같은 우울감이 짓누른다. 자신을 뺀 모든 사람이 성장하면서 앞으로 나아가는 것 같다고 여기는 마이키의 두려움을 강조한다. 이런 유형의 서브텍스트와 내적 성찰은 많은 영 어덜트 소설 독자에게서 깊은 공감을 이끌어낸다. 그런 독자는 러드럼이나 차일드의 독자와 달리 빠른 속도감으로 전개되는 이야기에는 몰입할 수 없다.

프레드릭 배크만의 《베어타운》은 어느 작은 외딴 마을에서 살아가는 주민들의 이야기를 다룬 현대 소설이다. 마을 사람들은 서로를 너무나 속속들이 알고 있으며, 주민 한 사람의 선택이 마을 사람 전체에게 영향을 미친다. 내가 지금까지 읽어본 책 중에서 단 한 권의 책 속에 그렇게 많은 인물이 등장하기는 처음인데, 작가는 독자가 그 인물들의 이름을 모두 기억하길 바라는 듯하다. "천천히 불이 붙는다"라는 표현도 이 책을 설명하기에는 부족하다. 첫 200쪽은 등장인물 하나하나를 소개하고 그들의 삶, 베어타운에서 살아가는 방식을 설명한다. 사건이 벌어지면 아주 잠깐씩 이야기가 빠르게 전개되지만 대부분 매우 느리게 흘러간다. 배크먼은 삶을 지극히 사실적으로 묘사하는, 그래서 삶이 정체되는 시간들조차 빼지 않고 모두 담아내는 소설에 관심이 있는 매우 특정한 부류의 독자를 염두에 두고 글을 썼다. 이 소설을 일반적인 소설의 속도감에 맞춰 썼다면 어울리지 않았을 것이다.

기본적으로 적절한 속도감의 기준은 독자에 따라 다르며, 작가가 만들어내고 싶은 긴장의 유형에 따라서도 달라진다. 1막은 빠르게, 2막은 느리게, 3막을 가장 빠르게 써야 한다는 것은 좋은 조언이 아니다. 적절한 속도감이란 이야기마다 다르고, 독자마다 다르기 때문이다. 따라서 나는 속도감 분석에 더 유용한 렌즈는 '독자가 '엄청난 것'에 가까워지고 있다고 느끼는가'라는 질문이라고 생각한다. 빠른 속도로 전개되는 스파이 소설에서는 '엄청난 것'이 세상을 구하는 것이고, 느린 속도로 전개되는 현대 소설에서는 '엄청난 것'이 지극히 개인적인 상실의 경험이나 해리성 정체 장애일 수 있다.

바쁜 작가를 위한 n줄 요약

①

미시적 속도감은 문장 구조, 단어 선택, 행동–반응 틀, 그리고 손에 땀을 쥐게 하는 장면, 내적 성찰, 필터 단어 제거 같은 작법으로 조절할 수 있다.

②

긴장을 높이기 위해 반드시 속도감을 높이는 작법을 따라야 하는 것은 아니다. 그러나 긴장을 너무 자주 늘이면 그 효과가 반감한다.

③

부수적 임무 문제는 플롯의 장애물이 서사에 기여하지 않고, 중심 서사의 속도감을 늦추고, 최악의 경우에는 중심 서사를 완전히 멈추게 만들 때 발생한다. 장애물이 결말을 근본적으로 바꾸거나 중심 서사를 복잡하게 만들거나 주요 인물을 성장시키거나 이야기 또는 이야기의 세계에 관한 사실을 드러내는지 확인해보자.

④

서브플롯은 메인플롯을 복잡하게 만들면서 긴장감을 고조시켜서 속도감을 높이거나 인물의 정서적 순간을 보충해서 속도감을 늦춘다. 반면에 부수적 임무는 중심 서사의 속도감에 브레이크를 건다.

⑤

서브 텍스트는 속도감을 높여서 독자의 경험을 더 풍성하게 만든다. 독자는 끊임없이 숨겨진 단서를 추적하고 텍스트에서 추가 의미를 찾아낸다.

6

세계관 구축을 위해 샛길을 냈다면 그 샛길이 감정 비트를 지지하는 발판 역할을 해야 한다. 속도감 조절에 방해가 되는 샛길을 내는 이유는 작가가 자신의 독자가 장면을 충분히 이해할 수 있을 정도로 똑똑하다는 것을 믿지 못하거나 미리 명확하게 설명해두지 않았기 때문이다.

7

적절한 속도감이 무엇인지는 장르에 따라 다르다. 액션 소설이나 스릴러 소설은 빠른 속도감을, 현대 영 어덜트 소설은 느린 속도감을 선호한다. 대상 독자가 누구인지 알아야 한다.

3장

스승님, 스승님,
나의 스승님

J. K. 롤링 　　　　　　　　　　　　　　　　J. K. Rowling
《해리 포터와 아즈카반의 죄수》　Harry Potter and the Prisoner of Azkaban

K. M. 와일랜드 　　　　　　　　K. M. Weiland
《인물호 만들기》　　　　　Creating Character Arcs

니콜라스 하이트너 　　　　Nicholas Hytner　　　　닐 게이먼 　　　　Neil Gaiman
〈히스토리 보이즈〉　　　The History Boys　　　《신들의 전쟁》　American Gods

닥터 수스 　　　　　　　　　　　Dr. Seuss
《크리스마스를 훔친 그린치》　How the Grinch Stole Christmas

로이스 라우리 　　　Lois Lowry　　　마거릿 애트우드 　　　Margaret Atwood
《기억 전달자》　　The Giver　　　《증언들》　　　　The Testaments

안토니오 이투르베 　　　　　　Antonio Iturbe
《세상에서 가장 작은 도서관》　The Librarian of Auschwitz

앨런 베넷 　　　　　　　　Alan Bennett
니콜라스 하이트너 　　　Nicholas Hytner
어니스트 클라인 　　　　Ernest Cline
《레디 플레이어 원》　　Ready Player One

에런 에하스 　　　　　　Aaron Ehasz
저스틴 리치먼드 　　　Justin Richmond
〈드래곤 프린스〉　　The Dragon Prince

오언 콜퍼 　　　　　　　　　　　　　Eoin Colfer
《아르테미스 파울 4: 오펄 코보이의 계략》　Artemis Fowl: Opal Deception

조지 R. R. 마틴 　　　George R. R. Martin
《왕좌의 게임》　　　A Game of Thrones

《왕들의 전쟁》　　　A Clash of Kings

조지 루카스 　　　　　　　　　George Lucas
〈스타워즈: 시스의 복수〉　Star Wars: Revenge of the Sith

정신적 스승은 아주 오랜 역사를 지닌, 누구나 쉽게 알아볼 수 있는 전형적인 인물 유형이다. 지팡이를 짚으면서 눈을 반짝이는 백발노인의 이미지가 종이에서 튀어나올 듯 선명하게 그려진다. 대개는 정신적 스승을 주동 인물과의 관계를 통해 탐색한다. 이 장에서는 서사에서 정신적 스승이 전통적으로 담당한, 주동 인물의 인물호를 촉진하는 역할에 대해 알아보겠다.

이 장은 통찰의 유형, 정신적 스승과 부정적인 인물호, 행동-반응 장면, 감정 대립 장면, 교훈-행동 장면, 정신적 스승에 인간미 부여하기, 정신적 스승의 성격 설정, 정신적 스승의 죽음으로 나뉜다.

스승이라고 모두 아는 것은 아니다

⚡

본질적으로 정신적 스승은 주동 인물에게는 아직 부족한 어떤 통찰을 전달한다. 그렇다면 정신적 스승은 어떤 유형의 통찰을 지녀야 할까? K. M. 와일랜드의 훌륭한 책 《인물호 만들기》는 '등장인물이 믿는 거짓'에 대해 이렇게 설명한다.

그는 자신, 세계, 또는 아마도 둘 다에 관한 오해가 진실이라고 굳게 믿는다. … 인물은 심지어 자신에게 그런 문제가 있다는 사실을 깨닫지 못할 수도 있다.[6]

작품 속 정신적 스승이 주동 인물의 '거짓'과 어떤 관계에 있는지 고민하라. 그 관계가 어떤 역할을 할지는 등장인물이 긍정적인 방향으로 변하는지 아니면 부정적인 방향으로 변하는지에 따라 달라진다. 또한 정신적 스승이 긍정적인 영향력을 행사하는지, 부정적인 영향력을 행사하는지에 따라서도 달라진다.

주동 인물이 긍정적으로 변화한다면 정신적 스승은 주동 인물이 아직 믿지 않는 '진실'에 관한 아주 구체적인 통찰을 지닌다. 마거릿 애트우드의 《증언들》에서 리디아 아주머니는 빅토리아 아주머니에게 정신적 스승과 같은 존재다. 미국이 멸망하고 그 폐허에서 탄생한 길리어드 공화국은 종교적 근본주의가 지배하는 디스토피아다. 길리어드 공화국의 열렬한 지지자인 빅토리아 아주머니는 길리어드 공화국의 방식을 조금도 의심하지 않으며 여자는 남자의 지배를 받아야만 하는 존재라고 믿는다. 여자가 신체를 노출해 남자의 욕망에 불을 붙였다면 그 여자는 당연히 비난받아야 한다고 생각한다. 이런 것들이 빅토리아 아주머니가 믿는 '거짓'이고 리디아 아주머니는 그녀가 진실을 보도록 이끈다.

리디아 아주머니가 전하는 지혜는 게임 〈던전 앤 드래곤 Dungeons & Dragons〉에서 던전 마스터가 던져주는 단서들처럼 플롯과 관련이 있다는 이유만으로 툭툭 내뱉는 교훈이 아니다. 리디아 아주머니가 이야기에서 제기되는 모든 문제의 답을 알고 있는 것도 아니다. 리디아 아주머니는 빅토리아 아주머니의 인물호에서 큰 비중을 차지하는, 삶에 관한 매우 구체적이고 중요한 '진실'을 안다. 길리어드는 부패했고, 여자도 남자와 동등하게 존중받고 자유를 누릴 자격이 있으며, 남자의 행동 때문에 여자가 비난받을 이유가 없다. 결말에서 빅토리아 아주머니는 이런 '진실'에서 해방구를 찾는다. 빅토리아 아주머니의 자아관과 가치관이 훨씬 더 나은 방향으로 바뀐다. 정신적 스승의 통찰은 구체적이어야 한다. 그래야 정신적 스승과 주동 인물 간의 역학 관계가 효과를 발휘하기 때문이다. 평등, 정의, 신앙 같은 추상적인 관념 대신 리디아 아주머니는 주동 인물이 자신의 경험을 새로운 눈으로 바라볼 수 있도록 구체적인 교훈을 전달한다. 주동 인물의 삶과 밀접한 교훈이라는 점 또한 주동 인물의 변화를 더 설득력 있게 만든다.

주동 인물과 정신적 스승 사이의 주된 정서적 차이를 구체화하지 않으면 정신적 스승의 통찰이 무의미하게 보일 수 있다. 어니스트 클라인의 《레디 플레이어 원》에서 제임스 할리데이는 웨이드의 정신적 스승이다. 심지어 그를 백발 수염을 기른 마법사로 묘사하기도 한다. 그런데도 그가 건네는 조언은 막연하고, 웨이드가 배워야 하는 교훈을 할리데이 본인도 제대로 배우지 못했다는 인상을 준다. 주동 인물인 웨이드가 '거짓'을 굳게 믿는 것 같지도 않지만, 정신적 스승인 할리데이 역시 '진실'을 굳게 믿는 것 같지도 않다. 게다가 정서적으로 할리데이가 웨이드보다 더 성숙한 어른처럼 느껴지지도 않는다. 그런데도 어떻게 된

일인지 이 이야기에서는 할리데이를 현명한 자, 지혜로운 자로 내세운다. 클라인은 할리데이가 대단한 인물이라는 점을 입증하지 않고도 독자가 그를 우러러볼 것이라고 기대하는 듯하다.

이와 대조적으로 로이스 라우리의 《기억 전달자》를 읽는 독자는 전쟁, 고문, 인류사의 끔찍한 진실을 이미 배워서 알고 있는 기억 보유자와 앞으로 이야기 전반에 걸쳐 그런 진실을 배우게 될 주동 인물 조너스가 정서적인 수준에서 큰 차이를 보인다는 것을 명백히 알 수 있다. 조너스는 감정이 결여되어 있지만 기억 보유자의 가슴은 열정과 고통으로 가득하다. 이 이야기는 삶의 고통스러운 측면들에 대해서도 알고, 그것을 느끼고, 기억하는 것이 더 나은지, 아니면 아예 감정 자체를 모르고 그것이 없는 것이 더 나은지 묻는다. 다만 '진실'을 안다고 해서 반드시 행복해지는 것은 아니라는 점은 기억해야 한다. 조너스는 '진실'을 알게 되는 과정에서 나머지 인류는 오래전에 잊은 고통과 환희를 모두 느끼고는 오히려 정서적인 혼란에 빠진다. 리디아 아주머니는 자신감과 확신에 차 있다. 자신이 소중한 존재라는 것을 믿기 때문이다. 반면에 빅토리아 아주머니는 처음에는 순응하지 못하는 자신을 나무라면서 오히려 의기소침해진다.

어두운 내용을 다루는 성인 대상 소설과 디스토피아 소설에서 '진실'은 일반적으로 주인공이 생각보다 훨씬 더 암울한 현실에 살고 있음을 깨닫는다는 것을 의미한다. 《기억 전달자》에서 조너스는 자신의 마을이 끔찍한 거짓 위에 세워졌다는 것을 알게 되자 이 사실을 받아들이는 과정에서 엄청난 내적 갈등을 겪는다. 《증언들》에서 빅토리아 아주머니는 자신의 믿음이 파괴되면서 겪게 된 가슴이 갈기갈기 찢어지는 듯한 절망을 다음과 같이 표현한다.

나는 내 믿음을 잃을지도 모른다는 두려움을 느꼈다. 애초에 믿음이 없는 사람은 이해할 수 없는 감정이다. 가장 친한 친구가 죽어가는 것을 지켜보는 심정이다. 당신을 규정하는 모든 것이 불에 타 재가 되어버리는 것, 이 세상에 홀로 남겨지는 것 같은 기분이다.

그럼에도 엄밀하게 말해 정신적 스승이 믿는 '진실'을 주동 인물이 반드시 받아들여야만 긍정적인 방향으로 변화할 수 있는 것은 아니다. 〈히스토리 보이즈〉에서 헥터는 한 학급을 지도하는 교사이며, 그는 교육이 그 자체로 중요하다고 믿는 인물이다. 뉴욕의 큰 회사에 취직하는 데 시에 대한 지식이 필요한지 필요하지 않은지는 중요하지 않다. 시를 암송하는 것은 그 자체로 의미가 있기 때문이다. 이것이 헥터가 믿는 '진실'이다. 학생들은 결국 헥터의 관점이 지닌 가치를 깨닫게 되고, 그 덕분에 한 인간으로서 성장한다. 다른 한편에서는 또 다른 정신적 스승이 교육은 살아가는 데 경제적으로 도움이 되는 자산이며, 더 나아가 장기적으로는 더 많은 자유를 누릴 수 있게 도와주는 도구라는 관점을 갖고 학생들을 지도한다. 두 '진실'은 모두 배울 점이 있는 좋은 가치들이지만 그 어느 것도 학생들의 인물호를 지배하지는 않는다. 학생들은 각자 자신만의 결론에 도달한다. 이것은 정신적 스승이 반드시 완전한 진실을 알고 있거나 오로지 진실만을 알고 있어야 할 필요는 없기 때문이다. 정신적 스승도 틀릴 수 있고, 모르는 것이 많을 수 있고, 심지어 주동 인물에게 중요한 단 한 가지 사실에 대해서만 옳을 수도 있다. 이런 식으로 정신적 스승을 묘사하는 경우는 흔하지 않다. 작가들은 전형적인 위인형 인물을 정신적 스승으로 내세우곤 한다. 그러나 정신적 스승을 완벽하지 않은 인물로 설정했을 때의 잠재력은 무궁무진하다. 게임 〈더 라스트 오브 어스 파트 2The Last of Us Part II〉나 영화 〈스타워즈: 라스트 제다이The Last Jedi〉 같은 현대의 해체주의 작품은 결함이 있는 정신적 스승을 내세운다. 부모부터 선생님, 롤모델에 이르기까지 우리가 살아가면서 만나는 정신적 스승 중에 인생의 진실 전체를 완전하게 아는 사람은 없다. 진실은 항상 여러 사람에게서 얻은 통찰이 모여서 도출된다. 정신적 스승이 무언가 잘못 알고 있는 것을 볼 때 독자와 주동 인물은 그를 더 인간적으로 느끼고, 공감할 수 있으며, 사실적인 인물로 받아들일 것이다.

리디아 아주머니, 기억 보유자, 헥터는 긍정적인 성격 변화 과정에 관여하는 정신적 스승의 예다. 부정적인 인물호에 관여하는 정신적 스승은 어떤 모습일까?

제자의 기본은 반항?

⚡

정신적 스승이 부정적인 인물호에 관여하는 경우는 주동 인물을 '진실'로 인도했지만 주동 인물이 끝내 그 진실을 거부하고 결국 몰락의 길을 걷거나, 주동 인물을 진실로 인도했기 때문에 주동 인물이 부정적인 방향으로 변화하는 두 가지로 나뉜다. 전자의 예는 조지 루카스 감독의 〈시스의 복수〉에서 아나킨과 그의 정신적 스승 오비완 케노비다. 아나킨은 제다이의 방식이라는 진실을 거부하고 제다이가 사용하거나 가르치기를 거부하는 힘을 손에 넣기로 한다. 황제도 아나킨의 정신적 스승이라 할 수 있는데, 이 경우는 정신적 스승이 주동 인물을 거짓으로 인도하는 매우 드문 사례다. 이런 관계에는 이 장에서 지금까지 살펴본 역학 관계를 그대로 뒤집어서 적용하면 된다.

이는 대개 가장 비극적인 이야기다. 정신적 스승의 행동으로 인해 주동 인물이 진실을 거부하게 되는 경우에는 더욱 그렇다. 주동 인물이 거짓을 받아들이게 되는 이유를 정신적 스승의 결함에서 찾을 수도 있다. 예컨대 정신적 스승이 주동 인물의 어려움에 충분히 공감해주지 않아서 소외감을 안기거나 정신적 스승이 주동 인물이 아직 충분히 성장하지 않은 상태에서 버거운 선택을 하도록 강제한 경우가 많다.

정신적 스승은 주동 인물의 나쁜 기질은 바로잡고 좋은 기질을 키워줌으로써 주동 인물이 진실에 닿게 되기를 기대한다. 그러나 이런 전략은 존 트루비John Truby가 《이야기의 해부The Anatomy of Story》에서 지적한 문제에 맞닥뜨린다.

> 작가의 생각을 그대로 전달하는 송출구 역할을 하는 인물을 창조하면 절대 안 된다. 뛰어난 작가는 자신의 도덕관을 은연중에 천천히 드러낸다. 주로 이야기의 구조와 주인공이 특정 상황에서

어떻게 행동하는지를 통해 보여줘야 한다.[7]

앞서 정신적 스승이 전달하는 구체적인 진실이 정신적 스승과 주동 인물 사이의 정서적 수준의 차이를 드러내야 한다는 점을 알아보았다. 그런데 어떻게 하면 걷고 말하는 작가의 송출구가 되지 않으면서도 주동 인물에게 진실을 깨닫게 할 수 있을까? 정신적 스승은 주동 인물을 어떻게 '지도'하는가? 이를 위해 활용할 수 있는 장면의 세 가지 중요한 유형을 살펴보겠다. 행동-반응 장면, 감정 대립emotional opposition 장면, 행동-교훈action-lesson 장면이다.

루핀 교수와 '익스펙토 패트로눔'

⚡

앞서 1장에서 행동-반응 장면을 다뤘다. 그때 설명한 정의를 다시 정리해보자. 행동 장면은 목표, 갈등, 실패 또는 해결로 구성된다. 반면에 반응 장면은 반응, 딜레마, 선택으로 구성된다. 글쓰기는 복잡한 작업이어서 이 두 장면의 경계가 종종 모호해지곤 한다. 모든 행동 장면 또는 반응 장면이 여기서 나열한 비트 순서를 따르지는 않는다. 때로는 이 6개의 비트가 단 하나의 장면을 구성한다고 생각하는 편이 도움이 될 수 있다. 적어도 나는 그렇게 이해하는 편이 자연스럽다.

이 장면 구조에는 정신적 스승의 존재가 매끄럽게 스며든다. 정신적 스승은 여섯 단계 중에서 주동 인물이 혼자서는 뛰어넘을 수 없는 하나 이상의 단계를 뛰어넘을 수 있게 돕는다.

예를 하나 들어보겠다. J. K. 롤링의《해리 포터와 아즈카반의 죄수》에서 정신적 스승인 루핀 교수가 주동 인물인 해리에게 패트로누스를 소환하는 주문 '익스펙토 패트로눔'을 가르치는 장면의 구조를 살펴보자.

- **목표**   해리는 패트로누스를 소환하는 주문을 배우고 싶어 한다.
- **장애물**   해리는 디멘터의 모습을 한 보가트와 대면해야 한다.
- **해결**   해리는 소환에 실패하고 보가트 때문에 기절한다.
- **반응**   해리는 자신이 나약해서 실패했다고 생각하며 자책한다.
- **딜레마**   해리는 계속 이 수업을 해나갈지 결정해야 한다.
- **선택**   해리는 계속 수업을 받기로 한다.

이 여섯 단계를 통해 주동 인물은 자신이 믿는 거짓에서 조금 더 벗어나게 된다. 루핀 교수는 해리가 반응과 딜레마 단계를 잘 넘어가도록 돕는다. 해리가 부모님의 목소리를 듣게 되는 것에 관해 이야기를 나누면서 해리가 그런 플래시백에 잘 대처할 수 있도록 돕고, 그 과정에서 해리에게 알려주고자 하는 진실도 함께 전달한다. 요컨대 외상을 겪었다고 해서 나약한 사람이 되는 것은 아니며, 지독하게 암울한 순간에도 가장 행복했던 기억에 의지해 버틸 수 있다는 사실 말이다. 이런 진실을 배운 후에야 해리는 보가트를 물리칠 수 있게 된다.

이 장면 구조를 절대 법칙으로 삼고 따를 필요는 없다. 예로 든 장면은 행동-반응 장면에 꼭 들어맞는 드문 경우다. 비트의 순서를 바꾸고 각 비트의 비중을 달리하거나 하나를 아예 빼버리는 이야기도 많다. 정신적 스승이 나오는 장면을 이 구조에 억지로 끼워 맞추면 정신적 스승과 주동 인물 간 자연스러운 상호작용의 흐름이 깨져서 오히려 어색해질 수도 있다. 정신적 스승이 반응과 딜레마 단계에 개입하는 것이 일반적이기는 하겠지만, 다른 단계에 개입하는 것도 충분히 가능하다. 해리가 '진실'에 더 가까운 새로운 목표를 세우도록 돕는다거나 실패 또는 해결 단계에서 루핀이 해리를 구해낼 때 해리가 뭔가를 배우는 장면을 쓸 수도 있을 것이다.

진실은 때로 감당하기 힘든 것

⚡

감정 대립 장면은 다른 장면 유형보다 훨씬 은밀하고 단순하다. 주동 인물이 시작할 때와는 다른 감정 상태에 이르는 것으로 장면이 마무리될 때, 정신적 스승은 그런 감정 변화를 이끌어내는 역할을 한다. 《기억 전달자》에서 조너스가 사랑하는 가족의 기억을 경험하는 장면을 살펴보자.

조너스는 돌아가고 싶지 않았다. 기억도 필요 없었고, 명예도 필요 없었고, 지혜도 필요 없었고, 고통도 필요 없었다. 그는 자신의 어린 시절을 돌려받고 싶었다. 상처 난 무릎과 공놀이와 … 그러나 그에게는 선택권이 없었다. 그는 매일 별채 방으로 돌아갔다. … 조너스는 눈을 떴고 아주 기분 좋게 침대 누워 있었다. 여전히 따뜻하고 아늑한 기억 속에 흠뻑 취해 있었다. 모두 거기 있었다. 그가 소중히 여기게 된 모든 것들이.

"무엇을 느꼈지?" 기억 전달자가 물었다.

"따스함이요." 조너스가 답했다. "그리고 행복이요. 그리고… 잠시만요. 가족… 사랑이라는 감정이 좋았어요."

이 장면이 시작될 때 조너스는 다음 기억 보유자가 되고 싶은 마음이 전혀 없었다. 혼란에 빠졌고 절망하고 무기력했다. 기억으로 인해 받는 고통이 너무 버거웠다. 이 장면이 끝날 무렵 조너스는 다시 희망을 느낀다. 기억 전달자가 그에게 사랑과 가족의 소중함을 보여주었기 때문이다. 그것은 커뮤니티에는 더는 존재하지 않는 것들이다.

감정 대립 장면은 정신적 스승이 주인공의 정서 변화 곡선에 어떻게 관여하는지를 보여주는 단순하지만 효과적인 방법이다. 이런 장면은 좋은 감정이든 나쁜 감정이든 그 감정이 어디에서 오는지 묻고 다른 감정을 불러일으키는 새로운 관점을 제시한다. 어떤 의미에서는 세계와 사건을 더 거시적인 관점에서 다루며, 주동 인물이 현재 느끼는 감정이 앞으로 버려야 할 자신만의 좁은 세계관에서 비롯된다는 것을 보여준다. 주동 인물과 정신적 스승의 정서적 차이를 다룰 때 이런 장면에서 그 차이가 가장 극명하게 드러난다. 조너스가 이 장면에서 느끼는 감정은 그가 기억 전달자의 경험과 지혜를 완전하게 체화했다면 느끼지 못했을 감정이다.

감정 대립 장면에서 정신적 스승은 주동 인물의 기대를 뒤집고 반론을 제기함으로써 정서 변화를 이끌어낸다. 행동-반응 장면보다 정신적 스승에게 더 큰 주도권이 주어진다. 정신적 스승은 주동 인물이 아직 모르는 진실을 알고 있기 때문에 주동 인물의 기대를 뒤집을 수 있다. 《기억 전달자》를 예로 들자면, 기억 전달자는 조너스와 달리 웃고 행복해하면서 살아갈 수 있다. 기억 전달자가 조너스는 아직 모르는 사랑이라는 감정을 알기 때문이다. 전쟁은 끔찍하지만 사랑이라는 감정은 그 끔찍함을 충분히 상쇄한다. 기억 전달자는 조너스에게 이런 아름다운 것들, 즉 진실을 보여줌으로써 조너스가 끔찍한 기억의 무게를 견디고 계속 앞으로 나아가게 돕는다.

이런 방식으로 접근하면 감정 대립 장면은 주동 인물에게 긍정적인 감정을 심어주는 것으로 마무리된다. 그러나 감정 대립 장면이 끝날 때 주동 인물의 감정이 부정적으로 돌아서기도 한다. 조지 R. R. 마틴의 《왕들의 전쟁》에서 세르세이 라니스터는 아군이 한창 열세에 몰린 격렬한 전투 중에 레드킵에서 산사 스타크에게 조언을 한다. 장면 초반에 산사는 두려움을 느끼면서도 희망을 놓지 않았다. 그런데 세르세이는 자신이 맡은 여왕 역할을 혐오한다고 말하면서 산사에게 충격을 안기고 앞으로 어떤 일이 벌어질지에 대해 자신이 아는 것을 말한다.

"… 하지만 스타니스가 돌아오기 전에 마에고르의 홀드패스트가 함락된다면, 글쎄, 내 손님 대다수는 강간당할 각오를 해야겠지. 지금 같은 시절에는 신체 절단, 고문, 살인도 절대 배제할 수 없을 테고."

산사는 큰 충격에 빠졌다. "여기 있는 사람은 전부 여자예요. 무장하지 않은, 귀한 집안 출신의 여자요."

"그들의 출신 배경이 그들을 보호해주기는 하겠지." 세르세이가 인정했다.

"하지만 네가 생각하는 만큼은 아닐 거야. 한 명 한 명 다 꽤 높은 몸값을 받을 수 있겠지만, 치열한 전투를 치른 병사들은 푼돈보다는 살덩어리를 더 원하기 마련이니까."

세르세이는 기사와 전쟁에 관한 진실을 안다. 그녀는 산사가 믿는 고귀한 전투라는 순진한 거짓을 깨뜨린다. 장면이 끝날 무렵 산사는 낙담한다.

"신하들의 충성심을 확고하게 지키는 유일한 방법은 적군보다 너를 더 두려워하게 하는 거란다."

"명심하겠습니다, 여왕 전하." 산사가 말했다. 비록 그녀는 그동안 사람들의 충성심을 얻는 가장 확실한 방법은 사랑이라고 늘 들어왔지만 말이다.

산사의 행동은 순진한 거짓에서 나온다. 세르세이가 한 행동은 산사의 기대를 뒤집었다. 산사가 아직 모르는 진실을 알기 때문에 한 행동이다. 산사의 인물호의 목적지는 정치에 능숙한 가신이 되는 것이다. 때로는 그 과정에서 알게 되는 진실에 상처를 입기도 한다.

주인공은 실패에서 피어나는 꽃

⚡

행동-교훈 장면은 많은 사람이 이미 수백만 번은 더 봤을 장면이다. 행동-교훈 장면에서는 주동 인물이 뭔가를 시도하고, 무참히 실패한다. 그리고 자신이 무엇을 잘못했는지 깨달아야 한다. 그것을 알려줄 유일한 인물이 정신적 스승이다. 이런 장면은 정신적 스승이 소설의 주제와 진실을 가장 노골적으로 전달할 수 있는 장면이다. 특히 정신적 스승이 실제로 행동하기보다는 단순히 자신의 지혜를 나눌 때 그렇다. 이런 장면을 너무 많이 집어넣으면 글이 다소 지루하고 장황하게 느껴질 수 있다.

행동-교훈 장면은 실패가 주동 인물에게 정서적 경험이 될 때 가장 효과가 좋다. 그 실패로 주동 인물은 이전에는 거부한 진실을 비로소 이해하고 받아들이고 믿게 된다. 만약 주동 인물이 '진실'을 아예 듣지 못한 경우라면 이런 효과를 낼 수 없다. '백발 수염 아저씨, 내가 자신을 믿어야 한다는 걸 미리 알았다면 달리할 수 있었겠군요!'라는 식으로 이 장면을 쓰면 재미가 없어진다. 실패는 그것이 주동 인물의 무지가 아닌 결함을 보여줄 때 더 효과적이다.

정신적 스승이 심지어 주동 인물이 실패하지 않았는데도 그가 알아야 할 것을 직접 알려주는 행동-교훈 장면도 가능한데, 그런 장면이 근본적으로 '잘못되었다'고 말할 수는 없다. 이런 식으로 행동-교훈 장면을 쓰는 것을 피하는 이유는 그저 행동-반응 장면이나 감정 대립 장면보다 효과가 떨어지기 때문이다. 정신적 스승의 조언에 정서적 무게가 전혀 실리지 않은 행동-교훈 장면을 넣었다면 그런 장면을 정말 쓰고 싶은지, 정보를 최적의 방법으로 전달하고 있는지 물을 필요가 있다.

이 장면에 흥미로운 변화를 주고 싶다면, 순서를 바꿔서 주동 인물이 아직 정서적으로 준비되지 않은 상태에서 정신적 스승이 교훈을 주게 하면 된다. 주동 인물이 그 교훈을 거부하거나 심지어 그 조언에 반대되는 무모한 행동을 하게 도발하는 것이다. 조지 R. R. 마틴의 《왕좌의 게임》에서 존 스노우의 정신적 스승 마에스터 아에몬은 그에게 "야경대의 대원들은 … 의지가 약해지는 일이 없도록 충성의 대상을 여럿 두어서는 안 되네"라고 말한다. 이 조언을 들은 존은 아버지나 다름없는 네드가 처형당할 위기에 놓였다는 사실을 알자 야경대 임무를 팽개치고 네드를 구하러 달려간다. 야경대보다 자신의 가문에 더 충성하는 잘못된 선택을 한 것이다. 그는 마에스터 아에몬의 조언을 내면화할 준비가 되어 있지 않았다. 야경대 동료들이 그를 다시 받아주지 않았다면, 그는 이 선택 탓에 탈영죄로 처형당했을 것이다. 잘못을 저지른 뒤에야 존은 야경대에 온전히 충성하는 것이 얼마나 중요한지 깨닫게 되고, 이것은 이후 전개되는 존의 이야기의 토대가 된다.

스승은 지혜 자판기가 아니다

조심하지 않으면 정신적 스승이 지혜가 끊임없이 솟아나는 샘, 마치 실패라는 동전만 넣으면 그에 맞는 처방전이 튀어나오는 자판기 같은 존재가 되어 버릴 수 있다. 정신적 스승은 전통적으로 인간미를 부여하는 결함, 욕구, 필요 등이 없거나 있더라도 피상적이어서 서사에서 거의 활용되지 않곤 한다. 전혀 인간미가 느껴지지 않는다.

행동-반응 장면을 활용하면 정신적 스승의 결함, 욕구, 필요를 탐색할 수 있다. 앞서 살펴본 《해리 포터와 아즈카반의 죄수》에서 해리는 디멘터로 변신한 보가트와 맞설 때마다 돌아가신 부모님이 등장하는 플래시백에 빠진다. 반응 비트에서 루핀은 해리가 그런 플래시백에 대처할 수 있도록 돕는다. 이때 해리는 루핀에게 시리우스 블랙, 그리고 자신의 아버지에 대해 묻는다.

> "루핀 교수님?" 해리가 말했다. "우리 아버지를 아셨다면 시리우스 블랙도 잘 알았겠네요."
> 루핀은 재빨리 돌아보았다.
> "왜 그렇게 생각하지?" 루핀의 목소리가 날카로웠다.
> "그냥… 그러니까, 우리 아버지랑 시리우스 블랙이 호그와트에서는 친구 사이였잖아요…."
> 루핀의 표정이 부드러워졌다.
> "그래, 알았지." 루핀이 짧게 대답했다. "적어도 안다고 생각했어. 이제 가는 게 좋겠다, 해리. 늦었어."

루핀은 잠시나마 당황하고 다시 안도할 때까지 긴장한 상태다. 루핀은 시리우스를 알았다고 인정하지만 해리에게 이제 갈 시간이라고 등을 떠밀면서 질문을 막는다. 이 비트는 루핀에게 인간미를 더한다. 그도 비밀이 있는 사람이고, 늘 차분하고 신중한 것은 아님을 보여준다. 또한 그에게도 소중한 인간관계가 있었고, 그 역시 배신감, 고통, 자기 불신을 느낀다는 사실도 알 수 있다. 독자는 루핀이 한 명은 죽었고, 한 명은 살인자로 지목된 옛 친구들을 되찾고 싶어 한다는 것을 알 수 있다.

정신적 스승의 결함을 행동-반응 장면의 6개 비트 중 하나와 연결함으로써 주동 인물뿐 아니라 정신적 스승에 깊이를 더할 수 있다. 반응 비트에서 주동 인물과 정신적 스승이 각자 자신이 겪은 시련과 극복 경험을 나누거나 딜레마 비트에서 정신적 스승이 과거에 주동 인물과 유사한 선택의 기로에 섰을 때의 경험에 대해 이야기를 나눌 수도 있을 것이다. 반응 비트에 연결하는 것이 가장 흔하다.

행동-교훈 장면도 비슷하게 구성할 수 있다. 문자 그대로든 비유적으로든 정신적 스승의 흉터를 보여줌으로써, 행동-교훈 장면을 정신적 스승의 실수를 탐색하는 기회로 삼아 단순히 정신적 스승이 일방적으로 도덕적 설교를 하는 장면이 아니라 같은 정보를 전달하더라도 주동 인물과 정신적 스승이 진정 정서적으로 연결되는 장면을 만들어낼 수 있다. 정신적 스승이 진부한 처방전 자판기가 되는 것도 피하고, 정신적 스승에게도 깊이를 더하게 된다.

둘째, 앞서 정신적 스승이 '진실'의 일부만 알 수도 있다고 말했다. 정신적 스승이 틀렸을 때 그런 장면은 정신적 스승의 엄청난 결함을 보여주는 장면이 된다. 그 잘못이 나머지 이야기에서 주동 인물이나 정신적 스승이 다른 등장인물에게 큰 해를 끼치는 등 결정적인 역할을 한다면 그 결함이 더욱 크게 부각될 것이다. 정신적 스승이 알지 못하는 '진실'로 인해 주동 인물이 방황하게 되거나 주동 인물과 정신적 스승이 갈등을 겪게 되는 등이야기를 복잡하게 만들 방법에 대해 생각해보자. 영화 〈히스토리 보이즈〉에서 바로 이런 일이 벌어졌고, 정신적 스승인 헥터가 저지른 실수는 헥터에게 인간미를 더했다.

셋째, 정신적 스승에게도 그만의 인물호를 부여할 수 있다. 냉소적인 정신적 스승이 더 큰 선을 위해 희생해야만 한다는 것을 이해하고 전투에 다시 합류한다. 소년뿐 아니라 소녀도 훈련받을 자격이 있다. 이런 식으로 다양한 인물호를 만들어낼 수 있다. 극단적인 사례는 안토니오 이투르베의 《세상에서 가장 작은 도서관》에서 찾을 수 있다. 유대인의 지도자인 프레드 허쉬는 유대인 수용소 안에 학교를 세운다. 허쉬의 인물호는 허쉬가 자살하는 것으로 끝난다. 디타는 소설에서 거의 대부분의 시간을 허쉬가 자살한 이유를 밝히는 데 쓴다. 허쉬는 디타에게 존엄성이 그토록 훼손된 상황에서도 어떻게 존엄성을 지킬 수 있을지에 관한 진실을 가르쳤지만, 허쉬는 자신의 개인적인 시련과 고난에 결국 굴복했고, 그의 죽음은 이야기에서 아주 결정적인 역할을 한다. 허쉬가 죽음으로써 유대인 수용소 내 유일한 학교 지도자가 사라진다. 정신적 스승의 인물호는 주동 인물이 직면하는 시련, 관문, 갈등에 관여한다.

특히 주동 인물이 자신만의 방식으로 정신적 스승에게 도전할 때는 정신적 스승의 인간미가 빛을 발한다. 한쪽은 배우고 한쪽은 가르치는 일방적인 관계가 아니라 서로 가르침을 주고

받는 보완적인 관계가 된다. 그 과정에서 두 인물 모두 성장한다. 주동 인물의 어떤 점 때문에 정신적 스승으로 하여금 '진실'을 직시하도록 만들 수 있을까? 이야기의 어떤 사건이 정신적 스승으로 하여금 정서적 시련을 겪게 만들 수 있을까?

스승이 떠나야 제자가 성장한다

⚡

작가가 오직 주동 인물을 성장시킬 목적으로 정신적 스승을 죽인 것처럼 보이는 경우가 너무 많다. 정신적 스승이 죽으면 당연히 그 지점에서 주동 인물은 결단을 내려야만 하기 때문이다. 《에라곤Eragon》의 브롬이 죽었을 때, 〈스타워즈〉의 요다가 죽었을 때, 《듄》의 레토 공작이 죽었을 때를 떠올려 보라. 이런 수사법이 무조건 나쁜 것은 아니지만 정신적 스승의 죽음이 서사에 기여할 수 있는 방법은 이외에도 수없이 많다.

주동 인물이 자립하게 만들 방법은 많다. 정신적 스승과 분리되면 주동 인물은 정신적 스승의 조언을 실천할지 스스로 결정해야 한다. 책임지지 않아도 될 때와는 결과가 달라질 수밖에 없다. 정신적 스승의 지혜를 받아들여야만 주동 인물과 정신적 스승이 정말로 재결합할 수도 있다. 또한 이런 장면에서는 주동 인물이 옳은 선택을 하는 것에 더 큰 의미가 부여된다. 정신적 스승의 조언이 따를 가치가 있다고 생각해서 자발적으로 그 조언을 따랐기 때문이다.

어떤 작가들은 정신적 스승의 죽음을 플롯 촉매제, 주제나 악당을 설정하는 도구로 활용한다. 《세상에서 가장 작은 도서관》에 나오는 디타의 이야기에서 프레드 허쉬의 죽음은 계기적 사건에 해당한다. 오언 콜퍼는 《아르테미스 파울 4: 오펄 코보이의 계략》에서 룻 사령관의 죽음은 홀리 쇼트 대위를 행동에 나서게 만들고, 룻 사령관의 죽음을 계기로 이전의 모든 적대자와 비교해 오펄이 얼마나 더 큰 위협인지를 확실하게 보여준다. 오펄은 지금까지 모든 면에서 요정들을 상대로 승리한 천재이자 전략가인 아르테미스에게조차 버거운 상대였던 룻 사령관을 처치한다. 닐 게이먼의 《신들의 전쟁》에서 웬즈데이의 죽음은 작가가 탐색하고자 하는 삶과 죽음이라는 주제를 이해하는 데 결정적인 역할을 한다. 힘은 희생에서 나오며, 정신의 죽음은 신체의 죽음보다 더 위험하다.

정신적 스승의 결함, 욕구, 필요가 정신적 스승의 죽음의 원인이 되면 이야기가 흥미로워진다. 흔히 알려진 정신적 스승의 희생이라는 장치가 복잡해지기 때문이다. 《드래곤 프린스》에서 해로 왕은 전쟁광으로 지낸 과거와 적을 과소평가한 탓에 살해당한다. 흥미롭게도 이 죽음은 주인공이 행동에 나서는 동기가 되지 못한다. 주인공은 이 죽음에 대해 알지도 못한다. 대신 이 죽음은 극적인 아이러니 장치로 활용된다. 등장인물 중 한 명이 이 사실을 주인공들에게 비밀로 하고, 이 사실이 이야기 후반에 긴장을 조성한다.

다만 이 말은 해야겠다. 간달프가 발로그의 손에 죽었다고 해서 정신적 스승의 죽음이 덜 중요해지는 것은 아니다. 주동 인물과 정신적 스승의 관계에 공을 들였다면 정신적 스승의 죽음은 여전히 강렬한 감정 비트가 될 수 있다. 독자의 생각에 주동 인물과 정신적 스승의 관계가 주동 인물의 정서에서 핵심적인 역할을 했다면, 정신적 스승의 죽음은 독자에게 엄청난 사건이 된다. 《로미오와 줄리엣》에서 이미 써먹었지만, 그 이후에도 많은 작가들이 여전히 사랑에 빠진 주인공 중 한 명을 비극적으로 죽이지 않는가.

백인 노인만이 스승은 아니다

⚡

인물의 외모보다는 그 인물이 서사 내에서 하는 기능에서 독창적인 인물인지 여부가 판가름 난다. 정신적 스승이 현명한 백인 노인이라서 진부해지는 것이 아니다. 그가 서사에서 충분히 독특한 역할을 한다면 독창적인 인물이라고 할 수 있다. 그러나 큰 고민 없이 그런 진부한 인물 설정을 기본으로 삼는다면, 그 인물은 다른 작품의 인물과 차별화되기 힘들다. 정신적 스승을 구상할 때는 지혜를 구하는 대상 후보의 범위를 넓혀야 한다. 닥터 수스의 《크리스마스를 훔친 그린치》에서는 낙천적인 아이 신디가 심술 맞은 늙은이 그린치의 정신적 스승 노릇을 한다. 지혜와 힘은 경험에서 나오지만, 경험은 특정 집단의 전유물이 아니다.

바쁜 작가를 위한 n줄 요약

①

정신적 스승은 주동 인물은 보지 못하는 진실에 관한 구체적인 통찰을 지니고 있다. 그렇기 때문에 정신적 스승과 주동 인물의 정서적 차이를 보여주는 것이 효과적일 수 있다. 그 차이가 반드시 긍정적인 것일 필요는 없다. 또한 정신적 스승이 온전한 진실을 알고 있어야 하는 것도 아니다. 정신적 스승도 어떤 것에 대해서는 틀릴 수 있고, 정신적 스승의 구체적인 통찰을 토대로 주동 인물이 혼자 힘으로 '진실'을 발견할 수도 있다.

②

부정적인 인물호에서 주동 인물의 부정적인 변화의 계기가 정신적 스승의 결함이나 실수인 경우도 있다. 예컨대 정신적 스승이 주동 인물에게 충분히 공감해주지 못했거나 주동 인물이 아직 준비되지 않았을 때 결단을 내리도록 압박했을 수 있다. 그런 정신적 스승의 결함이나 실수 때문에 주동 인물은 진실을 거부하게 된다.

③

행동-반응 장면에서 정신적 스승은 주동 인물이 6단계 중 혼자서는 뛰어넘을 수 없었을 하나 이상의 단계를 뛰어넘도록 돕는다. 대개는 반응 단계나 딜레마 단계에서 도움을 주는 것이 일반적이다. 이렇게 하면 독자에게 설교하는 듯한 장면을 만들어내는 것을 피할 수 있다.

④

감정 대립 장면에서 진실을 토대로 한 정신적 스승의 행동은 여전히 '거짓'을 믿는 주동 인물의 기대를 뒤집는다. 그로 인해 주동 인물은 정서적 변화를 겪게 된다. 주동 인물은 긍정적인 감정을 느낄 수도 있고, 진실을 받아들이지 못해 부정적인 감정을 느낄 수도 있다.

⑤

행동–교훈 장면에서는 정신적 스승이 주동 인물에게 도덕적 교훈을 직접적으로 제시해서 돕는다. 때로는 주동 인물이 실패한 뒤일 수도 있다. 이런 장면은 실패라는 정서적 경험 없이는 주동 인물이 받아들일 수 없었을 진실일 때 가장 효과적이다. 이 장면을 역으로 활용할 수도 있는데, 그중 한 가지는 주동 인물이 준비가 아직 되지 않았을 때 정신적 스승이 진실을 알려주는 것이다. 그러면 주동 인물은 오히려 무모하게 행동에 나서게 되고, 실패하게 된다.

⑥

일반적으로 세 가지 방식으로 정신적 스승에게 인간미를 더한다. 첫째 행동–반응 장면이나 행동–교훈 장면을 통해 정신적 스승의 결함, 과거의 실수, 욕망, 필요를 탐색하는 것이다. 둘째, 정신적 스승의 불완전한 '진실'의 파급력을 탐색하는 것이다. 셋째, 정신적 스승에게 고유한 성격 변화 과정을 부여하는 것이다.

⑦

주동 인물을 성장시키기 위해 정신적 스승을 죽이는 것은 합리적인 선택이다. 그러나 정신적 스승의 죽음은 서사적으로도 부차적인 기능을 수행할 수 있다. 정신적 스승이 주동 인물의 정서에서 핵심적인 부분을 차지한다는 것을 보여주면 그의 죽음이 감정 비트가 될 수 있다. 또한 정신적 스승을 구상할 때 뜻밖의 인물을 내세우는 것도 고려해보자.

4장

사람은
언제 왜 변하는가?

J. K. 롤링   J. K. Rowling
《해리 포터와 죽음의 성물》   Harry Potter and the Deathly Hallows

J. R. R. 톨킨   J. R. R. Tolkien
《반지의 제왕 3: 왕의 귀환》   The Lord of the Rings: The Return of the King

게리 트루즈데일   Gary Trousdale
커크 와이스   Kirk Wise
〈미녀와 야수〉   Beauty and the Beast

돈트노드   DONTNOD
〈캡틴 스피릿〉   Captain Spirit

마이클 디마르티노   Michael DiMartino
브라이언 코니에츠코   Bryan Konietzko
〈아바타: 아앙의 전설〉   Avatar: The Last Airbender

빅토르 위고   Victor Hugo   오슨 스콧 카드   Orson Scott Card
《레 미제라블》   Les Miserables   《사자의 대변인》   Speaker for the Dead

《엔더의 게임》   Ender's Game

윌리엄 셰익스피어   William Shakespeare
《리어 왕》   King Lear

조지 R. R. 마틴   George R. R. Martin
《얼음과 불의 노래》   A Song of Ice and Fire

조지 루카스   George Lucas
〈스타워즈: 제다이의 귀환〉   Star Wars: Return of the Jedi

찰스 디킨스   Charles Dickens
《크리스마스 캐럴》   A Christmas Carol

칼리드 호세이니   Khaled Hosseini
《연을 쫓는 아이》   The Kite Runner

구원받는 인물이라고 하면 악당이었던 인물이 영웅이 되는 것을 떠올리곤 한다. 그러나 그렇게 단순하지 않다. 인간은 복잡한 존재이고, 누구든, 심지어 영웅도 끔찍하거나 어처구니없는 일을 저질러서 속죄하고 용서를 구해야 한다고 느낄 수 있다. '재미를 위해서 아이들이 죽도록 놔둬 볼까' 하는 식의 엄청난 악당이어야만 구원의 대상이 될 수 있는 것이 아니다. 윌리엄 셰익스피어의 《리어 왕》에서 리어 왕은 복잡한 인물이다. 좋은 왕이지만 이기적인 아버지이고, 자비롭지만 자기애가 강하고, 용감하지만 분노로 이성을 잃기도 한다. 리어 왕은 왕국을 분열시키고 딸인 코딜리아의 죽음이라는 끔찍한 결과를 불러온 자신의 행동을 뉘우치면서 구원받는 인물호를 따라간다. 그 과정에서 리어 왕은 겸손, 인내, 공감을 배운다.

작가들은 구원받는 인물의 인물호를 그 자체로 독립된 범주로 보는 경향이 강하지만, 사실 구원받는 인물의 인물호는 등장인물이 더 긍정적인 방향으로 변하는 긍정적인 인물호의 하위 범주다. 구원받는 인물의 인물호에서는 등장인물이 저지른 끔찍한 행위나 '악'의 편에 섰다는 점이 강조되는 것이 사실이다. 그러나 어떤 인물이 자신이 '거짓'을 믿었다는 것을 깨닫고 '진실'을 받아들이면서 그 인물의 가치관, 우선순위, 신념이 더 좋은 방향으로 바뀐다는 점은 같다. 앞으로 구원받는 인물의 인물호에 대해 설명하는 것들은 더 넓게는 긍정적인 인물호에 적용할 수 있다. 대개 두 곡선의 흐름이 같기 때문이다. 구원받는 인물의 성격 변화 과정이 다른 점이라면 구원에 초점을 맞춘다는 것과 구원의 의미에 관한 것이다.

스크루지는 언제 변했을까?

♦

등장인물의 이야기는 구원받는 인물의 인물호의 어느 지점에서든 시작할 수 있다. 아마도 막 변화의 길에 들어섰거나 이미 변화하려고 노력 중이거나 완전히 구원받기 직전이거나 아니면 아직 구원의 필요성조차 느끼지 못할 수도 있다. 등장인물의 이야기가 어디에서 시작하든 이야기가 시작하기 전의 여정을 파악해둘 필요가 있다.

첫째, 등장인물이 후회나 죄책감을 느끼지 않는 상태에서 시작한다. 자신이 잘못했다는 것 자체를 자각하지 못한 상태다. 찰스 디킨스의 《크리스마스 캐럴》의 스크루지를 떠올리면 된다. 스크루지는 자신의 이기심이 주변 사람들에게 어떤 영향을 미치는지 한 번도 생각해본 적이 없을뿐더러 그런 지적을 무시한다.

둘째, 자신의 잘못을 어느 정도는 인지하고 있지만 잘못된 가치관에 따라 계속 잘못된 길을 간다. 〈아바타: 아앙의 전설〉에 나오는 주코 왕자가 그런 예다. 그는 명예롭게 행동하고 싶어 하지만, 폭군인 아버지에게 인정을 받아야만 명예를 얻을 수 있다고 믿는다. 아버지에게 인정받고 싶은 욕구 탓에 그는 남들에게 해를 가한다.

셋째, 자신의 잘못을 인정하지만 나쁜 길에서 벗어나는 걸 힘들어한다. 돈트노트의 게임 〈캡틴 스피릿〉의 찰스 에릭슨을 생각하면 된다. 찰스는 술을 마시면 아들을 때리는데, 그런 자신을 혐오하며 학대를 멈추고 싶어 한다. 그러나 그는 술을 좀처럼 끊지 못하고 아들에 대한 폭력이 점점 더 심해진다.

이런 설정은 주동 인물과 반동 인물 모두에게 적용할 수 있지만 주동 인물이 2번이나 3번에 해당하면 독자의 공감과 호감을 얻는 데 더 유리하다. 적어도 자신의 잘못을 인정하고 있기 때문이다. 죄책감이 없는 사이코패스는, 당연한 말이지만, 대다수 독자가 공감하기 어렵다. 스크루지는 주동 인물이지만 독자는 처음부터 그를 미워한다.

이때 유용한 도구는 다음의 세 가지로, 나는 이것을 인물호의 세 가지 지표라고 부른다.

- 등장인물이 우선시하는 이해관계
- 등장인물의 자아관
- 등장인물의 세계관

이 세 가지는 등장인물이 행동하는 방식과 밀접한 관련이 있으며, 이 세 가지가 그 인물의 행동 방식과 점점 더 양립 불가능하게 될 것이다. 영화 〈미녀와 야수〉에서 야수는 이기적이고,

자기연민에 빠져 있으며, 흔히 말하는 경증 분노조절장애를 겪고 있다. 그는 벨과 벨의 아버지에게 무례하게 굴었으며, 현재의 잔인하고 이기적인 삶에서 구원받아야 한다.

- **이해관계** 야수는 세상에서 고립된 채 자기연민에 빠져 있기를 원한다.
- **자아관** 야수는 스스로 구원받을 수 없고 사랑받을 수 없는 존재로 여긴다.
- **세계관** 야수는 세상을 잔인한 곳, 자신을 버린 곳으로 생각한다.

야수의 이야기가 진행되면서 이 세 가지가 모두 변화를 겪는다. 결말에 이르면 야수는 혼자 있는 게 아니라 벨에게 사랑받기를 '원하고', 스스로 선한 일을 할 수 있는 존재로 여긴다. 또한 세상에는 끔찍한 사람들도 있지만, 세상이 자신을 버린 것은 아니라고 생각한다. 분노, 이기심, 자기연민에 휘둘려 행동하는 것은 더는 그의 이해관계, 자아관, 세계관과 맞지 않게 된다. 그래서 그는 다른 사람을 대하는 자신의 태도를 바꿔야 한다고 생각하고, 결국 구원받는다.

이야기가 전개되는 동안 등장인물의 이해관계, 자아관, 세계관은 어떻게 바뀌는가?

사람이 변할 때는 이유가 있어야 한다

⚡

이 세 가지가 갑작스럽게 변하기를 바라는 독자나 작가는 없다. 따라서 이런 변화의 세 가지 지표를 구축하는 데 활용할 수 있는 이야기 줄기 세 가지를 살펴보겠다.

첫째, 등장인물에게 현실을 보여주고 그의 행위가 어떤 결과를 초래했는지를 보여준다. 오슨 스콧 카드의 《엔더의 게임》에서 엔더는 이야기 초반에 미래의 갈등을 막기 위해 무자비한 폭력을 사용하는 것은 정당하다고 믿는다. 그래서 그는 인간 우주 함대의 지휘관이 되었을 때 의도치 않게 버거라는 외계 종족을 완전히 말살하고 만다. 어느 정도 시간이 지난 후에야 엔더는 버거가 의식이 없는 동물이 아니라 인간과 같은 지적 생명체였다는 사실을 알게 된다. 자신의 신념과 행위의 결과를 직시한 그는 《사자의 대변인》에서 버거의 유일한 생존자인 버거 여왕에게 새로운 정착지를 찾아주는 구원의 여정에 오른다. 현실과의 충격적인 대면을 통해 등장인물이 자신이 다른 사람에게 어떤 짓을 저질렀는지를, 그동안 자기 행동의 결과 또는 그 피해를 어떻게 외면했는지를, 그리고 자신의 믿음이 전부 틀렸다는 사실을 깨닫는 강력한 감정 장면이 탄생한다.

둘째, 등장인물의 관점을 바꿀 만큼 급격하게 상황이 변한다. 조지 R. R. 마틴의 《얼음과 불의 노래》 시리즈에서 제이미 라니스터가 여기에 해당한다. 제이미는 가장 좋은 갑옷을 착용하고 성에서 대접받는 위대한 검사였다가 검을 잡던 손이 잘린 뒤 감옥에서 서민들과 부대끼는 신세가 된다. 이런 시련을 통해 제이미는 겸손해지고 폭력 이외의 방법으로 갈등을 해결할 방법을 찾기 시작한다. 급격하게 상황이 변하면 등장인물이 자신의 희생자들과 같은 처지에 몰리기도 한다. 이런 지위의 역전으로 그 인물은 다른 사람을 이해하고 다른 사람과 공감하게 되며, 자신의 행동을 바꾸고자 한다. 이와 달리 급격한 상황 변화의 결과 단순히 등장인물이 당연하다고 여긴 혜택이 사라지는 정도에 머물 수도 있다. 텔레비전 드라마 〈시트 크릭〉을 떠올려 보자. 이런 경우에는 등장인물이 문제를 해결할 새로운 방법을 모색하거나 자신의 가치관을 돌아보기도 한다. 새로운 해결책을 찾는 과정에서 인물이 변화를 겪을 수도 있다.

셋째, 등장인물의 삶에 새로운 인물이 끼어들어 그 인물의 변화를 이끌어낸다. 새로운 인물은 〈미녀와 야수〉에서처럼 여자이거나 엑스맨 시리즈의 〈로건Logan〉에서처럼 아이인 경우가 많다. 이들은 전통적으로 낙천주의, 천진함, 순수성 같은 특징을 보이며, 고립된 채 분노와 원한으로 응어리진 남자의 마음을 부드럽게 풀어준다. 이런 새로운 인물은 일반적으로 대비對比 장치 역할을 한다. 새로운 인물과 구원이 필요한 인물이 대비되면서 구원이 필요한 인물의 성격이 더 잘 드러나고, 구원이 필요한 인물이 최악으로 치달을 때 균형을 잡아주는 역할을 한다. 이 두 인물의 관계가 점점 발전하는 과정에서 구원이 필요한 인물은 새로운 인물의 자아관, 세계관, 이해관계를 조금씩 받아들이면서 새로운 인물을 닮아가고, 결국 자신의 행동 방식을 바꾸고 구원받는다.

주코의 변신은 무죄

⚡

〈아바타: 아앙의 전설〉에 등장하는 주코 왕자의 인물호를 검토하면서 앞서 살펴본 내용들이 실제로 어떤 식으로 적용되는지 알아보자. 이야기 초반에 주코는 자기 자신과 싸운다. 그는 자신의 잘못을 어느 정도 인지하고 있지만 여전히 다른 사람과 자기 자신에게 상처를 입힌다. 아직은 잘못된 이해관계, 자아관, 세계관을 바로잡지 못했기 때문이다.

- **이해관계** 주코는 아버지의 사랑과 인정을 원하며 자신의 명예를 드높이고 싶어 한다.
- **자아관** 주코는 스스로 명예롭지 못하고 나약하다고 생각한다. 명예와 힘은 무자비한 폭력을 휘둘러야 얻을 수 있는 것이라고 믿기 때문이다.
- **세계관** 불의 제국이 전쟁을 통해 주변 국가들을 번성하게 만든다고 믿는다.

주코는 이런 세 가지 지표에 따라 마을을 불태우고 사랑과 우정을 거부하는 것이 정당하다고 생각한다. 〈미녀와 야수〉의 야수와 마찬가지로, 주코의 세 가지 지표는 이야기 전반에 걸쳐 서서히 변한다.

- **이해관계** 주코는 자신의 운명을 스스로 결정하고자 하며, 자신을 소중하게 여기는 사람들에게 사랑받고 싶어 한다.

- **자아관** 주코는 스스로 명예롭다고 생각하고 겸손, 친절, 사랑의 힘을 깨닫게 된다.
- **세계관** 주코는 자신의 아버지가 전쟁광에 폭군이며 인종 말살을 꾀하는 정의롭지 못한 전쟁을 벌인다는 것을 안다.

가장 먼저 변한 것은 주코의 자아관이다. 정신적 스승인 아이로의 지도 아래 그는 진정한 명예란 무엇인지 묻기 시작한다. 폭력, 복종, 존경, 확신이 명예의 가장 중요한 요소라고 믿으면서도 첫 시즌의 12화에서 이미 주코는 아버지에게 인정받고자 하는 자신의 욕구보다는 팀원의 안전을 우선순위에 두어야 한다는 것을 깨닫는다. 심지어 그러지 않은 것에 대해 사과도 한다. 씨앗이 뿌려지고, 알맹이가 자란다. 이런 자아관의 변화는 당연히 세계관의 변화로도 이어진다. 친절과 연민이 명예의 중요한 요소라는 것을 알게 되자 불의 제국이 저지르는 만행도 눈에 들어오기 시작한다. 불의 제국은 전쟁을 수행하면서 친절도, 연민도 베풀지 않는다.

이해관계는 가장 마지막에 변한다. 주코가 생각하는 명예의 관념이 복잡해지면서 거의 결말에 가까워져서도 주코는 자신이 생각하는 명예와 아버지의 인정을 받고 황세자 자리를 되찾고자 하는 욕구를 분리하지 못한다. 결국 주코의 기존 이해관계는 점점 진화하는 자아관 및 세계관과 불협화음을 일으킨다. 아버지의 인정을 받기 위해서는 아무 죄가 없는 사람들을 해쳐야 하고, 황세자 자리를 되찾기 위해서는 스스로 정의롭지 못하다고 믿는 전쟁을 계속해야 한다. 마침내 주코는 자신이 '진정으로' 바라는 것은 자신의 운명을 스스로 개척하는 것이며, 아버지의 인정은 중요하지 않다는 사실을 깨닫는다. 궁극적으로 이것은 욕구와 필요가 대립하는 이야기다.

주코가 이 지점에 도달하기까지 작가들은 주코를 그의 기존 관념이 도전받게 되는 상황에 끊임없이 몰아넣는다. 유명한 에피소드 '주코 홀로Zuko Alone'에서, '진짜 군인들이 전쟁에 나가 싸우는 바람에' 몇몇 건달 같은 어스벤더가 횡포를 부리는 흙의 왕국의 어느 가난한 시골 마을에 주코가 고립되는 사건이 발생한다. 이 마을 사람들은 전쟁에 대해 이야기할 때 희망을 비치거나 모험 및 영광과 연결시키는 대신 사랑하는 사람의 죽음을 두려워한다. 그러다 주코가 친해진 농부의 아들이 죽었다는 소식을 들으면서 이 에피소드는 끝난다. 주코가 자라면서 들었던, 전쟁을 영예로운 것으로 치켜세우는 선전의 진실이 드러난 것이다. 또한 이 에피소드에서 주코는 곤경에 빠진 마을을 보호할지 아니면 모른 척하며 자신의 정체를 숨길지 결정해야 하는데, 어느 순간 마을의 어려움을 더는 두고 볼 수 없다고 생각한다. 그의 명예로운 마음이 약한 자를 보호해야 한다고 호소한 것이다.

주코의 성격 변화는 상황의 급격한 변화(주코는 모든 지위를 잃은 채 자신의 가족에게 쫓기는 신세가 된다)와 자신이 저지른 행위의 결과와의 대면이라는 두 가지 이야기를 활용한다. 여기서 주코의 변화를 이끌어낸 것은 단순히 개인의 내적 성찰이 아니라 이전에는 경험하지 못한 새로운 자극과 시련이다.

반복된 실패를 극복하면 성공의 가치가 높아진다

↯

이미 굳은 나쁜 습관과 익숙한 욕구를 깨기는 쉽지 않다. 그래서 실패는 구원받는 인물의 기본 요소다. 실패는 이야기에 긴장을 더할 뿐 아니라 구원이 필요한 인물이 과연 악한 충동을 극복할 수 있을지 독자가 의심하게 만든다. 대신 그렇기 때문에 그 인물이 악한 충동을 마침내 정복했을 때 그런 성공이 더욱더 의미가 있다. 이야기의 초반에 인물이 거두는 성공은 소소한 것들이다. 대개 인물에게 손해가 거의 없는 작은 친절을 베푸는 정도다. 이야기 후반으로 갈수록 선을 행하기 위해 더 큰 희생을 치러야만 한다.

구조적으로 실패는 이야기 전반에 걸쳐 긴장의 심화와 이완에서 중요한 역할을 한다. 흥미진진하고 그럴듯한 구원 과정은 악에서 선으로 곧장 향하지 않는다. 인물이 자신의 잘못된 욕구를 물리치는 데 실패하면서 출렁이기도 하고, 급강하거나 급상승하기도 한다. 인물이 구체적으로 어떤 실패를 겪고 어떤 성공을 거둘지 정할 때는 파급력이 큰 행동을 1막, 2막, 3막이 각각 끝날 무렵에 넣고, 그 사이사이에 가벼운 선택들을 배치하는 것이 효과적이다. 가장 암울한 순간 플롯 비트는 흔히 아주 많은 진전이 있은 후에 겪는 뼈아픈 실패의 순간과 겹친다. 그런 실패로부터의 구원은 어느 정도 시간을 두고 진행된다.

〈미녀와 야수〉에서 야수는 여러 번 과거의 비이성적인 분노, 자기 연민, 고립으로 퇴행한다. 그럴 때면 야수는 아주 사소한 것에도 불같이 화를 낸다. 인내심을 기르고, 벨을 저녁 식사에 초대해 기다리면서 벨을 세심하게 배려하는 등 발전한 모습을 보였지만 서쪽 탑에서 벨을 발견하자 분노를 터뜨리고는 벨을 성에서 쫓아낸다. 그런 다음에는 다시 벨의 목숨을 구함으로써 그렇게 화를 낸 행동에 대해서는 구원을 받지만 벨이 원하지 않는데도 다시 벨을 성에 가둬버린다.

이렇듯 발전과 퇴행이 반복하기 때문에 야수가 마침내 벨을 보내주기로 마음먹었을 때 그 선택이 더 대단하게 느껴진다. 야수는 벨을 보냄으로써 자신이 인간이 될 수 있는 단 한 번의 기회를 포기한다. 〈미녀와 야수〉가 구원이 곧 행복을 의미하지는 않음을 보여준다는 점도 주목할 만하다. 구원은 자신의 잘못이 낳은 결과를 고스란히 안고 가는 것을 의미할 수도 있다. 자신이 그동안 행복하게 살아온 세계에 환멸을 느끼게 되는 것을 의미할 수도 있다. 벨이 떠난 후 가장 암울한 시기에 야수는 절망과 자기연민의 구렁텅이에 빠지지만, 그것은 또한 구원의 순간이기도 하다. 흔히 생각하는 것처럼 이야기의 결말에서 야수가 인간으로 변신하는 순간이 구원의 순간이 아니다. 야수가 자신이 진정으로 원하는 것이 무엇인지 깨닫는 순간은 벨을 보내주었을 때이기 때문이다. 그는 다시 인간이 되고 싶은 것이 아니라 선한 존재, 마음껏 사랑받는 존재가 되고 싶었던 것이다.

실패는 동기를 부여하는 아주 효과적인 장치다. 등장인물은 자신의 자아관과 세계관에 굴복하고서 자신이 생각한 이해관계를 달성하지만 그 성취는 쓴맛만 남긴다. 독자와 등장인물 모두 마침내 자신이 원한 것이 얼마나 헛된 것이었는지를 깨닫게 되고, 그렇다면 그가 정말로 원하는 것이 무엇인지를 묻게 된다. 또한 실패는 그동안 잘 발전하다가 실패함으로써 얼마나 많은 것을 잃었는지도 보여준다. 빅토르 위고의 《레 미제라블》에서 자베르는 절반의 구원만 받는 인물이다. 자베르는 자신이 원하는 것을 얻는다. 즉 악명 높은 범죄자인 장발장이 법의 심판을 기다리게 된 것이다. 그런데 이런 승리의 순간에도 자베르는 문장조차 제대로 구성하지 못한다. 자베르의 인물호의 절반은 누가 자신이 원하는 것을 얻는가에 초점을 맞추고 있다. 악명 높은 도둑 장발장은 법의 심판을 받게 된다. 그러나 승리의 순간에도 자베르는 형 집행을 주저하는 자신을 발견한다.

그를 놀라게 한 것이 한 가지 있었으니 바로 장발장이 자신에게 은혜를 베풀었다는 사실이다. 그리고 그를 겁에 질리게 한 것이 한 가지 있었으니 바로 그가, 자베르가 장발장에게 은혜를 베풀었다는 사실이다.

그는 어떤 입장인가? 그는 자신이 어떤 입장인지 이해하려고 애를 썼지만 더 이상 자신이 있어야 할 곳이 어디인지 알 수가 없었다.

이제 그는 무엇을 해야 할까? 장발장을 넘기는 것은 옳지 않은 행위다. 장발장이 이대로 자유를 누리도록 놔두는 것도 옳지 않은 행위다. 첫 번째 경우에는 지휘관이 말단 선원보다 못한 것이 된다. 두 번째 경우에는 범죄자가 법망을 빠져나가고 법을 짓밟는 것이 된다. 어느 경우에나 자베르는 불명예를 떠안게 된다.

대신 그는 자신의 자아관과 세계관에 의문을 제기한다. 정의란 무엇이며 법이란 제도는 얼마나 정의로운가. 자신이 원하는 것, 즉 법에 따른 정의를 포기할 수 없는 그는 정의를 새롭게 이해해야 한다는 사실을 완전히 받아들이지 못한다. 자베르는 자살을 한다. 많은 이야기가 이런 변화를 세계관의 획기적인 변화 및 궁극적인 구원과 연결하겠지만, 위고는 그렇게 하기를 거부했다.

만약 등장인물이 스스로 원한다고 생각한 것을 얻으면 어떤 일이 벌어질까? 이것은 가장 암울한 순간의 플롯 비트로 아주 안성맞춤이다. 또는 2막의 이야기를 복잡하게 만드는 장치가 될 수도 있다.

구원받는 데 실패하는 인물이 드문 데는 다 이유가 있다. 등장인물이 자신의 잠재력을 발휘하고 작가가 응원하는 인물이 제자리를 찾는 것을 보면서 독자는 일종의 카타르시스를 느낀다. 구원받는 데 실패한 인물은 독자가 그 인물에 대해 보인 관심을 허무에 빠뜨릴 위험이 있다. 등장인물이 고통에 대한 아무 보상도 받지 못한 채 결국 실패하는 것으로 끝난다면, 이야기 자체가 허무하게 느껴질 수 있다. 그러나 인물호를 쓸 때는 작가가 원하는 과정을 써야지, 작가의 비전을 이해하지 못하는 누군가의 조언에 맞춰서는 안 된다.

이렇게 말했지만, 구원받는 데 실패한 인물이 강력한 효과를 발휘한 사례도 있는데, 그 인물이 이야기의 대주제에 기여하기 때문이다. J. R. R. 톨킨의 《반지의 제왕 3: 왕의 귀환》에서 골룸이 거의 구원의 문턱까지 다다랐다가 결국 실패한 것은 악이 필연적으로 자멸한다는 톨킨의 주제에서 중요한 역할을 한다. 절대반지가 그 소유자에게 불러일으키는 강렬한 욕망은 악이 그토록 오래 생존할 수 있는 이유이기도 하지만, 또한 그 악이 파괴되는 이유이기도 하다. 골룸은 절대반지의 부름을 거부하지 못한 채 벼랑 끝에서 절대반지가 불러일으키는 환희에 취해 춤을 준다. 구원받는 데 실패한 골룸의 인물호는 악과 마찬가지로 절대반지가 자멸했다는 것을 보여준다. 빅토르 위고에게는 법의 경직성, 그리고 그 경직성이 투영된 자베르의 경직성이 중요한 부분이었다.

스네이프 교수는 구원을 받았을까?

⚡

독자가 수긍할 수 있도록 인물 변화를 설계했다 해도 아직 인물호의 나머지 핵심 요소가 남았다. 등장인물이 '구원받는다'는 것은 무엇을 의미할까? 그 인물이 악행을 그만두는 것만으로 충분할까? 주관적인 질문이지만, 나는 가장 설득력 있는 구원의 과정은 어느 정도 문학적 대칭을 사용함을 발견했다. 즉 이야기 전반에 걸쳐, 등장인물은 과거에 자신이 한 악행이나 자신이 저지른 실수를 상쇄할 수 있는 행동을 통해 구원받는다. 그 결과 일종의 시적 정의가 실현된다.

등장인물이 이전에는 스스로 할 수 없었던 선택을 하는 모습을 보여주는 것도 한 가지 방법이다. 종종 1막에서 한 선택과 공명하는 선택을 3막에서 보여준다. 칼리드 호세이니의 《연을 쫓는 아이》 1막에서, 아미르는 친구 하산을 지키지 않기로 한 선택 탓에 극심한 죄책감에 시달린다. 심지어 하산은 아미르를 위해 나섰다가 목숨을 잃었다. 3막에서 아미르는 하산의 아들을 고아원에서 구하려고 개입하는 선택을 함으로써 구원받는다.

여기서 앞서 실패했던 순간과 몹시 비슷한 상황에 처한 등장인물은 이전과는 다른 선택을 함으로써 구원받는다. 이런 구원은 정서적 울림도 크다. 등장인물이 앞서 자신의 행위가 어떤 치명적인 결과를 낳았는지를 진심으로 이해하게 되었다는 것을 보여주기 때문이다. 그 치명적인 결과를 인지하는 것만으로는 나를 설득할 수 없다. 관계를 회복하고 그 행위의 결과가 지속되지 않도록 막는 것도 구원에 포함되어야 한다. 또한 이것은 '급변한 상황' 이야기 줄기와도 잘 맞아떨어진다. 인물이 앞서 실패한 순간과 대칭적인 상황에 놓인다. 예컨대 그 인물이 해를 끼친 사람의 입장이 되는 경우가 많다. 그래서 그 인물이 미래에서는 다르게 행동할 완벽한 이유를 제공한다. 부당한 대우를 받는다는 것이 어떤 것인지를 이해하게 되었기 때문이다.

구원에도 여러 가지 유형이 있다. 햄릿의 구원은 철저히 개인적인 구원이다. 반면에 장발장의 인물호에서 구원은 사회와 신에게 용서받는 것이다. 전자의 극적 긴장에서는 세 가지 지표 중에서도 특히 '자아관'이 큰 비중을 차지한다. 그래서 햄릿이 3개의 서로 다른 자아관 사이에서 방황하는 내적 성찰 장면으로 가득하다. 그는 미쳤는가? 그는 패배자인가? 그는 질투에 사로잡혀 있는가? 햄릿은 자신이 우유부단하며, 그런 자신의 도덕적 결함 때문에 클로디어스가 권력을 쥘 수 있었다며 자책한다. 3막에서는 햄릿이 스스로 구원받았다고 여기는 것을 보면서 만족감을 느낄 수 있다. 비록 이야기는 햄릿이 자살하는 것으로 끝나지만. 엔더는 자신이 《사자의 대변인》의 세계에서는 구원받을 수 없다는 것을 안다. 그래서 그 대신 버거의 마지막 생존자인 버거 여왕에게 새로운 정착지를 찾아줌으로써 그녀에게 용서받으려고 노력한다.

이런 이야기는 너무나 흔하게 접할 수 있고, 그래서 때로는 게으르게 느껴지는, 그러면서도 언제나 매력적인 장치인 '구원은 곧 죽음'을 다루지 않고서는 마무리할 수 없다. 이 장치의 핵심은 심경의 변화를 겪은 인물이 대의大義를 위해 자신을 희생하고, 그런 희생을 통해 구원을 얻는다는 것이다. 다스 베이더를 예로 들어보겠다.

단순히 인물을 죽이기만 해서는 대칭이라는 요소를 살릴 수 없다. 〈스타워즈: 제다이의 귀환〉에서 다스 베이더가 갑자기 돌변해 루크를 위해 자신의 목숨을 던졌다고 해서 그가 자신이 수백만 명에게 가한 공포와 고통을 완전히 이해했다고 할 수는 없으며, 자신의 행위를 진정으로 뉘우쳤다고도 할 수 없다. 관객이 보기에 다스 베이더는 자신의 행위가 자신이 사랑하는 사람에게 고통을 가했을 때만 그 행위를 후회했다. 이것은 구원이라고 할 수 없다.

'구원은 곧 죽음'이라는 장치는 또한 목숨을 바치는 것이 과거의 잘못을 보상하는 유일한 방법이라고 전제한다. 그런 희생이 고결한 행위일 수도 있지만, 다른 한편으로는 희생자와 대면하고, 관계를 회복하고, 죄책감 속에 속죄하면서 그 행위의 결과에 대해 책임 지는 것을 회피하는 선택일 수도 있다. 실제로는 살아서 책임을 지는 것이 아직 죽어본 적이 없는 관객에게는 더 의미 있고 더 공감할 수 있는 보상 방식일 것이다.

그렇다고 해서 구원받는 인물의 인물호에서 죽음이 중요한 요소가 될 수 없다는 것은 아니지만, 내게 죽음은 그냥 하나의 요소다. 구원이라는 기계를 구성하는 작은 나사 하나일 뿐인 것이다. 《해리 포터와 죽음의 성물》에서는 세베루스 스네이프가 수년간 해리를 보호하면서 자신의 죄를 갚아나가고 있었다는 사실이 밝혀진다. 여기에는 해리의 목숨을 서너 차례 구한 것과 덤블도어를 죽임으로써 배신자로 낙인 찍히는 것을 감당하면서 볼드모트를 패배시켜야 하는 해리 자신의 운명을 실현할 수 있도록 조력하는 것이 포함된다. 이런 모든 노력을 기울인 끝에 결말에서 스네이프는 죽음을 맞이한다. 스네이프에게 구원은 오직 해리와 해리의 엄마 릴리의 눈에 달려 있었다. 스네이프는 오랫동안 여러 가지 방식으로 해리를 괴롭혔지만 그의 죽음은 인물호에서 여전히 효과적인 기능을 수행한다. 스네이프의 죽음은 구원받는 인물에 대한 아주 정교하게 다듬어진 인물호라는 길고 복잡하고 매혹적인 문장에 완전한 마침표를 찍는다.

어떤 인물이 개과천선했다고 해서 주위 사람들이 반드시 그 사실을 믿거나 그 인물을 신뢰하게 되는 것은 아니라는 점을 기억해야 한다. 관계를 회복하고 잘못을 바로잡는 일은 복잡한 작업이며, 대다수 인물은 인물호의 주체가 겪는 심리 변화를 알아챌 수 없을 것이다. 아마도 그 인물의 과거를 결코 용서할 수 없는 인물도 있을 것이다. 때로는 상처가 너무나 깊어서 용서가 불가능할 때도 있다. 원래 상태로 복구할 수 없는 것도 존재하며, 이야기에는 끝까지 용서하지 못하는 인물의 자리도 존재한다. 어떤 인물이 큰 상처를 입었는데 가해자를 너무 쉽게 용서한다면 작가가 상처받은 자의 고통을 폄훼하는 것처럼 보일 것이다. 독자는 상처를 입은 피해자와 '구원받은' 인물의 관계에 그런 상처와 고통이 어떤 식으로 작용하는지를 보고 싶어 할 것이다.

바쁜 작가를 위한 n줄 요약

①

구원받는 인물은 긍정적인 인물호를 따른다. 그런 인물호는 일반적으로 구원받을 인물이 자신의 행위를 전혀 뉘우치지 않은 상태 또는 자신이 뭔가 잘못했다는 인식은 있지만 잘못된 가치관으로 인해 계속 잘못을 저지르는 상태 또는 자신이 잘못하고 있다는 것을 완벽하게 인지하고 있지만 중독 등으로 인해 멈추는 데 어려움을 겪는 상태에서 시작된다.

②

인물의 이해관계, 자아관, 세계관을 살펴보자. 이 세 가지 지표의 기존 내용과 새로운 내용이 인물의 내면에서 충돌하면서 긍정적인 변화를 이끌어낸다. 인물의 변화는 그 인물이 자신의 잘못이 낳은 치명적인 결과와 대면하거나 그 인물이 처한 상황이 급변하거나 그 인물과 세 가지 지표의 내용에서 대립하는 새로운 인물의 등장했을 때 더 설득력 있다.

③

인물이 실패를 겪게 하면 구원받는 인물의 인물호가 더 이해되고, 정서적으로 흥미로워진다. 실패의 가능성으로 인해 긴장이 더해진다. 이때 인물호에서 과거에 실패한 상황과 비슷한 상황을 1막과 3막에 각각 대칭적으로 배치하는 구조가 효과적일 수 있다. 이때 인물은 두 번째 상황에서 과거와는 다른, 더 나은 선택을 한다. 인물에게 자신이 원하는 것이라고 믿는 것을 손에 넣게 하면 아주 흥미진진한 플롯 비트가 된다. 인물은 자신이 원한다고 생각한 것이 사실 얼마나 공허한지를 깨닫게 된다.

구원받는 데 실패한 인물은 드물다. 오랫동안 인물이 발전해온 것이 결국 아무 결실을 맺지 못한 것처럼 보이기 때문이다. 다만 구원받는 데 실패한 인물은 이야기의 대주제를 전달한다는 다른 서사적 기능을 수행할 수도 있다.

구원받는 인물의 인물호는 흔히 시적 정의를 구현하고 문학적 대칭 구조로 이루어질 때 효과적이다. 문학적 대칭 구조는 인물의 깊은 내면 성찰을 보여주고, 인물이 자신의 과거 잘못이 얼마나 큰 해를 끼쳤는지를 이해했다는 사실을 확인시켜준다. '죽음이 곧 구원'이라는 진부한 장치는 대체로 문학적 대칭 구조와 거리가 멀다. 그러나 더 포괄적인 이야기 흐름에서 마지막 비트로 활용하면 강한 인상을 남길 수도 있다.

2

캐릭터와
관점

1장

마법 능력,
공짜로 키울 순 없다

더 워쇼스키스	The Wachowskis
〈매트릭스〉	The Matrix

레브 그로스먼	Lev Grossman
《마법사들》	The Magicians

레이먼드 E. 파이스트	Raymond E. Feist
《리프트워 전설》	The Riftwar Saga

멀리사 로젠버그	Melissa Rosenberg
〈제시카 존스〉	Jessica Jones

브랜던 샌더슨	Brandon Sanderson
《마지막 제국》	The Final Empire
《스톰라이트 아카이브》	The Stormlight Archives

스즈키 나카바	鈴木央
《일곱 개의 대죄》	七つの大罪

어슐러 K. 르귄	Ursula K. Le Guin
《어스시의 마법사》	A Wizard of Earthsea

오언 콜퍼	Eoin Colfer
《아르테미스 파울 4: 오펄 코보이의 계략》	Artemis Fowl: Opal Deception
《아르테미스 파울과 마지막 수호자들》	Artemis Fowl and the Last Guardian

크리스토퍼 놀런	Christopher Nolan
〈다크 나이트〉	The Dark Knight

패트릭 로스퍼스	Patrick Rothfuss
《왕 암살자 연대기》	The Kingkiller Chronicles

이야기의 주인공이 마법사라고 해보자. 그 인물을 그레이엄이라고 부르겠다. 이야기가 전개되면서 그레이엄의 마법 능력이 상승한다. 처음에는 모자에서 토끼를 꺼내는 정도였다. 전투에서는 별 도움이 되지 않는 능력이다. 결말에 가까워지면 손가락 끝에서 번개를 쏠 수 있게 된다. 그레이엄의 마법 능력이 상승하는 과정을 흥미진진하면서도 그럴듯하게 쓰면서 여러 함정을 잘 피하는 것이 작가의 일이다.

이 장은 인물호에 따른 마법 능력 상승, 마법 능력 상승과 긴장, 파워 크리프, 파워 실링, 전혀 다른 유형의 능력, 등장인물의 시련이라는 여섯 개 절로 이루어진다.

내가 변해야 마법 능력도 변한다

⚡

마법 능력 상승을 다루는 가장 흔한 방식은 마법 능력 상승을 인물호에 집어넣는 것이다. 이런 작법은 오직 자격을 갖춘 강력한 왕만이 바위에 꽂힌 검을 뽑을 수 있다는 신화와 연결되며, 심지어 그 이전의 설화에서도 기원을 찾을 수 있다. 브랜던 샌더슨의 《스톰라이트 아카이브》에서 달리나와 칼라딘은 각자 나이츠 래디언트라는 신령한 집단의 일원들처럼 새로운 능력을 서서히 얻는다. 그러나 그 능력을 얻으려면 특정한 신념을 받아들이고 따라야 한다. 칼라딘은 다른 사람을 보호할 의무를 지는데, 다른 사람에는 자신이 혐오하는 사람도 포함된다는 것을 받아들이고 난 후에야 새로운 능력을 얻는다.

이 장치에서는 마법 능력의 상승이 그 인물의 성장과 함께하며, 인물의 성장이 언제나 이야기의 전면이자 핵심에 놓이도록 할 뿐 아니라 인물이 그 마법 능력을 갖출 자격이 있다는 인상을 준다. 장애물을 극복한다는 것은 개인적인 문제, 편견, 결함을 극복한다는 것을 의미한다. 내적 갈등과 외적 갈등이 근본적으로 서로 연결되어 있으므로 이야기의 흐름이 더 유기적으로 이루어진다. 이 장치는 내적 갈등을 구체적이고 생생하게 보여줄 뿐 아니라 외적 갈등에 정서적 측면을 더한다.

이 장치에도 기본 구조가 있다. 일반적으로 인물호에 따라 마법 능력이 상승하는 이야기에서는 반동 인물을 패배시키는 데 실패하는 사건이나 특정 능력을 익히는 데 실패하는 사건이 그 인물의 도덕적·개인적 실패를 겪는 사건과 동시에 일어난다. 1999년에 개봉한 영화 〈매트릭스〉에서 네오는 매트릭스의 디지털 세상이 자신의 지각 능력을 조종하지 못하도록 막고, 더 나아가 자신의 정신 능력으로 매트릭스를 조작하는 법을 배워야 한다. 매트릭스 안에서 모피어스와 대련했을 때 그는 모피어스가 너무 빨라서 자기가 졌다고 생각한다. 모피어스는 그런 네오의 판단에 의문을 제기한다.

내가 자네보다 강하거나 빠른 것이 이 공간에 있는 내 몸의 근육 때문이라고 생각하나?

자신을 둘러싼 세상에 대한 지각 능력을 통제할 수 있게 된 네오는 매트릭스를 조작해서 모피어스를 이길 수 있었다.

그러나 단순히 등장인물이 더 나은 사람이 되었다고 해서 마치 우주가 쿠폰을 발행하듯이 그에게 더 많은 능력을 안겨서는 안 된다. 등장인물이 자신이 얻은 능력을 사용하기 시작했을 때 반드시 실패를 겪게 해야 한다. 도덕적 관문을 통과하는데 실패해야 그 관문이 사실적으로 느껴지는 것처럼, 쉬운 마법을 사용하는 데 실패해야 이후에 그 마법을 완벽하게 익혔을 때더 큰 쾌감을 느낄 수 있다. 마법에 실패한 경험이 그 인물의 정서적 여정에 큰 영향을 미칠 때 더욱 그렇다. 〈매트릭스〉를 계속예로 들어보자. 영화의 클라이맥스에서 네오는 총에 맞는다. 아직 네오의 정신이 신체를 완벽하게 지배하지 못한 탓에 죽은 것처럼 보인다. 트리니티의 사랑을 얻은 뒤에야 그는 정신으로 자신의 신체를 완전히 지배하고 살아난다. 자신의 몸과 마음을 모두 완벽하게 조종하게 된 네오는 자신에게 예언된 운명을 실현하고 매트릭스로 돌아온다.

인물호를 따라가는 마법 능력 상승 장치는 때로는 마법 능력 상승이 오히려 인물이 실패를 겪는 원인이 되는 식으로 제동을 가하기도 한다. 스즈키 나카바의 만화 시리즈《일곱 개의 대죄》에서 멜리오다스는 오직 분노에 휩싸일 때만 힘을 발휘하며, 그럴 때면 말 그대로 무한한 힘을 얻는다. 특정 감정 상태에서 그 감정에 매몰되어 이성을 잃는 이런 인물에게 주어진 도전과제는 그런 감정에 휩쓸리지 '않는 것', 또는 문제를 해결하는 다른 방법을 찾는 것이다.

반동 인물을 패배시키는 일이 수월할 수도 있지만, 그 과정에서 선함을 유지하기가 매우 어렵다. 이것은 '힘을 얻은 대가는 인간성'이라는 주제와도 연결된다. 이런 이야기에서 마법 능력 상승은 그런 능력 향상이 주동 인물의 인간관계와 도덕성, 자아관과 세계관에 어떤 영향을 미치는지를 보여주면서 서사적으로 중요한 역할을 한다.

인물호에 맞춰 마법 능력이 상승한다는 설정은 이점이 많긴 해도 모든 이야기에 적합한 것은 아니다. 하드 마법 체계를 도입한 이야기는 이런 설정을 피하는 경향이 있다. 감정과 인물의 성격은 정확하게 규정할 수 없거나 예측 불가능한 측면이 있어서 그런 감정이나 인물의 성격이 중심이 되는 인물호를 하드 마법 체계의 설정이나 보상의 토대로 삼기는 곤란하기 때문이다. 잘못 다루면 앞서 언급한 그레이엄이 우정의 힘으로, 또는 상대방보다 더 크게 분노하거나 소리를 크게 질렀다는 이유로 격투에서 승리하는 진부하고 지루한 이야기가 되기 쉽다(《드래곤볼 Z》가 그렇다).

이런 장치는 소프트 마법 체계에 더 적합하다. 그런데 마법 체계에서 중요한 요소가 오직 인물이 마법 체계를 얼마나 창의적이고 영리하게 활용하는가 하는 것이라면, 마법 능력 상승을 인물호와 엮는 것은 작가가 바라는 극적 긴장을 조성하는 데 오히려 걸림돌이 될 수 있다. 마법 능력 상승 과정이 이야기 비트에 정서적 무게감을 더할 수 있다고 말했지만, 이야기 비트는 그 자체로 완전해야 한다. 인물이 지극히 일상적이고 내적인 성찰 장면에서 개인적인 문제를 해결한다면, 화려한 마법 능력 상승 장면을 굳이 더하지 않아도 충분히 강력할 수 있다.

하다 하다 나루토가 달에 에너지파까지 쏜다고?

⚡

SF 소설과 판타지 소설에서는 인물의 능력이 상승할수록 긴장도 따라서 고조된다는 것이 거의 보편적인 법칙이다. 이야기가 진행될수록 이해관계가 심화되고, 행위의 파급력이 커지고, 위험한 악당도 더 많아진다. 이야기가 '반드시' 그런 패턴을 따라야 한다는 것은 아니다. 그저 대부분 이런 식으로 전개될 뿐이다.

레브 그로스먼의 《마법사들》을 살펴보자. 제1권에서는 쿠엔틴을 비롯해 등장인물들이 뛰어난 마법 실력으로 학교에 침입한 야수를 쓰러뜨린다. 제2권에서는 주인공들이 마법을 없애려고 돌아온 옛 신과 대적하면서 이해관계가 심화되고 마법 능력은 상승한다. 제3권에서는 마법 세계 전체가 파괴될 위기에 몰리면서 다시 한번 이해관계가 심화되고 마법 능력이 상승한다. 매번 주인공들은 플롯을 해결하기 위해 더 위력이 센, 상상을 초월하는 힘을 발휘하는 마법 주문을 배워야 한다. 제3권에서는 말 그대로 마법 세계를 재창조한다.

이렇게 하는 한 가지 이유는 신선함을 위해서다. 작가들은 매번 같은 이야기를 들려주려 하지 않는다. 이야기를 변형하는 방법에는 이해관계를 심화하거나 약화하기, 분위기를 더 어둡게 만들거나 밝게 만들기, 이야기의 (설정이나 능력) 규모를 바꾸기 등이 있다. 그래서 제1권의 이야기가 대개 단 한 장소에서 벌어졌다면, 후속편에서는 주인공들이 그 장소를 벗어나 모험을 떠나는 것이다. 마법 능력 상승은 작가가 이야기에 다양성을 더하기 위해 사용하는 한 가지 무게 추일 뿐이다.

어떤 작가들은 시리즈 또는 한 소설의 이야기가 계속 더 커지고, 더 대담해지고, 더 강해지고, 더 빨라지는 등 '더' 달라져야 한다고 믿으며, 그와 함께 마법 체계도 점점 더 장엄하고 화려해진다. 그렇게 하면 이야기가 더 흥미진진하고 정서적으로도 더 매력적일 것이라는 생각이다.

절대 그렇지 않다.

사람들이 의식적으로 그렇다고 믿지는 않겠지만, 그것은 작가들이 알아차리거나 피하기 어려운 잠재적 함정이다. 규모를 키우는 것 자체가 나쁜 선택은 아니기 때문이다.

규모를 키우는 것이 나쁜 선택인 경우는 마법 능력 상승이 이야기를 밀어낼 때다. 이것을 파워 크리프power creep라고 부른다.[*]

파워 크리프의 한 징후는 이해관계가 심화될 특별한 이유가 없는데 단순히 마법 능력이 상승한 것에 맞춰 이해관계를 심화하는 것이다. 제1권에서 가족을 구하고, 제2권에서 도시를 구

---

[*] 이야기의 긴장을 계속 유지하기 위해 후반으로 갈수록 인물들이 무한히 강해지는 현상.

하고, 제3권에서는 우주 전체를 구하고, 심지어 내친김에 모든 평행우주를 구한다. 어느 순간이 되면 독자는 더는 신경 쓰지 않게 된다. 그것이 도대체 어떤 이해관계인지 전혀 감이 오지 않기 때문이다. 마법 능력의 지속적인 상승은 흔히 규모의 반복적인 확장으로 이어지고, 그럴수록 독자의 피로도도 더 커진다. 어릴 때 본 텔레비전 프로그램에서는 에피소드마다 전 세계의 운명이 걸려 있었다. 그렇게 규모가 커진 이해관계나 마법 능력에 의미를 부여하려면 무엇을 해야 할까?

오언 콜퍼의 《아르테미스 파울과 마지막 수호자들》에서는 8권에 달하는 시리즈를 통해 독자가 친밀감을 느끼게 된 버틀러라는 인물이 죽음의 위기에 처한다. 독자는 그 위기를 세계가 멸망하는 것보다 심각한 위기로 받아들인다. 독자에게는 막연한 세계보다는 그동안 자신이 감정을 이입한 버틀러가 훨씬 더 가까운 존재이기 때문이다. 《아르테미스 파울 4: 오펄 코보이의 계략》이 이 시리즈에서 최고작으로 꼽히는 이유는 더 화려한 장비와 더 멋진 능력이 나오기 때문이 아니라 사적인 이해관계를 더 깊이 파고들기 때문이다. 주인공들은 악당을 막는 과정에서 가까운 동료를 잃는다. 규모에 관계없이 그런 이해관계는 독자와 주인공에게 훨씬 더 중요하다.

독자의 경험이 정서적 여정과 아무런 연관성이 없는 엄청난 능력과 높은 이해관계에 휘둘리면, 이야기는 단순한 구경거리로 전락한다. 작가가 이해관계를 심화하고 마법 능력을 상승시킬 때 독자가 주로 경험하는 것이 무엇인지 생각해보라.

또한 파워 크리프는 몰입을 방해한다. 브랜던 샌더슨의 《미스트본》 시리즈에서는 인물들의 마법 능력 수준이 자주 올라가지만, 독자들이 이 이야기에서 독특함을 느끼고 이야기에 푹 빠진 《마지막 제국》의 기본 원칙과 틀은 계속 유지된다. 뛰어난 능력을 지닌 사람들이 알로만시 마법 체계를 활용해 아주 영리한 일을 꾸민다. 이것 때문에 독자들이 이 시리즈에 끌린 것이고, 독자들이 이 시리즈를 끝까지 읽는 것이다.

이와 대조적으로,《나루토》같은 만화는 처음에 독자가 그 이야기에 몰입할 독창성이 없다는 비판을 자주 받았다. 이야기가 시작할 때는 무술가였던 인물들이 어느 순간 달을 향해 에너지파를 쏘게 된다. 이야기 초반의 중심 소재였던 닌자 요소는 어느새 사라진다. 지금은 독자들이 인물들의 능력 때문이 아니라 인물들의 능력에도 '불구하고' 계속 읽어나가는 것처럼 보이기까지 한다.

《미스트본》 시리즈의 알로만시 마법 체계의 확장은 이야기 초반부터 그 세계에서 충분히 가능했던 것처럼 느껴지는 반면 인물들의 마법 능력을 갑작스럽게 끌어올리는 이야기는 독자들이 끌렸던 세계의 규칙들을 어기거나 깨면서 더 멋진 능력을 위해 원 마법 체계의 매력과 개성을 잃는 대가를 치르게 된다.

마법 능력, 어디까지 가려고 하는 걸까?

⚡

'파워 실링power ceilling'은 이야기 초반부터 마법 체계의 한계를 설정한다. 레이먼드 E. 파이스트의 《리프트워 전설》 시리즈는 후속편이 나올 때마다 인물들의 마법 능력이 엄청나게 상승한다. 제1권에서는 불덩어리와 번개를 던지는 수준으로 시작했지만, 마지막 권에서는 신적인 능력을 지닌 존재들이 전투를 벌인다. 행성이 파괴되고, 눈만 깜박해도 포털이 생성되고, 단 한 명의 마법사가 하늘을 무너뜨릴 수 있다. 이것이 가능한 이유는 파이스트가 제1권에서 매크로스 더 블랙이라는 인물을 통해 파워 실링을 설정해두었기 때문이다. 매크로스 더 블랙은 이 모든 것을 할 수 있는 어마어마하게 강력한 마법사로 소개된다. 따라서 독자들은 주인공 퍼그 또한 언젠가는 그런 경지에 이를 것이라고 기대할 수 있었다.

독자의 경험이라는 측면에서 파워 실링은 마법 능력에 정당성을 부여한다. 뜬금없이 무작위로 마법 능력을 얻게 되는 것이 아님을 암시하기 때문이다. 반동 인물이 상상을 초월할 정도로 강력하고 위험한 능력을 손에 넣는 것은 문제가 덜 된다. 그저 이야기의 퍼즐이 생각보다 복잡한 것 정도로 취급된다. 그러나 주동 인물이 예상을 뛰어넘는 마법 능력을 얻어서 문제를 해결하는 것은 문제가 된다. 이야기의 예측 가능성과 개연성이 무너지면서, 주동 인물의 문제 해결 과정을 지켜보면서 얻는 만족감이 사라진다. 이에 대해서는 이 책의 '하드 마법 체계 대 소프트 마법 체계'에서 다루었다.

또한 파워 실링은 서양의 특성이 반영된 관념이라는 점을 짚고 넘어가야겠다. 서양의 이야기는 특정 유형의 예측 가능성을 강조하는 경향이 있다. 일본식 롤플레잉 게임과 마법적 사실주의는 급진적이고 상상을 초월하는, 그러나 이야기의 주제에 걸맞은 마법 능력을 도입해 이런 관념에 반기를 든다. 때로는 파워 실링을 깨는 것이 이야기를 전달하는 데 중요할 수도 있다.

그렇다면 작가는 이런 질문을 해야 한다. 마법 체계가 더 강력해지는 것을 원하지 않을 때는 어떻게 긴장을 유지하거나 고조할 것인가?

마법만이 재능은 아니다

⚡

소설 중간이나 시리즈 중간에 이미 등장인물이 최고의 능력을 획득하기를 바랄 수도 있다. 어슐러 K. 르귄의 《어스시의 마법사》에서는 2막이 끝날 무렵 게드의 마법 능력이 정점을 찍는다. 그런데 이야기에서 긴장이 최고조에 이르기까지는 마법 능력이 계속 상승해야 한다고 생각할 수도 있다. 마법 능력을 그런 식으로 올리지 않으면 이야기가 절정에 도달하기 전에 이미 플롯에서 제시하는 모든 문제를 해결할 능력을 갖추게 되는 것이 아닐까? 악당 2는 악당 1보다 강력해야 하고, 악당 3은 악당 2보다 강력해야 하고, 이것이 무한 반복된다.

직관적이고, 동의하기 쉽지만 그렇지 않다.

인물의 마법 능력이 계속해서 상승하지 않게 하고 싶다면 전혀 다른 유형의 능력을 도입하는 것을 고려해볼 수 있다. 전혀 다른 유형의 능력이란 같은 기준으로 측정하고 비교할 수 없는 능력을 말한다. 마블의 〈제시카 존스Jessica Jones〉 시리즈에서 존스는 킬그레이브와 대적한다. 킬그레이브는 목소리만으로 다른 사람을 마음대로 조종할 수 있다. 세 번째 시즌의 반동 인물인 그레고리 샐린저는 연쇄 살인마다. 그는 아무런 초능력이 없다. 하지만 교활하고 영리하고 사람의 마음을 교묘히 움직이는 데 능하다. 정신 조종 능력과 지적 능력은 물리적 힘과 비교하기가 어렵다. 다른 사람을 조종할 수 있는 악당을 물리칠 때 주어지는 긴장 역학과 장애물은 법망을 활용하는 연쇄 살인마를 물리칠 때 주어지는 긴장 역학 및 장애물과는 매우 다르다.

존스는 이미 첫 번째 시즌에서 강력해질 대로 강력해진 탓에 더 이상의 능력 상승은 기대할 수 없다. 그런데도 긴장은 계속 유지된다. 존스가 맞닥뜨린 장애물은 그녀의 능력과는 비교할 수 없는 유형의 것이기 때문이다. 존스의 능력치가 어떤 방식으로든 상승해서 더 강한 힘을 손에 넣게 된다면 킬그레이브까지는 어떻게 물리칠 수 있겠지만, 그 능력으로 샐린저를 물리칠 수 있을지는 미지수다. 킬그레이브와 샐린저는 존스에게 각각 다른 시련과 과제를 안긴다.

각 악당마다 존스에게 다른 방식으로 영리해지기를 요구하고, 존스의 도덕관을 다른 방식으로 시험한다는 것이 핵심이다. 그레이엄 또한 첫 번째 책에서 자신이 획득한 모든 능력을 동원해도 이길 수 없는 악당과 대적할 수 있다. 그다음에는 자신이 어린 시절 사랑했던 마녀와 싸워야 할 수도 있다. 세 번째 책에서는 아무리 죽여도 부활하는 여왕이 적일 수도 있다.

《왕 암살자 연대기The Kingkiller Chronicles》 시리즈의 작가 패트릭 로스퍼스는 파워 크리프에 어떻게 대처해야 하는지에 관해 다음과 같이 말했다.

크보스는 앞으로 이런저런 것들을 배우고 조금씩 더 강해지지만, 그래도 그는 자신의 모든 문제를 힘이 아니라 머리를 써서 해결한다. … 한 번 머리를 썼다면 다음에도 또 머리를 써야 한다.… 그래서 긴장이 유지된다.[8]

능력을 얻는 것만으로는 적대자를 물리칠 수 없다. 그러나 이것은 갈등에 어떤 정서적 측면이나 인물 고유의 차원을 더하지 않는 냉정하고 계산적인 방법이다. 갈등이 신선하고 독특해 보일 수는 있지만 정서적인 매력은 부족할 수 있다. 따라서 이 문제에 대처하는 두 번째 방법을 소개하겠다.

주인공을 시험에 들게 하소서
⚡

주동 인물에게 개인적인 문제로 맞서거나 주동 인물을 도덕적으로 시험에 들게 하는 반동 인물이 또 하나의 해결책이다. 《어스시의 마법사》의 주인공 게드를 보자. 게드는 이야기가 중반에 이르렀을 때 이미 최고의 힘을 얻지만 그가 최종적으로 물리쳐야 하는 적대자는 그를 따라다니는 그림자와도 같은 유령이다. 불꽃을 아무리 많이 일으켜도 죽일 수 없는 존재다. 그 어떤 마법으로도 제거할 수 없다. 게드가 자기 내면의 어두운 충동과 대면하고 그런 충동에 책임을 져야 한다는 사실을 받아들이고 나서야 그 유령을 없앨 수 있었다. 죽음의 그림자라는 반동 인물은 게드의 세계관과 도덕성을 근본적으로 시험했다.

이런 반동 인물을 도입할 때의 장점은 그 반동 인물이 주동 인물의 사적인 측면을 시험하는 도전과제가 되면 이해관계를 심화하거나 대단한 싸움 장면을 쓸 필요가 없다는 것이다. 이런 반동 인물의 전형적인 예가 크리스토퍼 놀런 감독의 〈다크 나이트〉에 나오는 조커다. 영화에서 문제가 된 이해관계는 고담시티 전체도 아닌 고작 배 두 척의 승객들이었으므로 배트맨 시리즈 중에서는 가장 약한 편이었지만, 시리즈 중에서 가장 긴장감 넘치고 매혹적인 편으로 꼽힌다. 배트맨이 해결해야 하는 도전과제는 조커를 막기 위해 어떤 도덕 원칙을 깰 것인가, 상황이 불리해졌을 때 어떤 도덕 원칙만큼은 끝까지 지켜낼 것인가 등 배트맨의 도덕적 한계를 시험한다.

반동 인물이 주동 인물에게 위협적인 이유를 떠올릴 때 단순히 그 반동 인물의 힘에만 초점을 맞추지 말고, 그 인물이 주동 인물의 도덕성, 결함, 편견을 어떤 식으로 건드리는지를 생각해보라. 반동 인물은 어떤 점에서 다른 인물에 비해 주동 인물에게 더 큰 시련을 안기는가. 때로는 가장 무시무시한 악당은 엄청난 능력을 지닌 인물이 아니라 다른 방식으로 주동 인물을 꼼짝 못하게 만드는 인물이기 때문이다.

주동 인물이 이미 능력이 최대치에 도달했거나 능력이 전혀 상승하지 않을 때도 이런 반동 인물을 활용할 수 있다. 이야기에서 마법 능력을 제대로 풀어내기는 쉽지 않다. 그러나 결국 핵심은 이야기가 화려한 구경거리에 묻히지 않고 유기적으로 발전할 수 있도록 하는 것이다.

바쁜 작가를 위한 n줄 요약

①

인물이 마법 능력을 얻을 자격이 있다고 설득하면서 동시에 마법 체계를 논리적·사실적으로 확장할 수 있게 돕는 장치가 인물호에 맞춘 마법 체계다. 이 장치는 내적 갈등과 외적 갈등에 서사적 유기성을 부여한다.

②

마법 체계가 확장되는 것은 자연스러운 현상이다. 그러나 마법 체계가 계속 확장되다 보면 파워 크리프 현상이 일어날 수 있다. 그러면 독자의 몰입을 유도하는 요소를 잃거나, 설득력 있는 이야기를 만들어내기 힘들어진다.

③

파워 실링은 인물이 자신의 능력을 얻을 자격이 있다고 인정할 수 있게 만들고 독자의 기대 수준을 결정하는 데 도움이 된다. 파워 실링은 반동 인물보다는 주동 인물에게 더 중요한 요소다.

④

마법 능력 상승 없이 긴장을 유지하는 한 가지 방법은 전혀 다른 유형의 능력을 도입하는 것이다. 그러면 아무리 강력한 능력을 지니게 되더라도 그 능력만으로 플롯에서 제시하는 문제를 쉽게 해결할 수 없게 된다.

⑤

마법 능력 상승 없이 긴장을 유지하는 둘째 방법은 인물에게 개인적인 과제를 주는 것이다. 주동 인물은 어려운 개인적·도덕적 선택을 해야 하고, 그 과정에서 이야기의 긴장이 유지된다.

2장

과거 이야기는
꼭 필요할까?

F. 스콧 피츠제럴드 　　　　　　　F. Scott Fitzgerald
《위대한 개츠비》 　　　　　　　　The Great Gatsby

J. K. 롤링 　　　　　　　　　　　　　J. K. Rowling
《해리 포터와 혼혈왕자》 　　Harry Potter and the Half-Blood Prince

《해리 포터와 죽음의 성물》 　　Harry Potter and the Deathly Hallows

레인보 로웰 　　　　　　　　Rainbow Rowell
《엘리노어 & 파크》 　　　　Eleanor and Park

류츠신 　　　　　　　　　　　刘慈欣
《삼체 1부: 삼체문제》 　　　　三體問題

마이클 디마르티노 　　　　　　Michael DiMartino
브라이언 코니에츠코 　　　　　Bryan Konietzko
〈아바타: 아앙의 전설〉 　Avatar: The Last Airbender

신시아 핸드 　　　　　　　　Cynthia Hand
《마지막 작별 인사》 　　The Last Time We Say Goodbye

아말 엘모타르 　　　　　Amal El-Mohtar
〈매들린〉 　　　　　　　Madeline

조지 R. R. 마틴 　　　　　　George R. R. Martin
《얼음과 불의 노래》 시리즈 　A Song of Ice and Fire

존 그린 　　　　　　　　　John Green
《종이 도시》 　　　　　　Paper Towns

《잘못은 우리 별에 있어》 　The Fault in Our Stars

테드 창 　　　　　　　　　Ted Chiang
《당신 인생의 이야기》 　Story of Your Life

앞서 이야기의 속도감을 논의하면서 부수적 임무 문제에 대해 설명했다. 부수적 임무는 플롯의 장애물 내지는 샛길로, 이야기의 분량을 늘리는 면은 있어도 궁극적으로는 서사의 보상에 기여하지 않으며, 이야기의 속도감을 확 늦춰버리는 결과를 낳는다. 플래시백은 부수적 임무와 마찬가지로 이야기의 속도감을 흐트러뜨린다. 흔히 본 이야기front story라고 부르는, 독자가 몰입해야 하는 중심 서사에서 독자가 오히려 한걸음 물러서도록 만들기 때문이다. 플래시백이 다루는 이야기는 사실 본 이야기와의 연결 고리가 아주 가느다랗고, 심지어 아직은 그 연결 고리가 무엇인지 밝혀지지도 않았고, 독자가 별로 관심이 없는 별개의 이야기일 수도 있는데 말이다. 언제나 그런 것은 아니지만 핵심 질문은 이야기에 플래시백이 정말 필요한가이다.

잘 쓰면 득, 못 쓰면 독이 되는 과거

⚡

작가들이 흔히 저지르는 실수 중 하나가 인물의 과거 이야기를 꼭 전달해야 한다고 생각하는 것이다. 그렇지 않다. 어떤 내용을 넣고 어떤 내용을 짧게 요약하거나 뺄지 아는 것이 중요하다. 등장인물에게는 소설 밖에서의 삶과 이야기가 있지만, 그 삶과 이야기를 반드시 명확하게 전달할 필요는 없다. 그 삶과 이야기가 현재의 이야기에서 등장인물의 선택과 성격에 영향을 미칠 수는 있다.

F. 스콧 피츠제럴드의 《위대한 개츠비》에서 개츠비는 데이지와 사랑에 빠진다. 그러나 데이지와 다시 연락이 닿았을 때 그녀는 이미 다른 남자와 결혼했다. 개츠비는 자신의 부를 모두 동원해 데이지의 마음을 얻으려고 애쓴다. 소설의 다른 모든 극적인 장면만큼이나 세세한 플래시백에서, 피츠제럴드는 개츠비가 '과거가 없는 무일푼의 남자'인 신세로 처음 데이지를 만났을 때 얼마나 자기 자신을 초라하게 느꼈는지를 길게 설명한다. 이 플래시백은 두 사람이 더 젊었을 때 함께 보낸 열정적인 시간을 구체적으로 묘사한다.

피츠제럴드는 인물의 '유령', 즉 인물의 도덕적·심리적 시련의 근원을 보여주는 데 공을 들인다. 플래시백은 개츠비의 결함, 즉 부에 따라 자신의 가치가 달라진다는 믿음을 드러낼 뿐 아니라 현재 부자가 되어 데이지의 마음을 사기 위해 노력하는 본 이야기에 긴장, 깊이, 이해를 더한다. 독자는 왜 개츠비가 데이지에게 그토록 집착하는지 이해할 수 있고, 두 인물이 공유하는 과거에 대해 알게 된다.

이렇게 말하면 등장인물의 과거에서 결정적인 순간은 모두 플래시백으로 넣어야 한다고 생각할 수 있지만, 그렇지 않다. 중요한 것은 과거의 이야기가 서사와 관련이 있는가 없는가이고, 등장인물의 과거에서 극적인 변화를 일으킨 모든 사건이 현재의 서사와 직접적인 연관이 있는 것은 아니기 때문이다. 개츠비의 과거 이야기는 왜 개츠비가 본 이야기에서 그렇게 행동하는지 이해하는 데 도움이 되지만, 거기에서 더 나아가 결국 개츠비를 죽음으로 몰고 간 데이지에 대한 무모한 집착에 독자가 수긍할 수 있는 맥락을 부여하는 역할을 한다. 《위대한 개츠비》의 주요 주제 중 하나는 '빈털터리가 부자가 된다'는 아메리칸 드림의 몰락이다. 개츠비의 플래시백은 이 주제를 이해하는 데 필수적이다. 부가 개츠비의 자아관과 긴밀하게 연결되어 있다는 점을 보여주는 것 외에도 개츠비가 데이지를 자신이 쟁취한 보상으로 여긴다는 점을 보여준다. 또한 부와 행복 사이에 생길 수 있는 악순환의 고리를 더 깊이 파헤친다. 개츠비는 부가 행복을 약속한다고 믿지만 결국 그것이 헛된 약속임이 밝혀진다. 제1차 세계대전 중 개츠비가 겪은 고통스러운 경험은 현재의 개츠비라는 인물을 형성하는 데 아주 큰 영향을 미쳤음이 분명하다. 그러나 피츠제럴드는 그 경험에 초점을 맞춘 플래시백은 집어넣지 않는다. 그 경험이 본 이야기에서 개츠비가 하는 선택에 직접적으로 영향을 주지 않으며, 따라서 갈등을 빚는 개츠비의 결함을 이해하는 데도 도움이 되지 않는다고 판단했기 때문이다.

플래시백은 긴장을 고조한다. 등장인물이 목표, 스스로 중요한 이해관계라고 믿는 것에 그토록 집착하는 이유를 보여주고, 등장인물이 자신과 세계에 관해 믿는 거짓의 출처가 무엇인지를 이해하게 도와준다. 소설가 메리 로비네트 코왈Mary Robinette Kowal은 이에 대해 다음과 같이 말한다.

효과적인 플래시백은 현재 이야기의 이해관계를 둘러싼 맥락을 이해하기 위해 독자가 알아야 하는 정보를 제공해 이야기에 추진력을 더한다.

마거릿 애트우드의 《증언들》에서는 리디아 아주머니의 과거를 보여주는 플래시백을 자주 사용하면서 길리어드 공화국의 탄생 과정에서 그녀가 살아남기 위해 얼마나 지독하게 버텨야 했는지, 그 과정에서 얼마나 모욕적인 상황들을 감내해야 했는지, 정의라는 미명 아래 다른 사람들을 해치고 싶은 유혹에 얼마나 시달렸는지, 그래서 그녀가 왜 길리어드의 몰락을 그토록 바라는지를 탐색한다. 또한 리디아 아주머니의 공리주의적이고 메마른 결점투성이 세계관, 즉 리디아 아주머니가 믿는 '거짓'의 뿌리를 보여준다. 플래시백은 그런 '거짓'을 더 깊이 탐구하면서 그것이 이야기에서 어떤 의미를 갖는지를 독자가 더 잘 이해할 수 있도록 도와준다.

또한 플래시백은 독자가 이미 아는 정보를 재맥락화해서 본 이야기를 복잡하게 만드는 요소가 무엇인지 알려줄 수 있다. 류츠신의 《삼체 1부: 삼체문제》는 외계 생명체와 접선하기 위해 세운 중국의 비밀 군사 기지에서 벌어진 사건을 플래시백으로 다룬다. 본 이야기의 주동 인물이 자신이 조사를 의뢰받은 이상한 가상현실 게임의 의미가 무엇인지를 천천히 밝혀내는 동안 플래시백은 이야기에 대해 독자가 이해한 것들을 복잡하게 만든다. 게임은 삼체행성이라는 외계 세계를 모방한다. 삼체행성은 아주 오래전 비밀 군사 기지에서 보낸 신호를 받아 지구를 발견하게 된 외계 종족의 고향이다. 삼체인들은 이미 지구로 오는 중이다. 그 기지에 있던 한 과학자가 외계 종족이 인간을 지배할 것이라는 희망을 품고 그들을 초대했기 때문이다. 갑자기 이 세상은 독자가 생각했던 것보다 훨씬 더 위험한 곳이 되었다. 게임은 무해한 수학 문제가 아니라 삼체인들의 손바닥에 인간을 바치려고 안달이 난 테러 집단의 징집 도구였다.

이 모든 내용이 서사적 보상을 키운다.

단순히 독자에게 등장인물에 대한 추가 정보만 제공할 뿐 본 이야기와는 큰 관련성이 없는 플래시백은 이야기를 지루하게 만들 위험이 있다. 등장인물에게 비극적인 과거가 있다고 해서 그 이야기를 반드시 현재에서 실시간으로 전달할 필요는 없다. 또한 독자가 몰입해야 할 이야기에서 굳이 한 걸음 떨어지도록 강제하는 플래시백을 굳이 사용하지 않더라도 등장인물의 동기를 설명하거나 독자가 등장인물을 동정하도록 만드는 더 효과적인 방법들이 있다. 특히 중요한 과거 사건을 가장 잘 보여주는 방법은 그 사건이 등장인물의 현재에 어떤 영향을 미쳤는지를 보여주는 것이라는 점을 고려한다면 더욱 그렇다.

과거 이야기는 세계관 구축이 대부분 그렇듯 빙하와 같다. 작가는 수면 아래에 훨씬 더 큰 부분이 있다는 것을 알지만, 독자는 이야기와 관련이 있는 일부만 본다.

개인적으로, 플래시백을 넣을지 말지를 결정하는 기준 중에서 가장 엄격하게 적용되어야 할 기준은 서사와의 연관성이라고 생각한다. 내가 쓴 소설의 주인공에게는 플롯의 긴장 요소와 아주 긴밀하게 연결되는 고통스러운 과거가 있었지만 나는 이 과거 이야기를 플래시백으로 만들지 않았다. 그 소설은 주인공에게 고통을 안긴 사건이 일어나고 몇 년이 흐른 뒤에 그 인물이 겪는 외상후스트레스증후군을 다루었고, 나는 원인이 된 사건 자체보다는 그 이후 주인공이 겪는 외상후스트레스증후군이라는 경험에 독자들이 감정 이입을 하기를 원했다. 내가 집어넣은 플래시백들은 독자가 주인공을 이해하는 데 도움이 되거나 가장 가까이에 있는 사람들이 오히려 학대가 벌어지고 있다는 사실을 눈치채지 못한다는 주제를 형상화하는 데 도움이 되는 것들이었다. 그런데 원고를 미리 읽어준 독자들의 수정과 피드백을 거치면서 그런 플래시백들도 꼭 필요한 최소한으로만 남겼다. 일부 독자는 플래시백이 이야기 전개에 오히려 방해가 된다고 말했기 때문이다.

결국 이야기는 작가의 것

⚡

플래시백은 꼭 필요할 때만 넣으라고 명시적으로 강조했지만, 플래시백과 과거 이야기를 그대로 남겨두고 싶다면 그렇게 하라. 이야기는 작가의 것이고, 결국 작가가 들려주고 싶은 이야기가 무엇인지가 더 중요하다. 플래시백을 가장 '효율적으로' 활용하는 것이 작가가 자신의 이야기를 들려주고 싶은 방법이 아닐 수 있고, 그래도 괜찮다.

조지 R. R. 마틴의 《얼음과 불의 노래》가 그런 경우에 해당한다. 어느 책에서 어떤 등장인물이 복도를 걸어간다. 그는 자신이 더 젊었던 시절 납치된 왕을 거의 혈혈단신으로 구해낸 공적을 상기시키는 태피스트리들을 보게 된다. 그러고는 이것을 접점 삼아 두세 쪽에 걸쳐 과거 이야기를 들려준다. 그런데 그 과거 이야기는 본 이야기에 전혀 기여하지 않는다. 그 인물에 대해 뭔가를 더 알려주는 게 전부다.

또한 플래시백과 평행 이야기의 차이를 알아둘 필요가 있다. 두 가지가 비슷해 보이겠지만 평행 이야기는 나중에 서로 연결되기 전까지 대체로 독립적으로 전개된다. 플래시백은 본 이야기로부터 연관성과 의미가 부여되지만 평행 이야기는 그 자체로 거의 독립적인 이야기다.

플래시백은 얼마나 길고 자세하게 써야 할까?

⚡

플래시백은 얼마나 길고 자세하게 써야 할까? 플래시백은 반장면half scenes과 온장면full scenes, 그리고 그 사이의 다양한 길이로 존재하며, 반장면 플래시백과 온장면 플래시백은 서사적으로 각각 다른 역할을 한다.

존 그린의 《종이 도시》를 예로 들어보겠다. 중심 서사가 시작되기 몇 년 전에 쿠엔틴과 마고는 시체를 발견한다. 이 플래시백은 온장면으로 쓰였다. 이야기의 다른 장면과 똑같이 매우 구체적인 감각 묘사들이 나온다. 1,500단어짜리 장면으로, 축약은 전혀 없고, 이 플래시백 자체도 2개의 장으로 구성된다. 이렇게 해서 얻는 효과는 두 가지다.

- 이 과거의 이야기가 어떤 사건에 대한 등장인물의 단순한 회상과는 달리 본 이야기에서 특히 중요하다는 것을 독자에게 알린다.
- 구체적인 묘사를 통해 등장인물이 사건을 요약해서 들려주는 것보다 과거 이야기에 극적 사실성을 더하고 정서적 무게를 더한다.(13) 또한 '줄string'이라는 핵심 상징의 의미를 소개한다("그의 안에 있는 줄이 모두 끊어졌는지도"). 이 상징은 쿠엔틴이 마고를 이해하는 데, 그리고 앞으로 벌어질 사건들을 쿠엔틴이 해석하는 데 중요한 역할을 한다(《작가를 위한 세계관 구축법》 1권에 프롤로그 쓰는 법에 관한 장이 있는데, 그 내용이 이 분석과 아주 정교하게 연결된다. 거기서는 '줄' 은유가 처음 등장하는 부분을 설명했다).

이와 대조적으로 존 그린이 《잘못은 우리 별에 있어》에 집어넣은 다음의 반 장면 플래시백을 살펴보자. 이 플래시백에서 헤이즐은 아버지와 강에서 보낸 어느 오후를 회상한다.

지리적으로 접근하기 쉽지는 않은 곳이었지만 나는 홀리데이 공원을 정말 좋아한다. 어린 시절 나는 아버지와 화이트강에 들어가 놀곤 했는데, 그럴 때면 아빠가 나를 들어올려 허공을 향해 멀리 던지는 정말 멋진 순간이 늘 있었다. 나는 하늘로 날아오면서 두 팔을 뻗었고 아빠도 나를 향해 두 팔을 뻗었다. 그러면 우리 둘 다 우리 손이 서로 닿지 않으리라는 것을 알 수 있었고, 아무도 나를 받아줄 수 없을 것 같아서 우리는 둘 다 정신이 나갈 정도로 겁이 났는데, 그게 또 정말 근사했다. 그러다 나는 다리를 버둥대면서 강물에 빠졌다가 다친 곳 하나 없이 다시 수면 위로 올라와 숨을 쉬었고 강물이 나를 다시 아빠에게 데려다주면 나는 이렇게 말했다. "또요, 아빠 또요."

그린은 이 순간을 아주 간략하게 요약한다. 인용문도 거의 없다. 반장면은 등장인물에 대한 정보를 담고 있으면서도 온장면 플래시백만큼 극적이거나 정서적인 요소가 없고 주제에 맥락을 부여하지도 않는 덜 중요한 장면을 전달한다. 이야기의 속도감을 늦출 위험도 없다. 독자를 본 이야기에서 벗어나게 하지 않기 때문이다.

앞서 든 사례처럼 플래시백이 아주 길거나 아주 짧을 필요는 없지만, 과거 이야기의 어떤 부분이 온장면으로 다룰 정도로 중요한지, 어떤 부분을 반장면으로 짧게 다룰지는 작가에게 달렸다. 《해리 포터와 죽음의 성물》에서 스네이프의 기억 속 릴리를 온장면이 아닌 반장면으로 다뤘다면 그 파급력이 반감하지 않았을까? 프레드와 조지가 어릴 때 집에서 한 장난들을 론이 언급할 때마다 온 장면 플래시백을 넣었다면 얼마나 읽기 짜증스러웠을까?

쓸 만한 플래시백의 조건

⚡

J. K. 롤링의 《해리 포터와 혼혈왕자》에서 해리는 슬러그혼 교수가 톰 리들에게 제작자의 영혼 일부를 보존하는 호크룩스에 대해 어떤 이야기를 해주었는지 알아내려고 노력한다. 슬러

그혼은 덤블도어에게 가짜 기억을 주었지만 결국 해리에게 진짜 기억을 넘긴다. 그 기억은 온 장면의 플래시백으로 전개된다. 해리의 시선에서 이야기를 들려주지만 슬러그혼의 과거 이야기다. 이 플래시백이 효과적인 이유는 다음 두 가지다.

- 롤링은 독자가 이 수수께끼에 관심을 갖도록 여러 페이지에 걸쳐 밑 작업을 해두었다. 슬러그혼은 리들에게 무슨 이야기를 했는가? 진짜 기억이 무엇인지 밝혀지기 전에 독자에게 가짜 기억을 여러 번 보여준 전략이 독자의 호기심을 자극한다. 그런 전략은 앞으로 펼쳐질 이야기를 예상하게 한다. 진실을 밝히는 것을 본 이야기의 목표로 삼았기 때문에 이 플래시백이 이야기의 속도감에 제동을 걸 위험도 없다. 누가 봐도 플래시백이지만, 또한 본 이야기기도 하다.
- 이 플래시백은 서사를 앞으로 나아가게 하는 동력이기도 하다. 이 시점에서 플래시백은 본 이야기의 긴장과 긴밀하게 연결되어 있어서 '호크룩스를 파괴해야 한다'는 새로운 이해관계를 제시하면서 서사를 3막으로 넘기는 역할을 한다. 이야기의 속도감이 느려졌다는 느낌이 전혀 들지 않는다.

기본적으로 어떤 플래시백이 본 이야기의 시간 순서에서는 아주 멀리 벗어나 있는데도 효과를 발휘하는 이유는 그것이 전체 서사의 추진력이 되기 때문이다. 플래시백이 전달하는 정보가 앞으로 벌어질 사건의 전조가 되는 비밀을 폭로하거나 등장인물이 지금까지 생각하지 못한 새로운 의문을 제기하거나 등장인물이 지금까지 알고 있던 이해관계나 맥락을 변화시키는 식으로 앞으로 펼쳐질 이야기에 변화를 가져오게 하라.

세상에 사연 없는 사람은 없다

⚡

어떤 사람들은 첫 두세 장 또는 첫 50쪽 안에는 플래시백을 넣지 말라고 조언한다. 개괄적인 지침으로는 타당한 말이다. 초반부터 본 이야기에서 독자를 너무 멀리 끌고 가는 것은 혼란을 불러일으킬 수 있다. 그래서 많은 조언이 플래시백으로 가장 자연스럽게 넘어가는 방법을 알려주는 데 집중한다. 예를 들어 '장면이 바뀔 때'라거나 '인물이 꿈을 꿀 때'라거나 '등장인물이 뭔가에 자극을 받아서 기억이 돌아올 때'라는 식이다. 그러나 개인적으로는 플래시백으로 어떻게 넘어갈지보다는 플래시백이 장면 구조의 어느 지점에 들어오는지가 훨씬 더 중요하다고 생각한다.

> 비선형 서사의 장점 중 하나는 청중의 정서적 자극을 극대화하는 순서로 서사 조각들을 보여줄 수 있다는 것이다.
> – 메리 로비네트 코왈[9]

장면 구조는 사건의 시간적 순서보다는 독자가 이야기의 부분들을 경험하는 순서를 통제하는 것과 관련이 있다. 플래시백에 가장 많이 활용되는 장면 구조는 플래시백이 바로 전 장면이나 바로 다음 장면에 대해 뭔가를 알려주거나 더 깊은 맥락을 부여할 수 있는 지점에 플래시백을 넣는 것이다.

텔레비전 애니메이션 〈아바타: 아앙의 전설〉의 '남쪽의 공기의 사원The Southern Air Temple' 에피소드에서는 등장인물들이 찾아간 절에서 자란 주동 인물의 과거를 서너 차례 플래시백으로 보여준다. 어린 시절 자신이 자란 고향 집 같은 곳을 돌아다니는 동안 아앙이 기억하는 사원(활기와 색감과 웃음이 넘치는 곳)과 현재의 사원(우울한 흔적만 남은 곳)이 직접적으로 대비된다. 이 플래시백은 아앙과 아앙의 정신적 스승인 기야초 스님의 관계를 중심으로 전개된다. 그리고 곧 본 이야기에서 주인공들은 기야초 스님의 시체를 발견하게 된다.

이 플래시백은 자기 부족 사람들이 인종학살의 희생자였다는 사실을 아앙이 서서히 알아가면서 생기는 긴장의 일부가 될 뿐 아니라 플래시백을 통해 진실이 드러나는 구조도 본 이야기의 비트에 독립적인 극적·정서적 맥락을 추가한다. 독자가 기야초에게 호감을 느끼게 한 다음 그의 죽음을 보여주면, 관객도 아앙의 정서적 여정에 동참하게 된다. 기야초를 아앙의 삶의 일부로 보여준 플래시백 없이 그의 시신을 봤다면 그의 죽음이 그렇게까지 충격적이지 않았을 것이다.

이와 대조적으로, 플래시백을 이야기 비트 직후에 넣는 것은 독자가 등장인물이 느끼는 감정을 그대로 똑같이 느끼기를 원할 때보다는 왜 어떤 인물이 그렇게 행동했는지 독자가 그 답을 너무너무 궁금해하도록 만들었을 때 가장 효과적이다.

그러나 이것을 한 차원 더 끌어올릴 방법이 있다. 앞에서 살펴보았듯이 나는 개인적으로 행동-반응 장면 구조가 더 유용하다고 생각한다. 앞서 설명한 정의를 반복하자면, 행동 장면은 목표, 갈등, 실패 또는 해결로 이루어지고, 반응 장면은 반응, 딜레마, 선택으로 이루어진다. 글쓰기가 워낙 복잡한 작업이다 보니 이 두 장면이 완벽하게 구별되지 않을 때도 많다. 모든 행동 장면이나 반응 장면이 이 순서대로 비트를 배치하지는 않으며 때로는 여기서 나열한 비트를 한 장면을 구성하는 6개의 비트로 생각하면 도움이 된다. 내게는 그렇게 이해하는 쪽이 더 쉬웠다. 그러나 핵심은 그대로다. 플래시백은 종종 반응, 딜레마, 선택 비트와 매끄럽게 연결된다.

신시아 핸드의 《마지막 작별 인사》에서는 렉스가 오빠의 자살을 자신의 탓으로 돌리지 않으려고 노력한다. 핸드는 먼저 행동 장면을 쓴다.

- **목표**　또 다른 소년의 자살을 막는 것.
- **갈등**　어떻게든 그 소년의 집에 들어가야 한다.
- **실패**　오빠가 자살한 날 밤 그 소년에게 전화를 걸었다는 사실을 알게 된다.

그다음에 나오는 반응 장면은 오빠가 죽던 날 밤으로 완벽하게 넘어간다.

- **반응**　큰 충격, 혼란, 이 새로운 정보를 어떻게 받아들여야 할지 모르는 당혹감.
- **딜레마**　이제 어떻게 해야 할까? 계속 죄책감에 빠져 있거나 오빠

173

의 자살을 받아들이는 것이 애초에 생각한 것보다 더 복잡한 문제로 여겨진다.

- **선택** 오빠가 죽은 날 밤에 대한 자신의 기억을 기록하면서 자신의 감정을 돌아보기로 한다. 그리고 이 장면은 곧장 온 장면 플래시백으로 이어진다.

플래시백은 종종 인물의 정서 상태를 구체적으로 묘사하거나 인물의 생각을 설명한다. 요컨대 본질적으로 등장인물의 정서 반응을 전달하는 데 적합한 장치다. 특히 갈등이나 해결이 그 인물의 과거와 연결되거나 딜레마가 이전에 내린 선택, 특히 핸드의 사례처럼 선택과 대칭을 이룰 때 특히 효과적이다.

'깨달았다' '알아봤다' '기억했다' '회상했다' 같은 필터 단어 filter word는 독자에게 그들이 뭔가를 보기보다는 듣게 될 거라는 사실을 알린다는 점을 지적해야겠다. 이런 동사를 사용하는 것이 자연스럽게 느껴지겠지만 그런 동사를 사용하면 플래시백의 효과가 반감된다. 레인보 로웰의 《엘리노어 & 파크》에 나오는 다음 단락을 보자.

그러나 파크도 처음 엘리노어를 버스에서 봤을 때 그런 생각은 하지 못했다. 그는 엘리노어의 외모가 그런 것부터가 안됐다고 생각한 게 기억났다. … 파크는 엘리노어가 느꼈을 창피함을 대신 느낀 게 기억났다. 그리고 지금은 … 지금은 목구멍에서 험한 말들이 솟구치는 게 느껴졌다.

필터 단어 때문에 플래시백 비트를 독자가 추상적으로 받아들이게 된다. 만약 이렇게 썼다면 어땠을까.

그러나 파크도, 버스에서 엘리노어를 처음 봤을 때 그런 생각은 하지 못했다. 엘리노어가 그렇게 보이는 것 자체만으로도 충분히 안됐다고 생각했다. 엘리노어가 창피할 거라고 생각했다. 그리고 지금은 … 지금은 목구멍에서 험한 말들이 솟구치고 있었다.

독자와 등장인물의 경험을 분리하던 벽이 사라졌다.

미래를 회상하는 이야기

⚡

테드 창의 《당신 인생의 이야기》의 서사에는 특이한 장면들이 거듭해서 끼어든다. 이 소설을 각색한 2016년 개봉작 〈컨택트Arrival〉는 이런 장면들을 주요 인물의 플래시백으로 표현한다. 그러나 소설에서는 이들 장면이 주인공이 자신이 미래에 낳을 딸의 삶을 상상하는 것에 가깝다.

그러면 네가 웃는 것을 보는 순간들이 있겠지. 네가 이웃집 강아지랑 놀던 그때처럼…
"하지만 졸리지 않단 말이야." 넌 투정을 부리겠지….

이 장에서 다루는 내용과 관련해서 중요한 점은 이런 장면이 비선형 장면이라는 점이다. 비선형 장면은 플래시백과 굉장히 유사한 방식으로 서사의 연대기적 순서에서 독자를 끌고나온다. 단편 소설에서는 이런 장면이 본 이야기에 맥락이나 무게를 더하지 않는다. 이야기의 결말에 이를 때까지. 이런 비선형 장면이 시간을 앞으로 돌린 것이며, 화자의 상상이 아니라는 사실이 드러난다. 본 이야기가 진행되는 동안 화자에게는 미래의 일부를 보는 능력이 생기기 때문이다. 그리고 그녀는 이제 미래의 딸이 어린 나이에 죽게 된다는 것을 안다.

본 이야기는 마지막에 가서 반전과 함께 이들 비선형 장면을 완벽하게 재맥락화한다. 장면들에 갑자기 새로운 의미가 더해진다. 이들 장면을 이야기 전반에 뿌려두는 것 또한 당장 눈에 보이지는 않았지만 서사적 보상에 아주 중요했다. 테드 창은 독자의 관심을 붙들기 위해 몇 가지 작법을 활용한다. 그는 이 비선형 장면을 대부분 2인칭 현재 시점으로 썼다. "너는 이걸 한다, 너는 저걸 한다." 미래를 상상하는 여자의 이야기처럼 읽히면서도 어딘지 모르게 어색하다. 이런 장면은 일반적으로 과거 시제나 미래 시제로 쓰일 뿐만 아니라, 이야기 중에 화자가 갑자기 딸이 죽는 모습을 상상한다. 엄마가 되기를 꿈꾸는 그 어떤 사람도 그런 모습을 상상하지 않을 것이다. 독자는 갑자기 뭔가 다른 일이 벌어지고 있다는 것을 깨닫는다. 무슨 일인지는 아직은 모르지만. 창은 결말에서 자신이 답한 질문을 아주 은밀하게 제시한다. 책 전체에 과거 이야기를 흩뿌려 놓고 싶다면 이것은 아주 좋은 본보기다. 비선형 장면에서 신비감을 조성하면 독자의 호기심을 자극할 수 있다.

상처는 가려질 뿐 사라지지 않는다

⚡

플래시백이 자주 활용되는 맥락, 즉 외상을 초래하는 경험들을 다루지 않고서는 플래시백에 대해 이야기하기 어렵다. 외상 경험을 다루는 플래시백은 온장면으로 전달할 때 효과적이다. 그렇게 해야 외상을 겪게 된 순간이 그 인물의 정서 상태에 얼마나 큰 영향을 미쳤는지를 명확하게 전달할 수 있고, 그 장면의 세부사항들이 사건을 더 극적으로 만든다. 다만 몇 가지 주의할 점이 있다.

등장인물의 외상에 독자가 공감하기 위해서는 그 외상이, 그것이 벌어진 시점뿐 아니라 현재에도 큰 영향을 미친다는 것을 보여줘야 한다. 차라리 그 사건이 벌어진 직후가 아닌 오래 시간이 지난 후에 미친 영향을 다루는 것이 더 효과적일 수 있다. 그 사건을 경험했기 때문에 인물이 현재 두려워하거나 하기 힘들어하는 것들에 대해 쓰는 것이다. 단순히 과거에 그 인물에게 안 좋은 일이 일어났다는 사실보다는 그 사건으로 인해 지금 현재 그 인물이 어떤 어려움을 겪는가를 보여주는 편이 더 큰 공감을 이끌어낸다. 아말 엘모타르는 단편 소설 〈매들린〉에서 인물이 외상을 입은 순간을 보여준 플래시백에 대해 다음과 같이 말한다.

(저는) 이 이야기의 감각적 효과를 깊이 파고들고 싶었어요. 이런 갑작스럽고 끔찍한 일이 일어난다는 게 어떤 것인지를 느낄 수 있도록요.[10]

플래시백은 단순히 과거를 돌아보기 위한 서사 장치가 아니다. 아주 내밀한 정서적·심리적 경험을 제공해야 한다. 플래시백과 외상후스트레스증후군은 매우 고통스러운 경험이며 독자에게 그런 끔찍한 순간으로 다시 끌려 들어갔을 때 인물이 무엇을 느끼는지 보여주면 독자에게 그 경험을 더 생생하게 전달할 수 있다.

바쁜 작가를 위한 n줄 요약

①

세계관 구축과 마찬가지로 모든 과거 이야기를 독자에게 전달해야 하는 것은 아니다. 꼭 전달해야 하는 내용인지 아닌지를 판단하는 좋은 방법은 그 내용이 서사에서 중요한 역할을 하는지 아닌지를 보는 것이다. 본 이야기를 재맥락화하는 데 도움이 되는가? 긴장, 중심 주제, 인물의 선택을 이해하는 데 도움이 되는가? 인물의 선택을 이해하는 데 도움이 되는 과거는 흔히 그 인물을 맴도는 '유령'을 통해 전달된다.

②

플래시백은 반장면 또는 온장면으로 쓸 수 있다. 플래시백의 서사적 중요성이 클수록, 극적·정서적 깊이를 더할수록, 인물의 과거에 대해 더 큰 통찰을 제공할수록 더 구체적인 플래시백을 쓸 명분이 생긴다. 플래시백이 이야기의 속도감에 어떤 영향을 미치는지 늘 신경 써야 한다.

③

이야기에서 수수께끼와 의문점을 던진 다음에 플래시백에서 그 답을 제시하면 플래시백의 효과가 더 커진다. 새로운 이해관계를 설정하거나 새로운 문제를 도입하거나 등장인물의 입장을 바꾸는 등의 방법으로 플래시백이 이야기의 속도감을 흐트러뜨리는 것을 막을 수 있다. 핵심은 이야기가 전개되는 방식을 바꾸는 것이다.

④

플래시백이 들어가는 자리를 잘 짜서 그 효과를 극대화하라. 본 이야기의 이야기 비트의 직전이나 직후에 그 비트를 해석하거나 보충하는 플래시백

장면을 넣는 방법, 플래시백을 반응 장면의 반응 비트, 딜레마 비트, 선택 비트와 연결하는 방법이 자주 사용된다.

(5)

필터 단어는 플래시백에 독자가 몰입하는 것을 방해한다. '기억했다' '느꼈다' '회상했다' 등이 그런 필터 단어의 예다.

(6)

플래시백으로 인물의 외상을 탐색할 수 있다. 그러나 외상 경험은 인물이 과거에 외상을 겪은 그때 그 인물에게 영향을 미쳤다는 점에서도 중요하지만, 현재에도 영향을 미친다는 점에서 중요하다.

3장

세계가 〈시빌 워〉에
열광한 이유는?

| 닐 스티븐슨 | Neal Stephenson |
| 《스노 크래시》 | Snow Crash |

마이클 디마르티노	Michael DiMartino
브라이언 코니에츠코	Bryan Konietzko
〈코라의 전설〉	The Legend of Korra

| 애덤 로버츠 | Adam Roberts |
| 《퍼거토리 마운트》 | Purgatory Mount |

앤서니 루소	Anthony Russo
조 루소	Joe Russo
〈캡틴 아메리카: 시빌 워〉	Captain America: Civil War

| 어니스트 헤밍웨이 | Ernest Hemingway |
| 《무기여 잘 있거라》 | A Farewell to Arms |

| 에리히 마리아 레마르크 | Erich Maria Remarque |
| 《서부 전선 이상 없다》 | All Quiet on the Western Front |

| 월트 휘트먼 | Walt Whitman |
| 〈남과 북의 두 형제〉 | Two Brothers, One North, One South |

| 조지 R. R. 마틴 | George R. R. Martin |
| 《왕좌의 게임》 | A Game of Thrones |

| 존 리드 | John Reed |
| 《세계를 뒤흔든 열흘》 | Ten Days That Shook the World |

| 찰스 프레이저 | Charles Frazier |
| 《콜드마운틴의 사랑》 | Cold Mountain |

인간관계의 극적인 상호작용, 형제가 서로에게 총을 겨누고, 정치적 음모가 난무하는 등 내전이 허구의 소재로 인기 있는 데는 다 이유가 있다. 내전에는 소규모 접전부터 한 국가가 10여 개의 파벌로 분열되는 구조적이고 광범위한 분쟁도 있다. 내전을 이야기에 어떤 식으로 활용할 수 있을지 살펴보기 위해 이 장은 긴장과 국가 정체성, 내전의 원인이 되는 사실적인 요소 세 가지, 인물호, 1막, 내재된 비극이라는 다섯 가지 주제를 탐색할 것이다.

누구 편에 서야 할 것인가?

⚡

이런 말을 들어도 놀랄 사람은 없겠지만, 제1차 세계대전은 아주 참혹했다. 얼마나 참혹했는지 전쟁이 종식된 뒤 고향으로 돌아간 엄청나게 많은 젊은이가 수십 년 동안 그 전쟁이 정말로 얼마나 참혹했는지에 대해 썼다. 그 결과 에리히 마리아 레마르크의 《서부 전선 이상 없다》, 어니스트 헤밍웨이의 《무기여 잘 있거라》 같은 이야기가 탄생했다. 대규모 현대전이 '전쟁은 끔찍하다'는 이야기의 불씨가 되었다면, 내전은 널리 알려진 '형제가 서로 죽였다'는 이야기의 불씨가 되었다. 미국 남북전쟁에서 서로 적군이 되어 싸운 형제의 이야기를 다룬 월트 휘트먼의 시 〈남과 북의 두 형제〉가 그런 이야기다.

전쟁 소설도 등장인물을 서로 다른 편에 놓을 수 있지만 내 전은 특히 같은 공동체에 속한 가족과 친구들이 분열되어 한 국 가와 그 국민이 어떻게 살고 일해야 하는가를 두고 대립한다는 점에 초점을 맞출 수 있어 독특하다. 존 리드의 《세계를 뒤흔든 열흘》은 20세기 초 러시아의 혼란스러운 정국을 다루면서 특히 왕족의 역할, 권리, 정치적 자유 등 국가 정체성을 둘러싼 이데 올로기 갈등을 강조한다. 〈캡틴 아메리카: 시빌 워〉에서는 오랜 동료인 토니 스타크와 스티브 로저스가 소코비아 협정을 두고 완전히 다른 태도를 취한다. 영화는 두 사람의 갈등을 중심 긴장 으로 삼는다. 이런 갈등은 인간관계에서 발생하는 극적인 상호 작용으로 가득하다.

이런 극적인 설정 없이 내전을 다루는 이야기도 많다. 애덤 로버츠의 《퍼거토리 마운트》에서는 제2차 미국 남북전쟁이 발 발한 미래에 권력 다툼에 휘말린 친구 무리를 등장시킨다. 가상 이기는 하지만, 제2차 미국 남북전쟁을 이야기의 배경으로 삼았 으므로 이것도 여전히 '내전 이야기'다. 그러나 이 장에서는 이 런 이야기는 다루지 않을 것이다. 여기서는 인물 갈등을 전면에 내세워서 내전을 탐구하는 이야기를 집중적으로 다룰 것이다.

인물은 누구의 편에 서야 할지, 그리고 인간관계와 이념 등 의 문제로 고민할 것이다. 이것은 단순한 편 가르기가 아니라 누 구에게 또는 무엇에 충성할 것인가를 정하는 문제이기 때문이다. 인물은 대립하는 국가적 이념들뿐 아니라 대립하는 자아관 때문에도 고민한다. 텔레비전 애니메이션 〈코라의 전설〉은 이 점을 놀라울 정도로 잘 보여준다. 물이 부족해 나라가 북쪽과 남쪽으로 갈라져 내전을 벌이자 코라는 고향과 가족이 속한 남쪽에 충성할 것인지, 아바타인 자신의 신념에 더 가까운 북쪽에 충성할 것인지 갈등한다. 코라는 남쪽을 돕기를 거부하는가 하면 가족을 지키기 위해 재판관을 위협하는 등 두 편 사이를 오간다. 이 모든 것의 이면에서 주권, 통일, 새롭게 형성되는 남쪽의 문화에서 영적인 존재들은 어떻게 될 것인가와 같은 질문이 제시된다.

여기서 주목할 점은 물 부족에서 기인한 내전 이야기가 추상적인 개념을 다루지만 시청자는 코라가 겪는 시련에 몰입한다는 것이다. 닐 스티븐슨은 《스노 크래시》에서는 수메르의 역사와 인간 정신의 코딩과 같은 것을 설명하는 데 약 50여 쪽을 할애하지만, 독자는 등장인물이 그런 개념과 어떻게 상호작용하는지를 보면서 그 개념에 관심을 가지게 된다. 친구에게 배신감을 느끼고, 이웃에게 증오심을 느끼고, 전통적인 삶의 방식이 말살되는 것에 불안감을 느끼고, 다른 사람이 그런 끔찍한 이야기를 믿는 것에 분노를 느끼고, 새롭고 두려운 이념의 소용돌이에 휘말린 것에 당혹감을 느낀다.

레닌은 그저 운이 좋았을 뿐

↯

사실주의는 많은 작가에게, 특히 세계관을 구축할 때 중요하므로 자세히 살펴볼 필요가 있다. 모든 요소를 완전하게 다루려는 것은 아니므로 여기서 제시한 요소들은 법칙이 아니라 제안 정도로 생각하면 되겠다. 이들 요소는 등장인물 간의 갈등에도 영향을 미칠 수 있다.

2004년 경제학자 폴 콜리어Paul Collier와 안케 호플러Anke Hoeffler는 이렇게 정리했다.

> (이데올로기) 불만은 (내전에서 상수이므로) 중요하지 않다. … 이 미시경제학적 분석틀에 따르면 내전은 그 나라가 너무나 가난해서 전쟁의 기회비용이 낮은 경우에, 그리고 자연 자원을 약탈해서 얻는 전시 이득으로 … 부를 축적할 수 있을 때 발생한다.[11]

요컨대 이 두 경제학자는 정치적 불평등이나 불공정한 사회에 대한 불만으로 백만장자들을 민주주의라는 단두대에 올려 사회에서 제거해야 한다는 이데올로기적 신념은 내전의 주요 원인이 아니라고 주장한다. 그들은 사회적·정치적 조건상 내전에 따른 위험 부담은 낮고 기대 수익은 높은 경우에 내전이 발발한다고 지적한다. 잃을 것은 별로 없고 얻을 것이 많은 상황이다. 그럴 때 이데올로기가 불쑥 튀어나와 무장 세력에게 일종의 이론적 근거를 제공한다.

이런 설명은 1918-1922년에 벌어진 러시아 내전과 잘 맞아

떨어진다. 자본주의, 공산주의, 군주주의 같은 이데올로기도 관여했지만, 노동계급으로서는 경제적·정치적으로 얻을 것이 많았고, 잃을 것은 적었다. 농노제도가 1861년에야 폐지된 러시아의 생활 수준은 당시 유럽에서 최하위에 속했다. 막 정권을 장악한 붉은군대는 안정적으로 권력을 통제하지 못하면 많은 것을 잃어야 했다. 이데올로기 대립도 여전히 내전의 원인 중 하나로 작용했다. 레닌이 노동계급이 받는 부당한 대우에 분개해 반기를 들었다는 주장이 진심이 아니었다고 말할 수는 없지만 그가 마침 때와 장소를 잘 타고나기도 했다. 정치적·경제적으로 안정된 국가라면 그런 불만은 제도를 통해 해결하고 복구할 수 있다. 그러나 당시 러시아는 그런 국가가 아니었다.

둘째, 사회 안정성이다. 통계적으로 내전은 사회가 불안정한 국가에서 더 자주 발생한다. 로마에서 첫 내전의 발발 과정을 살펴보면 소외된 빈민 계층이 로마로 쏟아져 들어와 사회가 불안정해지고, 이것은 가이우스 마리우스Gaius Marius 같은 평민파와 술라Sulla 같은 원로원파의 갈등으로 이어졌다. 결국 원로에게 무한 권한을 주던 로마의 법체계가 무너지면서 사회의 불안정성이 더 커졌고 마침내 내전이 벌어졌다.

갈등, 불만, 불공정성에 대처하는 기존 체계의 역량이 부족해지면 사회가 불안정해지기 마련이다. 2004년에 발표된 한 논문에서는 정권이 법과 질서를 성실히 이행할 거라고 반대파가 믿지 못하는 것이 국가 불안정성의 전형적인 징후라고 강조한다.

제도를 선택할 때 부딪히는 문제는 그 계약을 집행할 믿을 만

한 중립적인 제3자가 존재하지 않는다는 것이다. 이것이 정치적 약속 이행 문제의 기원이다.[12]

1891년 칠레에서는 대통령실과 의회가 대립하면서 내전이 발발했다. 대통령실은 의회의 정책에, 의회는 대통령실의 정책에 협조를 거부했다. 정치 기관의 업무가 마비되면서 많은 사람이 정치가 다시 굴러갈 방법은 전쟁밖에 없다고 믿게 되었다.

누군가의 충성심에 폭력이 어떤 영향을 미치는지에 대해서도 생각해볼 필요가 있다. 흔히 사람들이 철저히 이념에 따라 특정 편을 지지한다고 생각하곤 한다. 혁명에 관한 멋진 이야기들의 낙관적인 시선은 우리가 '옳은' 일을 하는 쪽의 편을 들 거라고 믿게 만든다. 폭력과 충성의 관계에 관한 연구는 일반 시민들이 자신의 지역이나 집에서 무차별적인 폭력에 대한 반응으로 가해자의 반대편에 협력하는 현실을 보여준다.[13] 많은 사람이 이념이나 심지어 사적 이익 추구를 위해 편을 고르기도 하지만 개인의 신념과는 별개로, 폭력과 전쟁 범죄를 가까이에서 경험했는지, 그리고 가해자가 누구였는지가 전쟁 중인 집단에 대한 평가에 더 직접적인 영향을 미친다. 전쟁을 벌이고 있는 양측이 거의 언제나 서로 총을 겨누고 있다면, 이데올로기가 편을 선택하는 잣대가 되기는 어렵다. 우리 뇌가 비이성적으로 작동하는 순간이지만 매우 인간적으로 작동하는 순간이기도 하다. 누군가 내 고향, 내 친구, 내 반려 고양이 모모에게 총을 겨눈다면, 그것이 우연이나 실수였다 하더라도 개인적인 원한의 문제가 되므로 총을 겨누는 자의 반대편에 서게 될 확률이 훨씬 더 높다.

2001년부터 시작된 아프가니스탄 전쟁은 테러 집단의 세력을 키우는 안타까운 결과를 낳았다. 테러리스트들은 반드시 이슬람 극단주의자들이어서가 아니라 서구의 군대가 자신의 고향을 폭격하고, 자신의 아이들을 죽이는 것을 훨씬 더 많이 목격했기 때문에 테러리스트가 되었다. 한 연구는 1955-1975년 베트남 전쟁에서 미군이 베트콩 지역에 폭격을 가하자 주민들이 베트콩 군대에 자원했다고 지적했다.[14] 이념은 철저히 부차적인 고려 사항이었다.

아픔만큼 성숙해진다

⚡

작가들은 인물이 원하는 것과 인물이 필요한 것 간의 갈등을 다루는 이야기를 즐겨 쓴다. 어떤 인물은 자신이 수백만 명에게 사랑받기를 원한다고 생각하지만 실은 가족에게 사랑받기를 원하는 것일 수 있다. 내전은 등장인물들이 명예, 권력, 부등 대단한 것들을 원하는 것처럼 보이지만 실제로는 안정, 동료애, 사랑, 겸양을 원한다는 것을 잘 보여줄 수 있는 무대를 제공한다. 조지 R. R. 마틴의 《얼음과 불의 노래》 시리즈에서 조라경은 원래 내전 발발 직전에 적군의 동태를 살피고 여차하면 대너리스 공주를 죽여야 하는 임무를 맡고 첩자로 들어간다. 그는 자신의 영지에서 도주한 뒤 왕실의 용서를 받고 다시 복귀할 수 있기를 기대하며 첩자가 되었다. 그러나 이야기가 진행될수록 그는 대너리스의 편에 서게 되고 왕실에 돌아가는 것을 포기하게 된다. 이것은 《왕좌의 게임》에서 조라라는 인물에게 아주 중요한 전환점이 되는 사건이다. 내전은 조라의 내적 갈등을 구조화한다. 자신이 옳다고 믿는 일을 하기 위해 그는 자신이 원하는 것을 포기해야 했고, 그것을 포기하자 자신이 진정으로 원하는 것이 무엇인지 깨닫는다. 그는 정의로운 싸움에 참여하고 싶었던 것이다.

내전의 폭력적인 요소는 자연히 강렬한 장면과 성격 변화 과정을 낳는다. 주동 인물이 이른바 파시스트의 '선한' 군대가 자신의 집을 불태우는 장면을 목격하고 그들에게 끌려갈 수도 있다. 그렇다면 파시스트에 대한 환멸과 인물의 성장이 뒤따를 수밖에 없다. 조지 R. R. 마틴은 《얼음과 불의 노래》에서 다섯 왕의 전쟁 중에 카스타크에게 이런 틀을 적용했다. 카스타크 가문은 처음에는 북부를 지키기 위해 싸운다고 생각했지만 롭 왕이 카스타크 당주를 역모죄로 몰아 죽인 뒤 전투 참여를 완전히 중단한다. 카스타크 가문의 이런 결정은 결국 롭 왕이 몰락하는 원인 중 하나가 된다. 사실적인 내전을 염두에 두고 있다면 등장인물이 무엇을 '믿는지'가 아니라 그들이 무엇을 '느끼는지', 그 감정의 대상이 누구인지를 지침으로 삼으라.

그런데 등장인물이 무엇을 원하고 믿고 느끼는지가 전혀 중요하지 않을 수도 있다. 20세기까지만 해도 사람들은 대개 군대에 징집되어 전쟁에 참여했다. 작가가 창조한 세계에는 징집 제도가 없을 수도 있지만 현실 세계에는 징집제도가 있다. 찰스 프레이저의 《콜드마운틴의 사랑》에서 인만은 미국 남북전쟁이 발발하면서 자기의 의지와는 상관없이 남부 연합군의 병사로

참전한다. 인만은 엄청난 내적 갈등을 겪게 되고, 그 과정에서 성장한다. 인만은 자신이 억지로 참가한 전쟁의 목적의식에 동의하지 않을 뿐 아니라 더 나아가 그것에 격렬히 반대한다.

내전이든 국제전이든 결국 사람이 하는 것

⚡

《퍼거토리 마운트》의 1막에서 작가인 애덤 로버츠는 미국 내의 사회적·경제적 불안정성을 자세히 묘사하는 데 꽤 많은 공을 들인다. 이런 묘사는 질서정연한 사회의 조직망이 아주 아슬아슬하게 유지되고 있다는 느낌이 들도록 긴장감을 조성하는 데 중요한 역할을 한다. 곧 잃어버리게 될 것들이 너무나 많다 보니 그런 구체적인 묘사가 이야기의 분위기를 더 암울하게 만든다. 마치 미국이 커다란 부싯깃 통이고, 모든 사람이 성냥을 들고 다니는 것 같은 느낌이 계속 든다.

그러나《퍼거토리 마운트》에서 주목할 점은 로버츠가 이 모든 것을 독자에게 전달하는 방식이다. 내전이 벌어지기 전까지의 이야기를 쓸 때 주요 군사·정치·경제 인물의 시점을 빌리지 않고서는 경제 불황, 정치 혼란, 사회 마비 같은 추상적이고 어려운 개념을 전달하기가 어렵다. 그러나 그런 시점은 오히려 일반 독자에게 낯설게 느껴질 수 있다.

로버츠는 꿀벌을 좋아하는 열여섯 살 소녀 오토라인 바라가오의 시점에서 이야기를 쓴다. 그는 오토라인의 이야기를 들려주면서 오토라인의 눈에 이제는 거대한 경찰 탑이 보이며, 그

탑이 마치 점점 더 치밀해지는 감시국가를 형상화한 듯한 느낌을 준다는 것, 노숙자 무리를 보면서 그들을 도울 수 있는 방법이 없다는 생각에 무력감을 느낀다는 것, 환경 파괴로 그녀가 키우는 꿀벌들이 더는 달콤한 꿀을 만들지 않는다는 것에 대해 쓴다. 꿀은 이제 특별하지 않고 플라스틱 맛이 난다. 로버츠는 다소 추상적인 사회 문제를 오토라인의 일상적인 경험이라는 렌즈를 통해 보여준다. 일상생활의 평범한 부분들이 깎여나가고 있는데, 굳이 실업률이나 정치적 교착 상태까지 들여다볼 필요는 없다.

이런 묘사는 아주 현실적인 방식으로 이야기의 배경과 분위기를 설정한다. 빵값이 갑자기 치솟았는가? 등장인물이 가꾸고 있던 식물이 하나둘 죽기 시작하는 바람에 공황장애에 빠졌는가? 임금을 받지 못한 교사들이 학교에 나타나지 않았을 때 학생들은 어떻게 하는가? 사회 전반의 불안정이 일상적이고 사적인 영역에 미치는 영향을 보여주는 장면 서너 개가 정치인들의 논쟁이나 주가 폭락을 다룬 신문기사 제목보다 내전이 임박했음을 훨씬 더 잘 전달한다. 후자가 훨씬 더 게으른 글일 뿐 아니라 공감하기도 더 어렵다. 등장인물의 일상생활의 구체적인 세부사항을 담은 글이 독자의 공감을 훨씬 더 잘 이끌어내고, 등장인물이 더 깊은 절망에 빠질수록 글도 더 절망적인 분위기를 띠게 될 것이다.

승자의 영예? 전쟁은 비극일 뿐

⚡

전쟁은 영예로운 모험이라는 신화가 늘 존재했다. 이와 달리 내전은 그런 반짝이는 이미지를 좀처럼 얻지 못했다. 내전이 벌어지는 곳은 내 나라이고, 폭격이 터지는 곳은 내 도시이며, 단두대에서 날아가는 것은 내 친구들의 목이다. 찰스 프레이저의 《콜드마운틴의 사랑》에서 미국 남북전쟁은 전쟁이 시작할 때부터 마지막에 누가 승리하든 수천 명이 목숨을 잃을 것이고, 국가 정체성이 산산조각 날 것이라는 사실을 양측 다 안다는 점에서 전쟁과는 다른 독특한 파괴력을 지닌다. 독일 군대가 프랑스 농장을 점령할 때와 달리 북부군은 같은 국민의 생명을 위협한다.

등장인물이 개인적으로 친밀하게 느끼는 장소가 내전으로 인해 어떻게 파괴되었는지를 보여주면 많은 극적 이야기 비트나 정서적 이야기 비트를 만들어낼 수 있다. 등장인물이 자신이 태어난 마을을 약탈해야 하거나 추억이 담긴 데이트 장소가 시체로 뒤덮인 모습을 보게 될 수도 있다. 파괴의 그런 사적이고 내밀한 측면을 활용하라.

바쁜 작가를 위한 n줄 요약

(1)

내전 이야기는 국가 정체성과 자아 정체성을 둘러싼 이데올로기 및 인간관계 갈등에서 긴장을 이끌어낼 수 있다. 내전 이야기에서 추상적인 관념을 다룰 수도 있지만, 독자는 등장인물이 그런 관념과 상호작용하는 것을 보면서 그런 관념에 관심을 갖게 된다.

(2)

사실주의는 매력적인 배경을 만들어내는 데 도움이 된다. 내전은 얻을 것이 많고 잃을 것이 적을 때, 그리고 기존의 문제 해결 제도가 제 기능을 못 하는 불안정한 시기에 발발한다.

(3)

내전의 더 포괄적인 갈등을 성격 변화 과정에 엮어 넣으면, 이야기에서 인물의 시련과 내전이 훨씬 더 유기적으로 연결된다.

(4)

내전이 발발하기 전까지의 이야기를 쓸 때는 등장인물이 일상에서 겪는 경제적·사회적 어려움에 초점을 맞춰서 내전의 원인이 되는 세계의 불안정성을 독자에게 전달하라. 등장인물을 더 인간적으로 만드는 데도 도움이 된다.

(5)

내전에서는 폭력 현장이 인물의 사적 공간과 훨씬 더 가까워진다. 인물의 고향이나 과거에 폭력을 엮어 넣으면 인물에게 갈등, 고통, 충격을 불러일으킬 수 있다.

4장

내가 세상의 중심,
1인칭 글쓰기

A. J. 핀   A. J. Finn
《우먼 인 윈도》   The Woman in the Window

마거릿 애트우드   Margaret Atwood
《시녀 이야기》   The Handmaid's Tale

브랜던 샌더슨   Brandon Sanderson
《스카이워드》   Skyward

수잰 콜린스   Suzanne Collins
《헝거 게임》   The Hunger Games

스테퍼니 마이어   Stephenie Meyer
《트와일라잇》   Twilight

신시아 핸드   Cynthia Hand
《마지막 작별 인사》   The Last Time We Say Goodbye

앤지 토머스   Angie Thomas
《당신이 남긴 증오》   The Hate U Give

옥타비아 E. 버틀러   Octavia E. Butler
《씨 뿌리는 자의 우화》   Parable of the Sower

자이언트 스패로   Giant Sparrow
〈왓 리메인즈 오브 에디스 핀치〉   What Remains of Edith Finch

패트릭 네스   Patrick Ness
《절대 놓지 않는 검》   The Knife of Never Letting Go

2005년에 출간된 스테프니 메이어의 《트와일라잇》은 1인칭 시점으로 쓴 장편 소설이다. 화자인 벨라 스완은 평범한 소녀지만 어느 순간 뱀파이어와 늑대인간 사이에 끼어들게 된다. 거의 모든 작가가 이 소설을 비웃음과 조롱의 대상으로 삼지만, 여기서는 《트와일라잇》의 1인칭 시점 글쓰기를 진지하게 살펴보면서 그것이 어떤 면에서 효과적이었고, 어떤 면에서 부족했는지 생각해보자. 1인칭 시점이란 등장인물 중 한 명의 머릿속에 들어가서 글을 쓰는 것을 말한다. 그래서 '나' 또는 '우리'라는 대명사를 사용한다.

> 나는 장미 화단으로 뛰어들었다. … 우리는 열 살이었고, 죽으면 어떤 일이 벌어지는지 알지 못했다. 뭐, 실은 지금도 모른다.
> – 앤지 토머스, 《당신이 남긴 증오》

이 장에서는 심리적 거리, 인물의 어투 설정, 소프트 마법체계, 신뢰할 수 없는 화자, 언어 사용, 차별점, 추론, 독자에게 고백하기, 1인칭 화자의 매체를 다루겠다.

주인공의 눈이 곧 독자의 눈

⚡

1인칭 시점으로 글을 쓴다는 것은 한 등장인물의 머릿속으로 완전히 들어가는 것을 말하며, 이것은 3인칭 시점에서는 결코 불가능한 일이다. 1인칭 시점으로 글을 쓰면 독자는 그 인물과 심리적으로 가장 가까워지며, 그 인물과 아주 독특하고 친밀한 방식으로 교감하게 된다. 1인칭 시점 글쓰기는 특히 A. J. 핀의 《우먼 인 윈도》 같은 본격 심리 스릴러 소설에 잘 맞는다. 《우먼 인 윈도》는 광장공포증을 앓는 전직 정신과 의사 애나 폭스의 이야기다. 애나는 살인 현장을 목격한 뒤 자신의 현실 감각과 자아를 끊임없이 의심하던 중 자신이 목격한 살인 현장의 피해자, 즉 죽었다고 생각한 사람과 마주친다. 제한된 관점은 세계에 대한 독자의 이해가 애나의 관점에 한정된다는 것을 의미한다. 애나가 느끼는 두려움은 곧 독자의 두려움이 된다. 애나의 심리적 상태가 곧 독자의 심리적 상태다. 작가는 독자가 애나 폭스와 최대한 가까이 서기를 바란다. 주변 세계와 사람들을 기억하거나 이해하는 과정에서 애나가 저지르는 실수는 모두 독자 자신의 경험 속으로 매끄럽게 녹아든다.

1인칭 시점의 단점은 장면과 장소를 자유롭게 묘사할 수 없다는 것이다. 시점 인물의 시야가 한계로 작용하므로 상황과 사물을 시점 인물의 시각에서 설명할 수밖에 없다. 그러나 시점 인물의 개성이 강하다면 사람과 세계를 훨씬 더 매력적으로 설명할 수 있다. 브랜던 샌더슨이 《스카이워드》에서 터널을 묘사하는 단락을 살펴보자.

터널 안의 많은 돌이 부서지고 금이 갔다. 아마도 크렐이 폭격했을 때 그렇게 된 것이리라. ⋯ 나는 그 돌들이 내 적군들의 부서진 몸이라고 상상했다. 온몸의 뼈가 산산 조각나서 부들부들 떨리는 팔을 들어 완벽하고 완전한 패배를 인정하는 쓸데없는 몸짓을 취하는 모습을 상상했다.

이 단락에는 시점 인물의 개성이 고스란히 묻어난다. 터널 내부가 어떻게 생겼는지를 알려주면서도 동시에 스펜사라는 시점 인물에 대해 알려준다. 독자는 스펜사의 상상력이 아주 생생하고, 자신들이 싸우는 끝없는 전쟁에 온 신경을 집중하고 있으며, 폭력에 반감을 갖고 있으면서도 폭력을 가하는 상상을 즐긴다는 것을 알 수 있다. 또한 스펜사는 영웅이 되고 싶어 한다. 이 모든 것을 독자는 이야기를 읽어나가면서 확인하게 된다. 3인칭 시점으로 썼다면 더 정교하거나 시적으로 표현되었겠지만 이 단락은 더 생생하고 인물의 개성이 훨씬 더 잘 드러난다.

필터 단어는 시점 인물과 독자 간 심리적 거리감을 만들어낸다. 독자에게 자신들이 이야기를 듣고 있다는 것을 환기하기 때문에 독자가 시점 인물의 시점에서 튕겨 나갈 위험이 있다. 필터 단어의 예로는 '상상하다' '보다' '느끼다' '만지다' 등이 있다. 다음은 《트와일라잇》의 한 부분이다.

나는 내 옆에 있던 에밋의 몸이 경직되는 것을 느꼈다. 나는 왜 그 말에 그런 반응을 보이는지 궁금했다. 이 셋에게는 뭔가 다른 의미가 있는 걸까⋯.

자, 이제 이것을 필터 단어를 빼고 다시 써보자.

내 옆에 있던 에밋의 몸이 경직되었다. 그 단어에 그런 반응을 보이는 게 이상했다. 이 셋에게는 뭔가 다른 의미가 있는 걸까….

필터 단어를 빼면 벨라와의 공감대가 한결 더 생생해지고, 문장이 더 눈에 잘 들어온다. 독자는 에밋의 반응이 궁금해졌다는 벨라의 말을 굳이 들을 필요가 없다. 그러지 않아도 벨라가 궁금해한다는 것을 충분히 알 수 있다.

1인칭 시점에서는 '나'가 주된 대명사지만, 이 대명사를 너무 자주 쓰면 문장의 흐름이 툭툭 끊기거나 지나치게 반복된다는 인상을 줄 수 있다. 따라서 대명사를 빼고 암시되는 '나'를 쓰자. 예컨대 이렇게 썼다고 해보자.

나는 이를 닦았고, 그다음에 나는 엉망진창으로 엉킨 머리카락을 매끄럽게 폈다. 나는 얼굴에 찬물을 끼얹었다.

'나'를 암시하게 쓰면 이렇게 바뀐다.

이를 닦은 뒤 얼굴에 찬물을 끼얹고 엉망진창으로 엉킨 머리카락을 매끄럽게 폈다.

문장이 부드럽게 이어진다. 누가 이런 행동을 하는지 끊임없이 떠올리는 대신 행동 자체에 몰입할 수 있다.

시점 인물에게 꼭 맞는 문투 찾기

⚡

시점 인물을 잘 드러내는 문투를 찾는 것은 단순히 매력적인 인물을 만들어내는 것과는 다른 작업이다. 시점 인물의 성격이 이야기를 쓰는 방식에도 반영되어야 한다. 마거릿 애트우드가 쓴 《시녀 이야기》는 길리어드 공화국의 시녀 오브프레드의 시점에서 이야기를 풀어나간다. 이 작품에서 '시녀'는 국가의 정책으로 자신의 의지와는 상관없이 길리어드 지도부의 아이를 낳도록 강제 동원되는 여자들을 말한다. 시녀는 즐거움을 느낄 여지가 거의 없는 우울하고 고통스러운 삶을 살아간다. 그래서 오브프레드는 자신을 둘러싼 세계를 묘사할 때면 어김없이 과거를 회상한다.

> 우리는 한때 체육관이었던 곳에서 잠을 잤다. … 한때 그곳에서 열린 경기들을 위해 …

> 나는 천정을 올려다보면서 월계관의 잎사귀 모양을 하나하나 따라간다. 오늘은 옛 시절 언젠가 여자들이 쓰던 모자가 떠올랐다. …

현재의 것들을 묘사하면서 과거 삶의 무언가와 비교함으로써 그녀가 과거를 그리워하는 사람이라는 것을 알 수 있다. 오브프레드는 빼앗기기 전까지는 전혀 소중한 줄 몰랐던 모든 것을 돌아보면서 그것들과 자신이 과거에 머물렀기를 바란다.

시점 인물이 잘 드러나는 문투를 찾는 작업에는 시점 인물이 무엇에 더 관심이 있는지, 무엇에 더 주목할지를 파악하는 것이 포함된다. 시점 인물은 장소나 인물을 묘사할 때 어떤 점에 신경을 쓰고 어떤 점을 놓치는가? 시점 인물을 창조할 때는 그 인물의 시점을 매력적으로 만드는 특이한 버릇이나 결함이나 통찰력을 부여하자. 늘 자연세계에 관한 지식을 언급하는 과학자. 주변 사람의 속마음을 완벽하게 읽어낼 수 있는 소시오패스. 주변의 모든 것을 자신에게 위협이 되는 존재로 여기곤 하는 학대 피해자. 대다수 사람에게는 이런 낯선 시점으로 세계를 바라보는 것이 흥미로운 경험이 된다.

오브프레드는 과거에 행동에 나서지 않은 것을 후회하고, 현재는 그런 행동에 나설 수 없게 되었다고 생각하는 수동적인 주동 인물이다. 따라서 그녀의 서술이 과거에서 매달리는 것도 당연하다. 오브프레드는 반항하는 성격이 아니므로 그녀가 잠재적인 위협이나 탈출로를 묘사하는 일은 드물다. 오브프레드는 자신이 가끔 듣게 되는 전쟁에 대해서는 거의 설명하지 않는다. 그녀가 세계를 바라보는 관점에서는 전쟁은 고려의 대상 자체가 아닌 듯하다.

이제 《스카이워드》의 시점 인물 스펜사의 문투를 살펴보자. 적극적인 전사인 스펜사는 자신의 주변 사람을 전부 경쟁자 내지는 위협으로 보는 인물이다. 따라서 그녀의 서술은 그런 것들에 집중되어 있다. 독자는 전투에 대해 스펜사가 알게 되는 모든 세부사항에 대해 읽고, 스펜사는 다른 사람의 움직임이나 대화를 잠재적 위협을 대하듯이 분석한다.

시점 인물이 하는 서술의 기본 줄기가 될 만한 선입견을 찾아보자. 어떤 장면에서든 시점 인물이 특히 주목할 만한 것, 놓칠 만한 것, 상세하게 전달하기보다는 간략하게 요약해버릴 만한 것이 무엇일지 생각해보자. 오브프레드는 길리어드가 지배하기 이전의 세계를 떠올리게 할 만한 무언가에 초점을 맞출 것이고, 스펜사는 누군가가 자신에게 친절하게 대해도 그 사실을 알아차리지 못할 것이다.

시점 인물의 문투를 설정할 때 표현, 문장 구조, 단어 선택은 중요한 요소다. 인물은 사람의 상황이나 사물을 묘사할 때 특정 단어, 구문, 비유를 더 자주 사용할 것이고, 이것은 그 인물이 어떤 사람인지, 그 인물에게 어떤 것이 중요한지를 보여준다. 다시 《스카이워드》를 보자. 스펜사는 이따금 전설과 신화에 나오는 표현("모든 위대한 전사는 자신의 패배를 직감한다")이나 전장에서나 쓸 법한 표현("나는 그 돌들이 적군들의 부서진 몸이라고 상상했다")을 사용한다.

옥타비아 버틀러의 《씨 뿌리는 자의 우화》에서 로런 오야 올라미나는 종말을 맞이한 세상에서 끝없는 생존 투쟁에 지친 인물이다. 그녀의 집은 늘 약탈당하고 그녀는 아직 십대 소녀지만, 일찌감치 철이 들어야 했다. 로런은 자신을 현실주의자로 여긴다. 자신의 상황, 더 넓게는 세상에 대해 막연한 기대나 환상은 품지 않는다. 이런 관점을 보여주기 위해 버틀러는 시적이거나 화려한 표현, 기발한 은유나 비유를 최소화한다. 로런은 일상적인 언어를 사용하며, 지극히 사실적이고 명확하고 때로는 냉소적인 표현을 사용한다.

그 여자의 남편은 자신을 공격한 것들을 집어던졌다. 코요테 두 마리는 수적 열세를 느끼며 재빨리 도망쳤다. 비쩍 마르고 겁먹은 개새끼들이 도둑질 일일 할당량을 채우려고 나왔구나.

문투는 계급, 나이, 그리고 배경도 반영한다. 패트릭 네스의《절대 놓지 않는 검》에서는 시점 인물이 '교육'이라는 단어의 철자를 틀리게 쓸 뿐 아니라 더 단순한 수식어를 사용하고, 구사하는 문장 구조도 단순한 경향이 있다. 이것은 시점 인물인 토드 휴이트가 정규 교육을 받지 못했다는 사실을 독자에게 상기시킨다. 교육을 제대로 받지 못했다는 점은 휴이트가 열등감을 느끼는 원인이기도 하다. 찰스 디킨스의 작품에 나오는 인물들은 그 인물이 상류층 출신인지 하층민 출신인지를 항상 반영한다. 하층민 출신 인물은 어물거리거나 단어를 끝까지 확실하게 발음하지 않으며, 사회가 그들이 하찮은 존재임을 늘 상기시키다 보니 '주인님' '마님' 같은 호칭이 입에서 떠나질 않는다.

시점 인물이 어떤 단어나 구문을 더 자주 사용할지 생각해보자. 또한 무엇보다, 그 인물이 자신의 이야기를 들려주면서 어떤 비유, 은유, 상징을 더 선호할지 생각해보자. 그 인물은 어떤 것을 비교 대상으로 삼는가? 날씨? 셰익스피어의 희곡? 과학? 이 모든 것을 염두에 두고서《트와일라잇》의 벨라 스완이 왜 상대적으로 평면적인 인물로 평가되는지 따져볼 필요가 있다. 스펜사, 토드 휴이트, 오브프레드, 로런과 달리 벨라는 그 인물을 보여주는 표현을 쓰지 않는다. 그녀의 결함, 선입견, 욕망, 필요를 반영하는 어휘, 은유, 비유 같은 것을 찾아보기는 힘들다. 벨라의 서술에서는 뚜렷한 주관을 느낄 수 없으며, 벨라의 시점은 오직 플롯을 앞으로 나아가게 하는 데만 초점을 맞추고 있다. 요컨대 벨라라는 인물을 잘 드러내는 문투가 없다는 점이 너무 확실하게 눈에 띈다.

벨라의 서술에서는 특정한 상황에 처한 인물만이 할 수 있는 방식으로 서술한다는 느낌을 전혀 받을 수 없다. 《트와일라잇》의 도입부의 한 단락과 《씨 뿌리는 자의 우화》의 도입부의 한 단락을 비교해보자.

> 엄마는 차창을 연 채로 나를 차에 태워 공항에 데려다줬다. 피닉스의 기온은 섭씨 24도였고, 하늘은 구름 한 점 없이 깨끗한 파란색이었다. 나는 가장 좋아하는 셔츠를 입고 있었다. 하얀 레이스 장식이 달린 민소매 티셔츠였다. 작별의 제스처로 입은 거였다. 비행기에 들고 탈 짐에는 파카도 있었다.
> – 스테프니 메이어, 《트와일라잇》

> 자주 꾸는 꿈을 어젯밤에도 꿨다. 그럴 거라고 예상했어야 했는지도 모른다. 힘든 일이 있을 때마다 그 꿈을 꾸니까. 내 코를 꿴 갈고리에서 몸을 비틀면서 아무렇지 않은 척할 때마다 그 꿈을 꾼다. 내가 아버지의 딸이 되려고 할 때마다 꾼다.
> – 옥타비아 버틀러, 《씨 뿌리는 자의 우화》

《트와일라잇》의 도입 단락에서는 벨라가 누구인지에 관해서 놀라울 정도로 아무것도 알 수가 없다. 벨라는 피닉스 출신이고, 그녀가 가장 좋아하는 셔츠는 하얀 레이스 천으로 만든 민소매 티셔츠이고, 그녀는 방풍 점퍼인 파카를 들고 있다. 이것은 벨라가 무엇을 원하는지, 무엇을 필요로 하는지, 그녀의 결함이나 선입견이 무엇인지 전혀 알려주지 않는다. 차라리 기상예보에 가까운 글이다.

이와 대조적으로 《씨 뿌리는 자의 우화》의 도입 단락에서는 로런이 갈등하고 있다는 것을 알 수 있다. 로런은 아버지의 순진하고 걱정 없는 딸이 되고 싶다. 그러나 그녀는 자신의 세계에서 끔찍한 일이 벌어지고 있다는 것을 알고 있으며, 무모한 면이 있다. 또한 로런이 뭔가를 더 원한다는 것도 암시하고 있다. 시점 인물의 독특한 문투로 인해 독자는 이야기 속으로 빨려 들어간다. 뭔가를 더 알고 싶어진다.

평소와 다른 모습 설명하기

⚡

무언가를 자세히 설명한다는 것 자체가 쉬운 작업이 아닌데, 그 글을 1인칭 시점으로 쓰기는 한층 더 어렵다. 시점 인물이 예기치 않게 어떤 것을 굳이 자세하게 설명하려 든다면 어색할 것이다. 예를 들어 일, 옷차림, 집의 모습, 외모처럼 지극히 평범한 것을 자세히 설명하려면 영 어덜트 소설에서 너무나 자주 접하는, 저주와도 같은 '나는 거울 속 내 모습을 바라봤다' 장면이 나올 수밖에 없다.

이 문제에 대처하는 좋은 방법 중 하나는 차별점 활용하기다. 수잰 콜린스의 《헝거 게임》 첫 장에는 등장인물들이 추첨식을 위해 공식 의상으로 갈아입는 장면이 나온다. 추첨식은 이 세계에서 텔레비전으로 생중계되는, 목숨을 건 게임에 참가할 아이들을 뽑는 아주 큰 행사다. 콜린스는 이 장면을 이렇게 쓴다.

"당연하지. 머리도 올림머리를 하자." 프림이 말한다. 나는 프림이 수건으로 내 머리카락을 말리고 땋아서 머리 위로 올리도록 내버려둔다. 벽에 기대어 놓은 금이 간 거울 속 내 모습은 나도 못 알아볼 정도다.
"언니 정말 예쁘다." 프림이 숨죽여 말한다.
"그리고 전혀 나 같지 않아." 내가 말한다.

인물이 거울 속 자신의 모습을 설명하지만 어색하지 않다. 그 인물이 일상적이거나 정상이라고 여기는 사실을 독자에게 전달하는 것이 아니기 때문이다. 이 글은 다른 점에 초점을 맞추고 있다. 캣니스가 평소에는 하지 않는 정성스럽고 화려하게 땋아 올린 머리 모양을 설명한다. 일상적인 것과 대비되는 무언가를 설명할 때는 대비를 위해 일상적인 것이 무엇인지도 설명할 수 있다. 평범한 것에 대한 설명도 교묘하게 집어넣는 것이다. 평소라면 무엇을 입었을까, 평소라면 어디에서 돈을 구했을까, 뭔가 평소와 다른 사건이 일어나지 않았다면 어떤 모습이었을까.

상상된 미지의 것이 가장 무섭다

⚡

《헝거 게임》의 이 장면에서는 캣니스에 대해 그렇게 많은 정보를 구체적으로 알려주지 않는다는 점도 눈치챘을 것이다. 캣니스의 머리 모양에 대해 조금 말해준 것이 전부다. 콜린스는 독자가 나머지를 추론하도록 내버려둔다. 1인칭 시점은 3인칭 시점보다 추론의 여지가 훨씬 많다. 작가들이 원하는 대로 마음껏 독자에게 모든 것을 알려주거나 설명할 수 없기 때문이다. 캣니스가 자신이 어떻게 생겼는지 장황하게 설명한다면 이상할 것이다. 그러나 머리카락을 땋아 올리고, 드레스를 입고, 깨끗하게 씻은 상태를 "전혀 나 같지 않아"라고 표현함으로써 독자는 캣니스가 평소에 어떤 모습일지 짐작할 수 있다. 고된 노동으로 손이 거칠고, 온수는 비싸니까 아주 가끔만 씻을 수 있고, 더러워져도 괜찮은 단순하고 편안한 옷을 입는다. 캣니스가 아무리 자연스럽게 설명한다고 해도 1인칭 시점으로는 불가능한 아주 생생한 외모 묘사가 가능해진다.

장소, 물건 등 화자가 평소에는 상세하게 설명하지 않을 법한 것이라면 무엇이든 그것을 설명할 때 추론을 활용할 수 있다.

··· 작은 것들을 묘사하고 큰 것들은 상상하게 내버려둡니다. 아주 효과가 좋죠. 작은 것들은 다른 사람이라면 보지 못할 아주 개인적인 것이어야 하고, 아니면 다른 사람은 다 알아차려도 당신의 인물만 무심히 넘길 그런 것이어야 해요.
        – 브랜던 샌더슨[15]

핵심은 독자가 무엇을 추론할지를 작가가 통제하는 것이다. 작가가 쓴 표현은 그 주변의 것들에 대해서는 무엇을 암시하는가? 다음은 《위대한 개츠비》의 일부분이다.

내 집은 눈이 아릴 정도로 초라했지만, 대신 아주 작았고, 그래서 못 본 척할 수 있었다. 그러니까 내 집에서는 강도 보였고, 이웃집 마당도 조금 보였고, 위안으로 삼을 수 있을 만큼 백만장자들의 거주지와 가까웠다. 이 모든 것을 월세 80달러로 누릴 수 있었다.

피츠제럴드는 화자인 닉 캐러웨이가 월세가 싸다는 점을 강조할 것임을 알았지만, 그의 집을 단순히 초가지붕을 이고 돌마루는 부서진 낡은 집으로만 묘사하지 않는다. 대신 그는 주변의 대저택이 얼마나 멋지고 아름다운지 짐작할 수 있는 표현을 집어넣는다. 라푼젤이 성의 탑 하나만 묘사하거나 제임스 본드가 담배 냄새만을 묘사하더라도 그것을 묘사하는 방식에서 독자는 추론을 통해 그 인물을 둘러싼 세계의 전체 모습을 그려낼 수 있다.

때로는 독자가, 심지어 작가가 최선을 다해도 결코 전할 수 없을 세계의 모습을 상상해낼 수 있다. 이것이 러브크래프트의 이야기에 나오는 존재들이 '미지의 공포'를 불러일으키는 비결이기도 하다. 미지의 존재는 눈으로 그 실체를 직접 볼 수 있는 것들보다 거의 언제나 더 무섭다.

1인칭은 고백이다

⚡

3인칭 시점으로 이야기를 서술한다면 어떤 인물이 느끼는 열등감이나 비밀을 제3자인 화자가 설명할 수 있다. 그러나 1인칭 화자에게는 자신의 비밀을 독자에게 믿고 털어놓을 수 있는 독특한 선택지가 있다. 크리스틴 키퍼Kristen Kieffer는 《최고의 글 쓰는 삶을 위해Build Your Best Writing Life》에서 인물의 문투를 설정하는 것이 얼마나 중요한지 설명하면서 이렇게 썼다.

> 인물이 대화에서는 좀처럼 인정하지 않을 희망, 두려움, 선입견, 후회 같은 통찰을 '드러낼 수 있다'. 요컨대 인물의 내면 서술이 오직 독자만이 들을 수 있는 2차 대화를 만들어낸다.[16]

이것은 3인칭 시점으로 이야기를 풀어나갈 때도 적용되지만, 특히 1인칭 시점으로 이야기를 풀어나갈 때 완벽하게 적용된다고 나는 생각한다. 1인칭 화자가 독자에게 이런 정보를 제공할지 말지를 작가가 인물을 대신해 의식적으로 선택해야 하기 때문이다. 자이언트 스패로가 2017년에 출시한 게임 〈왓 리메인즈 오브 에디스 핀치〉에서 한 장의 도입부에 이런 텍스트가 나온다.

> 오빠 밀턴은 내가 네 살 때 실종되었다. 마치 집이 오빠를 삼켜버린 것 같았다. … 집은 내 기억 그대로였다. 내 꿈에 나오던 그대로. 어릴 때 딱히 말로 표현할 수는 없었지만 이 집에 있으면 어

쩐지 불편한 느낌이 들었다. 이제 나는 열일곱 살이고, 나는 그 느낌을 말로 표현할 수 있다. 나는 이 집이 무서웠다.

이디스는 첫 문장에서 플레이어에게 가족의 비극을 들려주는 것을 선택한다. 이디스는 독자에게 감추고 싶은 자신의 비밀을 공개한다. 독자는 인물이 사적인 부분을 공개할 때 중요한 사람이 된 느낌을 받는다. 1인칭 시점은 이렇듯 독특한 공감대를 만들어낼 수 있다.

고백은 훌륭한 첫 문장이 되고, 소설 초반부터 화자와 독자 사이에 아주 사적인 관계를 형성하는 독특한 기능을 한다. 공개된 이야기와 오직 독자에게만 들려주는 내면의 2차 대화로 이루어진 이중 서사는 1인칭 시점의 아주 큰 강점이다.

일기와 편지, 1인칭 화자의 매체

⚡

화자의 문투는 화자가 이야기를 서술할 때 그가 어떤 사람인지 드러나야 한다는 것과 관련이 있다. 매체는 그 화자가 왜, 어떻게 그 이야기를 들려주고 있는가와 관련이 있다. 시점 인물이 달라지면 당연히 무엇에 초점을 맞추고 무엇을 이야기에서 빼는지도 달라진다. 매체가 달라지면 이야기를 들려주는 방식이 달라진다.

신시아 핸드의 《마지막 작별 인사》에서는 이 책이 사실 화자의 남동생이 자살한 후 화자가 받게 된 심리치료의 일환으로 쓰는 일기장이라는 사실이 드러난다. 그것이 이야기가 그토록 끈질기게 화자의 복잡한 감정을 정면으로 다루고 결말은 화자가 마음의 평화를 찾으려고 노력하는 것으로 마무리된 이유일 것이다. 이야기에서 무엇을 설명하고 묘사하는지는 단순히 이야기의 중심 사건만이 아니라 화자가 이 이야기를 쓰는 이유에 따라서도 결정된다.

마찬가지로 〈왓 리메인즈 오브 에디스 핀치〉는 화자가 핀치 가문의 유일한 생존자인 자신의 아들에게 쓴 편지임이 드러난다. 이 편지는 아들에게 그의 가문, 그의 핏줄에 대해 설명하기 위해 썼다. 그것이 이 이야기가 세대에서 세대로 이어지는 외상을 그토록 강조하고 먼 친척의 이야기를 전하는 이유다.

《시녀 이야기》는 사실 화자의 구술 기록이었다. 그래서 서술이 느슨하고 산만하고 구어체이고, 종종 샛길로 빠진 것이다. 보통 사람들이 말을 하는 것처럼 썼다.

바쁜 작가를 위한 n줄 요약

(1)

1인칭 시점은 심리적으로 가장 거리감이 없는 시점이다. 그래서 시점 인물과 독자가 친밀한 관계를 형성하지만 대신 작가가 마음대로 자유롭게 이야기를 들려주는 것은 포기해야 한다. 독자가 아는 것은 시점 인물이 아는 것으로 한정된다. 심리적으로 깊이 파고드는 이야기는 1인칭 시점으로 들려줄 때 특히 빛을 발한다.

(2)

독자와 시점 인물 간의 심리적 거리감을 더하는 필터 단어를 빼자. 글이 매끄럽게 이어지도록 암시적인 표현을 쓰자.

(3)

시점 인물이 무엇에 주목하고 무엇을 놓칠지, 그리고 그 인물의 성격상 어떤 단어, 구문, 비유나 은유를 사용할지 스스로 물어가면서 인물을 잘 드러내는 문투를 설정하자. 개성 있고 고유한 렌즈를 사용하면 오직 그 인물만이 들려줄 수 있는 방식으로 그 이야기를 들려줄 수 있게 된다.

(4)

1인칭 화자가 일상적인 것들을 묘사할 때는 차이점 요소를 활용하자. 시점 인물이 전달하는 제한된 정보에서 독자가 무엇을 추론할 수 있을지 생각해보자.

(5)

1인칭 화자가 독자에게 고백하면 화자와 독자 사이에 신뢰가 형성되고 독특한 공감대가 만들어진다. 공개된 서사와 내적 독백이라는 이중 서사를 가장 잘 활용할 수 있는 방법을 고민해보자.

⑥

화자가 1인칭 시점으로 이야기를 들려주는 이유와 그 매체는 이야기가 어떻게 표현되고 서술되는지, 그리고 이야기가 무엇에 초점을 맞추는지에 영향을 미친다.

5장

악역 끝판왕,
다크로드는 누구인가?

C. S. 루이스
《사자와 마녀와 옷장》
C. S. Lewis
The Lion, the Witch, and the Wardrobe

J. K. 롤링
《해리 포터와 불의 잔》
J. K. Rowling
Harry Potter and the Goblet of Fire

J. R. R. 톨킨
《반지의 제왕 1 - 반지 원정대》
J. R. R. Tolkien
The Lord of the Rings: The Fellowship of the Ring

러셀 T. 데이비스
〈닥터 후〉
'이별'
Russell T. Davies
Doctor Who
Parting of the Ways

릭 라이어던
《퍼시 잭슨과 올림포스의 신: 진정한 영웅》
Rick Riordan
Percy Jackson and the Last Olympian

로버트 조던
《시간의 수레바퀴》
Robert Jordan
The Wheel of Time

마이클 디마르티노
브라이언 코니에츠코
〈아바타: 아앙의 전설〉
Michael DiMartino
Bryan Konietzko
Avatar: The Last Airbender

브랜던 샌더슨
《마지막 제국》
Brandon Sanderson
The Final Empire

조지 R. R. 마틴
《얼음과 불의 노래》
George R. R. Martin
A Song of Ice and Fire

코넬리아 푼케
《잉크하트》
Cornelia Funke
Inkheart

《실마릴리온The Silmarillion》의 모르고스부터 《시간의 수레바퀴》의 샤이탄, 그리고 〈스타워즈: 제다이의 귀환Star Wars: Return of the Jedi〉의 황제까지, 다크로드는 판타지와 SF 장르가 탄생했을 때부터 기본으로 등장한 인물이다. 예언, 위인, 심복 등 으레 등장하는 다크로드는 개과천선이 불가능한, 악의 세력을 지휘하는 인물이다. 때로는 다크로드의 본질이 선과 악의 우주적 균형과 연결되기도 하고, 때로는 단순히 세계를 불행으로 몰아넣기 위해 엄청난 힘을 휘두르기도 한다. 다크로드를 정확하게 정의하기는 힘들지만, 다크로드가 나타나면 언제든 확실히 알아볼 수 있다.

이 장은 선악 대결 구도, 성격 변화 과정, 다크로드도 사람이다, 적극적인 악당, 다크로드를 위협으로 제시하기, 독자가 보조 악역에게 더 끌릴 때 어떻게 할 것인가의 6개 주제를 중심으로 살펴볼 것이다.

뻔한 악역은 뻔한 이야기를 낳는다

⚡

다크로드는 평면적인 인물이라는 다소 억울한 평가를 받곤

한다. 조지 R. R. 마틴의 《얼음과 불의 노래》 시리즈, 그림다크 grimdark 장르, 스티븐 에릭슨Steven Erikson의 《말라잔Malazan》 시리즈가 인기를 얻는 시대이다 보니 사람들은 아이를 살해하고 사람을 산 채로 태워 죽이는 주동 인물에게 연민을 느낀다. 도덕의 회색지대를 강조하고, 도덕성의 이분법적 잣대를 해체한다. 그래서 다크로드는 과거의 유물이자 지루하고 단순한 인물로 여겨진다. 이런 시대적 분위기에 잘 들어맞지 않기 때문이다. 다크로드에게는 대개 요즘 자주 등장하는 판타지 악당과 달리 개인적이고 미묘한 도덕적 딜레마가 없다. 그러나 나는 그런 흐름이 다크로드가 이야기에 깊이를 더한다는 점을 간과한다고 생각한다.

사우론은 가운데땅의 다크로드이며 실제로 《반지의 제왕》 시리즈에서는 이름뿐인 인물이다. 사우론은 작품 속에 등장하는 반지 대다수를 만들었고, 그중에서도 특히 절대반지를 만들었다. 다크로드로서 사우론의 역할은 인간의 도덕성을 해체하는 것이 아니라 악의 본질 자체를 탐구하는 것이다.

이것의 가장 대표적인 예가 절대반지가 파괴되기까지의 과정이다. 골룸은 절대반지를 두고 프로도와 몸싸움을 벌이다가 프로도의 손가락을 물어뜯는다. 그렇게 절대반지를 손에 넣은 골룸은 춤을 추다 용암 속으로 추락하고, 절대반지는 파괴되고 사우론은 영원히 제거된다. 톨킨은 위대하고 치열한 전쟁이 아닌 작은 친절을 통해 악을 무너뜨릴 수 있다고 믿었다. 톨킨은 연민, 즉 안타까워하는 마음 그리고 자비를 강조했다.

"오 간달프, 나의 소중한 친구여, 이제 어떻게 하죠? 나는 정말 두렵거든요. 어떻게 하죠? 빌보 삼촌이 기회가 있을 때 그 역겨운 괴물을 찔러 죽였어야 했는데, 너무 안타까워요!"

"안타까워? 안타까움이 그의 손을 멈추게 한 거란다. 연민과 자비가. 꼭 필요하지 않다면 공격하지 않도록 말이다. 빌보가 악으로부터 그나마 무사할 수 있었던 것은, 그리고 결국 벗어날 수 있었던 것은 그가 절대반지를 손에 넣으면서도 연민을 잃지 않았기 때문이란 걸 명심하거라. 살아 있는 많은 자가 죽어 마땅한 자란다. 그리고 살아 마땅한 자가 죽기도 하지. 그렇게 죽은 자들에게 다시 생명을 줄 수 있을까? 그렇지 않다면 죽음이라는 심판을 너무 서둘러 내리지 말거라. 최고의 현자조차도 모든 결말을 알 수 있는 건 아니니까. 나는 골룸이 죽기 전에 갱생할 수 있으리라고는 기대하지 않아. 그러나 가능성이 아예 없다고도 할 수 없지. 그리고 골룸은 절대반지의 운명과 연결되어 있어. 내 가슴이 내게 골룸이 아직은, 그것이 선한 것이건 악한 것이건 할 역할이 있다 말하고 있어. 끝이 나기 전에 말이야. 그리고 끝이 오면 빌보의 연민이 자네를 포함한 많은 이들의 운명을 결정할 거야."

프로도와 빌보는 둘 다 골룸의 목숨을 살려준다. 그리고 그렇게 행동했기 때문에 절대반지가 파괴될 수 있었다. 이것은 톨킨이 오랫동안 신실하게 믿은 가톨릭교의 교리를 반영한다. 톨킨은 정의와 도덕의 영역에서 자비의 중요성을 강조한다. 가톨릭교에서 중요한 인물인 성모 마리아는 자비의 어머니라고도 불리지 않는가. 다크로드로서 사우론이 결코 구원받을 수 없는 절대 악이기 때문에 그런 악과 대면했을 때 도덕적으로 행동한다는 것이 무엇을 의미하는지에 초점을 맞춰서 악의 본질을 분석하고 악이 자비와 연민과는 정반대 편에 서며 그런 악은 자비와 연민으로 극복할 수 있다는 결론을 도출할 수 있는 것이다.

더 깊이 들어가면, 톨킨은 악이 시간이 지나면 필연적으로 자기 자신마저 파괴한다는 점도 암시한다. 악은 본질적으로 자기 파괴적이다. 사우론은 절대반지의 힘으로 계속 살아간다. 요컨대 그 힘으로 인해 반지의 제왕 이야기가 시작되기 한참 전에 이실두르는 절대반지를 파괴하지 못했고, 골룸은 수백 년 동안 혼자 절대반지를 간직하고 있었고, 운명의 산에 도달한 프로도는 절대반지를 파괴하지 못했다. 힘은 인간에게는 절대로 물리칠 수 없는 유혹이다. 그러나 톨킨은 그 힘 때문에 프로도와 골룸이 절대반지를 두고 다투다가 절대반지가 파괴되는 엄청난 역설을 보여준다. 힘을 손에 넣고자 하는 이기적인 욕심이 결국 힘을 파괴하며, 이것은 '악'이 본질적으로 세계를 창조하는 힘이 아니라, 오직 이미 만들어진 것을 오염시킬 뿐이라는 톨킨의 믿음과도 연결된다.

《반지의 제왕》 시리즈의 도덕적 복잡성과 다크로드로서 사우론의 역할은 인간의 선행과 악행이 아니라 선과 악이라는 우주적 힘 사이에 존재하는 긴장에 뿌리를 두고 있다. 이런 긴장은 악에 대한 원초적인 고정 관념을 전제로 하며, 그런 관념은 많은 사람에게 충분히 설득력 있는 출발점이 될 수 있다.

로버트 조던의 《시간의 수레바퀴》에서 다크 원은 시리즈 전반에 걸쳐 다양한 모습으로 등장한다. 그러나 조던은 다크 원을 통해 우주적 악과 필요악의 차이를 비교하고 탐구한다. 인간의 악은 쩨쩨하고 감정적이고 변덕스러운 것으로 묘사된다. 거의 철부지 아이 같다고도 할 수 있다. 반면에 우주적 악은 불변하고 확산하고 교활하고 조절 가능하다. '잔인함' 같은 표현은 사우론에게는 적용할 수 있어도 다크 원에게는 적용할 수 없다. 다크 원은 단순히 한 개인이 세계를 대상으로 악행을 저지르는 것이라기보다는 자연의 힘에 가깝기 때문이다. 다크 원은 인간 존재의 밑바탕에 깔려 있고, 세계와 자유의지의 작동 원리를 이해하는 데 꼭 필요한 중심 기둥이다.

희망의 배신자라고 불리는 한 인물은 철부지 어린아이와 같은 악을 벗어던지고 우주적 악의 중요성, 우주에서 악이 담당하는 기능을 이해하게 된 순간 다크 원의 심복이 된다. 조던의 이야기는 악이 파괴의 대상이 아니라 도전하고 봉쇄하고 규율되어야 하는 것이라고 말한다.

톨킨과 조던 모두 전형적인 다크로드를 내세워서 악의 본질이라는 복잡한 주제를 풀어낸다. 구제 가능하거나 선한 면이 있는 악당을 내세웠다면 그런 주제를 효과적으로 다루기가 불가능했을 것이다. 이런 방식의 접근도 《얼음과 불의 노래》 시리즈에서 제이미 라니스터가 브랜 스타크를 창밖으로 밀어버리는 것만큼이나 독자에게 생각할 거리를 안길 수 있다. 원초적 악의 본질이 무엇인지, 인간이 그런 악과 어떻게 상호작용하는지, 그런 악이 인간의 일부인지, 인간은 그런 악에 어떻게 대처하는지, 그런 악과 대면했을 때 선하게 행동한다는 것은 무엇을 의미하는지는 모두 흥미로운 질문이다. 인간 도덕성의 주관성을 다루는 이야기에서는 이런 질문을 탐색하기가 거의 불가능하다. 그런 이야기는 원초적 선과 악이 존재한다고 가정하지 않고, 오히려 세계의 도덕적 밑바탕이 인간의 행동으로 형성된다고 가정하기 때문이다.

다크로드가 평면적으로 느껴진다면 그것은 이런 심층적인 의미와 목적을 부여하지 않았기 때문이다. 다크로드가 단순히 장애물에 불과하다면 이야기에서 다크로드가 그 자체로는 흥미로운 역할을 하지 않았다는 뜻이고, 따라서 다크로드가 패배하더라도 큰 의미가 부여되지 않는다. 순수 악으로서의 다크로드를 이야기에 집어넣는다면 그 다크로드를 통해 선과 악에 대해 어떤 이야기를 들려줄 수 있을까?

선과 악은 종이 한 장 차이

⚡

순수한 악을 대변하는 인물을 통해 주인공을 성장시키는 이야기도 있다. BBC의 텔레비전 시리즈 〈닥터 후〉에는 순수한 악에 해당하는 달렉이라는 종족이 등장한다. 달렉은 우주에서 달렉 외의 모든 생명체를 '말살'하는 것을 목적으로 삼으며, 달렉만이 유일한 순수 생명체라고 믿기 때문에 이 목적을 달성할 때까지는 멈추지 않겠다고 맹세한다. '이별'이라는 에피소드에서 주인공은 수십억 명의 인간도 함께 죽겠지만 우주에서 달렉족을 말살할 기회를 얻고, 이런 대화를 주고받게 된다.

황제: 나는 당신이 나처럼 되기를 바랍니다. 위대한 말살자, 닥
터 만세.

닥터: 하겠소!

황제: 그렇다면 해보시오, 닥터. 당신은 겁쟁이 아니면 살인자,
둘 중 어느 쪽이오?

닥터: 겁쟁이죠. 언제나.

닥터는 궁지에 몰렸다. 자신의 양심을 저버리거나 순수 악
이 이기도록 내버려둬야 한다. 순수 악만이 닥터의 인물호를 긴
장의 정점으로 밀어올릴 수 있다. 달렉과는 타협이 불가능하기
때문이다. 달렉이 자신들의 사악한 계획을 계속 실행할 거라는
데는 의심의 여지가 없다. 닥터가 달렉을 멈추게 할 유일한 방법
은 지금 여기서 그들을 죽이는 것뿐이다. 적어도 그렇게 보인다.

악당이 순수 악이라고 해서 영웅이 반드시 순수 선인 것은
아니다. 다크로드에 맞서게 하면 주인공의 도덕성의 한계를 시
험할 수 있다. 고문, 살인, 복수. 이런 것들은 본질적으로 해서는
안 되는 잘못된 행동인가, 아니면 목적이 수단을 정당화할 수 있
는가. 여기서 달렉은 닥터가 정말로 얼마나 '선'한지 시험하며,
도덕적으로 회색지대에 있는 악당이었다면 결코 그렇게 할 수
없을 것이다. 만약 순수 악인 반동 인물이 있다면 그 인물은 단
순히 패배시켜야 할 적에 머물지 않고, 더 나아가 인물호에서 긴
장을 고조시키는 역할을 해야 한다.

인물 대비라는 개념도 이 주제와 관련이 있다. 인물 대비는
한 인물의 특징이 다른 인물, 주로 주동 인물의 특징과 대비되어

두 인물 간 차이점을 강조하는 역할을 하는 것을 말한다. 볼드모트는 해리에게 어느 정도는 인물 대비 역할을 한다. 볼드모트와 해리 둘 다 고아이고, 호그와트에 와서야 비로소 자신의 집을 찾았다고 느낀다. 둘 다 호그와트 설립자와 연관된 마법 재능을 타고났고, 덤블도어가 마법 세계로 이끌었다. 그러나 해리는 사랑으로 움직이는 반면, 볼드모트 오로지 힘만을 추구한다. 두 인물의 유사성으로 인해 두 인물 간의 차이점이 더 두드러진다. 그 결과 사랑과 우정의 힘이라는 《해리 포터》 시리즈의 대주제가 강조된다.

특히 한때 현재 주인공이 걷는 길과 같은 길을 걸었던 영웅이 타락해 다크로드로 탈바꿈한 경우에 인물 대비가 작용한다. 주인공과 다크로드의 유사성은 주인공이 자신이 누구이며 어디로 가고 있는지를 의문을 품도록 만든다. 드물기는 하지만 다크로드 또한 자신이 누구이며 왜 자신이 하는 그런 일을 하는지 돌아보게 만들 수도 있다. 다크로드가 '너와 나, 우리는 크게 다르지 않아'라는 논리를 펼치는 것을 분명히 본 기억이 있을 것이다. 지금은 너무나 진부한 표현이라서 그런 표현을 쓰면 독자가 웃음을 터뜨릴 것이다. 이 개념은 이리저리 실험해보기는 좋아도 주인공과 다크로드가 단순히 그럭저럭 비슷한 과거를 지녔다기보다는 정말로 비슷한 목표를 가졌었고, 그 목표를 향해 가는 길에서 비슷한 시련을 겪었어야만 성공할 수 있다. 볼드모트와 해리는 거의 동일한 과거를 지녔지만 그 외에는 실질적인 공통점이 없다 보니 해리가 마법 능력이 없는 인간인 머글을 노예로 삼겠다는 볼드모트의 계략에 동조할 이유가 전혀 없다. 독자

는 볼드모트와 해리의 인물 대비에서 사랑과 우정의 힘이라는
주제를 찾아낼 뿐이다.

다크로드를 멋있게 연출해도 될까?

✦

다크로드에게 복잡한 동기와 성격을 부여하는 데 너무 몰
입하다 보면 다크로드가 더 이상 다크로드가 아니게 된다. 《얼
음과 불의 노래》시리즈의 램지 볼튼이나 세르세이 라니스터처
럼 아주 잔인하면서도 자기애가 강하고 또 심복 무리를 통솔할
수 있는 인물도 있다. 그러나 그런 인물을 '다크로드'라고 부른
다면 다크로드라는 전형적인 인물을 둘러싼 맥락을 제대로 담
아내지 못하게 된다. 다만 전형적인 다크로드의 설정 내에서 변
형을 가함으로써 독자가 예상하지 못한 흥미로운 다크로드를
만들어낼 수는 있다. 앞서 《반지의 제왕》의 사우론과 《시간의
수레바퀴》의 다크 원이 악에 대한 다른 관점을 보여주며, 그래
서 다크로드의 전형을 다르게 구현했다는 것을 살펴보았다. 다
크로드도 개성이 있을 수 있다. 스스로 신으로 여기거나 과거의
잘못을 바로잡는 복수자를 자처하거나 자신이 이 세계에 필요
한 존재라고 생각할 수도 있다. 일을 정해진 방식으로만 처리할
수도 있다. 모든 살아 있는 것들은 불로 정화해야만 한다고 믿으
며, 그래서 적을 횟불과 절절 끓는 기름으로 파괴해야 한다고 고
집을 부릴 수도 있다. 아니면 선은 비효율적이고 악은 효율적이
라고 믿어서 최소의 노력으로 최대의 고통과 피해를 일으키는

방향으로 과학기술을 발달시키는 것을 중요하게 여길 수도 있다. 잔인한 방식이 비효율적이라고 생각해서 잔인한 방식을 완전히 배제할 수도 있다.

다크로드에게 자신을, 자신의 적을, 목표를, 수단을 바라보는 새로운 시각을 장착하라.

둘째, 도덕성과 전혀 무관한 것들은 무수히 많고, 다크로드도 그런 것들에 관여할 수 있다. 다크로드가 죽음과 파괴를 갈망한다고 해서 바이올린을 연주하지 못하거나 애플파이를 좋아하지 못할 이유가 없다. C. S. 루이스의 《사자와 마녀와 옷장》의 하얀 마녀는 동상을 수집하고 전시하는 취미가 있다. 물론 그 동상은 자신이 돌로 바꿔버린 사람이지만, 어쨌든 동상은 동상이다. 다크로드라고 해서 모두 그런 허영심과 과시욕을 지닌 것은 아니다. 또한 하얀 마녀는 그저 심심하다는 이유로 사람들을 함정에 빠뜨리거나 사람들의 마음을 조종한다. 코넬리아 푼케의 《잉크하트》 시리즈에 나오는 애더헤드는 다크로드가 되기 몇 년 전 사랑에 빠졌다. 그는 자신의 자리를 누군가 계속 이어나가야 한다는 생각에 후계자에 집착한다. 다크로드는 암흑dark의 주인lord인지 몰라도 그의 군대, 기지, 무장도 온통 검은색이어야 하는 것은 아니다. 이 모든 것이 다크로드를 더 흥미로운 인물로 만든다. 독자는 흥미로운 인물에 대해 읽는 것을 좋아하며, 비록 많은 작가가 '흥미로운'을 '도덕적으로 복잡한'으로 해석했지만, 그 두 가지는 반드시 똑같지는 않다. 흥미롭다는 것은 외모가 독특하거나 말투가 특이하거나 일을 하는 방식이 남다르거나 이전에는 본 적이 없는 흥미로운 일을 하는 것을 의미한다. 이것은 다크로드에 대한 공감을 이끌어내는 것과는 무관하다.

사례를 하나 제시하자면, 나는 스칸디나비아의 연쇄 살인마를 다룬 아주 어두운 범죄 소설을 좋아한다. 연쇄 살인마가 도덕적으로 미묘한 딜레마를 겪고 있다거나 복잡한 사람이어서가 아니라 그저 끔찍한 의미로 창의적이기 때문이다. 연쇄 살인마는 인간으로서는 순수 악에 가장 가까운 사람들이지만 그들의 이야기는 심리학적으로 흥미롭다.

다크로드는 언제 등장하는 게 효과적일까?

⚡

다크로드는 이야기에 모습을 거의 드러내지 않는 것으로 유명하다. 대개는 심복이나 부하를 보내 귀찮은 악행을 저지르게 하고 이야기가 절정으로 치달아 결전의 날이 와야 직접 나선다. 일반적으로는 주동 인물로 하여금 반응하게 해서 이야기를 앞으로 나아가게 하고, 이야기 전반에 걸쳐 개입하는 악당이 더 매력적이고 대단해 보인다. 주인공을 이야기 내내 곤경에 몰아넣으므로 긴장감이 유지된다. 다크로드가 이야기 전반에 걸쳐 주인공과 직접 부딪히면서 위협적인 존재로 자리매김하면 갈등이 더 사적이고 절박한 것처럼 느껴지고, 다크로드와의 결전에서 주인공이 겪는 상실과 승리가 더 묵직해진다.

이것이 〈아바타: 아앙의 전설〉의 시청자들이 아앙과 오자이의 갈등보다 주코와 아줄라의 갈등에 더 몰입하는 이유다. 주코와 아줄라는 시리즈 초반부터 등장한 인물이고, 끊임없이 갈등해야 할 주된 장애물이 되었으며, 그 갈등이 주동 인물들에게 가장 뼈아픈 좌절들을 안겼다. 아줄라는 아앙이 아바타 상태에 있을 때 번개로 내려쳤고, 주코는 카타라가 주코에게 마음을 연 직후에 카타라를 배신했고, 아줄라는 주코의 오랜 적이었다. 오자이는 시즌 3에서야 등장하며 마지막 순간까지 주인공과 직접 대면하지 않는다. 오자이와 사적인 갈등이 있는 유일한 인물은 주코다. 주코는 오자이가 학대한 오자이의 아들이다. 그러나 마지막 에피소드에서 오자이와 대면하는 것은 주코가 아니라 아앙이다. 그래서 오자이의 패배보다는 아줄라의 패배에서 더 큰 카타르시스를 느끼게 된다.

그러니 이야기에서 긴장이 고조되는 지점과 정서가 해소되는 지점을 살펴보면 도움이 될 것이다. 특히 주인공이 패배하는 지점들에 주목하자. 그 자리에 심복이나 부하가 아니라 다크로드가 직접 등장할 수 있을지 고민해보자. 그 순간을 활용해서 주동 인물이 상대적으로 덜 중요한 인물이 아니라 다크로드와 사적인 갈등을 쌓아나가게 하는 것이다.

볼드모트를 볼드모트라고 부르지 못하는 이유

다크로드를 주인공이 반복해서 대면하는 반동 인물로 활용하지 않는 이유는 크게 두 가지다. 어떤 작가는 더 인간적인 악당을 등장시키는 것이 도움이 되는 경험을 한다. 〈스타워즈〉의 다스베이더, 《시간의 수레바퀴》의 포세이큰, 《퍼시 잭슨과 올림

포스의 신》의 루크 카스텔란 등은 모두 어느 정도 인간적인 면모를 보여준다. 악행을 상쇄할 만한 장점이 있고 독자가 충분히 이해할 수 있는 동기로 행동하므로 '순수 악'인 다크로드와는 다른 방식으로 서사를 복잡하게 만든다. 그 결과 그런 악당이 없었다면 불가능했을 다채로운 인물 간 상호작용, 인물호, 주동 인물과 반동 인물의 갈등 장면 등이 탄생한다.

작가가 고민해야 하는 질문은 그런 기회를 정말로 잘 활용할 수 있는가이다. 단순히 다크로드의 대리인으로 행동하는 다크로드보다 더 약한 악당을 집어넣는 것은 쓸데없이 서사의 관심을 둘로 분산하는 결과만 낳는다. 다크로드와 악당 모두 생동감이 사라질 것이고, 특히나 대리인은 주인공이 최고 악질 악당과 결전을 벌일 때 뒷전으로 밀리게 될 것이다. 독자는 대리인과 아직 풀리지 않은 감정이 남아 있는 상태에서 오직 다크로드의 패배에서 카타르시스를 느끼고 어떻게든 모든 감정을 해소해야만 한다.

여기서 놀라울 정도로 흔하게 사용되는 진부한 장치가 있는데, 바로 심복이 다크로드를 배신하는 설정이다. 심복이 다크로드를 배신하는 이유는 다양하다. 다크로드가 자신의 공을 충분히 인정해주지 않아서일 수도 있고(텔레비전 애니메이션 〈킴 파서블Kim Possible〉의 쉬고), 개과천선을 해서일 수도 있다(〈스타워즈: 제다이의 귀환〉의 다스베이더). 어느 경우에나 단순히 주인공이 다크로드에 맞설 때보다 더 흥미로운 이야기가 나올 수 있다. 이런 플롯 전환은 악당의 선한 면이 강화되거나 다크로드와의 관계가 악화되거나 그동안 독자가 관심을 가지고 있던 잠재적 긴장이 쌓여 밖으로 드러났을 때 이루어진다.

　작가가 다크로드가 친히 등장하는 것을 최대한 미루는 두 번째 이유는 기대감을 키우기 위해서다. 반동 인물을 위협으로 확실하게 설정하는 가장 좋은 방법은 주인공이 반동 인물에게 맞섰을 때 패배하는 장면을 넣는 것이다. 게다가 그 과정에서 주인공에게 다른 이들보다 훨씬 깊은 상처를 안긴다면 주인공보다 훨씬 강한 존재라는 점을 독자에게 각인할 수 있다. 만약 모든 이야기나 에피소드마다 다크로드가 주인공에게 패배한다면 이런 효과가 반감될 수밖에 없다. 그런 장면들은 다크로드가 무능하고 약하다는 것을 보여주므로 주인공이 이기는 장면에는 다크로드를 등장시키지 않는 것이 더 나은 선택일 수 있다.

　공포영화에서 아직 나타나지 않은 채 어둠에 웅크리고 있는 괴물처럼, 다크로드는 장면에 직접 등장하지 않더라도 여전히 존재감을 발휘할 수 있다. 스티븐 킹은 공포는 문을 열기 직전의 그 순간에서 나오는 것이지 문 뒤에 있는 무언가에서 나오는 것이 아니라고 말했다. 다크로드도 마찬가지다. 《해리 포터》 시리즈에서는 이야기 곳곳에서 볼드모트의 이름을 입 밖으로 말하지 않아야 한다는 것을 강조한다. 대신 '그 사람' 내지는 '이름을 불러선 안 되는 자'라는 표현을 쓴다. 등장인물들은 볼드모트를 마치 그 존재를 인정하는 순간 나타날 수도 있는 유령 혹은 거울에서 기어나오는 악마처럼 대한다. 다크로드의 귀환이나 등장의 전조를 심어두는 것은 이야기에서 강력한 효과를 발휘하며 다크로드의 권능을 높인다. 다크로드가 실제 자신보다 훨씬 더 길고 짙은 그림자를 드리울 수 있다면, 다크로드가 그 자리에 없더라도 사람들의 가슴에 깊은 두려움을 남길 수 있다. 아직 나타나기 전부터 이렇게 무시무시한 존재인 다크로드가 마침내 모습을 드러낸다면 도대체 얼마나 끔찍한 일이 벌어질지 어찌 두렵지 않을 수 있겠는가. 핵심은 이런 기대에 부응해야 한다는 것이다. 《해리 포터와 불의 잔》에서 볼드모트가 마침내 모습을 드러냈을 때 해리는 볼드모트의 적수가 되지 못한다.

그 이유는 다크로드를 위협으로 설정하는 방법 중 하나가 주인공이 다크로드를 물리치기보다는 다크로드로부터 숨거나 도망치는 장면을 보여주는 것이기 때문이다. 《해리 포터와 불의 잔》에서 해리는 볼드모트를 물리칠 가능성이 전혀 없었다. 해리가 살아남은 것은 오직 기적적으로 포트키를 손에 넣어서 그 자리에서 탈출할 수 있었기 때문이다. 이렇게 하면 다크로드가 주동 인물에게 가하는 위협을 유지하면서도 나중에 주동 인물이 마침내 다크로드를 물리쳤을 때 그 승리가 더 달콤하게 느껴지게 된다. 주동 인물의 성장을 보여주기 때문이다.

최종 보스는 마지막에 움직인다

⚡

적극적인 악당의 창조를 다룬 절에서 보았듯이 주인공이 다크로드보다 보조 악역과 더 자주 부딪히면 독자가 주인공과 다크로드의 갈등보다는 주인공과 보조 악역의 갈등에 더 몰입하는 일이 벌어지곤 한다. 보조 악역의 패배가 더 큰 카타르시스를 안길 수 있고, 이것은 구조적 문제를 일으킨다. 독자가 관심을 덜 가지는 갈등이 긴장의 최고조에 이르는 3막의 클라이맥스가 그다지 강렬한 효과를 발휘하지 못하게 되는 것이다.

릭 라이어던은《퍼시 잭슨과 올림포스의 신: 진정한 영웅》에서 이 문제를 다음과 같이 해결했다. 시리즈 전체에서 주요 반동 인물은 루크 카스텔란이다. 루크는 주인공이 거의 모든 책에서 대적하는 인물이고, 루크는 주인공이 겪는 고통스러운 상실의 직접적인 원인 제공자이기도 하다(티탄 크로노스도 루크 못지않지만 그래도 여전히 루크보다는 뒷순위다). 그러나 라이어던은 플롯 구조상 다크로드의 패배가 루크의 패배와 동시에 일어나고, 루크의 성격 변화 과정이 해결되면서 다크로드가 패배하도록 루크의 성격 변화 과정을 설계했다. 영웅이 되고 싶은 루크의 욕망과 아나베스를 향한 루크의 사랑이 크로노스가 무너지는 결정적인 원인이 되고 크로노스는 루크의 몸을 빌려 부활한다. 루크와의 전투는 곧 크로노스와의 전투이고 루크를 주요 반동 인물로 남겨둔 채 크로노스가 루크에게 무게감을 더 실어준 셈이 된다.

브랜던 샌더슨은《마지막 제국》에서 미스터리라는 다른 전략을 선택한다. 로드 룰러는 책의 가장 마지막 순간에서야 모습을 드러내는 다크로드로 설정되었다. 그래서 주인공들은 다크로드 대신 심문관 혹은 다크로드의 심복들과 대적한다. 그러나 샌더슨의 이야기는 주인공과 악당 간의 사적인 갈등의 해소에서 카타르시스를 이끌어내는 대신 미스터리를 밝혀내는 데서 카타르시스를 이끌어낸다. 다크로드, 예언, 선택받은 자가 모두 전복된다. 다른 작가라면 그런 구조적 변화를 통해 다크로드와의 대면을 더 흥미롭게 만들었겠지만, 샌더슨은 다크로드와 대면한다는 것이 무엇을 의미할지, 누가 다크로드인지에 관한 우리의 예상을 뒤집음으로써 서사적 흥미를 더한다. 이런 전략은 독자에게 다른 유형의 카타르시스를 안긴다.

바쁜 작가를 위한 n줄 요약

①

다크로드를 등장인물로 설정한다고 해서 이야기가 도덕적으로 단순해지는 것은 아니다. 다크로드를 통해 선과 악의 본질이라는 주제를 다룰 수 있다.

②

이야기에 다크로드가 등장한다고 해서 주동 인물이 무조건 선해야 하는 것은 아니다. 순수 악에 대적하는 것이 주동 인물의 인물호에 어떤 식으로 깊이를 더할 수 있을지 생각해보자. 인물 대비 역할을 맡겨서 주제를 더 명확하게 드러내거나 주동 인물의 성격을 더 분명하게 드러낼 수도 있을 것이다.

③

다크로드를 설정할 때 다크로드가 악을 다른 방식으로 실천하거나 다크로드에게 악과는 무관한 특징을 부여해서 다크로드를 더 매력적인 인물로 만드는 등 창의력을 발휘해보자.

④

적극적인 악당은 이야기에서 존재감을 드러낸다. 다크로드가 주동 인물을 직접 대면하고 주동 인물에게 상처를 입히도록 하면 다크로드와 주동 인물 간 갈등을 고조하고 두 인물 간 관계를 더 긴밀하게 만들 수 있다. 이렇게 하면 주동 인물이 다크로드를 마침내 물리쳤을 때 독자에게 더 큰 카타르시스를 안길 수 있다.

⑤

더 인간적인 보조 악역을 등장인물로 설정해두면 이야기 줄기들을 더 다채롭게 탐색할 수 있다. 또한 다크로드가 마침내 모습을 드러냈을 때 벌어질 일에 대한 기대감을 키울 수 있다. 그런 기대감은 이야기 도중 주인공이 다크로드와 대면해 승리는커녕 아슬아슬하게 탈출했을 때 더 커진다.

(6)

독자가 주인공과 보조 악역의 갈등에 더 몰입한다면 클라이맥스를 어떻게 구성해야 할지 고민해보자. 보조 악역의 패배가 다크로드의 패배와 동시에 일어나게 하거나 보조 악역의 패배를 다크로드의 패배의 핵심 요소로 만들어보자.

3

종족과
역사

1장

우주는 넓고
종족은 많다

닐 블롬캄프　　　　Neill Blomkamp
《디스트릭트 9》　　　　District 9

데이브 던컨　　　　Dave Duncan
《1월의 서쪽》　　West of January

데이비드 에딩스　　　　David Eddings
《벨가리아드》　　　　The Belgariad

데이비드 에이어　　　　David Ayer
《브라이트》　　　　Bright

류츠신　　　　刘慈欣
《삼체 1부: 삼체문제》　　三體問題

리들리 스콧　　　　Ridley Scott
〈블레이드 러너〉　　　　Blade Runner

린지 엘리스　　　　Lindsay Ellis
《공리의 종말》　　　　Axiom's End

베데스다　　　　Bethesda
〈엘더스크롤〉　　　　The Elder Scrolls

브래드 라이트　　　　Brad Wright
로버트 C. 쿠퍼　　　　Robert C. Cooper
〈스타게이트: 아틀란티스〉　　　　Stargate: Atlantis

아이작 아시모프　　Isaac Asimov
〈전설의 밤〉　　　　Nightfall

앨런 딘 포스터　　　　Alan Dean Foster
《아이스리거》　　　　Icerigger

에런 에하스　　　　Aaron Ehasz
저스틴 리치먼드　　　　Justin Richmond
〈드래곤 프린스〉　　　　The Dragon Prince

오슨 스콧 카드　　　　Orson Scott Card
《사자의 대변인》　　Speaker for the Dead

이사야마 하지메　　　　諫山創
《진격의 거인》　　　　進擊の巨人

이언 뱅크스　　　　Iain Banks
《플레바스를 생각하라》　　Consider Phlebas

테드 창　　　　Ted Chiang
《당신 인생의 이야기》　　Story of Your Life

프랭크 허버트　　Frank Herbert
《듄》　　　　Dune

판타지 소설과 SF 소설 작가들이 '인종'이라는 표현을 쓸 때
는 보통 종족, 예컨대 엘프, 드워프, 인간, 반인간, 드래곤인, 인
어, 나무족, 청인족, 루이비통족 등을 의미한다. 이들 장르에서
는 종족이 큰 역할을 하므로 종족을 구상하고 설정할 때 고려해
야 할 요소들을 살펴볼 필요가 있다. 이 장은 사실주의, 어디에
서 시작할 것인가, 생물학적 제약, 문화, 모자들의 행성, 우주적
제약, 알레고리의 위험의 7개 주제로 나누어 살펴보겠다.

반드시 철저하게 사실적일 필요는 없다

세계관을 구축하는 작가들은 사실주의를 엄청나게 강조하
는 경향이 있으며, 심지어 사실주의를 필수 덕목으로 떠받들기
도 한다. 여기서 사실주의는 가상의 세계를 지지하는 배경의 세
부사항들 간 논리적 일관성을 뜻한다. 물론 어떤 세계관을 구축
하든 사실주의를 지향하는 것이 바람직하겠지만, 사실주의가
유일한 덕목도 아니고 심지어 가장 중요한 요소도 아니다. J. R.
R. 톨킨은 사실주의를 거의 완벽하게 실천한 작가로 자주 거론
된다. 요정어의 원시어는 6개의 어족으로 갈라졌으며, 어족마다

고유의 방언이 수없이 많고, 방언마다 억양도 다르고, 문자도 다르게 변형되었다. 이 모든 것이 가운데땅 전역에 각기 다른 요정 무리가 이주하면서 생긴 현상이다. 기본적으로 톨킨의 가상 세계에서 요정어가 진화한 방식은 현실 세계에서 언어가 진화한 방식을 아주 꼼꼼하게 재현한다.

그러나 다른 한편으로는 톨킨의 세계관에는 사실주의를 적용하지 않은 부분도 많다. 난쟁이는 놀랍게도 농업을 전혀 하지 않으면서 지하 세계에서 오직 육식만으로 생명을 유지한다. 호빗은 어쩐 일인지 '오로지 샤이어에만' 존재하고 가운데땅의 다른 지역에서는 단 한 명도 찾을 수가 없다. 호빗은 수천 년 전부터 가운데땅에 존재한 종족인데도 말이다. 요정, 난쟁이, 인간의 키 차이는 어떤 환경 조건의 산물이 아니며, 요정이 '모든 방면'에서 뛰어난 이유는 순전히 창조신인 에루가 처음부터 그렇게 빚었고, 대천사에 해당하는 발라의 도움을 받아서다. 톨킨은 사실주의와 환상적인 요소 사이에서 균형을 잘 잡았으며, 그래서 그의 세계관 구축이 그토록 성공적이었던 것이다.

사실주의는 독자가 이야기의 덜 사실적인 부분도 받아들일 수 있도록 설득한다는 점에서 중요하다. 음식에 약을 몰래 섞어 넣는 것과 같다. 즉 사실주의가 최종 목표가 아니라 독자의 몰입이 최종 목표다. 테드 창의 《당신 인생의 이야기》에 나오는 헵타포드라는 외계 종족은 인간과 다른 방식으로 시간을 경험하는데, 그 이유는 그들의 언어가 인간의 언어와 다른 방식으로 작동하기 때문이다. 주동 인물들이 헵타포드의 언어를 배우자 헵타포드와 같은 방식으로 시간을 경험하기 시작한다.

이것은 사피어워프의 가설Sapir-Whorf Hypothesis에 근거한 설정이다. 이 가설에 따르면 언어는 그 언어 사용자가 세계를 경험하는 방식을 화학적·감각적인 차원에서 바꿀 수 있다. 과학적으로 이 가설은 아무리 좋게 포장해도 논란의 대상이지만《당신 인생의 이야기》는 이 가설을 아주 사실적인 언어학과 생물학 논의 속에 집어넣었다. 이야기가 끝날 무렵 사실과 허구 간 경계가 아주 흐릿해지면서 독자는 작가의 비교적 황당한 이론도 순순히 받아들인다. 터무니없는 내용을 사실적인 이론들 사이에 매끄럽게 엮어 넣었기 때문이다.

완벽한 사실주의를 지향하는 것은 불가능할 뿐 아니라 작가가 만들어내려고 하는 이야기에 오히려 해가 될 수도 있다. 독자가 이야기에 몰입하는 이유는 뭔가를 더 알고 싶어서이기도 하지만 감탄하고 매료되기 위해서이기도 하다. 프랭크 허버트의《듄》에는 거대 갯지렁이가 등장하는데, 이 이야기에서 사막과 지질학(작가는 오랫동안 지질학을 독학했다) 관련 사실주의는 이야기의 절반만을 구성한다. 이야기의 나머지 절반은 불경스럽기까지 한 이 환상적인 생명체들이 차지한다. 환수들의 어마어마한 크기라든지, 그 환수가 눈 깜짝할 새에 건물 하나를 통째로 집어삼키는 장면이라든지, 그 환수를 대면한 인간이 스스로 얼마나 작고 나약하게 느끼는지 지는지 등 그 환수가 이야기에서 차지하는 비중이 매우 크다. 독자는 그런 생물체가 과연 갈릴레오의 제곱-세제곱 법칙square-cube law을 충족하는지 의심하지 않는다.[*] 작가가 어떻게 그런 갯지렁이가 존재할 수 있는지, 더 구체적으로는 육지 동물에게 불가능한 크기의 생물이 어떻게 존재할 수 있는지 그 근거를 여러 페이지에 걸쳐 설득했다면, 독자는 그런 설명이 없을 때 그냥 넘어갔을 사실주의에 대해 생각하게 되었을 것이다. 그러면 그런 거대 생물이 불러일으키는 웅장함, 공포, 경외감이 아예 사라졌을 수도 있다. 게다가 그런 자세한 사항은 오히려 서사에서 속도감을 떨어뜨리는 짐만 되었을 것이다. 이야기의 어떤 요소가 '사실적'이라고 끊임없이 입증하려 하면 오히려 독자는 지치거나 관심을 잃을 수 있다.

　세계관 구축의 거의 모든 요소와 마찬가지로 독자가 허구의 종족을 순순히 받아들이게 하려면 철저한 사실주의보다는 내부적 일관성이 더 중요하다. 사실주의는 독자가 세계의 더 환상적인 내용을 받아들이는 데 도움이 되지만, 이야기가 그런 환상적인 부분들을 일관되게 다루는 한 논리적 근거는 그렇게까지 중요하지 않다.《당신 인생의 이야기》에서 언어가 헵타포드와 인간에게 영향을 미치는 방식은 이야기 전반에 걸쳐 일관되게 적용된다. 독자는 그런 작용 원리의 토대가 되는 논리도 어느 정도 이해할 수 있다. 그 결과 독자는 작가의 이론이 얼마나 사실적인가에는 그다지 신경을 쓰지 않게 된다. 작가가 비사실적인 언어학의 기술적 설명과 사실적인 언어학의 기술적 설명을 적절히 섞었기 때문에 어느 쪽이 어느 쪽인지 구별하기 어렵다. 사실주의와 일관성이 협조하면서 독자의 몰입을 이끌어낸다.

---

* 　면적은 길이의 제곱, 부피는 길이의 세제곱이라는 사실을 지적한 것으로, 이 법칙에 따르면 어떤 물체나 생물의 크기가 달라지면 그 모양도 어떤 식으로든 달라질 수밖에 없다는 결론이 나온다.

사실성 부족은 독자가 이야기나 세계의 비현실적인 내용에 몰입하기 힘들어할 때만 문제가 된다. 이를테면 이야기의 일관성이 떨어지거나 비사실적인 부분이 사실적인 부분과 조화를 이루지 못할 만큼 터무니없을 때 독자의 몰입을 방해한다.

사실주의는 하드 세계관에 독자의 몰입을 유도할 때도 매우 중요하다. 뒤에서 다룰 하드 세계관 구축은 소프트 세계관 구축과 큰 차이점이 있다. 소프트 세계관 구축은 사실주의에 대한 의존도가 상대적으로 낮은 편이며, 미스터리, 수수께끼, 미확인 사실이나 존재들, 독자의 상상력을 활용한다. 이에 대해서는 뒤의 내용을 참고하기 바란다.

톨킨은 왜 요정어를 창조했을까?

어떤 사람들은 종족이 과학적으로 어떻게 진화했을지를 사실주의적으로 접근하면서 시작하라고 조언하기도 한다. 예를 들어 환경적 제약, 타 종족과의 경쟁, 진화 단계 등을 구상하는 식이다. 그런데 실은 대다수 사람들이 이렇게 시작하지 않는다. 게다가 나는 이렇게 시작하면 흥미로운 종족을 창조할 수 없다고 믿는다. 어느 정도는 사실주의적인 접근법이 필요하겠지만, 나는 허구의 생명체에 대해 읽으면서 그 행성의 크기, 중력, 태양과의 거리에 대해 생각하지 않는다. 대다수 사람은 기묘한 착상에서 시작한다. 예컨대 기체로 변할 수 있는 종족이라든지, 뇌가 손에 달린 종족이라든지, 동족의 시체로 탑을 건설하는 아주 작디작은 곤충 종족 등과 같은 아이디어에서 시작해 확장한다. 톨킨은 요정의 언어에서 출발했다. 창은 헵타포드를 창조할 때 자유 의지와 결정론이라는 주제에서 출발했다.

나는 이렇게 조언한다. 아이디어라는 씨앗을 들고서 그것이 작가가 창조하려는 종족과 어떤 식으로 연결될 수 있을지를 찬찬히 관찰해보라.

요즘은 독창적인 아이디어를 내기가 어렵다. 1907년 마크 트웨인Mark Twain은 이렇게 말했다.

> 애초에 새로운 아이디어라는 건 존재하지 않는다. … (아이디어라는 건) 대대로 사용된 색유리의 오래된 조각에 불과하다.

트웨인의 말에도 어느 정도 일리가 있다. 요즘은 온갖 엘프가 쏟아져 나오는 것 같다. 나무 엘프, 피 엘프, 밤 엘프, 바다 엘프, 우주 엘프, 부엌 엘프 등등. 또한 영예로운 전사 종족, 초강력 에너지 칼날 종족, 곤충처럼 여왕이 지휘하고 집단 교감을 하는 종족, 지하 세계에 사는 스팀펑크 테크노 소인 천재 종족, 아주 오래전 대재앙으로 멸망한 현재 문명의 전신이 된 초문명 종족 등은 또 얼마나 자주 등장하는가.

그러나 다른 작가들과 이런 전형적인 종족의 틀을 공유한다고 해서 그 틀 안에서 독창성을 발휘할 수 없는 것은 아니다. 린지 엘리스의 《공리의 종말》에는 카스트 제도를 따르며, 최첨단 과학기술과 염력을 사용하는 파충류 종족이 등장한다. 이미 전에도 여러 이야기에 등장한 종족 형태다. 게임 〈스타크래프트

Starcraft〉의 프로토스, 이언 뱅크스의 《컬처Culture》 시리즈에 등 장하는 여러 종족, 게임 〈워해머 40KWarhammer 40K〉의 엘다 등을 떠올려보라. 그러나 엘리스는 이 틀 안에서 유전이 자아 정체성에 미치는 영향, 외계 종족과 인간 간 차이, '타자성'이라는 개념을 탐구한다. 색유리의 오래된 조각들을 모아서 새로운 그림을 만들고 독창적인 이야기를 들려준다.

자신만의 '종의 기원'을 써라

어떤 외계 종족을 상상하든 그건 작가의 마음이지만, 어떤 특징은 정해진 문화적·물리적 조건 아래서만 가능하다는 점을 알아둘 필요가 있다. 생물학적 특성과 문화적 관습은 무無에서 탄생하지 않으므로, 종족과 환경이 서로 영향을 미치도록 하면 그 세계가 조금 더 유기적으로 느껴진다.

종의 진화는 식이, 식생, 생존 같은 것들을 중심으로 이루어진다. 자연 서식지에서 살아가는 용맹한 인간을 떠올려 보자. 서식지에서 식물이 줄어들자 그는 고기를 먹고 소화하는 능력을 개발했다. 치아의 형태가 바뀌었고, 소화기관의 작용 방식이 바뀌었고, 짝짓기 과정도 바뀌었다. 사냥 능력과 자기 방어력을 키우기 위해 주변에서 구하기 쉬운 돌과 나무로 무기와 도구도 만들었는데, 이것은 인간이 이미 그전에 이족보행으로 전환해 두 손이 자유로웠기 때문에 가능했다. 앨런 딘 포스터의 《아이스리거》에 나오는 외계 부족의 발톱은 스케이트 날 모양으로 생겼다. 얼어붙은 환경에서는 그런 발톱이 포식자로부터 도망치고 사냥감을 잡는 데 유리했으므로 자연스럽게 그런 식으로 진화한 것이다. 발톱이 클수록 사냥 성공률도 높아지므로 더 매력적인 짝으로 평가된다.

오슨 스콧 카드의 《사자의 대변인》에 등장하는 피기 종족은 아주 흥미로운 진화론 SF 소설이다. 피기 종족이 서식하는 행성에서는 데스콜라다라는 유전자 변이 물질로 인해 행성의 다른 생명체 대부분이 멸종하고 폐허가 된 상태다. 그래서 피기처럼 살아남은 소수의 동식물은 서로의 생식을 돕는 공생 관계를 형성했고 동물과 식물의 경계도 모호해졌다. 데스콜라다로 대부분의 생명체가 멸종했다는 것은 또한 피기의 천적이 거의 사라졌다는 것을 의미하기도 했다. 그래서 피기는 인간이 이 행성에 왔을 때 스스로 방어할 능력이 거의 없었고, 당연히 인간에게 적대적으로 굴지도 않았다. 그들은 인간이 자신들을 관찰하고 기록하는 것에 두려움을 느끼지 않았다. 두 사례 모두 종족과 환경이 긴밀하게 연결되어 있다. 작가가 만들어낸 종족이 그곳에서 먹고 번식하고 살아남는 데 환경이 어떤 식으로 기여하는지를 명확하게 파악하면 그 세계를 더 생생하게 표현할 수 있다.

이런 방식으로 허구의 종족에 사실주의를 더하고 싶다면 다음과 같은 질문에 답해보자.

- 그 세계의 기후와 환경에서는 어떤 종류의 식량 작물이 자라는가? 종족은 그 식량을 어떤 식으로 확보하는가?
- 그 종족은 어떤 생물과 경쟁하는가? 종족의 어떤 능력이 그 생물과

경쟁하는 데 도움이 되는가?
- 그 종족의 포식자는 누구인가? 종족의 어떤 능력이 그 종족의 생존
  에 도움이 되는가?
- 그 환경에서는 어떤 미적 특징이 선호되는가?
- 그 종족은 어떻게 번식하는가? 각 개체는 어떻게 짝을 선택하는가?
- 극한 날씨는 어떻게 이겨내는가?
- 주어진 환경에서 그 종족이 극복해야 하는 자연 조건은 무엇인가?
  어떤 특징이 그런 자연 조건을 극복하는 데 도움이 되는가?
- 그 종족은 어떤 이유로 그 환경에서 다른 종에 비해 더 우세한 종이
  될 수 있었는가?

작가가 생각해볼 수 있는 질문은 끝이 없지만, 여기서 제시
한 질문들을 출발점으로 삼을 수 있을 것이다.

작가는 문화 창조자
⚡

모든 것이 문화에 포함된다. 건축, 정치, 종교, 의복, 계급 체
계, 전통과 관습, 기술 수준, 스포츠, 철학, 법체계, 편견, 미신, 성
역할, 군사제도, 범죄, 언론, 예술, 교육 체계, 관광, 의료제도, 주
택, 죽음관, 의례, 예절, 주요 산업, 경제 등이 포함되지만 이것들
에 국한되지 않는다. 이런 세부사항을 모두 다룰 수는 없으므로
여기서는 문화의 두 가지 측면, 생물학적 제약이 문화에 미치는
영향과 '모자들의 행성Planet of Hats'에 대해 설명하겠다.

환경이 문화에 미치는 영향의 한 예로, 자연 자원 그리고 하나의 환경에서의 삶의 방식을 좌우하는 힘은 그 지역의 종교에서 드러나기 마련이다. 게임 〈엘더스크롤〉에 나오는 엘스웨어의 카짓 종족은 매서와 세쿤다라는 달을 숭배한다. 두 달의 위상에 따라 출생하는 카짓의 모습이 달라지기 때문이다. 또한 카짓은 종교 의식에 달 설탕을 사용한다.

그런데 많은 작가가 세계관을 구축하면서 생물학적·환경적 조건으로만 사회의 모든 것을 결정해 세계관이 지나치게 단순해지는 실수를 저지른다. 텔레비전 드라마 〈스타게이트: 아틀란티스〉에서 레이스가 허깨비처럼 느껴지는 이유는 생존 본능을 제외하면 그들이 다른 생명체에 기생하는 이유를 뒷받침할 수 있는 문화전통이나 사회관습이 전혀 없기 때문이다. 그들은 분명 독립된 개체들이며 우주에서 살아가는 문명이다. 그런데 수십억 년이나 존재했다면서 계급제도나 예술 양식이나 철학이 변했다거나 그들의 생물학적 특성과는 별개로 존재하는 문화적 부속물이 있다는 낌새는 전혀 없다. 이런 설정은 마치 인류 문명 전체가 오로지 집단과 공동체를 이루고자 하는 인간의 본성에 따라 규정된다고 주장하는 것과도 같다. 이런 종족은 평면적이고 비사실적으로 느껴진다. 세계관은 명확해지기 전에 먼저 복잡해야 한다. 고딕 건축 양식은 인류의 번식 욕구에서 탄생한 것이 아니다. 민주주의는 우리의 생존을 보장하기 위해 탄생한 체제가 아니라 부의 탈집중화와 함께 일어난 사회운동이 촉발한 점진적이고 전반적인 권력의 탈집중화의 결과물이다.

인류 문명이 문화적·경제적으로 발달하면서 우리는 환경

의 영향을 점점 덜 받게 되었다. 때로는 사회적 제약이 자연 선택을 무력화하기도 한다. 특히 지금처럼 인간이 환경에 대해 통제력을 행사할 때 그런 경향이 강해진다. 종족의 문화에서 그 종족의 생물학과 단절된 측면을 발달시켜보자. 이언 뱅크스의 《플레바스를 생각하라》에서는 탈희소성 사회가 확립된 후 범죄자 처벌 윤리가 급격한 변화를 겪는다. 궤도체orbital*가 대량 공급되어서 사람들은 원하는 만큼 얼마든지 토지를 소유할 수 있고, 따라서 경제 원칙 자체가 바뀌었다. 사이버펑크 장르는 인류가 생물학적 특성에서 얼마나 자유로워졌는지를 상상하고 그것에 찬사를 보낸다.

어떻게 해야 독자가 몰입할 수 있을까?

✦

난쟁이는 모두 스코틀랜드 광부다! 요정은 모두 콧대 높은 멍청이다! 오크는 모두 도끼를 휘두르는 영예로운 전사다! '모자들의 행성'은 행성의 모든 종족, 나아가 행성 자체가 몇몇 특징으로 규정되고, 그 안의 모든 인물이 그 특징을 지니고 있는 것을 말한다. 데이비드 에딩스의 《벨가리아드》 시리즈에서 체렉족은 하나같이 도끼를 휘두르는 무뚝뚝한 바다의 전사로, 수염을 길게 땋아 내렸고 롱보트를 탄다. 사회의 모든 구성원이 같은 모자를 쓰고 있는 셈이다.

---

* 항성 주위에서 공전과 자전을 하는 지구와 비슷한 환경의 인공 천체를 말한다.

이것이 꼭 나쁜 세계관이라고는 할 수 없지만 이대로는 정교함도 떨어지고 흥미도 불러일으키기 힘들다. 데이비드 에딩스는 비교적 어린 독자를 염두에 두고 《벨가리아드》 시리즈를 썼다. 그러나 조금 더 성숙한 독자라면 더 세련된 뭔가를 원할 것이다. 현실에서는 규모가 큰 사회라면 경제적·사회적·정치적·도덕적으로 더 다채로울 것이다. 작품 속 종족에 그런 사회적 복잡성을 반영해야만 독자가 흥미를 느끼고 몰입하기가 더 쉬울 것이다. 그러나 사회적 복잡성은 독자가 만나는 개개의 인물을 통해서 드러나야만 한다. 작가가 그리려는 종족은 어떤 것들을 두고 편이 나뉘는가? 대단한 쟁점도 있을 것이고, 사소한 쟁점도 있을 것이다. 인간은 온갖 것을 놓고 목소리를 높이지 않는가.

종족의 사고가 다양해야 그 종족의 문화도 더 매력적인 것이 된다. '요정은 X를 믿는다'와 같은 표현은 사고를 지나치게 단순화한다. 모든 인간이 믿는 것이 무엇인지 말할 수 있는가? 아마도 생명의 신성함을 들 수도 있겠지만, 그것조차도 생명이 무엇을 의미하는지부터가 논쟁의 대상이고, 심지어 그런 관념 자체를 부정하는 사람도 있다. 그런 믿음을 표현하는 방식도 사회마다 크게 다를 수 있다. 같은 종족에 속하는 다양한 인물을 통해 그 종족의 믿음, 관습, 이념의 문화적 진화 과정과 계통을 독자에게 보여주면 그 종족이 덜 평면적으로 느껴질 것이다.

문화적 정체성은 지금도 여전히 중요하게 여겨진다. 개인들의 집합은 개인들을 하나로 묶어주고 동질감을 느끼게 해주는 특징, 역사, 취향 등을 공유하고, 또한 그런 것들이 그 집단에 대한 고정관념을 만들어내기도 한다. 우리는 스파르타인을 떠올릴 때면 두려움을 모르는 전사를 상상한다. 스파르타의 문화적 정체성이 전쟁과 떼려야 뗄 수 없는 관계에 있었기 때문이다. 그러나 그렇다고 해서 고정관념이 정확하다는 것은 아니다. 문화에는 고정관념이 있지만 개인들이 그 고정관념에 꼭 들어맞지는 않는다. 넷플릭스 제작 애니메이션 〈드래곤 프린스〉에서 문섀도우 엘프는 뛰어난 암살자, 착시의 대가, 현명하고 용감한 자들이며, 아주 엄격한 예법을 지키는 것으로 묘사된다. 레일라는 문섀도우 엘프 암살자지만 공포와 불안에 떤다. 루제인은 착시의 대가지만 레일라가 기대한 것만큼 현명하거나 지혜롭지 않다. 등장인물에게 기대에 반하는 결함이나 개성을 부여하면 독자에게 강한 첫인상을 남길 수 있다.

'모자들의 행성'에는 형제자매 행성도 있다. '단일생물군 행성Single-Biome Planet'이다. 〈스타워즈〉에 나오는 우키족의 행성 카쉬크의 숲 생태계나 《듄》에 나오는 프레멘족의 터전인 아라키스 사막이 그런 예다. 이런 예들이 내세우는 논리는 해당 지역이 단일생물군으로 이루어져 있으므로 그 지역에 서식하는 모든 동식물이 이점을 반영한 특징을 공유한다는 것이다. 사실주의적인 측면에서 보더라도 단일생물군 행성이 우주 어딘가에 존재할 수는 있다. 그러나 다시 한번 말하지만 문화는 언제나 가장 기본적인 환경적 요인보다는 더 복잡하며 어떤 종족이든 가능하다면 한 지역에 머물지 않고 여러 곳으로 이주할 것이다.

태양이 3개인 행성에선 어떻게 살아갈까?

✦

아이작 아시모프가 1941년에 발표한 단편 소설 〈전설의 밤〉에서 라가시 행성의 주민은 아주 짧은 기간 동안 밤마다 어둠이 닥친 것만으로 뇌 손상을 입고서 미치거나 심지어 죽기도 했다. 라가시 행성에는 원래 6개의 태양이 있고, 그래서 그전까지는 늘 햇빛을 받고 살았기 때문이다. 류츠신의 《삼체 1부: 삼체문제》에서는 이것을 더 극단으로 몰고 간다. 한 외계 행성의 위치가 3개의 태양 중력에 의해 아무런 규칙 없이 이리저리 이동한다. 그래서 타는 듯한 열기에 노출되는 시기와 모든 것이 얼어붙는 추위에 노출되는 시기가 있다. 그 결과, 그 행성의 종족은 극열기에는 스스로 탈수 상태가 되고, 극냉기에는 동면을 한다.

이런 역학의 근거가 되는 과학은 매력적이고 복잡하고 끝없이 변주된다. 내가 할 수 있는 유일한 조언은 그런 과학을 허구의 종족에게 적용하고 싶다면 꼼꼼하게 공부해야 한다는 것이다. 이런 우주적 제약에서 독특한 종족을 창조할 여지는 굉장히 많다. 판타지 작가는 거의 본능적으로 지구와 비슷한 조건을 설정하는데, 우주는 아무리 퍼내도 마르지 않는 샘물과도 같다.

데이브 던컨의 《1월의 서쪽》은 자전 주기가 100년이라는 우주적 제약이 행성의 문화에 어떤 영향을 미치는지 보여준다. 행성의 절반은 늘 얼어 죽을 만큼 추우므로 살기에 적당한 기온인 땅에서 살려면 20-30년마다 이주해야 한다. 따라서 문명이 생겨나기는 했지만 유목 문명일 수밖에 없다.

〈디스트릭트 9〉에서 하고 싶었던 이야기

⚡

판타지 소설과 SF 소설은 오래전부터 사회와 거리를 두고 사회의 쟁점을 탐구하는 장이었다. 외계 종족과 가상 종족은 우리 사회의 특정 집단을 대변했고, 그 집단의 결함을 폭로하거나 그 집단의 문제를 더 흥미롭게 포장했다. 이것이 성공할 때도 있지만, 아주 안 좋은 결과물이 나올 때도 있다. 리들리 스콧 감독의 〈블레이드 러너〉에서 복제 인간은 사회에서 소외된 자들을 대변한다. 닐 블롬캄프 감독의 〈디스트릭트 9〉에서 외계인 '프런'은 남아프리카공화국으로 도망온 짐바브웨 난민을 대변하며, 이 영화는 남아프리카공화국의 외국인혐오증과 인종분리정책을 탐구한다.

대개는 허구의 종족에게 현실 세계의 인종적인 특징을 부여하게 된다. 예컨대 현실 세계에서 누구나 특정 집단 고유의 것이라고 알아볼 수 있는 특징을 허구의 종족의 특징으로 설정하는 것이다. 그런데 사실 허구의 종족으로 그 집단을 대변하려는 의도가 없거나 그 집단의 이야기를 전혀 할 의도가 없을 때도 이런 식으로 인종적 특징을 활용하기도 한다. 이런 설정의 잘못된 예가 데이비드 에이어 감독의 〈브라이트〉다. 이 영화에서 오크는 랩과 농구를 하고, 사이즈가 큰 티셔츠를 입는다. 관객에게는 오크라고 소개하지만 누가 봐도 흑인을 대변한다.

특정 종족에 문화 꼬리표를 붙이면서도 그 문화와는 완전히 다른 생물학적·환경적 조건을 제시한다면 그 두 가지가 충돌하면서 이질감을 불러일으킬 수밖에 없다. 그렇다면 작가가 다루고자 하는 현실 세계의 사회적 쟁점에 독자가 주목하게 만드는 최선의 방법은 아닐 것이다. 궁극적으로 사회적 쟁점을 탐구할 때 SF 소설과 판타지 소설이라는 매체를 활용하는 것의 장점은 장르의 특성상 현실 세계와 거리를 둘 수 있다는 점이다. 개인적으로 나는 허구의 종족을 특정 집단의 대변인으로 삼아서 최대의 효과를 얻고 싶다면 그 종족으로 대변하고자 하는 집단과 유사하지만 동일하지는 않은 문제에 직면하게 만들어야 한다고 생각한다. 현실 세계의 집단과 허구 종족 간 유사성은 관념적으로 도출할 수 있다.

문화적·물리적으로 〈디스트릭트 9〉의 프런은 블룸캄프가 염두에 둔 짐바브웨 난민과는 공통점이 전혀 없다. 그러나 등장인물이 보이는 외국인혐오증과 프런이 겪는 폭력, 고립, 인간성 말살 정책은 현실 세계에서 짐바브웨 난민의 경험을 모방한다. 이것을 잘 해내면 작가는 직접적으로 이야기했을 때 관심을 보이지 않았을 더 많은 청중과 소통할 기회를 얻는다. 만약 〈디스트릭트 9〉이 같은 주제를 더 구체적이고 장황하게 전달했다면 반反난민주의자들은 그 영화를 아예 보지 않았을 것이다. 그러나 그 주제를 더 은밀하게 다뤘기 때문에 일반 대중에게 인기를 끌 수 있었다.

특히 평가가 어려운 사례가 이사야마 하지메의 《진격의 거인》이다. 이 작품에 등장하는 에르디아라는 종족은 누가 봐도 유대인을 대변한다. 옷에 별을 달아야 하고, 게토에서 거주하며, 나치 정권을 연상시키는 권력 집단에게 합법적으로 살해된다. 이 이야기는 그들을 편견과 외국인혐오증의 희생자로 다루면서 연민을 표하는가 하면, 다른 한편으로는 등장인물들이 에르디아인을 탄압하는 것을 정당화한다. 에르디아인이 한때 세계를 지배했고 당시에는 다른 집단을 탄압했으므로, 현재 그들이 탄압당하는 것은 당연하다는 논리를 펼친다. 게다가 에르디아인은 사람을 잡아먹는 괴물 '거인'으로 변신할 가능성도 있다.

에르디아인을 유대인과 유사하게 설정할 때의 문제점은 명백하다. 과연 알레고리의 끝이 어디인가? 이사야마는 유대인이 한때 세계를 지배했고, 20세기에 그들이 핍박받는 것이 '당연하다'고 말하는 것인가? 이런 설명은 너무나도 진부한 인종차별주의적 장치들을 불러낸다. 유대인이 아이들을 잡아먹는다는 소문은 아주 오래된 거짓말이다. 이사야마는 유대인이 내적으로는 괴물이라고 말하는 것인가? 이런 비유와 은유가 의도된 것이든 아니든, 인종차별주의적 암시가 깔려 있어서 보기가 매우 불편하다. 무심한 독자라면 이사야마가 이런 것을 의도하지 않았다는 가정하에, 이 이야기를 읽고 그런 인상을 받을 수 있다.

허구를 창조할 때 현실 세계에 존재하는 특정 인종의 이미지와 쟁점을 참고하는 것은 멋진 일이다. 그러나 다른 한편으로는 작가가 특정 집단의 이미지만 차용하고 그 이미지가 불러올 결과를 무시하면 주제적으로 끔찍한 결론이 도출될 수 있다. 현실 세계의 복잡한 인종 문제를 허구 세계에 투영하겠다면 사람들이 작가가 원하는 부분만이 아니라 이야기 전체를 그런 방향으로 해석할 수도 있다는 점을 각오해야 한다. 작가가 의도하지 않은 메시지를 독자에게 전달할 수도 있다.

바쁜 작가를 위한 n줄 요약

(1)

세계관을 구축할 때는 사실성보다 내적 일관성이 더 중요하다. 사실주의에 따른다고 해서 비사실적인 내용을 정리하고 구조화하며, 독자가 모든 것을 이해할 수 있어야 하는 것은 아니다. 감탄과 공포가 사실보다는 독자의 몰입을 이끌어내는 데 더 효과적일 수 있다.

(2)

시대나 장소, 문화, 언어, 주제 등 작가가 관심 있는 곳에서 출발하라. 작가가 관심 있는 요소에서 시작해 논리적으로 확장하는 방식으로 세계관을 구축하라. 세계는 환경적·문화적·우주적 제약에 의해 규정된다는 것을 명심하자.

(3)

종족의 생리학은 그들이 주어진 환경에서 먹고, 번식하고, 생존하는 데 어떻게 관여하는가? 그 종족이 지배종인 독창적인 이유를 제시하라. 이를테면 자원 채집 능력이 더 뛰어날 수도 있고 환경 적응력이 더 뛰어날 수도 있을 것이다.

(4)

생물학적 제약이 문화에 영향을 미치는 것은 사실이지만, 그것이 문화의 모든 것을 결정하지는 않는다. 문명이 발달한 종은 특히 환경을 통제하는 법을 터득하면서 천천히 자연 선택을 무력화한다. 종족의 문화가 어떻게 변하고 다원화되었는지를 여러 등장인물을 통해 독자에게 보여주면 작가가 창조한 종족이 더 입체적으로 다가올 것이다.

⑤

판타지 소설과 SF 소설은 때로는 특정 집단을 대변하는 종족을 등장시켜서 현대의 사회 문제를 탐색하는 데 활용하기도 한다. 단순히 특정 집단과 외모가 유사하도록 설정하기보다는 특정 집단이 직면한 문제와 유사한 문제에 직면하게 하자. 현실 세계의 문제를 다룰 때 관련 집단의 특징을 작가가 만들어낸 종족에게 부여하면서 풍자하면, 사람들이 작가의 의도와는 다른 주제의식을 도출할 위험이 있다.

2장

역사,
세계관 구축의 기본

J. K. 롤링   J. K. Rowling
《해리 포터와 혼혈왕자》   Harry Potter and the Half Blood Prince

J. R. R. 톨킨   J. R. R. Tolkien
《반지의 제왕》 시리즈   The Lord of the Rings

데이비드 에이어   David Ayer
〈브라이트〉   Bright

돈트노드   DONTNOD
〈리멤버 미〉   Remember Me

리처드 모건   Richard Morgan
《얼터드 카본》   Altered Carbon

마거릿 애트우드   Margaret Atwood
《시녀 이야기》   The Handmaid's Tale

조지 R. R. 마틴   George R. R. Martin
《얼음과 불의 노래》 시리즈   A Song of Ice and Fire

호메로스   Homerus
《일리아드》   Iliad

역사는 복잡하다. 절반의 진실과 전설로 가득하고, 제우스가 동물의 형상을 하고서 벌이는 식의 이야기가 너무 많다. 또한 역사는 모든 세계관 구축의 공통된 부분이기도 하다. 허구 세계에 살을 붙이려면 그 세계의 '현재'뿐 아니라 그 세계의 '과거'도 이해해야 한다. 이 장에서는 사실적이고 입체적인 세계사를 창조하는 법을 배울 것이다.

세계관이 먼저일까, 이야기가 먼저일까?

⚡

1914년 즈음 J. R. R. 톨킨은 요정어족을 만들어내기 시작했다. 그의 명성은 여기서 시작했다. 언어학을 열렬히 사랑했던 그는 심지어 이렇게 말했다.

(내 작품은) 근본적으로 언어학에서 영감을 얻는다. … 언어를 발명하면 그 언어가 토대가 된다. 세계를 위한 언어가 필요해서라기보다는 언어를 위한 세계가 필요해서 '이야기'를 만든다.

톨킨은 요정어를 세계관 구축의 출발점으로 삼았다. 요정어가 여러 방언으로 갈라졌으므로 톨킨은 요정의 역사에서는 요정이 지리적으로 가운데땅 여기저기로 흩어져야 한다는 것을 알았다. 톨킨은 아바리의 방언이 가장 독특하기를 바랐다. 아바린이 가장 먼저 갈라진 요정어라는 것을 표시하고 싶었기 때문이다. 톨킨은 왜 아바리가 그토록 일찍 분화했는지를 설명하는 이야기도 창조했다. 영적 존재인 발라가 요정에게 천국과도 같은 땅 발리노어에 와서 함께 살자고 초대한다. 이때 아주 적은 수의 요정이 그 초대를 거절하고 원 정착지에 남았는데, 그렇게 가운데땅에 남은 요정이 아바리다.

물론 이것이 언어를 먼저 만들어야 한다는 말은 아니다. 톨킨은 자신이 사랑하는 뭔가를 만들어내고, 그것을 반석으로 삼아서 어떻게 그 세계가 그런 모습이 되었는지를 설명하는 세계사를 구상했다. 이를테면 왜 어떤 방언은 어휘, 구문, 문법이 서로 비슷하거나 또는 다른지 하는 식으로 말이다. 작가가 중요하다고 생각하는 요소에서 시작해서 계속 확장해나가면 사실적이고 일관된 세계관을 구축할 수 있다. 이렇게 하면 독자가 작가의 세계를 경험할 때 가장 핵심이 되어야 하는 요소를 세계의 기본으로 삼을 수 있다. 나중에 그 요소를 억지로 끼워 넣는 일이 생기지 않는다.

그러나 이것은 세계관 구축을 우선으로 하는 접근법이다. 톨킨과 같은 작가는 세계에 대해 먼저 생각하고 이야기는 그다음에 생각한다. 내가 보기에 대다수 작가는 기본적으로는 스토리텔러다. 이야기가 우선이고 세계관 구축은 그다음이다. 적어도 나는 확실하게 스토리텔러이고, 로이스 라우리와 옥타비아

버틀러 같은 작가도 그렇다. 그러니 어떤 이야기를 들려주고 싶은지를 먼저 생각하고, 그 이야기를 들려주는 데 필요한 세계와 역사를 도출하는 것이 더 나은 방법일 수 있다.

마거릿 애트우드의 《시녀 이야기》는 현재의 미국이 몰락하고 가부장적인 독재 국가 길리어드 공화국이 등장한다는 가정 아래 전개되는 이야기다. 이 이야기는 여자가 돌봄 노동자, 엄마, 출산 기계로 전락한 사회에서 여자들이 어떤 일을 겪게 되는지를 살펴본다. 애트우드는 전 세계 여성의 고통을 탐구하고자 했다.

> 《시녀 이야기》에서 내가 쓴 내용 중에 이미 언젠가, 어디에선가 실제로 일어나지 않은 일은 하나도 없어요. 처음부터 그런 이야기만 쓰는 것을 원칙으로 삼았는데, 그 누구도 내게 당신은 정말 고약한 상상력을 지니고 있군요, 이게 다 당신 머릿속에서 나왔잖아요, 라고 말할 수 없게 하고 싶었거든요. 그 어느 것도 내 머릿속에서 나온 것은 없습니다.
> – 마거릿 애트우드

자신의 디스토피아를 뒷받침할 근거를 마련하기 위해 애트우드는 그런 고통스러운 상황을 만들어내는 현실 세계의 원인들을 참조했다. 이란, 나치 독일, 미국 남부에서 여성의 권리를 제한한 법들을 살펴보면서 애트우드는 불임이 전염병처럼 널리 퍼진 세계를 이야기의 배경으로 삼았다. 또한 그녀는 길리어드가 혁명 또는 내전의 결과로 탄생한 국가여야 한다고 생각했다.

점진적이고 민주적인 과정으로는 자신의 이야기에서 다루는 형태의 사회변화가 일어나지 않는다는 것을 알기 때문이다. 그런 변화는 급격한 문화 충돌, 종교적 근본주의, 내전, 혁명 등의 결과물이어야 했다. 역사를 살펴보면 그런 일들이 한 나라를 휩쓴 직후에는 어김없이 여자의 권리가 완전히 말살되었다. 애트우드의 이야기에서 벌어진 것과 똑같은 사건이 실제로 일어난 적은 없다 해도 역사를 돌아보면 유사하게 흘러간 사례를 찾아볼 수 있다 보니 애트우드의 이야기가 매우 사실적으로 다가온다. 톨킨이 자신의 언어에 완벽하게 어울리는 역사를 창조했다면 애트우드는 자신의 주제와 플롯에 완벽하게 어울리는 역사를 창조했다.

이야기에 타당한 논리를 제공하는 역사적 사건을 만들어내면 서사를 탄탄하게 지지하는 세계관 구축에 도움이 된다. 다만 작가가 해당 사건을 그 세계보다 더 중시한다는 것을 독자가 눈치챌 수는 있다. 마찬가지로 세계를 먼저 창조하고 그 세계에서 이야기를 도출했을 때도 독자가 그것을 눈치챌 수 있다. 어떤 식으로 접근하든 작가가 우선순위에 두고자 하는 이야기 요소와 자연스럽게 연결되는 인과관계가 무엇일지 생각해야 한다. 작가의 세계가 작가가 중요하게 생각하는 요소들을 규정하고 지지할 수 있다면, 독자도 그런 요소들을 더 잘 경험하게 될 것이다.

평면적인 역사를 피해야 한다

⚡

세계의 역사를 구상할 때 한 가지 주의할 점은 단 하나의 사건에 지나치게 집중하면 세계가 평면적으로 되기 십상이라는 것이다. 단 하나의 대전이나 비극이 세계의 모든 것, 예컨대 누가 누구를 증오하는지, 누가 왕국을 지배하는지, 어떤 문화 전통을 지키는지 등을 결정해버리곤 하는데, 특히 어린 독자를 대상으로 한 판타지 소설과 SF 소설에서 흔히 볼 수 있는 현상이다.

2017년 넷플릭스에서 제작한 영화 〈브라이트〉의 세계는 현재 우리가 사는 세계와 매우 유사하지만 인류 외에 엘프, 오크 등 아인류도 존재하는 세계다. 엘프는 부유하고 유행에 민감하고 마법을 쓸 수 있고 아름답다. 반면에 오크는 거칠고 하층민이고 천대받는다. 인간은 익숙한 인간 모습 그대로다. 〈브라이트〉에서 대사건은 2,000년 전 다크로드에 맞서 싸운 전쟁이다. 오크는 대부분 다크로드 편에 섰고, 인간과 엘프는 다크로드를 막으려고 싸웠다. 그 결과 현재 오크는 하층민으로 전락했고 인간과 엘프는 전쟁이 끝나고 2,000년이 지난 지금까지도 승리의 열매를 누리고 있다.

2,000년은 긴 시간이다. 인류사에서는 2,000년이라는 시간 동안 로마 제국과 몽골 제국이 탄생하고 몰락했으며, 노예무역, 청청 패션의 브래드 피트가 등장하고 사라졌다. 2,000년 전에 있었던 전쟁이 아무리 끔찍했다고 해도 현재 시점에서는 그 의미가 퇴색해서 그때와 현재 간의 직적접인 문화적·경제적·정치적 인과관계의 연결고리를 떠올리기가 쉽지 않을 정도로 많은 시

간이 흘렀다. 〈브라이트〉의 세계는 고인 물처럼 느껴진다. 그 사건 하나에서 현재의 너무 많은 것들을 도출하기 때문이다. 마치 그 전쟁 직후 겪은 변화 '외에는' 아무 변화도 겪지 않은 것 같다. 역사가 2000년이나 되는데도 〈브라이트〉의 세계에 영향을 미친 것은 오직 그 전쟁뿐인 것처럼 보인다.

현실 세계에서 이에 견줄 만한 대사건이라고 한다면 예수 그리스도의 탄생과 죽음일 것이다. 죽은 지 2000년이 지났지만 예수 그리스도는 현재에도 여전히 영향을 끼치고 있다. 기독교는 전 세계의 많은 국가와 사회를 근본적으로 변화시켰다. 법체계, 예술, 도덕관, 전통과 축제, 의상과 언어에 큰 영향을 미쳤다. 그럼에도 기독교가 세계에 미친 영향이 단순히 예수 그리스도 덕분이라고 말하기에는 훨씬 더 복잡한 양상이 진행되었다. 예수 그리스도가 직접적인 원인이었다고 할 만한 것은 이제 거의 남아 있지 않고, 오히려 예수 그리스도를 중심으로, 심지어 예수 그리스도와는 무관하게 발달한 문화가 영향력을 미치고 있다고 말하는 것이 더 정확할 것이다. 예수 그리스도의 영향력이 큰 지역이 있는가 하면 미미한 지역도 있다. 예수가 많은 사회에 영향을 미친 것은 사실이지만 또한 빙하기, 전쟁, 제국, 전염병 등 예수와 무관하면서도 우리가 아는 세계 또는 알지 못하는 세계에 영향을 미친 것들도 수천 가지에 이른다.

역사를 이해하는 것은 역사가 단 하나가 아니라는 것을 이해하는 것이다. 단 하나의 무엇, 단 하나의 사건으로 마치 도미노처럼 그 이후의 모든 것이 단 하나의 역사적 인과관계의 사슬에 따라 결정되는 세계는 존재하지 않는다. 만약 그렇다면 그런 세계도 평면적인 세계가 될 것이다. 역사적 인과관계는 연결되었다가 끊겼다가 꼬였다가 스스로 풀리는 사슬에 더 가깝다.

대사건 이론은 과학기술에도 적용된다. 리처드 모건의 2002년작 《얼터드 카본》은 사이버펑크 소설로, 때때로 '슬리브' 기술에 매몰된 듯한 느낌이 든다. '슬리브' 기술은 사람들이 자신의 정신을 새로운 몸으로 옮겨서 죽음을 피하는 기술이다. 이 세계는 정치 체제, 경제, 문화, 종교라는 측면에서 이른바 '재再슬리브' 기술로 인해 달라지는 부분을 제외하면 현재 우리가 살아가는 세계와 거의 똑같아 보인다. 예를 들어 정기적으로 재'슬리브'를 하도록 훈련받은 특수부대 엔보이는 선출직에 출마할 수 없다. SF 소설을 쓸 때는 작가가 창조한 세계가 역사적으로 어떻게 변했는지를 탐색할 때 단 하나의 기술에 지나치게 의존하지 않도록 주의해야 한다.

톨킨의 《반지의 제왕》 시리즈에 대해서도 비슷한 비판을 가할 수 있다. 예컨대 수천 년 전부터 이어져온 원한의 원인이 된 대사건이 요정과 난쟁이가 서로를 대하는 방식을 거의 정하다시피 했고, 심지어 김리와 레골라스가 이야기 초반에 서로에게 취한 태도도 그 사건의 결과물이다.

물론 예외는 있다. 사실주의가 언제나 작가의 최종 목적은 아니다. 어떤 이야기는 신화적인 대서사로 쓰이기도 한다. 스페이스오페라, 멜로드라마, 젊은 층을 겨냥한 대중 소설 등이 주로 그렇다. 그런 이야기에서는 의식적이고 의도적으로 대사건, 대민족, 대과학기술을 그 세계를 지배하는 요소로 삼는다. 그리고 그것도 괜찮다. 문제는 의도하지 않거나 단순히 소홀히 하는 바람에 이야기가 그렇게 흘러가는 것이다. 《진격의 거인》이 대표적으로 그렇고, 톨킨의 작품도 그렇다고 할 수 있다. 두 이야기 모두 이따금 노골적으로 신화적인 분위기를 풍긴다.

어떤 렌즈로 역사를 봐야 할까?

⚡

역사는 정치, 문화, 과학기술, 경제, 지리, 종교, 전쟁, 무역, 인류학, 사회학 등 여러 측면에서 살펴볼 수 있다. 작가가 창조한 세계를 이런 렌즈들로 각각 들여다보면 그때마다 다른 이야기를 발견할 것이다. 미국을 정치라는 렌즈로 들여다보면 민주주의와 인권에 관한 이야기, 그리고 사람들에게 인권이 없던 시절의 이야기와 사람들이 인권을 쟁취하기 위해 싸운 이야기를 들려줄 수 있을 것이다. 전쟁이라는 렌즈로 들여다보면 혁명, 내전, 세계 강국으로의 부상, 타국에 대한 내정 간섭에 관한 이야기를 들려줄 수 있을 것이다. 경제라는 렌즈로 들여다보면 노예노동, 산업혁명, 자유무역으로 이어지는 이야기를 들려줄 수 있을 것이다. 이런 렌즈들로 들여다보면 작가가 창조한 세계에서는 어떤 이야기가 발견되는가?

같은 시대를 다른 국가 또는 문화의 관점에서 들여다보아도 다른 이야기가 나올 수 있다. 유럽의 '암흑' 시대는 다마스쿠스의 이슬람 왕궁에서는 학문과 기술의 황금기였다. 미국이 세계 강국이 되는 시기는 영국이 쇠락하는 시기였다. G. R. R 마틴의 《얼음과 불의 노래》 시리즈에서는 웨스테로스와 에소스라는 두 대륙이 그 세계의 역사를 완전히 다르게 이해하고 있다. 영웅의 시대가 웨스테로스에서는 마법과 위대한 인물들의 시대로 기억되는 반면, 에소스에서는 노예 노동으로 건설된 기스카리 제국이 공포 정치를 휘두르던 시대로 기억된다. 이야기의 세계를 규정하는 대사건, 즉 '긴 밤'조차 다른 렌즈로 들여다보면 다르게 해석된다. 종교라는 렌즈로 들여다보면 '긴 밤'은 빛의 군주 추종자들의 교세 확장을 상징한다. 군사라는 렌즈로 들여다보면 산 자가 죽은 자를 상대로 어둠 속에서 벌인 치열한 전투였다. 인류학이라는 렌즈로 들여다보면 더 따뜻한 거주지를 찾아 엄청난 무리의 사람들이 대륙을 가로질렀다.

세계의 역사를 이러한 렌즈 하나하나로 각각 들여다보자. 서로 다른 렌즈로 들여다본 세계가 다른 시대라고 가정하고서 각기 다른 이야기들이 서로 어떻게 연결되고 어떤 영향을 미치는지 보자. 세계를 더 다양한 층위로 나눠서, 예컨대 대륙마다 왕국마다 이 작업을 하면 더 입체적인 세계가 탄생할 것이다. 혁명은 경제와 문화에 영향을 미친다. 주요 종교의 탄생은 경제와 정치에 영향을 미친다. 제1차 세계대전은 (다른 원인들도 있겠지만) 전쟁을 지지하는 정치인, 유럽 전역에 퍼진 전쟁을 칭송하는 문화, 그리고 독일이 산업적으로 눈부시게 발전하면서 급부상한 상황으로 인해 발발했다. 카이사르가 암살된 배경에는 권력을 상실한 원로원, 카이사르의 신격화, 그리고 지배층의 경제 정책 실패에 대한 소외된 빈민층의 정권 교체 요구 등이 있다.

애트우드는 《시녀 이야기》와 《증언들》에서 길리어드 공화국이 탄생한 배경으로 단 하나의 원인만을 언급하지 않는다. 이

271

야기 세계의 과거에 관한 정보는 거의 나오지 않지만, 불임 전염병 이후 인구가 급감했다는 사회적 요인, 극보수주의 세력의 득세라는 종교적 요인, 대중의 요구를 충족하지 못하는 무능한 의회라는 정치적 요인이 작용했음을 알 수 있다.

위대한 군주인가, 끔찍한 정복자인가?

⚡

역사에서 어떤 일이 있었는지를 아는 것과 사람들이 어떤 일이 있었다고 '생각'하는 것은 다른 차원의 문제다. 사람들이 믿는 것, 역사에서 현재까지 남아서 공식화된 부분은 편견, 압제, 기록 소실, 실수 등의 결과물일 수 있다. 호메로스의 《일리아드》는 트로이 전쟁이라는 역사적 사건을 구체적으로 서술한다. 그러나 오랜 세월 구전되다가 기원전 8세기경에야 문자로 기록되었다. 청동기 시대에 그 지역에 분쟁이 발생했다는 일부 역사적 증거가 있지만 세월이 지나면서 세부사항이 부풀려진 것은 확실하고 우리는 얼마나 많은 정보가 사라졌는지조차 알 수 없다.

구술 역사는 세부사항이 생략되거나 보충되면서 잘못 해석되기도 하고, 사람이 배우고 암기하는 과정에서 오류가 생길 여지가 많다. 문자 기록은 더 오래 보존할 수 있다. 물론 이것이 내용의 질이나 진실성을 보장하지는 않지만, 처음 기록된 내용을 보존하기는 더 쉽다. 그래서 1900년대 중반에 발견된 사해문서가 그토록 큰 의미를 지니는 것이다. 이 기록은 구약성서의 내용이 그동안 거의 변질되지 않았음을 입증했다. 그러나 문자 기록은 실수나 수정의 여지가 더 적지만 그 가능성을 완전히 배제할 수는 없다. 문자 기록도 시간이 흐르면 재기록, 재해석, 재편집될 수 있다.

1차 자료는 역사 사건을 직접 목격한 사람의 증언이나 적어도 그 사건이 일어난 시기 또는 가까운 시일 내에 기록된 자료다. 그러나 그렇다고 해서 완벽한 자료는 아니다. 인간의 기억은 실제 일어난 일을 변형해서 저장하는 것으로 악명이 높고, 인간의 뇌는 일어나지 않은 일이 일어났다고 비교적 쉽게 설득당하기도 한다. 다만 1차 자료는 적어도 사건이 일어난 당시의 주관적인 통찰은 제공할 수 있다. 작가가 창조한 세계의 역사가 어떻게 기억되는가는 그 세계에 수명이 수천 년에 달하는 종이 있는지에 따라 달라질 수도 있다. 그런 종이 있다면 과거의 진실이 정확하게 기록되도록 도울 수 있다. 과학기술은 우리가 과거 기록을 수집하고 저장하고 재생하는 방식을 바꾸었다. 오늘날 인터넷의 발달로 더 많은 일상이 후대를 위한 기록으로 남는다. 오늘날 우리는 그 어느 때보다도 현재뿐 아니라 과거에 관한 정보도 더 많이 소비한다. 그 어느 때보다도 세계가 더 투명해졌기 때문이다. 역설적이게도 인터넷은 엄청난 양의 거짓 정보도 양산한다. 진실은 거의 언제나 엄청난 양의 거짓에 가려진다.

돈트노드가 2013년에 출시한 게임 〈리멤버 미〉에는 기억을 바꾸거나 지우는 과학기술이 등장한다. 그래서 자신이 비극을 겪었다고 믿거나 연애 중이라고 믿거나 일어나지 않은 일을 목격했다고 사람들을 세뇌할 수 있다. J. K. 롤링의 《해리 포터》 시리즈에는 펜시브라는 마법 도구가 등장하는데, 사람들은 이 도구에 자신의 기억을 저장할 수 있다. 그런데 《해리 포터와 혼혈 왕자》에서 독자는 그렇게 저장된 기억이 조작될 수 있다는 것을 알게 된다. 이런 것들은 모두 세계관 구축에서 역사 기록의 신뢰성이라는 관점에서 흥미로운 역할을 한다. 작가도 이런 장치들을 활용해서 등장인물과 독자에게 세계의 역사에 관한 거짓된 인식을 심을 수 있을 것이다. 이것은 브랜던 샌더슨이 쓴 소설들의 대표적인 특징이기도 하다. 그의 소설에서는 사람들이 알고 있던 역사가 틀렸거나 진짜 역사가 은폐되거나 변질되거나 소실된다.

누가 역사를 기록하는가는 역사를 기록하는 방식만큼이나 중요하다. 김정일이 산꼭대기에서 태어났다는 것을 아는 사람이 얼마나 될까? 그가 탄생하자 제비가 환호했고, 그가 출생하던 순간에 별이 밤하늘을 밝혔고, 겨울이 봄이 되었으며, 무지개 두 개가 나란히 하늘을 수놓았다고 한다. '우리의 위대한 수령님'의 말씀에 따르면 그런 일이 있었다.

민족, 국가, 집단마다 그 나름의 선입견이 있다. 자신들의 이익을 위해 특정 이념을 장려하거나 억압하기도 한다. 색슨족은 바이킹족이 현재 영국 린디스판Lindisfarne에 해당하는 지역을 793차례나 약탈했다고 기록했는데, 이 기록에는 바이킹이 "하늘을 나는 사나운 드래곤(과 함께)⋯ 비통할 정도로 큰 피해를 입혔다"고 밝히면서 그들을 악마에까지 비유했다. 바이킹족은 색슨족의 언어를 쓰지 않았고, 색슨족이 인정하지 않는 옷차림을 했고, 이교 신을 숭배하는 데다 색슨족은 폭력을 당하는 쪽이었으므로 색슨족이 바이킹족을 나쁘게 묘사한 것도 당연하다.

작가가 창조한 세계에서도 서로 다른 문화, 서로 다른 민족은 동일한 역사적 사건에 대해, 그것이 자신들에게 미친 영향에 따라 서로 다르게 이해하고 해석할 것이다. 정복자가 그들에게 '위대한' 인물인가, 아니면 '끔찍한' 인물인가? 전쟁이 영예로운 모험이었는가, 아니면 민족적 비극이었는가?

역사의 진실은 언제나 새로 쓰인다

⚡

역사 기록은 시간이 지날수록 원래의 내용이 점차 추상화되기 마련이다. 아주 구체적으로 잘 기록된 사건도 그 사건에 대한 우리의 이해에 오류, 신화, 거짓, 오해 등이 천천히 스며든다. 제2차 세계대전이 발발한 지 80년밖에 되지 않았지만 나치 군대가 마지노선을 우회해서 행진할 것을 프랑스가 전혀 예상하지 못했다는 믿음은 오늘날에도 유지되고 있다. 진실은 마지노선의 역할 자체가 독일군이 벨기에를 통과하도록 만들어서 프랑스가 시간을 벌게 하는 것이었고, 실제로 그 역할을 제대로 수행했다는 것이다. 실패한 것은 마지노선 이외의 전략들이었다.

그러나 역사의 추상화는 단순히 기록하는 사람의 선입견이나 기록하는 방식의 결함상 시간이 흐르면서 나타나는 불가피한 현상인 것만은 아니다. 인간은 본질적으로 사실을 기록하기만 하기보다는 왜 그런 일이 벌어졌는지 설명하는 데 더 관심이 많다. 그래서 자연재해가 종종 신들이 개입해서 벌어진 일이라는 신화적인 해석으로 탈바꿈하는 것이다. 사람들은 불완전한 정보로 답을 도출하는 경향이 있을 뿐 아니라 그중에서도 가장 단순한 답은 제일 먼저 배제한다.

작가가 창조한 세계에는 어떤 민족 서사가 전해지는가?

⚡

역사는 우리의 자아관, 국가관, 그리고 우리가 주변의 사람과 사물을 이해하는 법과 밀접한 관련이 있다. 우리의 정치는 우리의 역사 해석에 영향을 미친다. 백인과 흑인은 미국의 혁명 시기를 완전히 다른 시선으로 바라보고 받아들일 것이다. 예컨대 그 시기는 백인에게는 자유를 위한 투쟁, 흑인에게는 노예제 국가의 독립을 위한 투쟁으로 인식된다.

이런 경향은 우리의 정치 영역에 들어온 지 얼마 되지 않은 사건에서 더 강하게 나타난다. 미국의 식민지 시대가 현재 미국인의 삶에 큰 영향을 미쳤다는 데는 별 이견이 없겠지만 냉전 시대가 미국인의 정치적·경제적 사고방식에 더 큰 영향을 미친 것처럼 보일 것이다. 그것은 현재 생존해 있는 많은 사람, 그중에서도 특히 유권자와 권력자는 소비에트연방의 몰락, 베트남전쟁, 심지어 쿠바 미사일 위기 등 냉전 시대의 주요 사건들을 모두 지켜봤기 때문이다. 그들에게는 그런 사건과 경험이 훨씬 더 친숙하고 그래서 그런 것들이 투표에 반영된다.

이것이 내가 요정과 난쟁이의 관계와 같은 고대의 원한을 강조하는 것이 어설픈 세계관 구축이라고 생각하는 이유 중 하나다. 그렇게 오래전에 일어난 일이 문화적 의식을 그렇게까지 장악하고, 지속적으로 개인의 사적인 감정과 행동에 투영된다는 것을 좀처럼 믿기가 어렵다. 게다가 지속적인 적대 관계의 근원이 몇백 년 동안 반복되고 지속된 갈등의 패턴이 아니라 단 하나의 사건이라는 것은 더더욱 믿기 힘들다. 대사건이 우리 사회를 떠받드는 지지대에서 큰 부분을 차지할 수는 있다 해도 사람들이 그런 고대의 사건을 개인적인 것으로 받아들이는 경우는 드물다.

다만 종교는 예외다. 한 사람이 그 사람의 일생을 넘어서는 사건 및 사람들과 내밀하게 연결되는 것이 종교다. 종교는 특정 역사 사건의 중요성을 보존하고 과거와 현재를 관통하는 흐름을 만들고 유지하려고 노력한다.

또 다른 예외는 세대 간 외상generational trauma이다. 이것은 역사 사건이 '개인에게' 미친 충격이 세대를 초월해 후대에도 계속해서 영향을 미치는 것이다. 노예제의 유산과 홀로코스트의 유산은 그 생존자들의 후손들도 아주 사적인 것으로 느낀다. 한 유대인 친구는 내게 이렇게 설명한 적이 있다.

제노사이드라는 개념 없이 자라는 사치를 누린 유럽의 많은 중산층 아이들과 달리 나는 내가 홀로코스트에 대해 알게 된 것이 몇 살 때였는지 정말로 모른다. 가끔은 내가 그런 지식을 타고난 것처럼 느껴진다.

이런 사건은 공동체 전체의 문화적 정체성을 빼앗고, 가족의 유대감을 파괴하고, 그 사건을 당한 사람들을 회복 불가능할 정도로 변화시킨다. 역사 사건의 결과는 매우 개인적이고 근본적인 방식으로 보존된다. 심지어 그 자리에서 그 사건을 직접 경험하지 않은 개인에게도 그 흔적이 남는다. 자신의 역사를 잃어버렸다는 상실감 그리고 영원히 사라지거나 변해버린 공동체에 대한 향수에 얽매인 개인은 자신이 살면서 직접 겪은 사건보다 그 역사 사건을 더 생생하게 느끼고, 그 역사 사건에 더 영향을 받는다. 세대 간 외상이 사람들이 역사와 맺는 관계, 현재와 맺는 관계를 생각해볼 필요가 있다. 세대 간 외상은 사람들이 세계를 이해하는 방식에 영향을 미친다.

아마도 가장 중요한 역사 서사 유형은 민족 서사일 것이다. 고대 로마의 초기 역사는 북쪽의 사비니족과 벌인 전쟁에서 출발한다. 아마도 부족 간 국경 분쟁이 원인이었을 것이다. 그러나 로마는 언제나 자신들의 번영과 승리가 신의 뜻이라는 민족 서사를 고수했다. 고대 로마의 건국사에서는 로물루스가 전쟁의 신 마르스의 아들로 나오며, 사비니족과의 전쟁에 신들의 왕 조피터가 로마의 편에 섰기 때문에 로마가 승리한 것이라고 설명한다. 사비니족과의 전쟁 기록은 단순히 시간이 흐르면서, 또는 누군가의 실수로 변경된 것이 아니라 로마인들이 서로에게 들려준 민족 서사에 의해 변경되었다.

미국은 '최초의 진정한 민주주의 국가', 제국의 사슬을 끊고, 지구에서 가장 자유로운 국가로서 세계를 이끄는 국가라는 민족 서사를 고수한다. 이 서사의 진실성은 의심스럽지만 정치 도구로서, 문화적 통합의 구심점으로서 여전히 강력히 작동한다. 이 서사는 미국인의 투표 행위에, 다른 나라 사람들이 그 투표를 바라보는 관점에 영향을 미친다. 많은 미국인이 의심의 여지 없이 그 서사를 자아관에 끼워 넣으며, 그로 인해 자원입대 등 특정 행위를 하고 특정 방식으로 살아간다.

이런 의미에서 민족 서사는 개인과 과거를 하나로 엮는 연결고리를 만들어내는 종교 경험과 유사한 역할을 한다. 현재의 개인은 문화를 통해 과거 사람들과 유대감을 느낀다. 과거 사람들에게 해가 되는 것은 우리에게도 해가 되며, 그들의 승리는 곧 우리의 승리다. 민족 서사가 '우리'와 '그들'을 구별함으로써 특정 사람들을 공격하는 무기로 활용되는 부정적인 측면도 있다는 점에 주목할 필요가 있다.

세계관을 구축하는 작가에게 중요한 질문은 이것이다. 작가가 창조한 세계의 문화에는 어떤 민족 서사가 전해지는가? 그 역사는 등장인물의 자아정체성과 어떤 식으로 연결되는가?

①

창조한 세계에서 중요하다고 생각하는 요소에서 시작해서 확장해나가라.

②

대사건을 중심으로 구축한 세계관은 정적이고 평면적으로 느껴질 수 있다. 단 하나의 순간, 사람, 사건이 세계 전체를 규정하기 때문이다. 어떤 세계도 결코 그렇게 단순하지 않다.

③

세계의 역사를 만들 때는 정치, 종교, 과학기술, 지리학, 문화, 경제 등 여러 렌즈로 들여다보자. 그런 다음 이런 다양한 측면을 연결하는 다채로운 사건들의 원인과 결과를 파악하자.

④

역사 기록은 수정되거나 조작되거나 포장될 수 있다. 따라서 언제나 신뢰할 수 있는 것은 아니다. 이런 점이 작가가 창조한 세계의 역사와 어떤 관련이 있는지 생각해보자. 또한 실제로 일어난 사건과 사람들이 일어났다고 생각하는 사건이 어떻게 다를 수 있을지 생각해보자. 이때 과학기술과 마법을 활용하면 아주 흥미진진한 이야기가 나올 수 있다.

⑤

역사는 자아관·국가관과 밀접한 관계에 있다. 최근의 사건일수록 개인에게 정치적으로 더 큰 영향력을 행사한다. 다만 종교 경험과 세대 간 외상은 예외다. 민족 서사는 역사에 대한 이해를 왜곡할 수 있다.

3장

완벽한 군주는 누구인가?

대니얼 B. 그린 　　　　　　　　Daniel B. Greene
《반군의 신조》 　　　　　　　　Rebel's Creed

로버트 조던 　　　　　　　　　Robert Jordan
《시간의 수레바퀴》 　　　　　　The Wheel of Time

마이클 디마르티노 　　　　　　Michael DiMartino
브라이언 코니에츠코 　　　　　Bryan Konietzko
〈아바타: 아앙의 전설〉 　　　　Avatar: The Last Airbender

바이오웨어 　　　　　　　　　BioWare
〈드래곤 에이지: 인퀴지션〉 　　Dragon Age: Inquisition

브랜던 샌더슨 　　　　　　　　Brandon Sanderson
《왕의 길》 　　　　　　　　　　The Way of Kings

아이작 아시모프 　　　　　　　Isaac Asimov
《파운데이션》 　　　　　　　　Foundation

조지 R. R. 마틴 　　　　　　　George R. R. Martin
《얼음과 불의 노래》 시리즈 　　A Song of Ice and Fire

프랭크 허버트 　　　　　　　　Frank Herbert
《듄》 　　　　　　　　　　　　Dune

연못에 누워 있는 이상한 여자들이 검을 나눠 주는 것이 정부 체제의 근간이 될 수는 없겠지만, 만약 그런 곳이 있다면? 이 장에서는 군주제를 유형, 헌법주의, 법률상 권력 대 사실상 권력, 3C(소통Communication, 통제Control, 상업Commercial), 궁정, 몰락의 이유, 좋은 왕이 있다고 해서 반드시 좋은 왕국이 아닌 이유, 이렇게 일곱 개 주제로 나눠서 살펴보겠다.

물려받을까, 빼앗을까? 군주제의 유형

ϟ

군주제는 크게 보면 경제적·정치적·문화적·환경적 측면에서 두 가지 유형으로 나눌 수 있다. 세습 군주제succession monarchies와 선출 군주제elective monarchies다. 세습 군주제는 현 군주의 혈육이나 선대 군주의 혈육이 왕위를 계승한다. 왕위 계승 방식은 다양하지만 아마도 장자가 모든 것을 물려받는 부계 장자 상속제가 가장 익숙할 것이다. 완전한 목록은 아니지만 시대나 장소에 따라 그 적용 빈도는 차이가 있어도 최소한 한 번은 적용된 적이 있다고 확인되거나 추측되는 계승 방식의 목록은 다음과 같다.

- **부계 우선제**   군주의 어린 남형제가 군주의 자녀보다 우선 계승자다.

- **모계 장녀 상속제**   장녀가 아들을 포함한 다른 모든 자녀 중에서 제1순위 계승자다.

- **말자 상속제**   모든 자녀 중 막내가 제1순위 계승자다.

- **혈육 근접성**   족보상 군주와 가장 가까운 혈육이 왕위를 계승한다.

- **시험 상속제**   정해진 시험에서 끝까지 살아남은 자가 왕위를 계승한다.

- **분할 상속제**   주권을 상속자끼리 나눠서 물려받는다. 다만 그 비율이 반드시 동일하지는 않다.

- **배우자 상속제**   군주의 자녀보다 군주의 배우자가 우선 계승자다.

- **순환 주권제**   남자 형제가 나이순에 따라 순서대로 왕위를 계승한 뒤 다시 장남의 아들 중 장자가 왕위를 계승한다.

    수천 년에 걸쳐 수천 개의 왕국, 민족국가, 제국을 지배한 수천 개의 왕가에서는 왕위 계승 방식이 조금씩 변형되어 적용되었다. 그런데 어떤 왕가가 여러 계승 방식 중에서도 특히 한 가지를 채택하게 된 환경과 조건에 대해 생각해볼 필요가 있다.

    일본의 어떤 지역에서는 에도 시대에 부계 말자 상속제를 도입했다. 일본에서는 노인을 공경하는 것이 문화적 규범이고 상대적으로 나이가 많은 자녀들은 먼저 자립할 기회가 많으므로 결국 고향에 남아 노인을 부양하는 것은 가장 어린 자녀일 것이라고 생각한 것이다. 그래서 가문의 재산을 가장 어린 자녀가 물려받았다. 인도네시아 서수마트라의 미낭카바우Minangkabau 사회는 전 세계에 존재하는 소수의 모계사회 중에서도 특히 눈에 띈다. 이 사회가 어떻게 모계사회가 되었는지는 다소 수수께끼로 남아 있다. 복잡한 이야기들이 설화의 형태로 전해 내려오지만 인류학자 페기 리브스 박사는 미낭카바우가 모계사회가 된 것은 이 사회가 '양육'과 '성장'을 특히 강조한 데서 비롯되었다고 주장했다.

> 서구에서는 남자의 지배와 경쟁을 추앙하지만 미낭카바우는 어머니 여왕 신과 협력을 추앙한다.[17]

문화와 종교는 우리 사회의 권력 구조를 형성하고 정당화한다. 로버트 조던의 《시간의 수레바퀴》는 젠더와 권력을 탐구한 작품으로 규정할 수 있다. 《시간의 수레바퀴》의 세계에서는 오직 여자만이 안전하게 마법을 부릴 수 있고, 그 결과 여자가 권력, 지혜, 영향력 있는 지위를 거의 독차지한다. 안도르왕국은 건국 이후 현재까지 오직 여자만이 통치했고, 그 세계에서 최고 지위인 아미를린좌에는 여성 마법사만이 오를 수 있다. 조던이 만들어낸 세계의 마법 체계와 독특한 역학 관계는 그 세계의 군주제 운영 방식을 결정한다. 또한 사람들이 군주제를 바라보는 시각에도 영향을 미쳐서, 그 세계에서는 군주제를 남성의 우월성을 반영하는 체제가 아니라 여성의 지혜에 의존하는 체제로 여긴다. 현실 세계는 여왕을 왕위 세습을 위한 최후의 수단으로 보는 등 여왕에 대한 선입견을 가지고 있지만 조던의 세계가 보여주는 왕위 계승 문화에서는 여왕에 대한 선입견이 전혀 없다. 젠더 역학 관계가 작용하다 보니 '왕'이 강력한 권력을 지니고는 있지만 그 왕이 세계의 최강자라거나 최고의 현자로 여겨지지는 않는다.

선출 군주제는 여러 가지를 의미할 수 있지만, 군주와 군주의 '선출자들'이 맺은 계약과 유사한 일종의 합의가 존재해야 한다. 선출자들은 귀족일 수도 있고, 아마도 그들 또한 왕위 계승 후보일 수도 있고, 아주 드물지만 평민일 수도 있다. 현실 세계에서는 아마도 바티칸이 가장 유명한 예일 것이다. 서기 1061년부터 교황은 공식적으로 추기경들의 투표로 선출된다.

선출 군주제라고 해서 무조건 세습과 무관한 것은 아니다. 폴란드-리투아니아연합왕국은 20세기 선거 혁명이 일어나기 전까지는 고대 그리스와 어깨를 나란히 할 정도로 민주적인 국가 중 하나였다. 연합왕국의 군주는 선출되었고, 군주가 죽으면 왕들의 회의가 소집되었다. 그런데 '이론적으로는' 모든 선출자가 군주가 될 자격이 있었지만, 바사 가문 출신이 연이어 군주로 선출되었다. 나머지 군주들 중에도 바사 가문의 먼 친척뻘이 몇 명 있었다. 많은 선출 군주제에서는 혈육 관계가 군주 자리를 보장하지는 못해도 유리한 조건이기는 하다. 마찬가지로 상대적으로 가난한 귀족에 비해 세력이 강한 부유한 왕족은 선거 중에 투표에 영향력을 행사할 수 있었고, 따라서 힘이 약한 귀족은 절대로 왕위에 오를 수 없었다.

역사상 진정한 의미에서의 선출 군주제는 오래가지 않았다. 권력 승계 과정에서 내부 분쟁, 불확실성, 그리고 지배 가문의 권력 집중화가 모두 군주제의 몰락으로 이어졌다. 많은 세습 군주제가 선출 군주제로 시작했다가 지배 가문이 권력과 부를 충분히 축적하면 세습 군주제로 돌아섰다. 신성 로마 제국은 군주를 선출했지만, 황제는 거의 언제나 합스부르크 가문 출신이었다. 합스부르크 가문의 힘이 나머지 선출자들을 압도할 정도로 강력했기 때문이다. 1438년부터 1740년까지 합스부르크 가문은 신성 로마 제국의 사실상 세습 군주로 군림했다. 시간이 지나면서 선출 기구는 '허수아비'가 되었다.

세계관 구축과 관련해서 당신이 생각해봐야 할 더 중요한 질문은 이것이다. 무엇이 당신 세계의 선출 군주제가 세습 군주제로 전락하는 것을 막는가? 충분히 강력한 법률적·헌법적 방어 장치, 그리고 부당한 왕위 계승에 이의를 제기할 수 있는 권리를 강조하는 문화 등이 군주와의 혈연이 선출에 유리한 조건이 되는 것을 막는 구조적 지지대 역할을 할 것이다. 당신의 왕국은 지배 가문이나 군주가 자신의 지위를 이용해 다음 선거에서 선출 또는 재선출되는 것을 어떻게 방지하는가? 근대 자유민주주의에서는 제도적으로 모든 국민의 투표권을 보호하고, 경쟁을 억압하는 행위를 범죄로 규정하고, 권력을 쥔 사람들이 그 권력으로 이익을 도모하는 것을 막고 있다.

'누구'에게 선거권이 있고 누구에게 피선거권이 있는지도 잘 생각해볼 필요가 있다. 선출 군주제는, 심지어 근대 민주주의 체제에서도 그 자격에 대개 연령, 성별, 종교, 이데올로기, 경험

등의 조건을 정해두었다. 작가가 창조한 세계의 문화 또한 그 세계에서 군주와 선출자의 자격을 정하는 조건에 반영될 것이다. 판타지 장르에서는 전통적으로 왕 또는 여왕이 될 후계자가 명예로울 것과 전쟁 경험이 있을 것을 요구하곤 한다. 전쟁 경험을 왕위 계승 조건으로 내세우는 선출 군주제는 쉽게 상상할 수 있을 것이다. 또는 교회와 국가가 긴밀하게 연결된 세계라면, 단순히 투표권만 행사하려고 해도 반드시 정해진 종교적 시험을 통과해야 할 수도 있다. 아마도 오랜 무술 전통이 있는 국가라면 왕위 계승 후보자는 무술 실력을 검증받아야 할 수도 있다. 이를테면 헝거 게임과 같은 방식도 가능할 것이다. 달라이 라마는 티베트 불교의 영성 지도자다. 군주라고 하기는 어렵지만 그래도 여전히 지도자다. 달라이 라마는 일련의 시험을 거친 아이들 중에서 선택된다. 여기에는 환생, 영혼의 본질, 지도자의 정치적 역할에 관한 티베트의 문화적 가치관이 특히 영향을 미쳤다. 아마도 작가가 창조한 세계에서도 선출자 또한 왕위 계승 후보에게 유사한 관습을 적용할 수 있을 것이다.

　세습 군주제인지 선출 군주제인지는 또한 잠재적 갈등의 씨앗과도 연결된다. 절대 강자가 없어서 수많은 부족, 가족, 가문이 끊임없이 권력에 대한 야욕을 드러내는 곳에서는 선출 군주제가 영토 분쟁을 막는 수단이 된다. 세습 군주제는 논란의 여지가 없는 명확한 세습 계보를 만들어서 가족 내지는 가문 내부의 갈등을 최소화하는 방법이다.

군주라고 늘 절대권력을 휘두르는 것은 아니다

⚡

헌법은 군주, 그리고 그 군주의 권력에 제한을 가하는 나머지 집단 간 공식적·비공식적인 법적 합의를 도출한다. 군주의 권력이 얼마나 제한되는지는 전적으로 작가가 구축하는 세계관에 따라 달라진다. 거의 무소불위에 가까운 권력을 행사하는 군주부터 단순히 의례 행사의 상징적인 대표에 불과한 군주까지, 군주의 권력 스펙트럼은 넓다. 오늘날의 입헌군주제의 확립은 종종 인민 생활 수준의 향상, 상인 계급의 부상, 소작농 계급의 축소와 나란히 진행되었다. 교육 수준이 높은 국민은 더 큰 목소리를 내고자 하고, 그런 욕구가 반영된 것이 헌법이다.

그러나 이것은 근대적인 맥락에서 말하는 헌법주의다. 선출 군주제도 왕위 계승자를 지명할 군주의 권리를 제한하며 비공식적으로는 투표를 통해 군주의 책임을 묻는다는 점에서 일종의 헌법주의라고 할 수 있다. 1217년 〈권리장전〉과 같은 공식적인 합의의 초기 사례는 소작농부터 귀족에 이르기까지 여러 집단이 권리와 특권을 두고 싸운 오랜 역사를 대변한다.

작가가 창조한 사회에서 군주의 권력을 제한하는 사회적·정치적 원칙은 무엇인가? 1688년 영국 명예혁명은 열렬한 가톨릭교 신자였던 군주 제임스 국왕의 권력을 제한하려는 청교도들이 주도한 측면이 있다. 이 혁명으로 "(청교도들이) 자신의 조건에 따라 방어를 위한 무장"을 할 헌법적 권리와 군주의 종교를 받아들이지 않는 사람들을 처벌하는 종교재판소 설립을 막는 근거가 되는 헌법적 권리가 명시되었다.

작가가 창조한 사회에서는 어떤 권력이 중요한가? 우리는 헌법이라고 하면 재판받을 권리, 세금, 투표권 등을 떠올린다. 이것은 전형적인 소극적 권리지만 작가가 창조한 세계의 헌법이 반드시 현실 세계의 헌법을 따를 필요는 없다. 1905년 러시아 혁명의 결과로 러시아 제국의 황제가 발표한 '10월 선언'은 조합 설립권과 시위권을 국민의 신성한 권리로 인정했다. 이 권리가 중요한 헌법 요소로 꼽힌 이유는 순전히 러시아라는 국가의 척박한 경제적 환경과 공산주의자와의 정치적 긴장 때문이었다. 다른 나라 헌법에서는 이런 권리가 명시되는 경우가 드물며, 작가가 창조한 사회도 그 사회의 특수한 문화적·역사적 맥락에서 생겨난 권력과 권리가 있을 것이다. 작품 속 세계에 공동체 전체가 겨울에 살아남는 데 꼭 필요한 특수한 자원이 존재한다면, 그런 자원에 대한 권리가 헌법상 신성한 권리로 보장될 것이다. 마녀사냥 시대를 경험했다면 마녀에게 이동의 자유를 보장하는 문구가 들어 있을 수도 있다. 현실 세계의 헌법이 작품 속 세계에도 통할 것이라고 넘겨짚지 말자.

허수아비 군주가 되지 않으려면

⚡

군주제 세계를 만들 때는 권력이 법률상 어떻게 분배되어 있는가(법률상 권력) 못지않게 중요한 것이 권력이 사실상 어떻게 분배되어 있는가(사실상 권력)다. 앞서 선출 군주제에서는 모든 선출자가 법률적으로는 동등한 투표권을 행사할 수 있지만 사실상 특정 가문이 더 많은 영향력을 행사할 수 있음을 살펴보았다.

조지 R. R. 마틴의 《얼음과 불의 노래》 시리즈에서 펜토스의 대공은 법적으로 선출된 군주지만 그 도시의 실질적인 권력은 행정관이라 불리는 소수의 귀족 집단이 쥐고 있다. 펜토스를 실제로 지배하는 것은 군주가 아닌 귀족이다. 앞서 일부 선출 군주제에서는 선출자들이 특정 가문의 '허수아비'가 되기도 한다고 말했는데, 이 경우는 그런 역학 관계가 완전히 뒤집혔다고 생각하면 된다.

때로는 선출자들이 선출 군주제를 유지하고 싶어 하기도 한다. 그 제도가 유지되는 한 오히려 펜토스의 행정관들처럼 자신들이 더 많은 권력을 휘두를 수 있기 때문이다. 세습 군주제가 들어서면 선출자들을 아예 없앨 수도 있으므로 펜토스의 행정관들은 오히려 펜토스 대공을 제거하려는 세력을 막으려고 최선을 다한다. 1870년부터 1947년까지 일본 제국의 정치 체제는 천황을 비롯해 서너 가문이 권력을 나누어 가진 귀족 과두제였다. 펜토스의 정치 체제와 유사했다. 천황을 모시는 귀족들은 이론적으로는 그를 없앨 수 있었지만 자신들의 반대파가 권력을 넘보지 못하도록 천황이 계속 권력을 유지하기를 원했다. 새로운 군주가 왕좌에 오르거나 민주주의 체제로 전환한다면 자신들의 정치적 영향력이 줄어들 것임을 알았기 때문이다. 〈아바타: 아앙의 전설〉 속 흙의 왕국에서는 흙의 왕이 공식적인 통치자지만 실세는 장관들인 관료제 국가다. 수십 년 동안 장관들은 군주를 정치로 손을 더럽혀서는 안 되는 '문화적 상징'으로 포장하면서 사실상 천천히 군주의 권력을 잠식했다.

선출 군주제든 세습 군주제든 강력한 이해관계자들이 존재하며, 그들은 자신의 권력은 유지한 채 군주의 사실상 권력을 축소하려고 애쓴다. 통치자, 피통치자, 선출자, 피선출자 간 역학관계가 생각만큼 단순하지 않다는 것이 중요하고, 따라서 작품 속 사회에서는 그 관계가 어떤 모습인지를 정확하게 정해둘 필요가 있다.

사실상 권력과 법률상 권력을 여러 집단에 분배함으로써 여러 정부 체제를 합치거나 공존하게 하면 작품 속 세계를 한층 더 복잡하게 만들 수 있다. 로마 제국이 절대군주제였다고 말하기도 하지만 실제로는 누가 황제 자리에 오를 수 있는지, 어떤 법을 통과시키고 집행할지에 대해 장군들이 상당한 영향력을 행사한 군정에 가까웠다. 군주는 누구를 편애하고 누구를 적대시하는가? 누구를 두려워하는가? 누구에게 1차적인 책임을 지는가? 답은 세계의 사회구조 및 경제 체제과 밀접한 관련이 있다. 바이오웨어에서 2014년에 출시한 게임 〈드래곤 에이지: 인퀴지션〉에 나오는 테빈터 제국을 아르콘을 세습 군주로 모시는 국가로 볼 수도 있지만, 사회 전체를 보면 엘프가 열등한 인종으로 취급받는 엄격한 인종 계급체계가 적용된다. 또한 사회에서 누가 권력, 부, 지휘권을 갖는지를 규정하는 마법 위계질서가 존재하며, 노예 기반 경제이기도 하다. 아르콘이 이 제국의 법적 수장인지는 몰라도, 노동 인력·자원·부는 다른 인간 마법사 집단이 통제한다. 그 결과 마법사들이 도시 전체, 더 나아가 군주를 좌지우지하는 마법사-군주제가 탄생했다.

　　공산주의 사회·정치구조에서는 통치자가 노동조합이나 노동 계급의 대표자와 긴밀한 협력 관계에 있을 것이다. 자본주의 경제라면 일반인보다는 대기업이나 기업의 회장이 군주와 사회에 더 큰 영향력을 행사할 것이다. 군주가 사회의 중심인 경우라 하더라도 사회의 노동 인력, 부, 자원, 사회적 자본은 어떤 식으로 조직되고 분배되는가? 이런 것들이 각각 누가 진짜 권력자인가를 결정하는 데 관여한다.

　　군주나 정부가 절대권력을 쥐고 있다고 하더라도 통치자는 군대, 교회, 장관 등 자신의 권력을 지지하는 집단에게 책임을 져야 한다.《얼음과 불의 노래》시리즈에서 미친 왕 아에리스 2세는 법적으로는 절대군주에 가깝지만, 그의 권력은 타이윈 라니스터의 손에 달려 있었다. 타이윈 라니스터가 돈, 노동력, 자원을 관리했고, 그가 정치 공작을 펼치면서 귀족을 잘 다룬 덕분에 아에리스 2세의 권력이 유지되고 있었기 때문이다. 타이윈 라니스터가 편을 바꾸자 아에리스 2세의 통치도 끝난다. 이때 타이윈 라니스터 어느 순간에 이르면 아에리스 2세를 지지하는 대신 아에리스 2세의 반대편에 섬으로써 얻을 것이 더 많도록 상황이 변화했다는 사실을 깨닫게 된다는 점에 주목할 필요가 있다. 이것이 군주가 늘 신경 써야 하는 문제이며, 신경 쓰지 않는 순간 그 군주는 몰락한다.

　　헌법이 없더라도 군주는 그 군주를 지지하고 그 군주의 권력 유지의 핵심 축을 담당하는 집단의 욕망, 동기, 관습, 문화에 영향을 받을 수밖에 없다.

몽골 제국은 어떻게 세계를 지배했을까?

⚡

    이들 요소에 대해서는 《작가를 위한 세계관 구축법》 1권에서 여러 장에 걸쳐 살펴보았다. 그러나 이 세 가지는 군주제에서 몇 가지 특수한 방식으로 작용하므로 한 번 살펴볼 필요가 있다.

    통신은 정보가 중앙 당국에서 지방으로, 지방에서 중앙 당국으로 전달되는 체계를 말한다. 더 빨리, 더 자세히 전달될수록 군주가 자신의 영토에 단독으로 통제력을 행사하기가 더 쉬워진다. 전근대적인 환경을 배경으로 삼았다면 군주가 어떤 어려움에 직면하는지가 명백하다. 역사적으로 일부 군주는 영토 전체를 돌아다니는 순회 궁정을 운영했다. 신성 로마 제국의 하인리히 6세는 1193년에 영토 내 백성들의 충성심을 확인하고 통제를 강화하기 위해 4000킬로미터 이상을 이동했다. 군주가 자신의 존재가 가장 필요한 곳에 늘 갈 수만 있다면 통신은 큰 문제가 되지 않는다.

    몽골 제국의 두 번째 황제 오고타이 칸Ogotai Khan은 1200년대 초 오르투 교신망을 구축하는 데 많은 공을 들였다. 오르투 교신망은 광활한 왕국을 이동하는 전령이 매일 30~50킬로미터는 거뜬히 갈 수 있도록 마구간과 숙박 시설을 겸한 역참 시스템을 말한다. 이 덕분에 몽골 군대의 효율성이 크게 향상되었을 뿐 아니라 제국 전역의 무역이 활성화되고 황제의 권력이 강화되었다.

    브랜던 샌더슨의 《왕의 길》에서는 통신의 어려움을 스팬리드라는 마법으로 극복한다. 많은 양의 정보를 멀리 떨어진 곳에 비교적 빠르게 전송하는 방법으로, 전보와 비슷하다. 왕족들은 최전선에서 거의 모든 시간을 보내면서도 멀리 떨어진 자신의 영토에 대해서도 비교적 직접적으로 통제권을 행사할 수 있다.

아이작 아시모프의 《파운데이션》 시리즈는 2,500만 행성을 거느린 강력한 은하 제국의 쇠퇴기를 배경으로 삼고 있다. 이 이야기는 바깥쪽의 행성들이 제국으로부터 점차 독립하는 상황을 강조한다. 협정상으로는 황제의 법적 권위를 인정하고 있다 하더라도 황가에 대한 실질적인 의무가 없으며, 황가에 대한 의무를 위반해도 특별한 제재를 받지도 않는다. 요컨대 공식적인 명칭을 제외하면 독립국이나 마찬가지다. 또한 아시모프는 수도 행성 트랜터와의 통신 속도가 엄청나게 느리다는 점을 강조한다. 그래서 황제가 은하 변두리에까지 자신의 의지를 관철시키기가 굉장히 어렵다. 이 모든 것이 제국의 몰락에 기여한다.

민족 정체성을 중시하는 서로 다른 문화와 인종으로 구성된 국가라면 '왜 사람들이 그 국가에 소속되어 있는가'라는 질문을 통해 중앙 당국이 어느 정도의 통제권을 행사하는지를 가늠할 수 있다. 중앙 당국의 통제권을 유지하는 데 순회 법정이 도움이 될 수 있다. 초기 이집트 제국 궁정은 백성들에게 중앙 권력의 존재를 환기하기 위해서만이 아니라 변두리 지역의 다양한 문화 공동체에 직접적인 통제력을 행사하기 위해 총독 대신 '호루스 신의 법정'이라는 순회 법정 제도를 도입했다. 이런 제도는 황제가 언제든 지역 문제에 직접 개입할 수 있다는 경고장 역할을 했다.

또한 군주는 후원 시스템을 도입해서 귀족의 충성심을 이끌어냈다. 귀족 계급이 돈, 권력, 자원, 지위, 영향력을 확보하려면 왕권에 의존하도록 보상과 처벌을 활용한 것이다. 현실 세계에서는 보상이라고 하면 흔히 작위, 영지, 사업권, 정부 관직 등이 떠오를 것이다. 청나라는 황제를 잘 보위한 신하에게 중국 신화 및 종교에서 복합적이고 중요한 상징물인 공작 깃털의 착용권을 하사했다. 엘리자베스 1세는 귀족이 서로 암투를 벌이도록 후원 시스템을 교활하게 잘 운용한 것으로 유명하다. 그 결과 그 어떤 귀족도 여왕의 권위를 넘보거나 거스를 정도로 세력을 얻지 못했다. 또한 혜택을 적절히 배분해 충성을 유도했다. 권력이 토지에서 나오는 시대였던 터라 엘리자베스 1세는 신하들에게 토지를 빌려주기만 하고 소유권은 넘기지 않음으로써 왕권을 유지했다. 이와 대조적으로 아시모프의《파운데이션》시리즈에서는 황제가 행성 전체와 그 행성의 통치권을 귀족에게 빌려주지 않고 영원히 귀속시켰다.

세계의 어떤 후원 시스템에 어떤 요소를 도입할지 생각해보자. 아마도 그 세계에서는 특정 자원이 아주 귀중할 수도 있고, 그 자원의 사용권이 큰 보상일 수 있을 것이다. 특별히 지능이 뛰어나거나 성실하거나 힘이 센 종이 있어서 왕권이 그 종을 독점하면서 왕이 특히 아끼는 귀족에게 그 종을 빌려줄 수도 있을 것이다. 군주 자신이 마법의 직접적인 원천일 수도 있다. 그래서 후원 시스템은 군주의 마법력을 충성스러운 신하에게 분배하는 식으로 이루어질 수도 있다.

프랭크 허버트의《듄》에 나오는 은하 제국도 후원 시스템을 통해 권력을 유지한다. 아시모프의《파운데이션》시리즈와 비슷하게 허버트의 《듄》 시리즈에서 황제는 자신에게 충성하는 자에게 토지를 주고 자신을 거스르는 자에게서 토지를 빼앗는다. 아트레이드 가문도 그렇게 제1권 초반에서 아라키스 행성을 하사받는다. 다만 한 가지 중요한 차이점이 있다. 《듄》 속 황제는 특정 우주 이동 기술과 우주 여행에 대한 접근권을 독점한다. 《파운데이션》에서는 귀족이 굳이 황제에게 충성하지 않아도 충분히 자립할 수 있었고 따라서 귀족끼리 경쟁할 이유가 없었다. 반면에 《듄》의 귀족은 영국 엘리자베스 여왕 시대처럼 군주에게 전적으로 의존했다. 모든 후원 시스템의 핵심은 그 사회에서 무엇이 귀한 보상이고, 무엇이 처벌인가라는 질문으로 귀결된다.

특정 물품으로 독점적인 수익을 얻을 권리인 독점권 지급도 이따금 후원 시스템에서 활용된다. 엘리자베스 1세는 새로운 발명품에 독점적인 특허권을 지급함으로써 영국 경제를 잠시 활성화했지만, 곧 특허권이 남발되어 일반적인 것이 되자 다음과 같이 말했다.

"특허권으로 소수가 부자가 되고 다수가 가난해지면서" 1590년대 이미 충분히 가혹한 경제 상황에 악영향을 미쳤고, 엄청난 불만을 낳았다.[18]

그러나 적어도 대다수 사람이 이해하는 의미로서의 '절대군주'라는 관념은 늘 검증되지 않은 신화와 같은 측면이 있다는 점에 주목할 필요가 있다. 군주는 일반적으로 자신이 신뢰하는 사람을 지원하고 자신이 불신하는 사람을 내쳤다. 그러면서 일정 수준의 통제력을 유지하면서도 통신의 필요성을 최소화하기 위해 신뢰할 수 있는 가신에게 권한을 위임했다. 세계관을 구축할 때 작가가 생각해야 할 것은 이런 것들이다. 군주는 자신의 권력 유지와 관련해 누구를 신뢰하고 누구를 불신하는가? 어떤 민주주의적 규범 또는 헌법주의적 규범 또는 권력 구조가 군주의 이런 권력 유지 전략에 걸림돌이 되고, 결과적으로 군주의 권력을 약화하는가?

상업은 국가의 안정성을 유지하는 데 필수적이다. 군주가 경제와 어떤 식으로 상호작용하는지를 살펴보는 것도 흥미로울 수 있다. 상업은 군주의 지위를 강화할 수도 있고 악화할 수도 있다. 금융 중심지가 발달하면서 자본 도시를 군주가 머무는 수도로 삼는 일이 일반적인 일이 되었다. 콘스탄티누스 황제가 수도를 로마에서 콘스탄티노플로 옮긴 것은 단순히 보안 때문이 아니라 로마는 쇠퇴하는 도시인 반면 콘스탄티노플은 흑해 무역으로 부가 몰리는 도시였기 때문이다.

궁정의 필수 요소, 권력 다툼

⚡

《왕좌의 게임》에서 보여준 궁정이 전부가 아니다. 아랍, 아시아, 유럽, 아프리카의 궁정은 각기 다른 관행을 따르고, 다른 역할을 하고, 다른 권력 구조로 운영되었다. 일본 천황의 궁정에는 사이바라催馬樂라는 노래를 연주하는 전통이 있는데, 이것은 과거 교토로 공물을 옮기는 마부들이 부른 노래에서 유래했으며, 당시 공물 운송이 얼마나 중요한 행사였는지를 보여준다. 유럽에서는 공작, 남작, 대공 같은 작위가 세습되는 것이 당연시되지만 청나라에서는 그 작위를 획득한 장본인과 혈연관계가 얼마나 가까운지가 중요했으므로 다음 세대에서는 작위가 강등되기도 했다. 궁정의 전통은 작가가 창조한 세계와는 무관한 역사적 현실에서 나오기도 하므로 1577년 프랑스 궁정의 모습을 책에 그대로 옮겨온다면 그런 설정이 비사실적으로 여겨질 수도 있다. 현실 세계에서 영감을 얻는 것 자체가 잘못된 것은 아니지만 작가가 창조한 이야기의 고유한 맥락에 뿌리를 둔 세계만의 전통을 만들어낼 필요도 있다.

궁정 내 분파들이 권력을 차지하려고 다툼을 벌일 수도 있다. 이런 세력을 흔히 귀족으로 설정하기 쉽지만 역사에는 온갖 다양한 배경의 사람들이 궁정 정치를 펼친 사례로 가득하다. 환관은 오스만 제국, 베트남, 그리고 특히 중국 황궁에서 강력한 권력을 쥔 집단이었다. 심지어 왕위 계승에 관여하기도 하고 스스로 섭정을 하기도 하면서 엄청난 부와 권력을 축적했다. 군사 조직인 근위군은 콘스탄티누스 황제가 해산시키기 전까지 로마 황위 계승에 크게 관여했다. 마찬가지로 이들 분파와 개인이 권력을 추구하는 구체적인 방식도 변할 수 있다. 대니얼 B. 그린의 《반란군의 신조》에서 루짜이의 귀족 계급은 자신들의 문화사를 담은 미술 작품에 대한 소유권을 두고 다툼을 벌인다. 특정 작품을 소유하면 마치 중요한 종교 물품을 소유한 것처럼 존경과 세력을 얻을 수 있기 때문이다. 작품 속 세계에서 사람들이 권력을 행사하는 독특한 방식을 만들어보자.

궁정에서의 지위는 역사적으로 토지 소유권을 강조했지만 작가의 세계에서도 그래야 할 이유는 없다. 로버트 조던의 《시간의 수레바퀴》 시리즈에서 아미를린좌座는 궁정 소속 대신 대다수가 어려워하는 강력한 여자 마법사다. 그래서 그녀의 보좌관들도 높은 지위를 유지하며, 누구도 그녀의 권위에 도전하지 않는다. 이런 지위는 의도적으로 그 사회에서 여자 마법사의 입지와 그들이 휘두르는 권력을 반영한다.

군주는 어떻게 몰락하는가?

⚡

군주는 결국에는 하나같이, 프랑스의 군주라면 더더욱, 머리가 잘려나간다. 군주제가 몰락하는 원인과 양상은 다른 정치체제와 비슷하다. 따라서 이 절에서는 특히 군주제에만 해당하는 몰락의 원인과 양상을 살펴보겠다. 보통 민주주의가 득세하면서 군주제가 몰락했다는 것에만 초점을 맞추기 쉽다. 그러나 역사적으로 권력을 두고 서로 경쟁하는 세력이 군주의 몰락이 자신들에게 유리하다고 판단할 때마다 왕가는 전복되었다.

식민지 아프리카에서는 수십 개의 군주 일가가 이른바 민주주의 세력에게, 그리고 무엇보다 경제적 이득 때문에 그야말로 철저히 몰살당했다. 알바니아 왕실은 1939년 파시스트 무솔리니에게 추방당했다. 군주의 퇴출이 반드시 선善이거나 민주주의로 이어지는 것은 아니다. 군주는 일반적으로 부, 숭배, 상징적 위상 등에 익숙한 존재이고 또 떠받들어지는 존재다 보니 당연히 헌법주의와 민주주의를 거부하기 마련이다. 오늘날 군주의 지위를 유지하고 있는 노르웨이 왕실, 영국 왕실, 덴마크 왕실, 스웨덴 왕실, 일본 왕실, 통가 왕실, 태국 왕실 등은 헌법주의에 대한 새로운 시대적 요구에 부응하고 권력을 대부분 넘긴 덕분에 살아남았다. 그렇게 하지 않았거나 그렇게 하기를 주저하며 유보한 왕족은 결국 추방되거나 목숨을 잃었다.

앞서 군주가 금융 중심지로 부상한 도시로 수도를 자연스럽게 이전할 수밖에 없다고 말했다. 이런 경제적 변화는 상업 도시가 권력의 중심지가 되는 것에 군주가 거부감을 느낄 경우 군주와 상인 계급 간 긴장을 조성하기도 한다. 상업 도시로의 수도 이전이 권력의 진정한 원천이 무역, 그리고 그 무역을 주도하는 상인이라고 암묵적으로 인정하는 것처럼 해석될 여지도 있기 때문이다. 새로 등장한 금융 자본가는 군주의 후원이나 보호에 상대적으로 덜 의존한다. 이 점을 군주의 몰락과 상인 정권 부상이 교차하는 계기로 삼을 수도 있을 것이다.

고대, 근대, 미래, 어느 시대에나 군주와 군주 외의 세력 집단 간 긴장이 존재할 것이다. 누가 어떤 권력을 쥐고 있는지, 어떤 권력이 아직 독점되지 않았는지, 그리고 권력 집단 간 관계의 추이를 미리 생각해두자. 관계가 악화되고 있는가, 향상되고 있는가, 파국을 맞기 직전인가? 만약 이야기가 군주의 몰락을 다루고 있다면, 이런 긴장이 아마도 그 몰락의 장기적인 원인이 될 것이다.

훌륭한 왕과 그렇지 못한 왕국

⚡

조지 R. R. 마틴은 톨킨의 세계관 구축에 대해 이야기하면서 이런 말을 한 것으로 유명하다.

《반지의 제왕》에는 상당히 중세적인 철학이 깔려 있어서 왕이 좋은 사람이면 그 왕국도 번성할 것이라는 믿음이 존재한다. 현실의 역사를 돌아보면 그렇게 간단한 문제가 아니다. 톨킨은 아라곤이 왕이 되고 100년 동안 통치했으며, 아라곤이 현명하고 선했다고 말할 수는 있을 것이다. 그러나 톨킨은 이런 질문은 던지지 않는다. 아라곤은 어떤 세금 정책을 펼쳤는가? 상비군을 두었는가? 홍수가 나거나 가뭄이 들면 어떻게 했는가? 오크에 대해서는 어떤 조치를 취했는가? 전쟁이 끝날 무렵 사우론은 제거했는지 몰라도 그 많은 오크들은 여전히 산속에 남아 있다. 아라곤은 전략적인 인종말살 정책을 채택해 그들을 모조리 죽였을까? 작은 오크 요람에 있는 아주 어린 오크까지도?[19]

만약 작품 속 왕국이 불안정하다면 단순히 군주가 나빠서가 아닐 것이다. 만약 왕국이 번성하고 있다면 단순히 군주가 훌륭해서가 아닐 것이다. 역사 속 선전문구와 장밋빛 색안경 탓에 우리는 특정 군주가 선하거나 악하다고 평가한다. 그러나 실상은 거의 언제나 그보다 복잡하다. 당시의 선전문구가 지도자를 좋게 포장하는 것이 목적이라는 점도 도움이 되지 않는다.

프랑스혁명이 일어날 당시 프랑스의 왕은 루이 16세였다.

그는 자신의 왕국에서 더 민주적이고 투명한 통치를 실천하기 위해 수많은 개혁을 시도했다. 문제는 그의 주변을 지키는 귀족들의 문화가 점점 더 허례허식을 중시하고 탐욕적으로 되었다는 것이었다. 궁정에서 쫓겨난 이들은 당연히 복수심에 불타올라 칼날을 갈았고, 루이 16세가 귀족의 상징적인 대표자였으므로 당연히 그 칼끝은 루이 16세를 향했다. 군주제는 기본적으로 복잡한 시스템이며, 때로는 아무도, 심지어 왕조차도 그 시스템을 완벽하게 통제할 수 없다. 앞서 그 어떤 군주도 진정한 의미에서 '절대' 군주일 수 없다고 말했듯이 군주제의 문화는 종종 군주의 통제권 밖에 있다. 모든 비난의 화살을 군주에게 돌린다면 작품 속 세계는 실제 역사와는 달리 매우 단순하고 평면적으로 느껴질 것이다. 러시아 제국의 차르 니콜라스 2세는 물론 매우 무능하고 무지한 군주였지만 혁명의 수레바퀴는 그가 1896년 왕좌에 오르기 훨씬 이전부터 돌아가고 있었다는 것 또한 논란의 여지가 없다. 개인의 인품에 초점을 맞추기보다는 군주의 몰락을 경제, 환경, 문화라는 측면에서 생각하는 것이 더 유용할 수 있다. 가뭄, 기근, 풍작, 폭풍, 긴 여름, 짧은 겨울 등 자연 조건은 군주가 통제할 수 없는 요소이면서도 국가의 안정을 결정하는 주요 요소다. 중국의 주나라 왕조는 천명天命이라는 관념을 받아들였다. 예컨대 자연재해는 황제가 신들의 눈 밖에 났다는 증거라는 것이다. 자연재해가 오래 이어지면 때로는 이를 근거로 황제를 축출하기도 했다. 군주는 경제를 규율할 수는 있지만 영토 전체에서 활동하는 수천 명의 개인 간 교류를 통제하지는 못한다. 경제 불황과 활황은 종종 복잡한 시장 원리가 작용한 결과지만 군주는 경제 상황과 관련해 칭송과 비난을 모두 들을 수 있다. 마찬가지로 군주가 문화에 영향을 미칠 수는 있지만 계급, 종교, 지역사회 간의 복잡한 상호작용까지 통제할 수는 없다. 이 모든 것이 정국을 안정시킬 수도, 불안정하게 만들 수도 있다.

아시모프는 이런 요소들이 특정 개인보다 훨씬 더 강력하다는 것을 알았다. 그는 《파운데이션》 시리즈에서 과학기술, 경제, 종교를 사회를 움직이는 동력으로 삼고 싶었다. 그는 위대한 인물 이론Great Man theory을 배척했으며, 심지어 고정된 주요 인물도 설정하지 않았다. 은하 제국은 단순히 황제 개인의 무능 때문이 아니라 훨씬 더 복잡하고 다양한 이유로 몰락한 것으로 기술된다.

이렇게 엄청난 인구가 거의 대부분 제국 운영에 필수적인 행정 업무에 동원되었는데도 불구하고 그 업무를 감당하기에는 수가 모자라다고 느꼈다. (물론 의욕이 없는 후기 황제들의 지휘 아래서는 은하 제국을 제대로 운영하기가 불가능했다는 점 또한 제국의 몰락에 상당히 기여했다는 사실을 기억할 필요는 있다.) 매일 수만 척에 달하는 우주 선단이 20개의 농업 행성에서 트랜터의 저녁 식탁에 올라갈 식량을 운반해왔다. … 식량을 그리고 사실은 생계 유지에 필요한 거의 모든 필수재의 조달을 외부 행성에 의지하다 보니 트랜터는 점점 더 포위에 의한 정복 전략에 취약해지고 있었다. 은하 제국에서는 지난 1,000년 동안 꾸준히 반란이 일어나 황제마다 이 문제를 인지하고 있었지만, 제국의 정책은 트랜터의 나약한 급소를 간신히 보호하는 정도에 불과했다. …

어떤 사항들에 대해서는 군주를 칭송하거나 비난할 수 있다. 그러나 작품 속 세계의 왕국을 번성하는 곳으로, 또는 가난한 곳으로 설정하고 싶다면 군주의 통제를 벗어난 경제, 자연, 문화 등을 그 이유로 제시하자.

바쁜 작가를 위한 n줄 요약

①

군주제에는 선출 군주제와 세습 군주제가 있다. 계승 방식은 이야기의 맥락에 따라 달라질 것이다. 누가 선호되는 군주이며, 누구에게 왕위 계승권이 있는지, 누구에게 권력이 있는지 등 왕위 계승 방식에 영향을 미칠 수 있는 요소들에 대해 생각해보자.

②

작품 속 사회에서 누가 부, 자원, 인력, 사회적 자본을 통제하는지 살펴보면서 누가 법률상 권력을 지니는지, 누가 사실상 권력을 지니는지 따져보자. 절대군주는 결코 완전한 절대권력을 휘두르지 못하며, 늘 주변 세력에 의존해 권력을 유지한다. 그 세력이 누구인지, 그들의 이해관계가 무엇인지, 그들이 어떤 권력을 지니는지 파악하자.

③

통신, 통제력, 상업이 군주의 권력 범위, 권력 행사 방식, 통치력에 얼마나 큰 영향을 미치는지 생각해보자. 후원 시스템은 권력을 유지하는 당근과 채찍 역할을 한다.

④

세계관을 구축할 때 남들과 차별화되는 독창적인 궁정을 창조하고 싶다면 덜 익숙한 대륙의 궁정을 참고하라. 이야기의 고유한 맥락에서 참고할 수 있는 독창적인 전통이나 관행을 찾아보고 작품 속 세계와 권력을 추구하는 여러 분파를 잘 보여주는 독창적인 작위와 직책을 창작해보자.

(5)

군주제는 군주가 형편없어서 몰락하는 게 아니다. 민주주의의 등장으로 인해 무조건 권력이 약화되는 것도 아니다. 마찬가지로 군주제가 단순히 군주가 훌륭해서 번창하거나 군주가 폭군이어서 무너지는 것은 아니다. 문화, 경제, 환경 모두 주권의 안정에 중요한 요인이면서, 군주의 통제권을 벗어난 강력한 요인들이다.

4장

지구를
지구라 부르는 이유

J. R. R. 톨킨	J. R. R. Tolkien
《반지의 제왕》 시리즈	The Lord of the Rings

조지 R. R. 마틴	George R. R. Martin
《얼음과 불의 노래》 시리즈	A Song of Ice and Fire

우리가 사는 행성을 왜 '지구'라고 부르는지 생각해본 적이 있는가? 말 그대로 둥근 공 모양의 땅이라는 뜻이고, 이런 이름이 붙은 이유는 그 이름이 우리가 사는 이곳의 특징을 잘 나타내기 때문이다. 어떤 장소의 이름을 짓는 것은 어려운 일이다. 이 장에서는 지명의 기원과 변화 과정, 권력 구조와의 관련성과 이주와의 관련성에 대해 살펴보고 마지막으로 이 장에서 살펴본 것들을 총동원해 허구의 지명을 창작하는 연습을 차례차례 단계를 밟아가며 실습해보겠다.

단순한 지명이 기억하기 쉽다

⚡

지명은 대체로 장소의 세 가지 측면을 여러 방식으로 섞는다. 장소 자체, 장소의 역사, 그리고 그 장소에 사는 사람들에 관한 내용이다. 언어학자이자 위상수학자인 피터 존 드러먼드Peter John Drummond는 이렇게 설명했다.

지명은 언어가 위상수학을 만나는 지점에서 탄생한다. 자연 또는 인간이 만든 풍경이나 지형적 특성이 지명이 되는 경우가 압도적으로 많다. 그리고 그 풍경이 사라진 후에도 이름은 남는다. … (비록) '문화와 위상수학이 만난다'고 말하는 것이 더 정확하겠지만.[20]

에이번강Avon River을 예로 들어보자. '에이번Avon'은 웨일스어로 강을 의미한다. 따라서 이름을 풀어보면 '강-강'이다. 유럽에는 접미사인 '-체스터chester' '-캐스터caster' '-세스터cester'가 붙은 마을 이름이 많은데, 이것은 성 또는 요새를 뜻하는 라틴어 '카스트룸castrum'과 '카스트라castra'를 옛 영어에서 변형해서 활용한 것이다. 로마 시대에는 도시나 마을에 요새를 짓거나 돌로 방어벽을 쌓았으므로 그처럼 인간이 만든 지형물을 뜻하는 단어를 지명에 넣은 것이다. 이 이야기에서 우리는 우리 조상이 그다지 상상력이 뛰어나지 않았다는 교훈을 얻을 수 있다.

대다수 지명이 기본적으로 이런 식으로 지어졌지만, 그렇다고 해서 작품 속 세계의 지명을 짓기 위해 언어 하나를 통째로 창조할 필요는 없다. 몇몇 기본적인 용어 사전만 마련해도 도움이 된다. 숲, 강, 언덕, 계곡, 농장, 성, 마을 등 작품 속 세계에서 특히 많이 접하는 지형적 특성이면 된다. 이런 것들을 접미사와 접두사의 밑바탕으로 삼으면 된다. 예를 들어 J. R. R. 톨킨의 《반지의 제왕》에서는 '미나스Minas'가 신다린어로 탑을 의미한다. 그래서 가운데땅에서 이 단어는 여러 합성어 지명에 자주 쓰인다. 미나스 티리스Minas Tirith는 '보초병의 탑tower of the guard'을 의미하고 안누미나스Annuminas는 '서쪽 탑'을 의미한다. 앞서 나열한 단어들은 모두 자연이 만든 것이든 인간이 만든 것이든, 장소 자체에 관한 무언가를 우리에게 알려준다.

보통은 그 지역의 더 중요한 특징, 예컨대 그 장소가 주로 무엇을 하는 장소인지, 그 장소에서 위험한 점이 무엇인지, 그 장소를 다닐 때 도움이 되는 것이 무엇인지, 그 장소에 많은 것이 무엇인지 등이 이름에 들어간다. 고대에는 지명으로 어떤 장소에 대한 중요한 정보를 최대한 빠른 시간에 먼 곳까지 전달할 수 있는 그런 이름을 지으려고 노력했다.

둘째, 역사에서 따온 이름도 있다. 그레고리 맥나미Gregory McNarmee는 지명을 일종의 '화석 시'라고 불렀다.

> (이름은) 민중의 역사를 전한다. 사람들이 자신의 시야에 들어온 장소에 이름을 붙였을 당시의 문화와 중요한 사건의 기록을 재구성하고 짐작하게 해주는 조각이다.[21]

플로리다주의 마탄사강Matanza River이라는 지명에서 '마탄사Matanza'는 스페인어로 '학살'을 의미한다. 1565년 이 지역에서 스페인이 프랑스 출신 청교도들을 학살한 사건이 있었기 때문에 붙은 이름이다. 그 사건은 이 지역 역사에서 큰 사건이었다. 미국이 청교도적 유산을 중시한다는 것을 생각하면 더 그렇다. 소설에서 예를 찾아본다면 조지 R. R. 마틴의 《얼음과 불의 노래》 시리즈에서 킹스랜딩King's Landing은 정복왕 아에곤이 도착해서 웨스테로스 대륙을 정복하기 전 첫 요새를 지은 장소라서 그런 이름을 얻었다. 그 요새를 건설한 것은 웨스테로스의 역사에서 새로운 시대를 연 중요한 전환점이 되는 사건이었다. 지형적으로 언덕으로 뒤덮인 지역이지만 칠왕국의 수도이므로 그런 중요한 역사적 사건에서 지명을 따온 것은 당연해 보인다. 두 사례 모두 해당 지역의 문화와 관련된 역사적 서사가 지명에 들어갔다.

그러나 그런 이름은 에이번강처럼 지형적 특성을 나타낸 이름보다는 드물다. 따라서 정말로 중요한 역사적 사건이 일어난 장소로 한정하자. 그 지역 출신이 아닌 사람의 사회적 의식에도 박혀 있을 만한 사건이어야 한다. 그런 지명이 상용화되려면 대다수 사람이 그 사건을 알고 있어야 하고, 그 사건에 대한 사람들의 인식이 문화적 집단지성의 일부여야 한다. 좀더 작고 외진 명소라면 어떤 사건을 바탕으로 이름을 붙일 때 더 적은 사람이 그 사건을 안다 해도 괜찮을 것이다. 마을의 샘 이름은 그 마을을 세운 사람의 이름을 따서 지을 수도 있다. 이웃 마을에서는 그 인물을 아무도 모른다 해도 말이다.

셋째, 지명은 그곳에 사는 사람들에 관한 내용을 담고 있을 수 있다. 이름이 강조하는 지형적 특성이나 그곳에서 일어난 역사적 사건을 기록한 이름은 그곳에 사는 사람들의 문화를 알려주기도 한다. 보스턴은 원래는 초기 유럽 정착민들 사이에서는 트라이마운트Trimount로 불렸다. 세 개의 높은 봉우리가 눈에 띄는 지역이다. 아메리카 원주민 부족은 이곳을 쇼머트Shawmutt라고 불렀다. 물을 타고 이동하는 곳이라는 뜻이다. 유럽 정착민들이 붙인 이름은 자신들이 처음 식민지로 개척한 땅이라는 의미에 초점을 맞췄고, 아메리카 원주민 부족이 붙인 이름은 그 지역에서 사는 사람들에게 중요한 이동 경로인 물에 초점을 맞췄다.

이런 차이는 2개의 다른 집단이 어떤 삶을 살았고, 이 장소가 각 집단에 어떤 의미였는지에 관해 다른 이야기를 들려준다.

이것은 역사적 사건을 딴 지명에도 적용된다. 재앙, 평화, 승리, 비극 등을 뜻하는 표현을 썼다면, 그 표현이 단순히 어떤 일이 일어났는지를 설명할 뿐 아니라 그 사건 자체에 대한 해석, 그 사건이 지명을 붙인 사람들에게 어떤 의미였는지도 전달한다. 만약 스페인 사람들이 계속 플로리다를 장악했다면 마탄사강에서 '학살'을 의미하는 '마탄사'가 탈락하고 스페인어로 '수복'을 뜻하는 단어가 붙었을지도 모른다. 원래는 스페인 사람들의 땅이었으므로 그곳에 정착한 청교도를 몰살한 것은 스페인 사람들이 자신들의 땅을 되찾는 행위였다는 논리가 성립했을 것이기 때문이다.

이것이 다른 국가나 집단이 같은 장소를 서로 다른 이름으로 부르는 이유이기도 하다. 동해는 한국과 일본 사이에 있는 원해遠海다. 그런데 일본은 이를 일본해로 표기해야 한다고 주장한다. 지명 종종 해당 지역에 대한 지정학적 소유권 내지는 헤게모니를 암시한다. 소설에서 비슷한 사례를 찾는다면 톨킨의《반지의 제왕》에 나오는 지명 오스길리아스Osgiliath를 들 수 있다. 이 지명은 '별들의 요새'를 뜻한다. 오스길리아스는 하늘을 향해 있는 별들의 돔이라는 건물을 중심으로 세워진 도시다. 이것도 중요한 지형적 특성이기는 하다. 그러나 더 나아가 오스길리아스라는 지명은 별이 누메노르 문화에서 얼마나 중요했는지를 반영한다. 곤도르는 자신들이 누메노르의 마지막 후손이라고 주장하기 때문에 누메노르의 문화적 요소가 그들에게는 중요하

다. 그런데 지명이 그곳에 사는 사람들에 관해 무언가를 이야기
할 때는 보통 그 사람들이 자신을 부르는 명칭이 들어가기 마련
이다. 잉글랜드England는 앵글인의 땅이고, 스코틀랜드Scotland는
스코트인의 땅이며, 러시아Russia는 루스인의 땅이다. 이런 단순
한 작명이 문제될 것은 없다. 단순한 이름은 기억하기 쉽고 이해
하기도 쉽다.

지명은 지금도 변하고 있다

⚡

지명이 변하는 데는 몇 가지 이유가 있다. 한 가지는 언어
사체가 변했기 때문이나. 예컨내 '호'라는 단어가 '하'로 변한다
면 미시건호는 미시건하가 될 것이다. 해당 지역의 지배 언어가
바뀔 수도 있다. 새 지배 언어에서 지명의 의미가 더 명확해지도
록 원 지명을 변형할 수도 있다. 그런 사례 중 하나가 앞서 살펴
본 의미가 중복되는 에이번강이다. 1066년 새로운 정복자 노르
만인은 웨일스어를 이해하지 못했기 때문에 '에이번'에 자신들
의 언어로 강을 의미하는 'rivere'를 덧붙였다. 새로 그 땅을 정복
한 모든 노르만인이 그 넓은 파란 물이 강이라는 것을 확실히 알
수 있도록. 뉴질랜드의 마운트마웅가우이Mount Maunganui는 '산-
큰-산'이라는 뜻이다.

또한 지명이 간략해지는 식으로 바뀌기도 한다. 'of(~의)',
'the(그)', 'on(~위)' 같은 수식어도 사람들이 지명을 많이 사용하
다 보면 점점 생략된다. 남은 단어는 이전 지명의 겉껍질이다.

뉴질랜드에서 가장 큰 호수는 원래 '타오포누이아티아Taupō-nui-a-Tia'로 불렸지만, 지금은 '타우포Taupo'로 간단해졌다. 해석하자면 '티아의 그 커다란 망토the great cloak of Tia'였다가 그냥 '망토'가 된 셈이다. 지명이 간략해지면 단어, 접두사, 접미사, 발음하기 힘든 음절이 탈락한다. 특히 해당 지역의 지배 언어가 바뀔 때 그런 경향이 짙어진다. 예를 들어, 톨킨의 세계에서 '끔찍한dreadful'을 뜻하는 옛 요정어 단어는 gerrha(게르라)였지만, 시간이 지나면서 gaer(가에라)로 변했다. 억양 표시도 사라지고 발음하기 더 쉽도록 글자 수도 줄었다.

셋째, 발음 등의 이유로 여러 단어로 구성된 지명이 합성어가 되기도 한다. 접미사, 접두사, 심지어 하나의 단어나 기호가 비슷하게 들릴 수 있기 때문이다. 특히 다른 언어를 쓰는 사람이 해당 지역으로 이주했다면 더 그럴 수 있고, 시간이 흐르면서 비슷하게 들리는 단어들이 하나로 합쳐지기도 한다. 그 결과 그 단어 중 하나가 더는 사용되지 않거나 다른 단어와 결합해서 새로운 단어가 생겨난다. 앞서 기본적인 지형적 특성으로 간단한 사전을 만드는 것에 대해 이야기한 것이 기억나는가? 그런 단어 중에서 발음이 비슷한 것들이 있는지, 발음하기 까다로운 것들이 있는지, 합성하거나 간략하게 바꿀 수 있는 것들이 있는지 생각해보자. 예를 들어 산림지대를 의미하는 프리스frith와 만을 뜻하는 퍼스firth는 지도의 역사에서 한 단어로 합쳐졌고, 프리스frith는 더 이상 사용되지 않는다.

수식어가 더해져서 지명이 바뀌기도 한다. 언어가 바뀌거나 지명에 담긴 내용이 의미가 없어져서가 아니라 같은 이름으로 불리는 서로 다른 장소를 구별하기 위해 수식어를 붙이는 경우다. '그레이터greater(더 많은)'나 '레서lesser(더 적은)' 또는 '빅big(큰)'이나 '리틀little(작은)'이 붙은 지명, 그리고 지형 자체가 바뀌면서 지형의 특징을 나타내는 수식어가 덧붙은 사례를 보았을 것이다. 스페인에는 더는 그 지역에서 자라지 않는 꽃이나 나무 이름을 따서 지은 지명도 있는데, 그런 지명이 가리키는 장소를 더 명확하게 나타내려고 수식어를 더한 예들이 있다.

이 장에서는 어떤 지역에 원주민과는 다른 언어를 쓰는 사람들이 이주하는 경우를 여러 번 언급했다. 난민, 이주민, 침입자, 식민 개척자 등 어느 경우든 어떤 지역에 새로 정착하는 사람들은 그곳에서 사용되는 언어를 크게 바꾼다. 그 지역에서 원래 사용되던 언어, 그 지역에서 새롭게 사용되는 언어가 모두 바뀔 수 있다. 작품 속 세계에서 역사적으로 국경이 달라진 지역을 떠올려 보라. 자연재해나 전쟁으로 난민이 발생했을 수도 있고, 제국이 탄생하거나 식민지가 되었거나 해방되었을 수도 있다. 이 모든 상황은 언어와 문화가 뒤섞이는 방식을 바꾸고 그 결과 지명도 바뀐다.

아주 좋은 예가 영국의 요크다. 이교도 대군세Great Heathen Army 이후 데인인이 정복한 잉글랜드의 땅을 데인로Danelaw라고 불렀다. 그 지역에서는 앵글로-색슨식 지명에 'village(촌)'를 뜻하는 데인어 'howe(하우)'와 '햄릿hamlet(골)'을 뜻하는 데인어 'thorp(소프)'가 스며들었다. 요크는 옛 영어로 에오포윅Eoforwic으로 불렸다가 옛 노르드어로는 요르빅Jorvik으로 불렸다가 결국 두 언어가 조금씩 섞이면서 중세 영어로 요크York로 불리게 되었다. 데인인은 나중에 밀려났지만 이런 언어적 특징은 그들이 살았던 마을과 도시에 남았다. 작품 속 세계에서 민족언어학 집단이 역사적으로 어떤 식으로 이동했는지 그려보고, 그들이 떠난 후에 새로운 언어나 문화가 지배하게 되었다 하더라도 어떤 언어적 특징을 각 지역에 남겼는지 생각해보라.

알렉산더 대왕은 왜 7개의 알렉산드리아를 세웠을까?

⚡

지명을 붙이는 것은 권력 행위이기도 하다. 알렉산더 대왕은 페르시아를 정복한 뒤 7개 도시의 이름을 직접 붙였고, 그중 한 도시명은 자신이 타는 말의 이름을 따서 붙였다. 지금은 우스꽝스럽게 느껴지지만, 그것은 적이 붙인 이름을 지우고 자신이 정한 이름으로 교체하는 정복자로서의 자긍심, 소유권과 권력을 선언하는 행위였다. 그리스인과 튀르크인은 전쟁과 비극으로 얼룩진 혼란의 역사를 보냈고, 많은 그리스 민족주의자들은 이스탄불을 현재의 이름으로 부르기를 거부한다. 대신 그들은 이스탄불을 콘스탄티노플이라고 부른다. 자신들이 그 도시의 주인이었던 시대를 소환하는 것이다. 그들이 보기에는 튀르크인이 붙인 이름을 인정하는 것은 튀르크인의 소유권을 인정하는 것이나 마찬가지다. 이름을 둘러싼 이런 신경전은 터키가 이스탄불이라고 표기하지 않은 우편물은 운송을 거부하는 결과를 낳았다.

러시아의 상트페테르부르크의 원래 이름은 페트로그라드

였다. 그러나 제1차 세계대전에서 독일은 러시아의 적이었고, 페트로그라드라는 이름이 독일 색이 짙다는 이유로 1914년 개명되었다. 이후 1924년에는 레닌과 볼셰비키가 정권을 잡자 다시 레닌그라드로 개명되었다. 페트로그라드라는 이름은 로마노프왕조의 4대 황제인 표트르 1세의 이름을 따서 지은 것이다. 러시아혁명으로 제정 러시아를 축출한 볼셰비키로서는 황제의 이름을 딴 지명은 자신들의 신념에 맞지 않는다고 생각했다. 소비에트연방의 권력 구조와는 거리가 먼 이름이었던 것이다.

이런 이름은 해당 지역에 대한 문화적·정치적 권력 행사와 관련이 있다. 그리고 이름을 두고 발생하는 이런 긴장은 대개 자칭 지명endonyms과 타칭 지명exonyms이라는 형태로 나타난다. 넓은 의미로 자칭 지명은 그곳에 사는 사람이 붙인 이름이고, 타칭 지명은 외부인이 붙인 이름이다. 예를 들어 칼레도니아는 고대 로마인이 오늘날의 스코틀랜드 지역에 붙인 타칭 지명이다. 고대 로마인이 이 지역 또는 이 지역 주민을 '거칠다'라고 표현하는 데서 유래한 이름이다. 스코틀랜드는 자칭 지명에 가깝다. 게일인이 자신들의 땅에 붙인 이름이다. 그러나 당시에는 스코틀랜드 밖에서는 칼레도니아라는 지명이 더 널리 쓰였다. 고대 로마가 그 지역을 지배하는 세력이었기 때문이다. 허구 세계에서 예를 찾아본다면 톨킨의 《반지의 제왕》에서 찾을 수 있다. 엔트우드Entwood는 가운데땅 남쪽에 있는 큰 숲이다. 그러나 이것은 거대한 나무 종족인 엔트인이 사는 곳이라는 뜻으로, 인간들이 사용하는 타칭 지명이다. 엔트인은 같은 숲에 해가 뜨는 숲이라는 뜻의 이름을 붙여서 사용한다. 자신들의 숲이 해가 뜨는 곳까지 닿아 있던 때를 기억하기 때문이다. 이 이름은 그 어디에도 기록되지 않았고, 그 누구도 기억하지 않는다. 왜냐하면 인간들이 그 지역의 땅을 지배하기 때문이다. 그래서 그곳에서 전달되는 정보도, 그곳 지도의 모습도 인간들이 정한다. 두 사례에서 보듯이 어느 지명이 더 널리 사용되는지는 어느 이름이 더 잘 어울리는가가 아니라 누가 권력을 쥐고 있는가와 더 밀접한 관련이 있다.

이것이 식민주의가 우리가 장소에 대해 생각하고 말하는 방식에 그토록 큰 영향을 미치는 이유다. 대개 토착민이 사용하는 자칭 지명이 존재하지만 그런 지명은 일반적으로 식민주의자들이 붙인 지명에 밀려난다. 예를 들어 나의 고국인 탈식민 국가의 마오리족 이름은 아오테아로아Aotearoa다. '길쭉한 흰구름의 땅'이라는 뜻이다. 그러나 식민주의자들은 네덜란드에 있는 질랜드의 지명을 따서 뉴질랜드라고 불렀다. 식민주의자들이 지배자였으므로 뉴질랜드라는 지명이 고정되었다. 남섬과 달리 북섬에는 마오리족이 붙인 지명이 여전히 많이 남아 있다는 사실은 마오리족 인구의 90퍼센트가 북섬에 거주한다는 사실과 관련이 있다. 유럽인의 문화가 주류 문화였던 남섬에는 원주민 마오리족이 붙인 지명이 아직 남아 있는 경우가 훨씬 적다. 작품 속 세계에서 현재 식민지인 장소들 또는 역사적으로 식민지였던 장소들이 어디인지 생각해보자. 그리고 누가 정복자였는지, 그런 사실이 지명에 어떤 영향을 미쳤는지 생각해보자. 이것은 문화적·종교적·정치적으로 의미 있는 지정학적 장소에서 특히 중요해진다.

이름은 단순히 권력만이 아니라 정치 상황도 반영한다. 지난 30년간 마오리족의 언어를 활성화하려는 뉴질랜드 정부의 프로젝트와 함께 아오테아로아라는 이름도 널리 사용되기 시작했으며, 이전과 달리 공식 문서, 지도, 교실에서도 정식 명칭으로 인정된다. 현재 마오리족의 지명을 되살리기 위해 뉴질랜드 전역에서 마오리족의 지명을 표지판과 지도에 표기하려고 적극적으로 노력하고 있다. 일상어에서도 자칭 지명과 타칭 지명이 거의 동등한 지위를 누리게 된 것이다.

폭포가 있는 마을

⚡

거주민에게 신선한 물을 공급하는 폭포 주위에 건설된 작은 마을이 있다고 해보자. 또한 이곳 주민들은 자신들의 신이 물의 신이라고 믿는다. 그래서 그들은 폭포를 마을의 이름으로 삼는다. 마을의 이름은 신성한 폭포Divine Falls, 주민들이 사용하는 언어로는 미르순펠Mirthunfell이다. 시간이 흐르면서 신성하다는 뜻의 '미르순Mirthun'은 빨리 발음하면 빼먹기 쉬운 '운un' 발음이 탈락하면서 '미르스Mirth'가 된다. 이제 이 마을의 이름은 미르스펠Mirthfell이다.

이 땅에 외세가 침입하고 낯선 사람들이 들어와 정착한다. 이 사람들은 'th' 발음을 잘하지 못 한다. 또한 그들은 미르스펠의 언어를 모르며 마을의 이름이 신성한 폭포를 의미한다는 것을 모른다. 새로 이주한 사람들은 지형적 특성을 확실하게 전달하려고 자신들의 언어로 물을 뜻하는 폴름polm을 붙인다. 그 결과 이제 대다수 사람이 이 마을을 폴름미르스펠Polm Mirthfell이라고 부른다. 이 이름이 지도에 표기되고 새로 이주한 사람들이 이 지역을 정치적으로 지배하고 이 지역의 다수 집단이 되면서 폴름미르스펠이라는 이름으로 고정된다. 시간이 지나면서 이 이름은 '펠fell'과 'th' 발음이 모두 탈락하는 방식으로 간단해진다. 이제 이 마을은 폴름미르Polmir라고 불린다. 다만 아직도 공식적으로는 지도에 폴름미르스Polmirth로 표기된다.

바쁜 작가를 위한 n줄 요약

①

지명은 일반적으로 한 지역의 주된 지리적 특성(자연적인 것이든 인공적인 것이든) 또는 그 지역에서 살아가는 사람들의 생활 또는 중요한 역사적 사건의 내용을 담고 있다. 지명으로 강조된 내용은 그 지명을 붙인 사람들의 문화에 관한 무언가(그들이 무엇을 믿는지, 무엇을 두려워하는지, 무엇을 중시하는지 등)를 전달한다. 지명을 지을 때 참고할 수 있는 자연의 특징을 표현하는 간단한 어휘 사전을 만드는 것도 고려해보자.

②

언어가 진화하면 지명이 변한다. 언어 사용자가 지명을 간단하게 줄이거나 바꾸기도 하고, 지명의 일부가 다른 단어와 합쳐지기도 하고, 사람들이 그 지명을 더 명확하게 표현할 수식어를 붙이기도 한다.

③

이주로 인한 언어 간 혼합과 충돌도 고려해야 할 사항이다. 주로 분쟁 지역의 국경이나 무역로, 식민주의, 전쟁 또는 자연재해 난민 등이 원인이 된다. 민족언어학적 집단이 살았거나 이동한 지역에서 그 집단의 구문, 어휘, 문법이 해당 지역의 지명에 어떤 식으로 남았는지 살펴보는 것도 흥미롭다.

④

어떤 지명이 기록되고 살아남고 사용되는가는 문화 권력의 문제다. 자칭 지명은 그 지역에서 살아가는 사람들이 붙인 이름이다. 타칭 지명은 외부인이 붙인 이름이다. 서로 다른 자칭 지명과 타칭 지명의 존재는 피식민지에서 흔히 볼 수 있는 현상이다.

4

계급과
구조

1장

계급,
부, 권력

F. 스콧 피츠제럴드　　　　　F. Scott Fitzgerald
《위대한 개츠비》　　　　　　The Great Gatsby

리 바두고　　　　　　　　　Leigh Bardugo
《섀도우 앤 본》　　　　　　Shadow and Bone

마거릿 애트우드　　　　　　Margaret Atwood
《시녀 이야기》　　　　　　The Handmaid's Tale
────────────────────────────
《증언들》　　　　　　　　　The Testaments

브랜던 샌더슨　　　　　　　Brandon Sanderson
《스톰라이트 아카이브》　　The Stormlight Archives

블리자드　　　　　　　　　Blizzard
〈스타크래프트〉　　　　　　Starcraft

안제이 사프콥스키　　　　　Adrezij Sapkowski
《위쳐》　　　　　　　　　　The Witcher

이언 뱅크스　　　　　　　　Iain Banks
《컬처》 시리즈　　　　　　　The Culture

계급, 부, 권력, 지위는 사람들이 사회 내에서 상호작용하는 방식을 규정하는 강력한 요소다. 또한 엄청나게 복합적인 요소이기도 하다. 이들 요소를 이 책에서 단 몇 장만으로 다룰 수는 없다. 늘 그렇듯이 작가 스스로 현실 세계의 사례들을 연구하는 것이 최선이다. 앞으로 세 장에 걸쳐서 계급제도 내지는 신분제도의 속성, 특히 그런 제도가 어떻게 유지되고 변화하고 폐지되는지 알아볼 것이다. 여기서는 이러한 요소의 전문가를 배출하는 것이 아니라 이러한 요소를 설정하는 데 필요한 최소한의 지식을 제공하는 것이 목적이다. 작가가 세계관을 구축할 때 적절한 질문을 던지도록 돕고, 이전에는 불가능했던 부분까지 깊이 파고들 수 있게 안내하려 한다.

위대한 개츠비의 비참한 운명

⚡

사회학자 막스 베버Max Weber는 '계급'이 부, 권력, 지위라는 세 가지 요소의 관계를 나타내는 용어라고 설명했다. 그는 이 세 가지 요소를 사회 계층화의 3요소라고 불렀다. 요컨대 계급은 부, 권력, 지위라는 세 가지 항목에 따라 사람을 높은 계급 집단과 낮은 계급 집단으로 분류하는 체계다.

부, 권력, 지위는 서로 높은 상관관계가 있으며, 심지어 인과관계로 연결되기도 한다. 부를 가진 사람이 권력도 가졌을 확률이 높고, 권력을 가진 사람은 그 권력을 통해 부를 축적하기도 한다. 그러나 하나를 가졌다고 해서 반드시 다른 것들이 뒤따라오는 것은 아니다. F. 스콧 피츠제럴드의 《위대한 개츠비》에서 개츠비는 아무리 돈을 많이 벌어도 '조상 대대로 부유한 가문 old money' 출신인 톰 뷰캐넌 같은 인물과 동등한 지위를 누리지 못한다. 이 소설은 이들 세 가지 요소가 1920년대 미국 사회에서 어떤 식으로 복잡하게 뒤엉켜 있었는지를 흥미진진하게 보여준다. 윌리엄 니컬슨의 《윈드 싱어》의 사회는 철저한 능력주의 사회라서 시험 성적이 곧 권력이 된다. 상류층의 구성원에게는 정해진 유형의 일자리와 지위가 보장되지만 부까지 보장되지는 않는다. 상류층이 강력한 권력을 쥐었지만 부 또는 지위가 전혀 없는 사회 또는 엄청난 부를 가졌는데도 권력과 지위가 전혀 없는 사회는 어느 쪽이나 상상하기 어렵다.

부, 권력, 지위는 문화적 맥락에 따라 서로 다른 방식으로 연결된다. 《위대한 개츠비》에는 '신흥 부자new money'는 경멸하면서 '조상 대대로 부유한 가문old money' 출신을 도덕적·인종적·유전적으로 우월하게 여기는 분위기가 있다. 당시 미국에서는 빅토리아 시대 귀족 출신의 마지막 후손들이 점차 사라지고 있었지만, 지위와 부의 관계 설정 방식에 구질서의 잔재가 여전히 남아 있었다. 그러나 오늘날 문화적 맥락처럼 부, 지위, 권력의 상관관계도 변했다.

오늘날 최고위 간부는 열렬한 노동숭배자들 … 이들은 돈을 벌어야만 하기 때문에 일하는 것이 아니다. … 계급 권력을 상징하는 생산성을 과시하기 위해서다. 엄청난 불평등의 시대에 특권층은 스스로에게, 그리고 남들에게 자신이 다른 모든 사람보다 엄청나게 많은 부를 소유할 자격이 있음을 입증해야 한다.[22]

과거에는 귀족 계급은 태어날 때부터 고귀한 존재라는 믿음이 지위를 정당화했다면, 현대 사회는 노동 윤리를 숭배하며, 노동 윤리가 엄청난 부를 정당화하는 논리로 활용된다. 일반적으로 오늘날의 문화적 맥락에서는 물려받은 부에 과거만큼 대단한 의미를 부여하지 않는다. 그때나 지금이나 부와 지위는 높은 상관관계가 있지만, 그 상관관계의 내용이 달라졌다. 작가가 창조한 사회는 문화적으로 무엇에 가치를 두며, 사람들은 정치적 권력을 어떤 식으로 행사하는가? 이런 질문이 작품에서 부, 지위, 권력의 한계와 조건을 규정하는 데 도움이 될 것이다.

역사적으로 인간 사회에서 계급 구조는 주로 부를 분류 기준으로 삼았다. 토지는 소유자가 타인에게 행사할 수 있는 권력 및 수입과 밀접한 관련이 있었고, 그런 권력과 부에서 지위가 나왔다. 허구의 세계에서는 전혀 그렇지 않을 수 있다. 이언 뱅크스의《컬처》시리즈에서는 인류가 컬처라고 불리는 탈희소성 사회를 달성했다. 토지는 더 이상 부의 주요 원천이 아닐뿐더러 돈의 형태 자체가 오늘날 현실 세계와는 완전히 다르다. 인공지능이 관리하는 자동화된 사회이므로 모든 사람이 자신이 원하는 삶을 살 수 있다. 그 결과 '계급'은 참석할 수 있는 파티, 주변의 존경과 소유한 사회적 자본 등 주로 지위에 따라 결정된다. 컬처에서는 부와 권력이 큰 가치가 없다. 가장 질 낮은 범죄자에게 내려지는 최악의 형벌은 파티에 초대받을 자격을 박탈하는 것이다.

이와 달리 사회성 곤충과 비슷한 문명에서는 지위가 거의 쓸모없는 개념일 것이다. 지위는 개인 간 관계와 위계에 관한 개념이다. 그런데 사회성 곤충과 비슷한 사회라면 스스로 일꾼, 전사, 리더 '계급'으로 분류하면서도 각 계급에 지위를 부여하지 않을 것이다. 각 '계급'이 모두 더 큰 전체가 제대로 돌아가는 데 꼭 필요한 기능을 수행하기 때문이다. 블리자드의 게임 〈스타크래프트〉의 세계에서 프로토스라는 종족은 사회성 곤충이라고는 할 수 없지만, 모든 구성원이 엄청나게 포괄적인 정신 네트워크에 연결되어 있다. 태어날 때부터 역할이 정해져 있으며, 지위와 사명의 경계가 의도적으로 모호하다. 이 사회에서는 당연히 정신 능력이 가장 뛰어난 사람이 권력을 쥔다.

또한 각 계급의 법률상 경계와 사실상 경계가 다를 수 있다는 점을 지적해야겠다. 일본 에도 시대에는 엄밀히 말해 문화적·종교적으로 소작농이 상인보다 지위가 더 높았다. 소작농은 사회에 가치가 있는 무언가를 생산하는 반면 상인은 단순히 다른 사람의 노동에서 영리를 취한다고 생각했기 때문이다. 그러나 소작농은 상인과 달리 부도, 권력도, 지위도 없었다. 상인은 부동산을 소유했고 화려한 옷을 입었고 실제로는 소작농보다 더 큰 권리를 누렸다. 소작농은 주인의 영지를 떠나는 것조차 허락되지 않았다. 작품 속 사회에서 계급에 관한 공식적인 통념과 현실이 다른 점이 있는지 생각해볼 필요가 있다.

무엇보다 계급 구조를 설계할 때 단순한 피라미드식 계층화는 부, 권력, 지위의 복잡한 측면을 완벽하게 반영하기 어렵다는 점을 기억해야 한다. 사회의 경제, 문화, 정치는 항상 변하고 있으며, 서로 조금씩 불협화음을 내기도 한다. 식민지 시대에는 부, 권력, 지위가 전반적으로 유럽인 집단에게로 옮겨갔고, 20세기의 인권운동에도 불구하고 그런 것들은 여전히 균등하게 배분되지 않고 있다. 법률상 평등이 현실에서 완벽하게 실현되지 않고 있는 것이다. 법규의 변화가 현실에 반영되거나 현실에서의 변화가 법규에 반영되기까지는 시간이 걸린다.

개천에서 용 나는 사회
⚡

사회 이동social mobility은 부, 지위, 권력을 얻거나 잃어서 계급이 바뀌는 현상(위로든 아래로든)을 말한다. 중국의 송나라는 역사적으로 고대 사회임에도 불구하고 비교적 사회 이동성이 높았던 드문 사례다. 하층 계급도 권력, 지위를 얻을 수 있었고, 심지어 황제의 시험을 통과하면 부도 얻을 수 있었다.

> (공자 철학의) 두 번째 기본 논리는 봉건 질서가 … 현명하고 능력 있고 도덕적인 사람이 통치한다는 원칙을 도입하지 않는 한 유지될 수 없다는 것이었다. … 모든 인간에게 동등한 기회를 제공해야 한다고 주장했다. … 경쟁적인 관직 시험 체계는 … 지배 계

층의 일원을 선발하는 필수 경로가 되었다.[23]

　하층 계급이나 중간 계급 출신이 이런 기회를 얻는 일이 흔하지는 않았지만, 아예 없지는 않았고, 이런 사회에서는 학문적 재능이 사회 이동의 통로가 되었다. 한 가문이 조정에 발을 들이면 지위와 부가 따랐다. 리 바두고Leigh Bardugo의 《섀도우 앤 본 Shadow and Bone》 시리즈에서는 마법 능력이 뛰어날수록 권력을 얻기가 더 쉽다. 마법 능력자 '그리샤'는 군대에서 일반인보다 더 높은 소득, 지위, 더 많은 특권을 누린다. 또한 그런 이유로 일반인은 마법 능력자를 싫어한다. 부유층과 빈곤층 모두 마법 능력자가 우위를 얻는 것은 불공평하며 그들에게는 특권을 누릴 자격이 없다고 생각했다. 아마도 작품 속 세계에서는 전투 능력을 높이 사거나 그 세계에 퍼진 일종의 마법 전염병에 대한 면역력이 훌륭한 능력으로 평가받을 수 있을 것이다. 이런 드문 능력을 지닌 사람은 사회 이동성이 더 높을 것이다.

　사회 이동에 관한 연구는 교육이 사회 이동성의 핵심 요소라는 결론을 도출하기도 했다.

> (영국에서는) 인종적 차이보다는 계급적 차이가 거의 100배 정도 더 크다. … 고등 교육에 대한 접근권의 차이로 인해 발생하는 계급 격차는 엄청나다.[24]

　산업혁명 시대에 과학기술의 발달로 신흥 중산층에게 여유 시간이 생겨서 기술 역량을 향상시켜 새로운 경제적 기회를 얻었다고 할 수 있지만, 그것이 가능했던 이유는 새로운 교육 제도 덕분이었다. 보편 교육 체계는 계급 분화에는 불리했다. 사람들에게 다양한 일자리 기회를 제공했기 때문이다. 이전에는 상류층은 프랑스어와 폴로를, 노동 계급은 수예와 건축 기술을 배웠다면, 이제는 갑자기 두 계급의 자녀들 모두 비슷한 기술을 배우게 되었다. 계급 사회에서 교육의 보편화는 계급 간 기술 격차를 줄임으로써 경제적 격차도 줄인다. 만약 고도로 계층화된 계급 사회를 생각하고 있다면, 그것을 가능하게 하는 한 가지 방법은 집단에 따라 교육 기회를 제한하는 것이다. 만약 서서히 무너지는 계급제도를 염두에 두고 있다면 계급 간 차이를 없애는 보편 교육 체계를 도입하면 된다. 현실 세계에서는 산업혁명이 보편 교육 체계 도입으로 이어졌지만 작품 속 사회에서는 계몽 운동이나 종교 운동의 결과일 수도 있다. 어찌 되었든 종교 개혁기에 성경이 일반인이 읽을 수 있는 언어로 번역되지 않았는가.

이런 것들은 각각 사회 이동성을 높이는 요인이지만, 작품 속 세계에서는 오히려 사회 이동을 어렵게 만드는 것도 고려해보라. 정통 칼리프 시대를 연 우마이야 왕조 시대에는 권력이 있는 자리에 오르려면 이슬람교로 개종해야만 했으며, 개종하지 않은 사람에게는 더 많은 세금을 부과했다. 식민주의 시대에 생겨난 인종적 위계질서는 원주민이 부, 지위, 권력을 얻기가 거의 불가능하게 만들었다. 안제이 사프콥스키의《위쳐》시리즈에서는 마법 능력이 있으면 사회 이동성은 높아지지만 지위는 낮아지는 흥미로운 예가 등장한다. 마법 능력을 지닌 위쳐는 사회적으로 추방된 무리로 여겨졌고, 더 나아가 비록 귀족과 왕에게 고용된 것이기는 하지만 괴물을 죽이는 비인간적인 자경단으로 취급되었다. 사회적 위계질서의 계단을 올라가기 어렵게 만드는 선천적·후천적 특징들이 있을 것이다. 그런 특징들로 사회 질서를 보존하고 싶어 하는 집단과 사회 질서를 깨고 싶어 하는 집단 사이에 흥미로운 긴장을 만들어낼 수도 있을 것이다.

마법이 신분 상승의 열쇠가 될 수 있을까?

⚡

계급, 부, 권력은 결국 작품 속 세계의 특권과 장애물에 관한 것이다. 그리고 마법과 과학기술은 이 문제를 더 복잡하게 만든다. 남들과 완벽하게 차별화되는 능력이 있다고 해서 그 능력을 지닌 모든 사람이 반드시 같은 장애물에 맞닥뜨리거나 같은 특권을 누릴 필요는 없다. 앞 장에서 특정 능력이 있으면 사회 이동이 더 쉬워지거나 어려워질 수 있다고 말했는데, 과학기술과 마법이 그런 능력의 예다. 판타지 소설과 SF 소설에서는 이것이 증폭된다.

가장 쉬운 예는 슈퍼맨이다. 그는 평범한 사람과 달리 돈을 버는 걱정을 할 필요가 없다. 태양으로부터 에너지를 얻기 때문이다. 장애물이 하나라도 적다는 것은 사회 이동성이 높아진다는 것을 말한다. 부, 지위, 권력을 추구할 여유가 생긴다. 이와 대조적으로 어떤 사회에서 '상류층'에 속하기 위해 잔인하고 변덕스러워야 한다면, 슈퍼맨 같은 인물은 높은 지위에 오르기 힘들 것이다. 슈퍼맨은 진실, 정의, 그리고 미국적 방식 그 자체가 아닌가. 사회 계층의 사다리를 올라가면 어떤 특권이 생기는가? 사다리 밑에 있는 사람들은 어떤 장애물에 맞닥뜨리는가?

마법과 과학기술은 이런 특권과 장애물이 적용되는 기존 방식에 위협이 된다. 산업혁명으로 과학기술이 발달하면서 소규모 사업장도 번창할 수 있게 되었고, 그 결과 중산층이 급격히 성장해 계급 구조에 큰 변화를 가져왔다. 사람들이 사회 계층의 사다리를 올라갈 새로운 방법이 생겼기 때문이다. 그리고 그와 함께 지위에 대한 인식도 바뀌기 시작했다. 마법도 비슷한 결과를 낳을 수 있다. 자신이 원하는 것을 얻는 데 부와 권력이 필요하지 않은 집단이 탄생하기 때문이다.

길리어드 공화국은 왜 남녀의 신분을 나눴을까?

신분제도는 계급제도와는 살짝 다르지만 생각보다 비슷한 점이 많다. 신분제도에서도 부, 권력, 지위로 계급을 나누는데, 다만 개인이 통제할 수 없는 것들이 신분을 결정하는 주요 기준이 된다. 전근대 일본 사회에서 최하층민이었던 부라쿠민部落民은 출생지가, 인도의 카스트에 따른 신분은 가문이 결정한다. 신분제도에서는 이따금 '불가촉천민' 계급을 둔다. 신분이라는 개념은 계급제도에 비해 더 표면적인 방식으로 특정 생활 방식에 편향된 도덕률을 적용한다. 그래서 신분에 따라 가질 수 있는 직업, 거주지, 지위가 달라지고, 아주 근본적인 차원에서 세상을 보는 관점 자체가 달라진다.

브랜던 샌더슨의 《스톰라이트 아카이브》에는 옅은 색 눈동자를 지닌 사람과 짙은 색 눈동자를 지닌 사람을 나누는 신분제도가 등장한다. 문화적으로 옅은색 눈동자를 지닌 사람은 타고난 지도자감으로 여겨지고, 그것을 근거로 왕과 귀족으로 군림하는 것을 정당화한다. 스톰라이트 아래에서 마법의 검을 얻으면 눈동자 색을 바꿀 수 있지만 그 가능성은 매우 희박하다. 이런 신분제도는 등장인물 간 상호관계, 그리고 등장인물이 자기 자신과 다른 사람을 바라보는 관점에 영향을 미친다. 신분제도가 있는 사회에서는 사회 이동이 매우 힘들다.

인간은 특정 역할을 타고나지 않는다. 현실 세계에서는 성, 인종, 가문, 문화에 그것을 기준 삼아 굳이 사회를 엄격하게 계층화해야 할 중요한 차이점이 존재하지 않는다. 그런데 이와 달리 허구의 세계에서는 신분제도라는 관념을 더 복잡하게 만드는 요소와 맥락들이 있다. 외계 문명에서는 일꾼, 전사, 제사장, 지도자 등 역할을 타고나는 것이 가능할 수 있다. 그런 사회에서는 계층화가 아주 자연스럽게 여겨질 것이다.

그렇다 하더라도 계급제도와 신분제도는 당신이 생각하는 것만큼 다르지 않다. 어떤 면에서는 F. 스콧 피츠제럴드의 《위대한 개츠비》가 신분제도를 탐구했다고 해석할 수도 있다. 개츠비는 '조상 대대로 부유한 가문' 출신이 아니라는 이유로, 게다가 이것은 그가 바꿀 수 없는 특성인데도 불구하고, 특정 지위를 획득할 수 없었다. 서구 사람들은 '불가촉천민'을 비유럽적인 사회구조와 연결시키지만, 서구에서도 동성애자는 오래전부터 그 존재 자체가 비도덕적인 불가촉천민 취급을 받았다. 마약 사범이라는 이유로 수감된 어린 미혼모는 과연 '불가촉천민'과 다른 대우를 받을까? 이런 사람들은 종종 사회적으로 소외되곤 한다. 특정 직업에서 배제되거나 경멸당하고, 심지어 자신의 공동체에서 추방되기도 한다. 이것은 일반적으로 신분제도에서 목격되는 일종의 도덕적 순결주의가 발현된 것이다. 사회 신조로 공식적으로 규정된 적은 없지만 현실 관행에서는 거의 사회 신조처럼 적용된다.

1984년 사회학자인 에이브러햄 토머스는 인종적으로 분리된 미국 사회를 카스트가 존재하는 인도 사회에 비유했다.

> 이국적인 이름을 벗겨내면 … 카스트는 지배, 착취, 저항이라는 변화의 패턴을 따르는 사회적 불평등을 지지하는 체계일 뿐이다. … 나는 미국에서 흑인과 백인의 전통적인 인종 역학 관계가 이와 놀라울 정도로 유사하다고 생각한다. 두 나라의 국가(내)와 정치구조의 통제권을 지배 집단이 독점하기 때문이다. 미국의 백인은 인도의 상위 카스트에 해당한다.[25]

계급제도와 신분제도의 핵심적인 차이는 신분제도에는 대개 사회를 정해진 기준에 따라 공개적이고 공식적으로 나누는 체제에 정당성을 부여하는 종교적·철학적 토대가 있다는 점인 듯하다. 이때 흔히 역사적 서사나 종교 기록이 근거로 인용된다. 물론 심지어 이것조차도 완벽한 근거가 되지는 못한다. 성서 신학을 토대로 왕권신수설이 왕의 군림을 정당화했던 것이 그리 오래전 일이 아니다.

마거릿 애트우드의 《시녀 이야기》와 《증언들》은 신분제도와 계급제도의 경계를 모호하게 만든 좋은 사례다. 길리어드 공화국은 신권 가부장제 사회로 남자와 여자를 철저히 다른 계급으로 나눈다. 부, 권력, 지위는 거의 남성의 전유물이고. 여성은 하녀, 아주머니, 시녀, 아내로 다시 계층이 분화된다. 길리어드의 신학은 이런 계층 분화를 자연스럽고 필요하고 평등한 것으로 규정한다. 법률상 신조는 남자와 여자가 각기 다른 역할을 담당하는 동체의 다른 부분이라는 것이지만 사실상 여자는 2등 시민 취급을 받는다.

이런 신분제도와 별개로 운영되는 노동 집단 내의 계급제도도 있다. 그리고 이 노동 집단 간 상호작용도 이야기에서 흥미로운 등장인물 간 상호작용을 낳는다. 이것은 신학이 인간관계를 결정하는 그런 단순한 이야기가 아니다. 신분제도는 사회가 그것을 신분제도라고 인정하지 않더라도 사회와 인간관계에 영향을 미친다. 만약 작품 속 세계에 신분제도가 있다면 그 제도를 정당화하는 논리가 무엇인지 생각해야 하고, 또한 신분제도가 그것과 독립적으로 존재하는 별개의 계급제도와는 어떤 식으로 공존하는지도 생각해야 한다.

각 계급에는 그 나름의 문화가 있다

계급 내에도 말하는 방식, 입는 옷, 먹는 음식, 여가 시간을 보내는 방법 등에서 그 계급만의 문화가 있다. 현실 세계에서 부유층은 비싼 옷을 입고 상대방의 말소리가 잘 들리지 않을 정도로 커다란 마호가니 테이블에서 식사를 한다. 가난한 사람들은 케이크를 먹고 값싼 대량 생산 의류를 입는다. 중국에서는 한동안 비단이 황실의 전유물이었다. 당시에는 비단이 구하기 힘든 아름다운 천이었기 때문이다. 작품 속 세계에서는 희귀한 자원이 계급이나 지위의 상징일 수 있다. 폴로는 돈이 많이 드는 스포츠다. 말을 타고 하는 상류층의 게임이다. 그러나 작품 속 세계에서는 말이 흔해서 상류층이 도마뱀 싸움에 돈을 거는 것을 여가로 삼을 수 있다.

여기서 가장 중요한 요소는 접근성과 비용이다. 각 계급이 쉽게 접근할 수 있는 것이 무엇인지, 그 사회에서 무엇이 희귀하거나 얻기 힘든지가 중요하다. 이런 것들이 계급 간 주된 차이를 만들어낼 것이다. 중산층이 성장한 원인 중 하나로 19-20세기 자유무역의 확대를 들 수 있다. 자유무역으로 재화와 자원의 가격이 더 저렴해지고 더 널리 보급되면서 계급을 나누는 경계가 지워졌다. 지위의 상징물들이 점차 그 의미를 잃었고, 비용이라는 장벽이 낮아졌다. 보석은 더 이상 예전처럼 엄청난 부자여야만 가질 수 있는 것이 아니다. 따라서 예전과 같은 지위를 상징하지 않는다. 각 계급의 문화는 각 집단에 주어지는 기회의 폭이 급격히 넓어지면서 변했다. 특히 노동법이 도입되면서 중산층은 부를 축적하기 위해 예전만큼 상류층에 의존할 필요가 없었다.

그러나 이것만이 계급 간 차이를 불러일으키는 요소는 아니다. 아마도 가장 큰 오해는 모든 계급이나 모든 신분이 동일한 가치관, 관행, 지위 상징을 공유한다는 것이리라. 결코 그렇지 않다. 물론 겹치는 부분이 상당할 것이다. 그렇지 않다면 사회 이동을 어떻게 측정하겠는가? 속한 계급이 다르면 주시하고 반응해야 하는 압력 요인도 달라진다. 그 결과 계급마다 전통, 다른 신념, 종교적 정서, 관행이 달라진다.

고대에는 여성이 정치적 권리를 달리 부여받았기 때문에 테스모포리아Thesmophoria*가 탄생했다. 이 축제는 5세기 말에 이르러 점차 '하층민의 축제로' 여겨지게 된다.[26] 로마의 빈곤층은 기독교를 받아들였지만 부유층은 로마 전통 종교를 계속 믿으면서 계급 간 종교적 차이가 생겼다. 여기에는 수많은 이유가 있지만 그중 하나는 기독교의 교리가 공동체의 지원이 필요한 빈곤층에게 더 매력적으로 다가갔기 때문이다. 상류층에서는 그다지 관심을 끌지 못한 구원이라는 개념, 가난의 도덕성, 그리고 약자에 대한 연민이 빈곤층의 마음을 사로잡았다. 부유층보다는 빈곤층이 계절의 영향을 더 크게 받는다. 몇 가지 계절적 문화전통으로 봄의 회귀를 축하하는 것은 부유층이 아니라 빈곤층에서 시작한 관습이다. 이와 유사한 이유로 이런 전통은 종종 나머지 사회에서는 더 이상 공식 종교 행사로 취급되지 않더라도 빈곤층에서는 여전히 민속 관례로 남곤 한다.

서로 다른 계급은 서로 다른 어휘와 표현을 사용하며 각자의 일상에서 비롯된 서로 다른 은유와 비유를 사용한다. 왕은 풍성한 상태를 연회에 비유한다면 농부는 추수에 비유할 것이다.

---

* 고대 그리스의 아테네를 비롯한 여러 지방에서 보리 파종기에 베푼 데메테르, 테스모포로스를 위한 제전이다.

1066년 헤이스팅스 전투에서 잉글랜드군이 패배한 직후 영국 상류층 대다수는 프랑스어를 사용하기 시작했다. 이것은 빈곤층으로 아주 서서히 퍼졌으며, 그렇게 스며든 프랑스어 구문과 단어가 현대 영어에도 남아 있다.

바쁜 작가를 위한 n줄 요약

부, 권력, 지위는 서로 높은 상관관계에 있지만 계급제도마다 이를 다른 식으로 배분할 수 있다. 작품 속 사회에서 지위를 결정하는 문화적 가치, 부를 결정하는 물질적 가치, 권력을 행사하는 방식이 무엇인지 파악하라.

②

부, 권력, 지위의 배분은 사회 변화와 반드시 나란히 이루어지지는 않는다. 계급을 결정하는 이런 것들에 대한 사회적 이해가 이야기에서는 어떤 식으로 변화하고 있는지 생각해보자.

③

과학기술, 교육, 마법, 유전, 기술, 전투력, 편견, 종교 이념, 문화 규범, 법적 장애물 등 작품 속 사회에서 사회 이동성을 높이는 것들이 무엇인지 생각해보자.

④

신분제도는 일반적으로 바꿀 수 없는 특징을 기준으로 삼으며, 계급제도보다 사회 이동이 더 어렵다. 그러나 신분제도가 허구의 외계 종족 사회나 비인간 종의 사회에서도 반드시 탄압의 수단으로 활용될 필요는 없다. 계급제도와 신분 계급은 흔히 생각하는 방식으로 결정되지 않으며, 이것은 '불가촉천민'의 경우에 특히 그렇다.

⑤

계급마다 먹는 음식, 입는 옷, 말하는 방식, 종교, 도덕관, 전통, 사회규범

등 문화가 다르다. 계급마다 문화가 달라지는 요인은 다양하다. 교육, 무역, 과학기술은 이런 문화 간 차이를 지우는 경향이 있고, 그 결과 계급 간 경계도 약화된다.

2장

계급제도는
어떻게 유지되는가?

F. 스콧 피츠제럴드	F. Scott Fitzgerald
《위대한 개츠비》	The Great Gatsby

대니얼 B. 그린	Daniel B. Greene
《깨진 평화》	Breach of Peace

데이비드 에딩스	David Eddings
《벨가리아드》	The Belgariad

마거릿 애트우드	Margaret Atwood
《시녀 이야기》	The Handmaid's Tale

마이클 디마르티노	Michael DiMartino
브라이언 코니에츠코	Bryan Konietzko
〈코라의 전설〉	The Legend of Korra

수잰 콜린스	Suzanne Collins
《헝거 게임》	The Hunger Games

프랭크 허버트	Frank Herbert
《듄》	Dune

필립 K. 딕	Philip K. Dick
《안드로이드는 전기 양의 꿈을 꾸는가》	Do Androids Dream of Electric Sheep

현실 세계의 모습을 결정한 핵심 요소였다는 점에서 계급 제도와 신분제도는 오랫동안 여러 사회에서 중요한 역할을 했다. 이 장은 '계급 구조의 유지', '부귀와 권능을 누리는 자들', '계급제도는 고정된 것이 아니다', '계급의 기원'이라는 5개의 주제로 구성된다.

판엠의 세계가 유지되는 비결

⚡

계급제도는 다른 사회구조와 크게 다르지 않다. 의식적으로, 그리고 비의식적으로 관리하고 유지해야 한다. 그런 유지·관리 노력 없이는 계급 구조가 변하거나 무너진다. 이런 제도를 압제자와 피압제자라는 이분법적인 관점에서 검토하기는 쉽지만, 그것은 문제를 지나치게 단순화한다. 계급제도를 탄압의 도구로 활용할 수가 없어서가 아니라 그런 경우에도 계급제도와 신분제도가 유지되는 이유는 다음의 두 가지다.

- 사람들이 계급·신분제도의 운영 방식에 동의한다.
- 사람들이 계급·신분제도를 탄압의 도구로 활용하는 것에 이의를 제

기하지 않는다. 오히려 그렇게 하는 것이 합리적이고, 도덕적이고, 필수적이라고까지 생각한다.

수잰 콜린스의 《헝거 게임》에 나오는 독재 국가 판엠의 계급제도처럼 거의 전적으로 공포에 의지해 사회를 극단적으로 분화한 체제가 훨씬 더 취약하다. 제도가 순응을 유도하거나 제도의 운영 방식에 대한 동의를 이끌어내지 못하기 때문이다. 13개 구역에 대한 무자비한 탄압 정책은 그 구역의 아이들을 생중계되는 죽음의 스포츠에 매년 내보내며, 이는 구역민들의 반발심과 적대감만 키울 뿐이다. 수잰 콜린스는 이 잔인한 체제가 얼마나 취약한지를 잘 알고 있는 듯하다. 그것 때문에 《모킹제이 Mockingjay》에서 캐피톨이 제대로 저항도 하지 못하고 속절없이 무너진 것이다. 판엠의 계급제도는 오직 당국의 의지로만 겨우겨우 지탱되고 있었다.

판엠의 세계에도 예외가 있는데, 바로 제1구역이다. 제1구역은 넓은 의미에서 캐피톨과 상호보완적인 관계에 있었다. 제1구역은 현재의 계급제도하에서 대체로 쾌적한 삶을 산다는 면에서 계급제도의 수혜자라고 할 수 있다. 제1구역은 헝거 게임에 참가하는 것을 자부심, 야망, 영광의 원천으로 받아들였다. 요컨대 그들은 탄압적인 상황을 문제 삼지 않았고 헝거 게임을 합리적인 경쟁으로 받아들였다. 제1구역에서 계급제도가 비교적 수월하게 유지된 것은 놀랍지 않다.

계급제도가 운영되는 방식에 동의하지 않는 집단이 다수라면 그 제도는 오래 지속될 수 없다. 미국의 노예제 실시 주와 프랑스의 카리브해 식민지는 강제로 그곳으로 이주당한 아프리카 노예들에게는 잔인한 디스토피아였다. 그런 상황이 수백 년간 지속되었는데, 비노예 인구가 훨씬 더 많았기 때문이다.《헝거 게임》의 캐피톨에서는 압제자 한 명당 피압제자가 열 명이 되면서 압제자의 수가 부족했지만, 미국 남부에서는 백인 한 명당 노예의 수가 0.5명이었다.

신분제도가 바뀌기 어려운 이유는 한 가지 더 있다. 신분제도가 사람들을 분류하고 분리하는 방식을 정당화하는 강력한 도덕적 신념이 뒷받침되기 때문이다. 그런 사회는 일부만이 특권을 누릴 자격이 있고, 나머지는 특권을 누릴 자격이 없다고 굳게 믿는다. 신분제도에 의문을 제기하는 것은 곧 그 사회의 도덕적 가치관, 교리, 더 나아가 신 그 자체에 의문을 제기하는 것이 된다. 다른 집단을 탄압하는 객관적인 도덕 명령을 만들어낼 수 있다면 압제자와 피압제자 '모두' 그 사회의 현재 상황에 의문을 제기할 확률이 낮아질 뿐 아니라 그런 잘못된 제도를 유지할 비물질적·심리적 이득도 생긴다. 심지어 그런 잘못된 제도를 도덕적 선이라고 공공연하게 주장할 수도 있게 된다.

이런 현상은 계급 구조에서도 일어날 수 '있는' 일이지만(예컨대 어떤 사회가 실제로는 결코 아닌데도 그 사회가 철저하게 능력주의를 따르는 자본주의 사회라고 믿을 수 있다), 그런 경우에도 일반적으로 비교적 은밀하게 진행된다. 계급 사회에는 그 계급 구조를 정당화할 수 있는 경전이나 교리가 없다. 계급 구조를 정당화할 계율이 없다 보니 가치관과 사회적 패러다임이 유동적이어서 끊임없이 변한다.

우리가 현재 가장 부유하고 가장 강한 사람이 아니어도 '괜찮다'고 믿는 것도 강력한 힘을 발휘한다. 또한 부와 권력을 모두 지닌 자는 아마도 그런 것들을 누릴 자격이 있다고 믿는 것도, 계속 성실하게 노력하면 언젠가는 더 나은 삶을 살 수 있으리라고 믿는 것도 마찬가지다. 이런 식으로 생각하면 굳이 사회를 전복할 필요가 없어진다. 특히 사람들이 신분제도나 계급제도의 토대가 착취나 탄압이라고 여기지 않을 때는 더 그렇다. 최상위 계층과 최하위 계층은 종종 그 제도가 '실제로 돌아가는' 방식을 잘못 이해하기 때문에 모든 사람이 (충분히) 잘 지내고 있다고 스스로 속이곤 한다.

마틴 루서 킹Martin Luther King은 이것과 관련해 아주 중요한 지적을 했다.

> 저는 자유를 향한 (우리의) 발걸음 앞에 놓인 가장 큰 걸림돌은 … KKK가 아니라 정의보다는 '질서'에 더 충성하는 중도파 백인이라는 안타까운 결론에 도달했습니다. 그들은 정의의 실현이라는 적극적인 평화보다는 긴장의 부재라는 소극적인 평화를 선호합니다.[27]

무감하거나 무관심하거나 무지하거나 무식하거나 무심한 사람들이 이런 제도를 유지하는 데 크게 기여한다. 작품 속 세계에서는 계급 구조에 대해 '중도파 백인'과 같은 태도를 취하는 집단이 있는가? 사회의 계급·신분제도가 정당하다고 믿는 사람과 무심하거나 문제가 없다고 생각하는 사람들이 그 제도가 유

지되는 데 소극적으로, 그리고 적극적으로 어떤 역할을 하는지
생각해보라.

부와 권능을 누리는 자들

✦

부와 권력을 쥔 자들이 어두운 방에 모여 앉아 시가나 피우
면서 어떻게 하면 노동자를 쥐어짜서 1달러 한 장이라도 더 뽑
아낼 수 있을지 논의하지는 않는다 하더라도, 그들은 대개 자신
의 이해관계에 따라 행동하며 그런 행동은 다시 계급 구조를 강
화한다. 예컨대 민주주의 사회라면 투표하고 기부하고 로비할
때 모두 자신의 이해관계에 유리한 쪽으로 행동할 것이고, 그 결
과 더 많은 부를 축적하고 더 많은 권력을 획득한다.

미국의 노예 소유주는 1850년 도망노예법Fugitive Slave Act을
통과시키기 위해 로비 활동을 펼쳤다. 이 법은 노예가 자유주로
도망치더라도 원 소유주에게 환송하도록 명시한 법이다. 또한
이 법은 탈출한 노예를 추적할 책임을 연방정부에게 지웠으며,
흑인의 납치를 암묵적으로 장려하고 정당화했다. 연방정부가
탈출 노예를 추적하고 주인에게 돌려줄 책임을 지게 되면 곧 노
예제가 강화되므로, 부와 권력을 쥔 집단은 이 법안의 통과를 추
진했다.

인도에서는 상위 카스트 집단이 서로 다른 카스트끼리 결
혼하는 것을 금지하자는 대규모 캠페인을 벌였다. 서로 다른 카
스트가 결혼하는 일이 늘면서 카스트의 영향력이 줄어들고 상

위 카스트의 지위가 위협받는다는 것을 깨달았기 때문이다. 기원전 500년부터 기원전 287년까지 무려 200년 이상 이어진 '로마 공화정의 계급 갈등'은 평민인 플레브스가 귀족인 파트리카와 동등한 권리를 쟁취하기 위해 벌인 투쟁의 시대였다. 파트리카는 자신들에게 익숙한 질서를 지키기 위해 플레브스의 요구에 사사건건 맞섰다.

이들 사례에서는 부와 권력을 쥔 집단이 계급 구조를 유지하기 위해 법제도를 활용한다. 그러나 계급 구조를 강화하기 위해 더 자주 사용한 전략들도 있을 것이다. 작품 속 세계에도 다음과 같은 것들을 적용해볼 수 있을 것이다.

1. 사회 이동을 가로막는 법적 장애물: 마거릿 애트우드의 《시녀 이야기》에서는 길리어드 공화국에서 사령관과 아내가 소수 집단이지만, 이 특권층에 들어가기 위해서는 사령관의 승인을 받고, 신실한 종교적 믿음을 입증해야 한다. 길리어드 사회에는 타고 올라갈 부나 명예의 사다리가 없다. 이곳에서는 종교적 믿음의 기준을 충족하지 못하는 사람의 지위 상승이 법적으로 금지되어 있다.

2. 문화와 사회규범을 이해하지 못하는 사람을 배제하는 문화적 장애물과 사회규범: F. 스콧 피츠제럴드의 《위대한 개츠비》에서 특히 이 전략을 상세히 탐구한다. '상류층'이 되는 것은 단순히 부와 권력의 문제가 아니라 예법과 태도, 상식, 옷차림, 그리고 여가 활동 등이 얽힌 복잡한 문제다. 닉 캐러웨이는 자신이 이런 문화적 장애물을 통과할 수 없다고 생각하며, 개츠비는

진정으로 '상류층'에 받아들여지기 위해 그들의 사회규범을 실천하려고 노력한다. 상류층의 문화 및 사회규범을 익히고 순응하지 않으면 상류층에서 추방당한다.

3. 정실 인사: 능력과 상관없이 친구나 지인을 중요 당직에 임명하는 것을 말한다. 회사나 공직에서 승진은 사회 이동의 주요한 통로지만 정실 인사는 사회 이동을 방해하는 장애물이 된다. 결코 공개적으로 이루어지지는 않지만 '외부인'은 확실하게 느낄 수 있다.

4. 경제적 독점: 필립 K. 딕의《안드로이드는 전기 양을 꿈꾸는가》는 기업 디스토피아를 배경으로 한다. 부유층과 빈곤층을 엄격하게 나누는 계급제도가 존재하며 사회 이동의 기회는 거의 없다. 빈곤층은 기업에 할부금을 지불하며 간신히 생계를 유지하므로 자본을 축적할 수 없어 빈곤의 악순환에 갇힌다. 로즌 조합은 고급 사양의 안드로이드 제조업 부문을 독점하는데, 안드로이드는 일상에서 너무나도 중요한 역할을 하므로 안드로이드 서비스와 제품이라는 중요한 자본과 자원을 소수가 독점함으로써 계급제도를 소극적으로 강화한다.

5. 자원의 인위적 희소성: 경제적 독점과도 밀접한 관련이 있다. 자원을 인위적으로 희소하게 만들면 그 자원에 대한 접근권을 통제하는 사람이나 집단에 엄청난 권력을 안긴다. 이 접근권은 누가 사회 이동을 할 수 있는지, 누가 권력을 행사하는지를 결정하고, 이 접근권이 있는가 없는가에 따라 사람들이 누리는 삶의 질이 달라진다.

6. 하위 계급 집단의 구성원이 돈, 지위, 부를 얻기 위해서는

상위 계급 집단에 의존해야만 하도록 만든다: 미국 남북전쟁 중에 4만 명의 아일랜드계 미국인은 남부연합 편에서 싸웠다. 당시 아일랜드계 미국인은 미국에서 진짜 '백인'으로 인정받지 못했다. 현재 유럽의 슬라브인이 진짜 '유럽인'으로 대우받지 못하고 다소 멸시받은 것과 비슷하다. 남부연합은 노예제를 지키기 위해 아일랜드계 미국인에게 백인으로서의 동지의식을 보여줄 기회라고 부추기면서 자신들의 편에 서서 싸우면 그들도 백인으로서 동등한 사회적 지위를 누릴 수 있을 것이라고 설득했다.[28] 아일랜드계 백인의 부, 권력, 지위를 남부 백인이 좌지우지할 수 있던 덕분에 남부연합은 노예제를 아주 조금이나마 더 오래 유지했다. 돈, 지위, 부는 주기도 쉽지만 빼앗기도 쉽다. 앞서 군주제를 다루면서 영국의 엘리자베스 여왕 1세가 후원 시스템을 활용해 자신의 권력을 유지한 사례를 살펴보았다. 엘리자베스 1세 여왕은 어떤 귀족에게 권력, 부, 지위를 얼마나 허용할지를 결정할 권한이 있는 사람이었다. 작품 속 사회에서는 누가 누구에게 권력, 부, 지위를 주는지 생각해볼 필요가 있다. 권력, 부, 지위의 분배를 결정하는 자는 어떤 기준으로 그것을 분배하며, 결정권자의 지지나 승인 없이 권력, 부, 지위를 얻고 유지하기가 얼마나 쉽거나 어려운 일인가?

7. 허울뿐인 양보: 작품 속 세계에서는 사회가 현재 대격변기를 맞이했을 수 있다. 이런 변화를 막는 한 가지 방법은 실질적으로는 아무런 변화가 없지만 변화를 약속하고 변화를 대신하는 상징물을 제공하면서 그 상황을 무마하는 것이다. 피압제자의 법적 권리를 신장시키려는 노력 없이 '해방을 위한 투쟁'을

상징하는 동상을 세우는 것이 그런 예다.

8. 프로파간다: 〈코라의 전설〉의 바싱세는 불평등이 일상에 깊이 뿌리 박힌 도시다. 도시 자체도 도심, 중간지, 외곽으로 나뉘며, 도심 거주민이 부, 권력, 지위를 거의 독차지하다시피 한다. 작가들은 이런 극단적인 불평등을 낳는 이 도시의 체제가 어떻게 유지될 수 있는지를 열심히 보여준다. 여러 세대에 걸쳐 도시의 최하 빈곤층은 왕족은 현자이며 따라서 그들은 현재와 같이 모든 특권을 누릴 자격이 있다는 프로파간다에 세뇌당한다. 등장인물 한 명의 집이 불에 타서 잿더미가 되는 일이 벌어지는데, 이때 그녀는 여왕의 사진을 건지기 위해 불타는 집으로 뛰어들어간다. 계급 구조에 종교적 의미를 부여해서 계급제도를 유지하는 형태다. 사람들은 바싱세가 일종의 능력주의 사회, 즉 가장 현명하고 능력 있는 사람들이 그에 걸맞은 권력과 부를 누리는 사회라는 잘못된 믿음에 빠져 있다.

여기서 제시한 몇 가지를 선택해 그런 전략이 작품 속 사회의 계급제도를 어떻게 유지할 수 있을지 실험해볼 필요가 있다. 더 나아가 그중 한 가지 전략을 빼거나 그 전략이 실패했을 때 계급제도가 어떤 타격을 입는지 생각해봐도 좋을 것이다.

앞 장에서 사회 이동에 대해, 그리고 특정 집단이 다른 집단에 비해 사회 이동성이 높을 수 있다는 점에 대해 알아보았다. 마법과 과학기술은 사회 이동과 관련된 전통적 장애물을 통과하거나 우회할 수 있는 샛길을 제공한다. 그래서 특정 집단 전체가 이전에는 상상할 수 없었던 사회 이동성을 얻게 되기도 한다.

그렇다면 이런 질문을 던져야 한다. 부와 권력을 쥔 집단은 계급 구조를 강화하기 위해 이 새로운 집단에 어떤 혜택을 제공하는가? 또는 새로운 집단이 기존의 계급 구조를 약화하는 것을 막기 위해 어떤 장애물을 추가하는가?

《섀도우 앤 본》 시리즈에서 슈한과 피예르다라는 국가는 둘 다 마법 능력이 있는 그리샤를 박해한다. 요컨대 두 국가는 익숙한 사회 질서를 유지하기 위해 그리샤가 권력, 부, 지위에 접근조차 할 수 없도록 극단적인 장애물을 둔다. 이와 대조적으로 라브카라는 국가는 군대 내에서는 그리샤에게 권력과 지위를 제공함으로써 그들이 라브카의 국익을 위해 행동하도록 유도하는 혜택을 제공한다. 라브카의 특권층은 그리샤를 계급 구조에 편입시키면서 일종의 공생 관계를 형성한다. 다만 그런 변화를 자신들이 주도하면서 자신들의 입맛에 맞게 바꾼다.

계급제도는 혁명을 잉태한다

꜡

세계관을 구축하면서 저지르는 가장 흔한 실수 중 하나는 다음과 같다. 신분제도나 계급제도의 토대가 되는 심리학과 신념에 관한 상세한 정보와 함께 신분제도나 계급제도의 기원을 보여주면서도 그 제도 자체는 '절대로 변화하지 않는다'는 것이다. 심지어 수천 년 동안 원래의 형태로, 아무도 이의를 제기하지 않은 채로 유지된다. 그러나 사실 권력 구조라는 것은 끊임없이 변화한다. 예컨대 지위와 권력의 내용, 자원의 가치와 희소성, 포용되거나 배척되는 집단, 사회 담론을 지배하는 갈등 등이 변한다. 과거가 현재 사회의 모습을 결정하지만, 현재도 그에 못지않게 현재 사회의 모습에 영향을 끼친다.

> 실은, 카스트는 심지어 전통이 중시되던 과거에도 이론에 딱 맞춰서 운영되지는 않았다. … 우리 가족은 인도 케랄라의 고대 시리아 기독교 공동체의 일원이었다. 시리아 기독교인은 카스트에서 높은 지위를 누렸다. 그런데 엄밀히 말하면 카스트는 힌두교인에게만 적용되어야 하는 제도다.
>
> – 에이브러햄 토머스[29]

1881년 영국의 식민지 정책에 의해 인도의 카스트 제도는 급격한 변화를 겪었다. 영국도 계급 사회였지만, 영국 식민주의자들은 인도 사회를 재편하면서 여러 가지 면에서 인도의 카스트 제도를 이전보다 더 강화했고, 통제의 도구로 여겨 법제화했다. 계급제도가 사회에 영향을 미치듯이 사회 환경은 계급제도에 영향을 미친다. 경제적·종교적·정치적 현실에 따라 신분제도를 바라볼 때 사용하는 렌즈가 바뀐다. 엄격하게 적용되는 신분제도조차 사회적 변화와 인구 구성 변화를 반영하지 않으면 무너질 수밖에 없다. 아주 오랜 시간이 흘러도 세계가 그대로라면 그 세계는 그 안에서 살아가는 등장인물들이 존재한다 해도 불가능한 세계, 정체된 세계처럼 느껴질 것이다.

지위라는 것은 이미 지위를 가진 자에 의해 규정된다는 것이 진실이며, 지위를 가진 자가 그 사실을 아는지 모르는지는 중요하지 않다. 비서구권 국가 출신 사람들은 영어를 배운다. 오늘날 영어가 부자의 언어이기 때문이다. 1066년 헤이스팅스전투 직후 영국에서는 프랑스어를 사용하는 노르만인이 권력을 쥐면서 새로운 상위 계급으로 부상했고, 그 결과 사회 이동 사다리를 오르고 싶은 사람들은 프랑스어를 배워야만 했다.

권력과 지위를 쥔 부유층은 권력, 지위, 부를 누리기 위해서는 어떤 자격 조건을 충족해야 하는지를 자기 유지 피드백 고리에 따라 결정할 것이다.

마법에 따라 계급이 나뉘는 세계

⚡

역사학자이자 인류학자인 멜빈 크란츠버그Melvin Kranzburg 와 마이클 T. 하난Michael T Hannan은 계급 구조의 기원에 관해 다음과 같은 이론을 제시했다.

> (집단의 규모가 커지면서 더 많은 식량과 자원을 수확 및 채집하고 관리하기 위한) 공동체 활동은 사회적으로 중요한 의미가 있었다. 식량은 균등하게 배분되어야 했으며, 집단을 조직하고 지휘할 지도자가 필요했다. 사회 집단의 기초 단위가 친족이었으므로 부족장부터 시작해서 내려오는 혈연관계가 "관리 위계질서"의 토대가 되었다. … 역사가 문자로 기록되기 시작할 무렵부터 서로 뚜렷하게 구별되는 경제적·사회적 계급들이 존재했다. 각 집단의 구성원은 노동 조직에서 정해진 역할을 담당했다. 사회 피라미드의 정점에

는 지도자… 그리고 귀족… 이들과 밀접한 관계에 있는 제사장들이 있었다. 문자와 수학 지식을 갖춘 제사장은 정부 관료 역할을 하면서 경제 활동을 조직하고 지휘하면서 사무원과 서기관을 감독했다.[30]

이것은 원시적인 전 농업사회 이후를 배경으로 세계관을 구축할 때는 큰 도움이 되지 않는 아주 대략적인 개요다. 다만 여기서 주목해야 할 대목은 '관리 위계질서'가 초기 탄생 시점 이후 변화를 겪었지만 현대의 계급제도는 여전히 자원의 소유권, 관리권, 통제권과 긴밀하게 연결되어 있다는 점이다. 작품 속 세계에서 적어도 그런 점을 염두에 두고 권력 구조와 역학 관계를 검토할 필요가 있다.

그러나 이것은 한층 더 심화된 세계관 구축을 유도하는 세 가지 질문을 낳기도 한다. 애초에 왜 사람들은 더 큰 집단을 이루며 살기 시작했는가? 그들은 어떤 자원을 더 효율적으로 수확하거나 채집하려고 했는가? 어떤 종교적·철학적 믿음이 계급 구조에 영향을 미쳤는가?

작품 속 세계에서는 신이 큰 비중을 차지할 수도 있다. 신의 지휘 아래 사람들이 그 신을 중심으로 조직을 구성할 수도 있을 것이다. 대니얼 B. 그린의 《깨진 평화》에서 제국의 수장은 올마이티다. 그는 자신의 제자들인 어노인티드에게 큰 힘을 하사하는 신적인 존재다. 작품 속 세계에서는 프랭크 허버트의 《듄》에서처럼 사람들이 협력해서 식량이 아닌 스파이스 멜란지 같은 희귀 자원을 수확해야 할 수도 있다. 스파이스는 우월한 정신 능력을 제공하는 신비한 자원이다. 독자는 원주민 프레멘 부족사회가 어떻게 탄생하게 되었는지 알 수 없지만, 그들이 스파이스 수확을 위해 공동체를 형성하게 되었다는 것은 확신할 수 있다.

작품 속 세계의 계급에 마법이 아주 큰 영향을 미칠 수도 있다. 마법으로 강한 힘을 지닌 집단이 바뀌고 지위의 내용이 달라질 것이기 때문이다. 《듄》의 예로 돌아가 보겠다. 《듄》 시리즈의 계급제도는 봉건적이다. 황제 밑으로 여러 단계의 작위가 존재한다. 그런데 이 계급제도는 베네 게세리트의 목적에 맞춰 진화했다. 베니 게세리트는 초능력을 지닌 소수의 여자들로 구성된 집단이다. 베네 게세리트를 제외하면 남성이 지배하는 사회이므로 대가문 세력은 베네 게세리트를 아내로 맞이하거나 고문관으로 두어서 다른 가문보다 정치적·경제적 우위를 점하려고 애쓴다. 황제가 거의 언제나 베네 게세리트를 아내로 삼고 싶어 하는 이유도 이와 다르지 않다. 전략적으로 아주 중요한 투자 대상인 것이다. 베네 게세리트는 그 자체로 강력한 분파이며, 나중에는 그들이 수백 년 동안 역사적 사건에 개입하고 조작했음이 드러난다.

계급제도와 신분제도는 인종, 문화, 종교 등 집단 간 역사적 갈등과도 깊은 관련이 있다. 신분제도도 계급제도와 비슷한 패턴으로 진화하지만 종교적 요소를 특히 강조하는 경향이 있다. 힌두교의 경전 중 하나인 《리그베다Rigveda》는 사회를 도덕적으로 정해진 역할과 사명을 타고나는 4개의 집단으로 나눈다.

인도의 카스트 제도는 이론적으로는 베다 부족의 분화와 분쟁에서 그 기원을 찾을 수 있다. 인도-이란인의 출현이 베다 부족 내 갈등을 심화시키기도 했지만, 인도-이란인은 "바르나 Varna라는 특수한 사회 질서 원칙'을 들여왔다. 이것은 '사회 구성원의 역할을 네 가지로 나누고 경중에 따라 순위를 부여한 위계 질서⋯ 피부색이 각 개인의 카스트를 결정하는 주요 인자다."[31] 이런 원칙의 파급력은 아주 오랫동안 지속되었고, 그 결과 기존의 역사적 갈등이 카스트 제도에 투영되었으며, 인종 간 갈등, 충성도, 승리와 패배 등에 따라 어느 집단이 어느 신분에 소속되는지가 결정되었다. 노동력 조직에 의해 계급이 나뉜 것이 아니라 민족의 역사적 서사에 의해 계급이 나뉘었다.

바쁜 작가를 위한 n줄 요약

①

계급 구조는 다수가 그 사회의 운영 방식이 정당하다고 믿거나 탄압이 자행되는 것이 문제가 되지 않는다고 믿을 때 더 안정적으로 유지된다. 오로지 공포감을 조성해서 유지하는 제도가 가장 취약하다. 이것은 신분제도가 오랫동안 지속되는 이유이기도 하다.

②

계급제도는 이미 부, 지위, 권력을 누리는 집단이 법적 제약, 문화적 장애, 정실 인사, 자립 방해, 폭력, 추방, 독점, 자원의 인위적 희소성, 프로파간다, 허울뿐인 양보 등을 통해 의식적·무의식적으로 그 제도를 강화하는 자기 강화 체제다.

③

계급제도는 특정 지정학적·사회학적·종교적·이념적 조건에서 출발하지만 계급제도가 오래 지속되더라도 그런 지정학적·사회학적·종교적·이념적 조건은 변화하기 마련이다. 그런 조건을 동일하게 유지하면 작품 속 세계가 정체된 것처럼 보일 수밖에 없다. 시간이 지나면 나타나는 사회적 변화, 인구 구성의 변화를 반영해야 한다.

④

사회 이동성은 사회의 특권과 장애물이 어떤 것이고 누구를 위한 것인지에 따라 결정된다. 마법과 과학기술이 이 특권과 장애물을 어떻게 바꾸거나 제거할지 생각해보자. 또한 부와 권력을 쥔 집단이 기존 계급제도를 약화할 수도 있는 새로운 과학기술과 마법에 어떻게 대처할지도 생각해보자.

집단 간 갈등, 집단의 믿음 체계는 사람들이 더 큰 집단을 이루고 살면서 노동력을 조직하는 과정에서 탄생하며, 그 내용에 반영된다. 신분제도는 집단의 믿음 체계를 더 강조하는 경향이 있다. 마법이 존재한다면 계급제도를 뒷받침하는 논리가 크게 바뀔 것이다.

3장

계급제도는
어떻게 무너지는가?

J. R. R. 톨킨	J. R. R. Tolkien
《반지의 제왕》 시리즈	The Lord of the Rings

베데스다	Bethesda
〈엘더스크롤〉 시리즈	The Elder Scrolls

수잰 콜린스	Suzanne Collins
《모킹제이》	Mockingjay

스콧 린치	Scott Lynch
《록 라모라의 우아한 계략》	The Lies of Locke Lamora

조지 R. R. 마틴	George R. R. Martin
《검의 폭풍》	A Storm of Swords

찰스 디킨스	Charles Dickens
《두 도시 이야기》	A Tale of Two Cities

프랭크 허버트	Frank Herbert
《듄》	Dune

허구, 특히 SF와 판타지 장르는 사회 질서의 급격한 변화를 다루는 경우가 많다. 그리고 일반적으로 그런 변화의 시기에는 전쟁 또는 혁명이 일어나거나 온갖 권모술수가 난무한다. 계급제도나 신분제도의 변화, 붕괴, 쇠락도 사회 질서 변화의 일부다. 이 장의 주제는 평화로운 변화, 폭력적인 변화, 계급 이후, 전염병, 전쟁의 5개 주제로 나눠서 살펴보겠다.

계급 질서의 평화로운 변화

⚡

계급제도는 계급 간 이동을 가로막는 장벽이 굉장히 낮아졌을 때, 그래서 사회 이동이 쉬워졌을 때 변하거나 사라진다. 여기서 말하는 사회 질서 '변화'는 그저 현재의 체제가 끝났다는 것을 의미할 뿐이어서 그 변화가 늘 긍정적인 것은 아니라는 점을 짚고 넘어가야겠다. 고대 중국의 예를 살펴보자.

지배층 구성원을 뽑는 시험을 통한 공직 경쟁선발 체제는 당나라 이전과 당나라 초기 귀족 계급의 몰락으로 이어졌다.[32]

시험 체제가 도입되면서 귀족이 아닌 평민도 권력, 지위, 부를 얻을 수 있게 되었다. 새로운 정치·종교 철학에 따라 사회 이동을 가로막는 장벽이 낮아지면서 기존의 헤게모니가 붕괴되는 과정은 대체로 평화로웠다. 전통적인 귀족 집안이 몰락하면서 사회 질서가 변했다.

길드와 조합은 사회 이동을 제한하는 장애물을 무너뜨리거나 바꾸거나 강화하는 데 중요한 역할을 한다. 베데스다 스튜디오의 〈엘더스크롤〉 시리즈는 매우 독특한 세계관 설정 몇 가지를 보여준다. 특히 길드를 활용한 방식이 돋보인다. 누구에게나 열려 있는 조직인 전사 길드의 등장으로 봉건 체제 아래서는 평민이 감히 꿈꿀 수 없었던 권력, 부, 지위를 획득할 수 있는 길이 열렸다. 전사 길드는 새로운 계층 이동 사다리를 제공함으로써 탐리엘 대륙의 전통적인 권력 구조에 반기를 든 것이다. 또한 이것은 귀족 계급으로부터 자유로운 전사 집단이 생긴 것을 의미한다. 이런 변화 덕에 전사 길드의 구성원은 무기 관련 법적 면제권을 받고, 더 높은 임금을 요구하고, 이전에는 누리지 못한 지위를 획득할 수 있게 된다.

조합은 경제 부문에서 큰 비중을 차지한다는 점을 이용해 정부가 노동 환경과 임금 조건을 향상시키도록 꾸준히 압박한다. 20세기 초 임금 인상과 더불어 의료 제도가 개혁되고 산업 안전 수준이 개선된 것은 모두 조합이 조합원을 대변해 협상을 벌인 결과다. 조합과 길드는 사회가 권력, 부, 지위를 배분하고, 그 구성원이 권력, 부, 지위를 획득하는 방식에 상당한 영향력을 행사한다. 그 결과 조합과 길드는 반대에 부딪히기도 한다.

그러나 길드와 조합은 또한 외부인의 사회 이동에 제약을 가하기도 한다. 스콧 린치의 《록 라모라의 우아한 계략》에서는 길드가 기득권 세력이 되어 자신들의 권력을 남용하는 현상을 이렇게 묘사한다.

어느 날 밤 강력한 마법사 한 명이 자신보다 약한 마법사의 집을 찾아와 문을 두드린다. "배타적인 길드를 만들 생각이야." 그는 말한다. "지금 당장 가입하지 않으면 지금 자네가 신고 있는 망할 장화와 함께 날려버리겠네." 약한 마법사는 당연히 이렇게 말한다.…
"그게 말일세, 나는 언제나 길드에 가입하고 싶었다네!" 그래, 정말로 그랬겠지. 그 두 마법사는 또 다른 마법사를 찾아간다. "길드에 가입하게." 그들은 말한다. "싫으면 지금 당장 우리 두 사람과 싸우던가. 2대1로 말이야." 이런 식으로 세 명 또는 400명의 마법사가 근방의 마지막 독립 마법사의 문을 두드릴 때까지, 그리고 길드 가입을 거절한 모든 마법사가 죽음을 맞이할 때까지 반복한다.

독립 노동자는 때로는 길드와 조합이 그 목적을 달성하는 데 방해가 된다. 그러다 보니 길드나 조합은 가입을 거절한 노동자에게 대가를 요구하기도 한다. 길드나 조합은 자신들의 고객과 배타적 수임 계약을 체결해서 독립 노동자의 일자리를 없애거나 효율적인 독점 체제를 유지하기 위해 독립 노동자를 그 분야에서 일할 수 없게 내쫓는다. 16-17세기 베네치아 르네상스

373

시대에 베네치아 길드는 이런 식으로 세력을 확장하고 베네치아 정치에 상당한 압력을 행사해 사회 전체에는 반드시 이득이 된다고 할 수 없는 장인 집단 내 하향식 위계질서를 만들었다.

조합은 때로는 경제 체제가 감당할 수 없거나 충분한 수익을 낼 수 없을 정도의 임금 인상이나 지분을 요구한다. 어느 사회에서나 길드와 조합이 존재한다면 여기서 논의한 측면들이 복합적으로 작용할 것이다. 사회에 도움이 되면서도 사회를 조종하고, 독선적이면서 해방적이고, 야망이 크면서도 또 그 야망이 충분히 크지 않은 것이다. 조합은 한 집단에게는 이롭지만 다른 집단에게는 해롭다. 길드는 한 집단은 억누르면서 다른 집단은 키울 것이다. 작품 속 세계에 가장 잘 맞는 구성을 찾으면 된다.

때로는 계급제도의 근간이 되는 신념이 평화로운 방식으로 변하거나 뒤집힌다. 일본과 인도의 정부 정책은 역사적으로 차별당한 하위 계급을 지원한다. 이것은 신분제도를 정당화하던 신념 체계의 변화를 보여준다. 그렇게 변한 신념은 시간이 지나면서 체제 자체를 해체한다. 이미 1984년에 에이브러햄 토머스 박사는 이렇게 썼다.

> 인도에 카스트가 존재하는가? 물론이다. 그러나… 200년 전이나 100년 전, 심지어 20년 전의 카스트와는 다르다.[33]

앞 장에서 계급제도는 고정된 것이 아니라고 말했다. 계급제도의 근간이 되는 신념이 변하면 계급제도도 변하기 마련이다. 예전에는 사람들이 물려받은 부를 중시했고, 심지어 물려받은 부로 지위와 권력을 얻는 것이 도덕적이고 정당하다고 여겼다면, 시간이 지나면서 점차 스스로 축적한 부를 강조하게 되었고, 이런 경향은 경제적·정치적 긴장이 고조된 최근 20-30년 사이 더 강해졌다. 권력, 부, 지위를 누릴 자격이 있는 사람에 대한 사람들의 신념에서 최고로 꼽히는 가치는 노동 윤리와 생산성이 되었다. 그 결과 사회 담론에서도 상속세와 같은 정책이 점점 큰 부분을 차지하고 있다.

계급 질서의 폭력적인 변화

⚡

피를 볼 수 있는 상황에서도 건전하고 점진적인 사회 변화를 추구하는 이유는 무엇일까? 혁명 또는 내전이 발발하는 원인은 다양하지만, 여기서는 계급과 관련된 것들만 살펴보자. 계급 간 긴장은 사회 내부에서 경제와 정치를 움직이는 주요 동력이다. 따라서 역사적으로 거의 모든 대표적인 내전과 혁명의 밑바탕에는 그런 긴장이 깔려 있었다는 사실이 전혀 놀랍지 않다. 진실, 희망, 정의, 미국적 방식 등 철저히 이념적인 이유로 혁명과 전쟁이 발발했으며, 그런 이유만으로 사람들이 투쟁과 전투를 이어나간다는 식으로 이야기를 쓰고 싶은 유혹에 빠지기 쉽다. 그러나 이념은 거의 언제나 이야기에서 다루는 것보다 훨씬 더 복잡하며, 전쟁과 혁명은 대개 이념보다는 더 현실적인 이유로 시작된다.

1917년 러시아혁명을 주도한 혁명가들은 그 혁명이 성공한 이유가 자신들이 사회평등, 자유, 정의를 열렬히 믿었기 때문이라고 주장하겠지만, 그들이 내건 구호는 '평화, 빵, 토지'였다. 당시 러시아 사람들은 수백만 명의 목숨을 앗아간 제1차 세계대전에서 손을 떼고자 했다. 그들은 굶주렸고, 먹을거리를 원했고, 자기 소유의 안락한 보금자리를 원했다. 이야기 속 주인공이 철저히 이념에 따라 움직인다고 해도 대다수 사람은 훨씬 더 현실적인 이유로 혁명이나 내전을 지지한다. 감동적인 연설이 성취할 수 있는 것에는 한계가 있으며, 작품 속 세계의 가난한 사람들이 추상적인 관념을 위해 안정적이고 배부른 삶을 포기한다면 다소 억지스럽게 느껴질 것이다.

　찰스 디킨스의 《두 도시 이야기》는 프랑스혁명이 일어나기 직전의 시기에서 이야기가 시작된다. 프랑스혁명을 일으킨 혁명가들은 그 혁명이 진실, 정의, 평등을 추구했다고 주장할 것이다. 당연히 그들이 내건 프로파간다만 보면 그들의 주장이 맞다고 생각하고 넘어가기 쉽다. 그러나 디킨스는 그런 고상한 개념보다는 가난한 사람들이 지배 계급에게 어떤 착취와 간섭을 당했는지를 있는 그대로 묘사하려고 엄청난 공을 들였다. 이 소설에서 가장 유명한 장면은 명확한 은유로 표현되어 있다. 프랑스 귀족 한 명이 가난한 사람들로 가득한 거리에서 마차를 조심성 없이 마구 몰고 가다 아이 한 명을 치어 죽인다. 그는 그에 대한 보상으로 달랑 금화 한 닢을 남기고 떠난다. 부자는 가난한 사람의 삶에 별생각 없이 끼어들지만, 그로 인해 가난한 사람은 목숨을 잃는다. 《두 도시 이야기》를 읽으면 가난한 사람은 안정적이고 질서정연하고 안전한 삶을 살아갈 수 없으며, 인간다운 삶을 위해서는 그런 것들이 아주 중요하다는 것을 확실하게 이해하게 된다. 정의와 진실은 그다음 문제다.

혁명군이 헝거 게임을 시작한 이유

⚡

사회 혼란이 계층 이동의 사다리라는 리틀핑거 베일리쉬의 말에 전적으로 동의한다. 조지 R. R. 마틴의 《검의 폭풍》에서 대너리스는 가혹한 노예 기반 계급제도로 돌아가던 아스타포를 정복하고 기존의 노예제를 폐지하지만, 그 직후 아스타포는 혼란에 빠진다. 대너리스는 어느 정도 평등한 계급제도를 마련하고 도시를 통치할 위원회를 설립했지만, 그 위원회는 금세 와해되고 노예 출신인 클레온이 정권을 장악해 공포 정치를 실시한다. 클레온과 그를 지지하는 무리는 자원과 토지를 재분배하면서 자신들의 옛 주인들을 모조리 죽인다. 새로운 계급제도는 종종 옛 계급제도를 그대로 답습하기 마련이고, 특히 사회가 혼란스럽거나 폭력에 의해 기존 체제가 전복되었을 때 그런 경향이 더 강해진다. 옛 계급제도의 역학 관계와 장치는 쉽게 제거되지 않으며, 그런 관계와 장치가 새로운 계급제도의 사회적 상호작용에 영향을 미치기 마련이다.

계급은 단순한 관념이 아니다. 계급은 지금 당장 자원, 기회, 사회적 지위가 분배되는 현실이다. 혁명은 이상의 실현이라는 관점에서는 성과를 평가하기가 곤란할 정도로 그 결과가 복잡하고, 혁명을 주도한 사람들이 새 정부를 이끌기에 언제나 가장 적합한 사람들인 것도 아니다. 혁명 집단을 하나로 묶어준 혁명의 열정이 사그라지고 나면 어떤 일이 벌어질까? 이처럼 투쟁의 목적이었던 이상들을 실현하는 과정에 들어선 혁명 이후의 사회 또한 흥미진진한 이야기 소재다. 수잰 콜린스의 《모킹제이》는 민주주의와 평등을 추구하는 혁명군이 창설되었지만 혁명군의 지도자인 코인 대통령이 순순히 권력을 포기할 인물이 아니며, 피에 목마른 혁명군이 캐피톨(그리고 그 도시의 아이들)에 대한 복수심을 억누르기 힘들 것이라는 점을 정확하게 간파했다는 점에서 돋보인다. 결국 혁명군의 상당수가 캐피톨에 대한 처벌로 새로운 헝거 게임을 시작하는 것에 찬성한다.

이런 상황을 이전에는 꿈도 꾸지 못했을 부와 지위를 하루아침에 누리게 된 사람들의 관점에서 바라볼 수 있을 것이다. 또는 하루아침에 모든 권력과 부를 빼앗기고 밑바닥으로 떨어진 사람들의 관점에서 바라볼 수도 있을 것이다. 혁명이 끝난 후 누가 기간 시설, 교육 제도, 세금 집행, 식량 및 식수 공급을 통제하는가? 이것은 새로운 사회로 전환하는 데 어떤 영향을 미칠 것인가?

기존 계급제도의 모든 것이 완전히 뒤집히고 제거되어서 그다음 체제에서 그 잔재가 전혀 남지 않는 경우는 거의 없다. 계급은 우리가 사람들과 상호작용을 하는 복잡한 관계망이며, 우리의 인간관계와 자아정체성은 손바닥 뒤집듯 한순간에 바꿀 수 없다. 그런 인간관계와 자아정체성을 투표 같은 것으로 뒤집을 수는 없다. 우리가 관계를 맺는 사람, 우리가 존경하는 사람, 우리가 경멸하는 사람, 우리가 공감하는 사람을 투표로 바꾸는 것은 불가능하다. 그런 관계와 감정이 하루아침에 감쪽같이 사라지기를 기대할 수는 없다.

그런 관계와 감정을 해체할 수는 있겠지만 그 잔재는 종종 새로운 체제의 사회관계망으로 이전된다. 프랭크 허버트의 《듄》 시리즈에서는 제국의 실세가 교체되고 폴 아트레이데스가 왕좌에 오르면서 기존의 봉건 체제도 무너진다. 폴은 봉건 체제를 더 중앙집중화된 체제로 전환하면서도 작위 제도는 유지한다. 다만 작위의 의미와 작위에 뒤따르는 지위와 권력은 달라졌다. 현재 우리 사회의 계급제도에도 그에 못지않게 옛 계급제도의 잔재가 가득하다. 작가가 세계관을 구축할 때는 다음과 같은 질문에 답해야 한다. 작품 속 사회에서는 과거에 어떤 계급제도가 있었으며, 그 계급제도의 내용이 현재의 언어·사회·경제에 어떤 식으로 남아 있는가?

톨킨이 묘사한 전염병과 그 이후 세계

⚡

1346년부터 1352년까지 흑사병이 휩쓸고 난 뒤 전 세계적으로 엄청난 수의 인구가 사라졌다. 유럽 전체 인구의 3분의 1이 사망했다. 사망자의 대다수는 이런 대학살로부터 자신을 보호할 부나 자원이 없는 소작농들이었다. 톨킨은 이런 사실을 아주 잘 알고 있었고, 그래서 자신의 세계에서 대역병이 돌았을 때 "대도시가 없는 로바니온에서 더 창궐했으며… (로바니온 사람들은) 치유 기술이나 의학 기술이 거의 없었다"고 적었다. 곤도르와 로한에 비해 로바니온은 항상 가난했다.

가운데땅의 대역병도 그랬지만 흑사병이 세계에 미친 영향 중 하나는 그 직후에 노동력이 부족했다는 것이다. 소작농의 수가 급감했고, 일손을 구하기가 어려워졌다. 그래서 소작농은 자신들이 생산하는 수확물에 대해 더 높은 비율을 임금으로 요구할 수 있었고, 더 많은 권리와 처우 개선을 요구할 수 있었다. 소작인 계급의 권력, 부, 지위에 변동이 생긴 것이다.

영국 귀족은 이런 요구를 받을 때마다 저항했고, 1351년에는 노동자법령Statute of Labourers을 제정해 흑사병 이전보다 더 높은 임금을 요구하는 것을 금지했다. 그러나 시간이 지나면서 노동 인구 급감이 경제적·사회적으로 사회에 가하는 압박이 더 커졌고, 그래서 봉건 제제는 막을 내리게 된다. 전염병은 고통받는 인구집단의 경제적 가치를 변화시켰다.

계급과 전쟁의 관계

⚡

전쟁이 벌어지면 사람들이 (놀랍게도) 죽는다. 제1차 세계대전으로 유럽 전역의 계급 구조는 엄청난 변화를 겪었다. 종전 직후 임시직, 계약직 노동자와 실업자들은 갑자기 괜찮은 임금을 받고 생계를 유지할 수 있게 되었다. 영국에서는 여자도 후방에서 전쟁을 지원하기 위해 공장과 상점에서 일을 하기 시작했다. 그 결과 여자들도 투표권, 즉 권력을 요구할 수 있게 되었다.

그러나 계급과 전쟁의 관계에는 다른 요인들도 관여한다.

전쟁에 대한 대중의 지지, 사상자의 수, 전쟁 기간, 승리에 대한
기대감, 전쟁에 직접 참여하지 않는 일반인의 삶, 경제에 미치는
타격 등등. 제럴드 조던 교수는 이렇게 말한다.

(1914년 영국에서) 징집과 노동 인력 배치로 인해 민족정체성
이 더 포괄적인 관념이 되었다. … 전쟁의 유산 중 하나는 민족주
의… 전쟁으로 노동자들은 계급 불평등에 더 민감해졌지만… 계
급에 대한 불만이 정치적 변화를 이끌어내는 데 있어 대중문화 속
민족주의 정서가 걸림돌로 작용했다.[34]

전쟁은 불평등에도 그 나름의 순기능이 있다는 문화적 분
위기를 조성한다. 전쟁으로 인해 싸워야 할 더 큰 대의가 만들어
지고, 그 과정에서 계급 문제는 묻히게 된다. 그러나 다른 한편
으로는 계급 문제를 더 악화하고 더 드러내기도 한다. 1917년 러
시아에서는 이미 제국의 권위를 약화하는 심각한 문제로 인식
되고 있던 긴 노동 시간과 생활비 문제가 전쟁으로 인해 더욱 악
화되었다. 볼셰비키는 이 점을 놓치지 않았고 '평화, 빵, 토지'를
약속하며 혁명을 일으켜 정권을 장악했다. 볼셰비키는 적이었
던 동맹국과 브레스트협정Treaty of Brest-Litovsk을 체결하고 제1차
세계대전 전선에서 이탈했다. 이상주의의 포장을 벗겨내고 나
면 사람들은 그저 고향으로 돌아가기를 원한다.

계급과 전쟁은 둘 다 복합적인 것이므로 여기서 그 둘이 상
호작용하는 한 가지 방식을 설명한 것이 큰 도움이 되지는 않을
것이다. 그러나 세계관을 구축할 때 그 두 가지가 상호작용한다

는 사실은 알고 있어야 한다. 계급과 전쟁이 어떤 식으로 서로 영향을 주고받을지는 작가에게 달렸다.

바쁜 작가를 위한 n줄 요약

①

계급제도는 평화롭게 변할 수도 있다. 때로는 사회 이동을 가로막는 장벽이 자연스럽게 낮아지기도 하고, 때로는 현 계급제도 아래서 부, 권력, 지위를 배분하는 방식을 정당화하는 신념 체계가 바뀌기도 한다. 길드와 조합은 그런 평화로운 변화를 이끌어내기도 하고, 오히려 그런 평화로운 변화에 방해가 되기도 한다.

②

이야기의 주인공은 얼마든지 이상주의자일 수 있지만, 두 집단이 갈등을 겪고 있을 때 그 갈등의 뿌리에 자리 잡고 있는 경제적·사회적 긴장 요소가 무엇인지 생각해야 한다.

③

혁명 이후의 이야기와 전쟁 이후의 이야기는 복잡할 수밖에 없고, 늘 평화와 번영으로 이어지지는 않는다. 승자가 그동안 대적한 단 하나의 적이 사라지는 순간 어떤 일이 벌어질까? 새롭게 건설된 사회에서는 누가 자원, 기간시설, 군대를 통제하는가? 이 질문에 대한 답이 일반적으로 부, 권력, 지위의 새로운 분배 방식을 좌우할 것이다.

④

계급제도가 변하더라도 기존 계급제도의 잔재는 남는다. 과거의 계급제도의 내용이 현재의 언어, 기관, 정치구조 등에 어떤 식으로 남아 있는지 생각해보자.

전염병과 전쟁은 계급 분쟁을 심화하거나 원점으로 돌리는 역할을 한다. 전염병이 한 차례 휩쓸고 지나가거나 전쟁이 종식된 직후 노동 인구가 급감하면서 생존자들의 생활 수준이 향상되기도 한다. 전쟁은 사회 구성원의 연대감을 강화해 계급 갈등을 덮어버릴 수도 있고, 오히려 악화할 수도 있다.

4장

도시와 마을은
어떻게 배치해야 할까?

J. R. R. 톨킨
《반지의 제왕》 시리즈
J. R. R. Tolkien
The Lord of the Rings

뤼크 베송
〈발레리안: 천 개 행성의 도시〉
Luc Besson
Valerian and the City of a Thousand Planets

베데스다
〈엘더스크롤〉 시리즈
Bethesda
The Elder Scrolls

브랜던 샌더슨
《스톰라이트 아카이브》
Brandon Sanderson
The Stormlight Archives

에이드리언 차이콥스키
《시간의 아이들》
Adrian Tchaikovsky
Children of Time

《폐허의 아이들》
Children of Ruin

오슨 스콧 카드
《사자의 대변인》
Orson Scott Card
Speaker for the Dead

조지 R. R. 마틴
《얼음과 불의 노래》 시리즈
George R. R. Martin
A Song of Ice and Fire

프랭크 허버트
《듄》
Frank Herbert
Dune

등장인물이 여행하는 세계는 독자를 단숨에 빨아들일 수 있을 정도로 다채로우면서도 사실적인 마을과 도시로 가득해야 한다. 그런 마을과 도시는 작품 속 세계 지도 어디에 넣어야 할까? 역사적으로 정착촌, 마을, 도시는 서로 다른 경제적·정치적·종교적·사회적 요인들에 의해 각기 다른 이유로 생겨났다. 이 장에서는 고대 시대부터 근대 시대에 이르기까지 도시가 탄생하고 몰락한 이유 몇 가지를 살펴보면서 그런 사례들이 허구의 세계에는 어떻게 적용될 수 있을지 생각해보자.

《반지의 제왕》으로 배우는 도시의 배치

⚡

초기 도시가 탄생하게 된 배경 중 하나는 농업이다. 농업은 수확을 위해 많은 사람이 한 장소에 머물러야만 가능한 경제 활동이다. 조지 R. R. 마틴은 《얼음과 불의 노래》의 주요 무대인 웨스테로스를 설정하면서 그 대륙에서 가장 오래된 도시인 올드타운이 탄생하게 된 이유인 농업 활동을 상당히 깊게 다루었다. 올드타운은 웨스테로스에서 가장 비옥한 땅을 제공한 큰 강을 중심으로 건설되었다. 그 덕분에 기후 조건이 안 좋은 시기에도 농작물을 키우기가 비교적 수월하다. 그래서인지 올드타운이 속한 리치 왕국은 흔히 '칠왕국의 곡창 지대'로 불린다.

　농업 기술이 발달하면 수렵·채집을 할 때보다 더 많은 식량을 생산할 수 있다. 대신 한 장소에만 머물러야 한다. 1년 내내 농작물을 돌봐야 하고, 또 그 농작물이 약탈당하지 않도록 지켜야 하기 때문이다. 이 때문에 지구상의 초기 도시들이 수원水源을 따라 지구에서 가장 비옥한 땅이 펼쳐진 비옥한 초승달 지대와 중국 남부 지방에서 생겨났다. 그래서 인류의 정착촌은 거의 언제나 올드타운처럼 강이나 호수 근처에 세워졌다. 세계관 구축을 하는 작가가 생각해봐야 할 점은 작품 속 세계에서 문명이 처음 탄생했을 때 비옥한 땅과 풍부한 수원이 어디에 있었는가 하는 것이다.

　그다음으로 고려해야 할 두 번째 요소는 작업의 체계적인 조직과 통솔이다. 이로 인해 사회는 모든 사람이 식량과 식수를 채집하는 사회에서 노동자 계급과 노동자 관리 계급으로 나뉜 사회로 전환한다. 일반적으로 농경지와 식수 공급원의 규모가 커지면 생산량을 최대한 늘리기 위한 계획을 세우기 위해 그런 전환이 일어난다. 이것은 나일강 유역과 메소포타미아에서 도시가 발달하는 과정에서 관개 공사가 진행된 이유이기도 하다. 누구나 농사를 지을 수 있지만, 수로를 확보하고 그 수로를 활용해 수확을 극대화하려면 집단 노동이 필요하다. 집단 노동이 동원되면서 인구가 집중되고, 그렇게 인구가 집중된 곳이 현재의 도시로 진화한다.

　소설에서 사례를 찾아본다면 J. R. R. 톨킨의 《반지의 제왕》

시리즈에 나오는 오스길리아스를 들 수 있다. 오스길리아스는 가운데땅에서 곤도르가 멸망하기 전 약 1,000년 동안 곤도르의 수도였다. 미나스 티리스보다 큰 도시였으며 농경과 거주에 필요한 넓은 땅과 큰 강을 갖추었다. 곤도르에서 도시 규모를 키우기에는 가장 자연스러운 장소였다. 그러나 이후 전염병과 전쟁으로 대규모 탈출에 나선 사람들은 방어하기 더 쉬운 미나스 티리스로 도망쳤고, 뒤로는 높은 산이 성벽이 되어주는 미나스 티리스가 곤도르의 새 수도가 된다.

중요한 종교적·문화적 장소에도 축제나 전통의식을 위해 비록 단기간일지라도 인구가 몰린다. 일본의 옛 수도 교토는 시모가모신사下鴨神社를 중심으로 생겨났다. 일본 사람들은 천황에 대한 충심을 표하기 위해 이곳으로 순례 여행을 오기도 한다. 교토가 현재의 위치에 자리 잡게 된 데는 종교적인 이유도 컸다. 북쪽에 있는 산이 그 도시를 악령으로부터 보호한다고 전해진다. 이렇듯 종교적 요소와 정치적 요소가 결합해서 도시가 생겨나기도 한다. 시간이 흐르면서 일본은 무역과 권력의 중심지인 도쿄로 수도를 옮겼지만 교토는 도시의 탄생에 종교적 장소가 미치는 영향을 보여준다. 작품 속 세계에서 상징적·역사적 종교의식 장소 역할을 하는 곳은 어디인가? 그런 장소는 도시의 설계와 건설에 어떤 식으로 관여하는가? 고대에는 일반적으로 종교 조직이 곧 정치 조직이었다. 따라서 정치의 중심은 흔히 종교 장소와 관련이 있었다.

그러나 아마도 작가가 창조한 엘프나 외계인 종족은 완전히 다른 방식으로 도시를 건설하고, 도시를 짓는 이유 자체도 우리와 다를 수 있다. 오슨 스콧 카드의 《사자의 대변인》에 나오는 피기족은 돼지 형상을 한 작은 생물이며 인간 과학자 무리가 이 동물의 문화와 사회구조를 연구한다. 그래서 독자는 피기가 생애 주기상 도시 생활을 하면서 진화했다는 사실을 알게 된다. 피기는 '죽으면' 종족이 번식하는 데 도움이 되는 영양분을 만들어내고, 그 사회에서 등대 역할을 하고 집을 짓는 나무가 된다. 피기족은 농경생활을 시작하면서 모여 살게 된 것이 아니라 번식을 위해서는 나무 근처에 있어야 하기 때문에 모여 살게 되었다. 이 소설에는 농경생활을 하면서 그 행성에서 가장 큰 도시보다 10배는 더 규모가 큰 사회를 형성한 종족의 이야기도 나오지만 그 종족은 타고나기를 모여 사는 것을 좋아했다. 농경은 그 성향을 증폭했을 뿐이다.

만약 작가가 창조한 허구의 종이 인간처럼 농사를 짓지 않는다면 생계, 번식, 포식자에 대한 방어 등 어떤 다른 이유로 모여 살게 되었을지 생각해보자.

프랭크 허버트의 《듄》 시리즈에서는 아라킨이라는 도시가 향신료 수확 활동을 중심으로 건설되었다. 향신료는 우주 무역, 우주 여행, 그리고 그 은하에서 권력을 장악하기 위해 꼭 필요한 자원이다. 또한 아라키스 행성에는 물이 부족했으므로 아라킨은 대수층 근처에 건설되었다.

다만 이런 것들은 고대 시대와 그 당시에 도시가 어떻게 형성되었는지를 보여줄 뿐이다. 에이드리언 차이콥스키의 《시간의 아이들》이나 《폐허의 아이들》 같은 이야기는 수천 년에 걸쳐 문명이 형성되는 과정을 다루지만 대다수 SF 소설과 판타지 소설은 그보다는 훨씬 더 발달된 시대를 배경으로 한다. 내가 가장 흔히 목격하는 실수는 작품 속 세계의 가장 큰 도시가 늘 가장 큰 도시였고, 그 세계에서 쇠퇴하거나 사라진 도시는 단 한 곳도 없었고, 인구가 대이동한 적이 단 한 번도 없었다고 설정하는 것이다. 현실 세계에는 한때는 한 국가의 정치적 중심지였지만 그 나라가 멸망하거나, 한때는 교역이 활발한 경제적 중심지였지만 교역 물품에 대한 수요가 줄어들면서 교역이 중단되거나, 한때는 종교적 중심지였지만 이제는 아무도 그 종교를 믿지 않게 되어서 사람들이 떠난 도시와 유적이 가득하다. 작품 속 세계의 중심지도 시간이 지나면 변해야 한다.

자원과 무역이 대도시를 만든다

⚡

전체 인류사로 범위를 좁히면 인간의 필요가 변할 때마다 도시를 건설하는 새로운 이유가 추가되었다는 것을 알 수 있다. 그렇게 추가된 이유 중 가장 중요한 것이 무역이다. 인간은 곧 강, 호수, 지중해나 흑해 같은 바다가 물품을 더 빠르고 더 안전하게 운반하고 교역하는 데 도움이 된다는 사실을 깨달았다. 그래서 전 세계의 무역 중개지에 건설된 도시에 거주하는 것이 삶의 질을 높이는 방법이 되었다. 물품을 사고파는 사람이 많아지면 물품 생산도 늘어날 수밖에 없었다.

브랜던 샌더슨의 《스톰라이트 아카이브》에 나오는 카르브란스는 해안에 있는 무역도시다. 이 도시는 항구를 드나드는 배와 물품을 엄격하게 검사하지 않고, 그렇기 때문에 부유하다. 그러나 작품 속 세계에는 강이나 호수가 없거나《듄》의 아라키스 행성처럼 담수라고는 오직 지하수뿐이고, 배보다 더 빠른 운송 수단이 있을 수도 있다. 그런 경우에는 무역이 이루어지는 방식이 다소 다를 것이고, '무역 도시'가 생겨나는 장소도 달라질 것이다.

《스톰라이트 아카이브》의 예로 돌아가 보자면 카르브란스가 번성한 이유는 단순히 교역의 중심지여서가 아니라 두 절벽 사이에 위치하고 있어서 대륙을 휩쓰는 무시무시한 폭풍으로부터 비교적 안전한 장소이기 때문이다. 무역을 하기에 좋은 모든 장소가 폭풍으로부터 안전한 것은 아니다. 마찬가지로 외부의 공격이나 자연재해에 취약한 장소는 무역도시가 될 수 없다. 주요 도시를 연결하는 경로에는 보통 이동 인구가 많다 보니 곳곳에 무역소가 세워진다. 실크로드가 무역로로 인기를 얻자 그 지역을 꾸준히 오가는 사람들 덕분에 중국 남서부의 카슈가르와 중앙아시아의 메르브 같은 도시가 번성했다.

아마도 이 점이 조지 R. R. 마틴이 웨스테로스를 설정하면서 놓친 요소인 것 같다. 킹스로드는 웨스테로스 대륙의 북쪽과 남쪽을 연결하는 대표적인 무역로다. 동쪽에서 시작해 서쪽으로 향하는 리버로드와 하이로드는 둘 다 킹스로드와 교차한다. 트라이덴트라고 불리는 이 교차 지점에서 칠왕국의 모든 무역이 이루어지는데 당연히 그곳에 무역도시가 생길 것이라고 예상하게 된다. 대리 가문 소유의 작은 성과 여관도 있다. 그런데, 사방으로 통하는 교통의 요지인데도 불구하고 이곳에는 인구가 몰리지 않았다. 여기에 도시가 들어섰다면 마틴의 세계는 더 완벽했을 것이다.

폭포선은 서로 다른 종류의 지층이 만나는 가상의 경계선을 말한다. 흔히 언덕이나 해안 절벽이 높이 솟아 있어서 폭포와 급류를 만든다. 이 폭포선을 따라 생긴 정착촌은 폭포로 터빈을 돌려서 전기를 얻을 수 있고, 배를 이용해 상류로 운반하던 교역 물품을 육지 운송 수단으로 옮겨 싣는 지점이 된다. 작품 속 행성의 지질 구조판의 움직임까지 설정해야 한다고까지 말하지는 않겠지만, 해안판과 육지의 언덕이 만나는 지점이나 과거에 지진이 일어나서 지질 구조판의 움직임이 갑자기 바뀌면서 고도가 달라진 곳이 어디인지를 정해두면 이야기에서 요긴하게 활용할 수 있다.

교역이 발달하려면 어느 정도는 전문화가 필요하다. 그래서 시장에서는 '전문' 기술을 익혀서 틈새시장을 개척하는 집단이 생긴다. 제빵사, 무사, 대장장이, 이야기꾼 등이 그런 예다. 전문화는 그런 분야에서 필요로 하는 새로운 자원에 대한 수요를 낳는다. 그리고 교역으로 삶의 질이 높아지면 사람들은 새로운 관심사를 개척하고 그 관심사는 다시 새로운 자원에 대한 수요를 낳는다. 슬로바키아의 크렘니차는 화산 암반 지역에 자리 잡은 도시로 9세기에 화폐 사용이 보편화되고 보석 세공 수요가 늘면서 귀중한 자원이 된 금 채광을 위해 생겨난 도시다. 작품 속 세계에서는 역사적으로 어떤 자원에 대한 수요가 증가하거나 감소했는가? 그 자원을 채집하거나 수확하기 위해 새로운 마을이 형성되었는가?

도시국가로 살아남기 위한 조건

⚡

앞서 예로 든 카르브란스는 전형적인 도시국가다. 더 큰 도시들 사이를 오가는 배들이 머무는 해안 무역도시다. 뒤로는 험준한 산이 솟아 있고 계곡 사이에 끼어 있어서 방어에도 용이한 위치다. 도시국가로 살아남으려면 외부 세계를 지배하는 제국들에 잡아먹히지 않도록 충분히 고립된 장소에 있어야 한다. 우리 세계에서 충분히 외지지 않은 곳에 세워진 도시국가는 식민주의 시대에 제국의 희생양이 되어 사라졌다.

작품 속 허구의 지도를 살펴보자. 방어하기 쉬운 장소, 무역 거래를 하기에 좋은 장소, 침략에 나설 강국이 주위에 없는 장소는 어디인가? 도시국가가 식민주의의 산물인 경우도 있다. 이를테면 강국이 다른 나라의 땅에 도시국가를 세울 수 있다. 그런 도시국가는 고대 그리스의 도시국가나 중세 독일의 한자동맹처럼 옹기종기 모여 있게 된다.

정치적 중앙집중화와 통신 체계

⚡

시간이 흐르면서 인류는 독립된 정착촌 대신 국가와 제국을 형성하기 시작했다. 카라코룸은 몽골 제국 초기의 수도였다. 카라코룸은 종교적으로도 중요한 장소였고, 또 몽골 제국의 중심인 어르헝계곡 중앙에 건설되었다. 효율적인 통치를 위해서는 안정적인 연락망과 군사적 편의성을 확보해야 했고, 당시에는 이를 위해서는 물리적 거리가 중요했으므로 정치적 중앙집중화가 필요했다. 콘스탄티누스 황제는 서로마 제국이 멸망하자 수도를 로마에서 비잔틴으로 옮겼다. 사산왕조가 세력을 키우면서 새로운 페르시아 제국을 건설했고, 동쪽 지역에서는 반란과 시위가 끊이지 않았으므로 제국의 성쇠에 중요한 사건들이 로마에서 멀리 떨어진 곳에서 일어나고 있었던 것이다. 로마 제국은 과거에 효율적인 통치를 위해 통치권과 영토를 분할하는 선택을 했지만, 324년 로마 제국을 통일한 콘스탄티누스 황제는 정치적 중앙집중화에 유리한 지역에 정착하기로 결정한 것이다.

작품 속 세계에서는 그 문명의 속성상 반드시 물리적 거리가 가까워야만 효율적인 통치가 가능한 것이 아닐 수도 있다. 과학기술이 발달했다면 명령을 내리고 소식을 빨리 전달하는 데 거리는 별로 중요하지 않을 것이다. 현실 세계에서도 24시간 안에 상품을 세계의 끝에서 끝까지 운반하는 것이 가능하다. 베데스다의 게임 〈엘더스크롤〉 시리즈에서 블랙마쉬라는 지하 세계의 아르고니안은 히스트와 텔레파시로 연결되어 있다. 히스트는 나무 형상을 한 고대의 영령으로, 아르고니안을 인도하고 보호한다. 다른 차원에서 침략자가 찾아왔을 때 아르고니안에게 경고를 해서 그들이 침략에 대비하고 침략자를 물리칠 수 있게 도왔다. 이런 텔레파시 덕분에 이들은 정치적으로 중앙집중화된 도시가 필요하다고 느끼지 않는다. 히스트가 블랙마쉬 전역에 퍼져 있으므로 그런 도시는 더더욱 필요가 없다. 이 세계에서 정착촌은 앞서 살펴본 조건을 갖춘 곳이 아니라 히스트 주위로 생겨난다. 그래서 블랙마쉬는 이 세계에서도 정치적으로 중요하거나 인구가 밀집된 명확한 수도가 없는 유일한 지역이다.

작품 속 세계에서는 기나긴 혹한기를 피해 사람들이 100년마다 이주해야 할 수도 있고, 대륙이 추락한 신의 몸 주위로 솟아나서 그 신의 신체 부위에서 도시가 생겨났을 수도 있고, 종족이 영혼이 저주받지 않도록 수시로 순례에 나서야 할 수도 있다. 그렇다면 순례 여정을 따라 마을들이 생겨날 것이다. 작가는 자신이 원하는 어떤 세계든 만들어낼 수 있다.

산업 문명의 등장과 신흥 도시의 탄생

⚡

판타지 소설 독자에게 친숙하고 사랑받는 전통적인 중세 시대 배경에서 벗어나고자 하는 작가들에게 최근 인기를 얻고 있는 시대적 배경은 산업혁명 시대다. 대니얼 B. 그린의 《깨진 평화》, 브랜던 샌더슨의 《미스트본》 시리즈, 브라이언 매클래런의 《크림슨 캠페인》은 세계관을 구축하면서 현실 세계를 재편성한 산업혁명의 역동성을 활용한다.

산업혁명 시대에는 신흥 도시가 우후죽순처럼 솟아났다. 석탄, 금, 철, 기름이 혁명에 불을 붙였고, 이런 자원 주변으로 새로운 도시들이, 때로는 심지어 하룻밤 사이에 몇천 개 단위로 생겨났다. 현대에 들어서는 그런 자원이 고갈되었거나 가치가 떨어졌고, 이제는 많은 신흥 도시가 도로 옆에 있어도 아무도 눈길 한 번 주지 않는 유령도시가 되었다. 산업혁명 시대에는 신흥 도시가 어디에나 있었다. 지금은 그런 유령도시가 어디에나 있다.
작품 속 문명에서는 산업혁명 시대에 어떤 자원이 산업혁명의
동력인지, 그 자원은 어디에서 나는지, 그 자원을 채굴하거나 수
확하기 위해 어떤 마을이 생겨났는지를 파악하라.

철도 마을도 이와 비슷하다. 마을이 무역로 근처에서 생겨
났듯이 철도 마을은 철도가 교차하는 곳 근처에서 생겨났다. 그
런 마을이 대도시와 신흥 도시, 신흥 도시와 신흥 도시를 연결하
기도 한다. 그러나 철도는 매우 구체적인 과학기술이며 작품 속
세계에는 없는 기술일 수도 있다. 작품 속 세계에는 더 효율적이
거나 덜 효율적인 교통수단이 존재할 수도 있지만, 유동인구가
많은 곳에 마을이 생긴다는 사실에는 변함이 없으며, 사람들이
이동하는 이유와 이동하는 장소는 시대에 따라 달라지기 마련
이다.

산업혁명 시대에 일어난 현상 중에서 그 파급력이 가장 오
래 지속된 것은 시골에서 도시로의 인구 이동이었다. 이로 인해
일반적으로 도시의 규모가 커졌을 뿐 아니라 어떤 도심이 확장
하고 중요해졌는지에도 영향을 미쳤다. 이전에는 무역과 종교
가 도시의 위상을 결정했다면, 이제는 산업과 제조업이 도시의
위상을 결정했다. 강을 품고 있는 도시는 성장했다. 강을 따라
기계를 운반할 수 있었기 때문이다. 자연 자원 근처에 있는 도시
는 그 자원을 최대한 활용했다. 권력의 중심은 자연스럽게 인구
가 밀집해 있는 곳으로 쏠리기 마련이다. 따라서 작품 속 세계에
서는 산업혁명 시대에 권력의 지형도가 어떻게 바뀌는지 생각
해볼 필요가 있다. 그러나 허구의 세계가 현실 세계와 같은 패턴

을 따르라는 법은 없다.

에이드리언 차이콥스키의 《시간의 아이들》의 세계는 기술이 초고도로 발달한 아라크니드 문명이 지배하고 있다. 아라크니드는 거미류로 이들도 산업혁명을 겪지만 우리와 달리 전기와 증기에 의존하지 않는다. 아라크니드는 화학적으로 통제하는 개미를 활용한 컴퓨터를 만든다. 이 문명에서는 연료와 기계 모두 생물 기반이다. 도시는 개미를 쉽게 조정할 수 있도록 개미의 군집 위로 확장했다. 그들에게는 개미가 문명의 핵심 자원, 즉 금이고 석탄이다. 영국의 공업 도시 맨체스터는 원래 인구 2만 7,000명의 작은 마을이었는데, 산업혁명이 그 지역을 휩쓸면서 단 25년 만에 인구가 거의 10만 명으로 늘면서 영국의 주요 도시 중 하나로 급부상했다.

미래 도시의 가능성을 보여준 발레리안

⚡

산업 중심지인 도시만 번성하는 것은 아니다. 뉴욕, 런던, 상하이, 홍콩, 싱가포르는 '세계의 금융 수도'로 생활 수준이 매우 높다. 물론 상하이는 제조업이 발달한 도시이기도 하다. 과거와 달리 오늘날의 '거래'에는 주식시장도 포함된다. 잘사는 도시에는 주식거래소, 신뢰할 수 있는 금융기관, 금융산업을 보호하는 엄격한 규제 및 법률 체계, 그리고 첨단 기반시설이 있다.

문명이라는 것을 정부가 더 효율적이고 크고 강력해지는 과정이라고 본다면(실제로 정부는 그런 과정을 거쳤다), 소비에트연

방과 마오쩌둥의 중국이 건설한 계획도시와 같은 규모의 도시가 왜 탈산업시대 이후에야 등장했는지 설명할 수 있다. 이런 도시는 이념적·경제적·정치적인 이유로 탄생했다. 작품 속 세계에도 이런 유형의 도시가 필요한지는 작가가 결정하기 나름이다.

미래에는 어떤 일이든 일어날 수 있다. 이 책이 출간된 해는 2022년이고 코로나19가 전 세계를 휩쓸면서 600만 명이 넘는 사망자를 냈다. 봉쇄 정책으로 사업은 온라인으로 이루어져야만 했고, 업무는 탈집중화했으며, 회사원들은 재택근무를 한다. 사업 활동이 사무실 환경에서 완전히 탈피할 가능성도 있다. 그렇게 된다면 우리의 도시가 어떻게 변할지 궁금할 수밖에 없다.

대규모 탈집중화로 인해 도시 인구가 시골로 이동할 수도 있을 것이다. 인터넷은 지구에서 가장 큰 시장이 될 것이다. 뤼크 베송 감독의 〈발레리안: 천 개 행성의 도시〉에서는 사람들이 로그인해서 쇼핑을 하는 온전히 디지털 세계에서만 존재하는 도시 빅마켓이 나오는데, 앞으로 인터넷 시장이 그런 식으로 확장하는 것도 충분히 가능해 보인다.

완벽한 도시를 창조할 필요는 없다

⚡

도시를 창조하고 그 도시가 작품 속 세계에서 어떤 곳인지를 정하는 과정에서 그 도시의 역사적 배경을 구체적으로 설정하지 않는 경우가 종종 생긴다. 작가가 산업혁명 시대에 제련업을 기반으로 하는 마을을 만들고 있다고 해보자. 아마도 작가는 완벽한 장소를 찾아야 한다는 강박에 시달릴 수 있다. 예컨대 광산 바로 옆에 있고 증기선이 다닐 수 있는, 강과 주택 단지를 건설할 수 있는 평지가 있는 곳 말이다. 그런 곳에서 도시가 '짠' 하고 '갑자기 나타나야만 한다'고 생각할 것이다. 그러나 주변에 큰 강이 있다면 아마도 그 강 근처에는 이미 도시가 존재할 것이다. 광산을 활용하기에 완벽한 위치는 아니어도 그 도시는 광산을 활용하기에 유리한 조건을 갖추고 있다. 이미 유동 자금이 많을 것이고, 제련업에 종사할 노동 인력이 존재할 것이고, 그런 자금과 노동력을 활용해 수익을 낼 수 있는 조직 구조를 갖추고 있을 것이다. 엄밀하게 따진다면 그 도시보다 더 좋은 장소가 있겠지만, 이 도시가 제련업의 중심지가 될 가능성이 높다. 인간은 언제나 효율적이지만은 않다. 우리는 완벽하게 효율적인 적이 없었고, 앞으로도 그럴 일은 없을 것이다. 우리는 적응하고 변하며, 세계는 완벽하게 합리적이지 않다. 세계를 창조하고 세계관을 구축할 때 철저히 합리적으로만 설정하는 함정에 빠지지 말자.

바쁜 작가를 위한 n줄 요약

①

고대 시대에는 농경을 시작하면서 노동을 체계적으로 조직해야 할 필요성이 생겼고, 그 결과 도시가 탄생했다. 문화적·종교적으로 중요한 장소에는 사람들이 모이고, 그런 장소는 도시가 설계되고 운영되는 방식에 영향을 미친다.

②

무역은 도시가 생겨나고 발달하는 장소를 결정하는 주된 요소다. 인류사에서 강과 호수에는 중요한 무역 거점이 생겨났지만, 허구의 종족에게는 이런 것들이 중요하지 않을 수 있다. 무역로와 폭포선을 따라 도시가 생겨나고 그런 도시에서는 전문화가 진행된다.

③

산업혁명 시대는 주요 자연 자원을 중심으로 새로운 도시가 생겨났고, 시골에서 도시로 대규모 인구 이동이 일어났다.

④

사업 활동의 무대가 온라인으로 옮겨가고 사람들의 재택 근무 비율이 높아지면 미래에는 어떤 유형의 도시든 탄생할 수 있다. '거래'의 의미는 계속 변하고 있다.

⑤

추상적인 아이디어에서 시작해 도시를 창조할 때 철저히 합리적인 설정만 하는 실수를 저지르지 말자. 인간은 적응의 동물이고, 아무것도 없는 허허

벌판에 도시와 마을을 세우기보다는 이미 존재하는 도시와 마을을 개선하거나 확장하는 경우가 더 많다. 새로운 정착촌이 생길 수 있는 곳 외에도 기존 도시 중 발달시킬 수 있는 곳도 찾아보자.

톨킨의 세계관과
미야자키 하야오의 세계관은
무엇이 다른가?

J. K. 롤링	J. K. Rowling
《해리 포터》 시리즈	Harry Potter

J. R. R. 톨킨	J. R. R. Tolkien
《반지의 제왕 1: 반지 원정대》	The Lord of the Rings: The Fellowship of the Ring

미야자키 하야오	宮崎駿
〈바람계곡의 나우시카〉	風の谷のナウシカ
〈천공의 성 라퓨타〉	天空の城ラピュタ
〈마녀 배달부 키키〉	魔女の宅急便
〈센과 치히로의 행방불명〉	千と千尋の神隠し
〈하울의 움직이는 성〉	ハウルの動く城

아이작 아시모프	Isaac Asimov
〈전설의 밤〉	Nightfall

에이미 벤더	Aimee Bender
〈마지팬〉	Marzipan

제프 밴더미어	Jeff Vandermeer
《소멸의 땅》	Annihilation

카비아앤플래티넘게임스	Cavia&PlatinumGames
〈니어〉 시리즈	NieR

프롬소프트웨어	FromSoftware
〈다크 소울〉 시리즈	The Dark Souls

스튜디오 지브리의 애니메이션은 어째서 그토록 매혹적인 걸까? 아름다운 영상과 사랑스러운 캐릭터도 한몫하겠지만 미야자키 하야오의 독특한 비전이 만들어낸 세계관도 중요할 것이다. SF 소설계는 오래전부터 SF 소설을 하드 SF와 소프트 SF로 분류했고, 판타지 소설 작가들은 하드 마법 체계와 소프트 마법 체계를 구별한다. 나는 이런 분류 방식을 확장해서 독자를 끌어들이는 방식에서 구별되는, 두 가지 유형의 이야기 및 세계관을 창조하는 작법을 서로 대조하면서 소개하고자 한다. 지금까지 이 책의 각 장에서는 정해진 주제를 여러 절로 나눠서 설명하고 장을 마무리하면서 요약·정리하는 방식으로 서술했지만, 이 장은 그런 서술 방식에서 벗어나 에세이 형식으로 썼으며 엘리 고든과 공동 집필했다.

세계관 구축은 단순히 머릿속으로 막연하게 허구의 세계를 창조하는 작업이 아니다. 세계관 구축은 텍스트에서 독자나 청중에게 무엇을 전달하고 싶은지 의식적으로 선택하는 작업이기도 하다. 그리고 그 텍스트가 독자의 머릿속에 그 세계관을 구축한다. 스펙트럼의 한쪽 끝인 하드 세계관 구축의 전형적인 예는 아마도 J. R. R. 톨킨의 《반지의 제왕》 시리즈일 것이다. 톨킨의 요정어는 단순히 영어를 자의적으로 변환한 언어가 아니다. 고유의 알파벳, 파닉스, 문법, 구문론과 통사론을 지닌 온전한 언어다. 곤도르와 로한은 복잡하고 상세한 역사를 지녔으며, 그 역사에서 생겨난 고유의 문화도 있다. 톨킨은 자신의 텍스트가 이런 것들을 독자에게 전달할 수 있도록 엄청난 노력을 들인다. 《반지 원정대》는 '호빗에 관해'라는 프롤로그로 시작한다. 프롤로그에서 그는 호빗이 샤이어에 정착하게 된 역사를 구체적으로 서술한다. 호빗의 역사 다음에는 '파이프 담배에 관해'라는 단락에서 파이프 담배가 샤이어 문화에서 얼마나 중요한지를 상세하게 기술한다. 그런 다음에는 가운데땅의 역사를 두세 단락에 걸쳐 보충한다. 《반지의 제왕》 시리즈의 세 권 모두 곳곳에서 소설 속 세계의 식물군과 동물군에 대한 상세한 설명을 곁들인다. 설명할 수 있는 것들에 대해서는 최대한 다 설명하려고 애쓴다. '엘론드의 회의'라는 장에서는 누메노르의 몰락, 인간 왕국의 부상, 요정 문화와 호빗 문화의 비교 등 가운데땅의 역사에서 중요한 사건들을 몇 페이지에 걸쳐 언급한다. 이 모든 것이 독자로 하여금 이 세계가 개연성 있는 세계라고 믿게 만든다.

하드 세계관 구축은 독자에게 이야기 세계의 세부사항과 논리, 더 나아가 문화, 언어, 지리, 역사 등을 사실적으로 제시하고 그 모든 것이 어떤 식으로 상호작용하는지를 보여주면서 독자를 그 세계로 끌어들인다. 그 세계의 모든 부분이 제 역할이 있고 작동 원리가 이해 가능한, 아주 잘 돌아가는 기계 같다는 인상을 준다. 아주 의식적으로 꼼꼼하게 설계되었기 때문에 그 세계는 현실 세계만큼이나 진짜처럼 느껴진다. 이것이 아마도 세계관을 구축하는 흔한 방식일 것이다. 이런 방식은 아서 클라크Arthur C. Clarke, 아이작 아시모프, 로버트 하인라인Robert Heinlein 같은 하드 SF 소설가의 작품에 뿌리를 두고 있다. 이들은 우주 여행, 시간 지연, 인공 지능 등에 관한 현실 세계의 과학을 근거로 이야기를 썼다. 〈전설의 밤〉에서 아이작 아시모프는 "늘 똑같은 면이 태양을 바라보는 행성"이라는 발상에서 출발해 그런 행성에서는 인간이 밤, 별, 사회를 어떤 식으로 이해할지를 탐색했다. 우리 우주에도 그런 행성이 존재한다. 이런 방식의 세계관 구축은 현실 세계의 논리 체계에 근거를 둔 세계를 제시하므로 독자가 이런 세계를 쉽게 받아들인다. 독자는 작가가 창조한 세계의 이미지를 자연스럽게 떠올릴 수 있고, 그 결과 작가가 이야기에 집어넣은 상상의 산물도 더 순순히 받아들인다.

스튜디오 지브리의 애니메이션 〈센과 치히로의 행방불명〉에는 비가 만든 끝없이 펼쳐진 바다 한가운데에서 유바바의 온천장이 있고, 마치 혈관처럼 순환하는 기차가 통과하는 이곳에 800만 개의 영혼이 목욕을 하러 온다. 이야기가 3분의 1 정도 진행되었을 때 온천장 주인 유바바는 뭔가 끔찍한 것이 다가오고 있음을 알아차린다. 악취가 진동하는 덩어리 영혼이 온천에 도착하고 주인공인 치히로가 그 영혼의 목욕 보조를 맡는다. 영혼의 옆구리에서 '가시'를 발견한 치히로는 그 가시를 빼는데, 그러자 엄청난 오물이 쏟아져 나와 방을 가득 채운다. 사실 강의 신이었던 그 영혼은 목욕비 대신 많은 사금과 경단 하나를 남기고 떠난다. 온천에 있던 영혼들은 강의 신이 사라지기 전까지 거의 숭배하듯 존경의 예를 표한다.

이 장면은 아주 은밀한 세계관으로 가득하지만 미야자키가 관객에게 직접적으로는 알려주는 것은 거의 없다는 점이 특징이다. 미야자키는 이 장면에서 벌어지는 일들이 왜 일어나는지를 관객이 상상하고 탐구하도록 놔둔다. 강의 신은 치히로 덕에 몸 안에 갇혀 있던 쓰레기더미를 모두 쏟아내고 나서야 치유된다. 관객은 치히로가 가장 먼저 꺼낸 쓰레기가 자전거인 것을 보면서 영혼이 인간의 쓰레기로 오염된 세계를 상상한다. 또한 이야기 초반에 영혼들이 인간의 냄새를 싫어한다고 강조하면서도 이야기가 끝날 때까지 그 이유를 제대로 설명하지 않는데, 이 장면으로 그 이유를 짐작할 수 있게 된다.

강의 신이 주고 간 경단은 일종의 치유력을 지니고 있는 것으로 나중에 드러난다. 그러나 강의 신과 경단이 어떤 관계인지에 관한 세계관적 설명은 제시되지 않는다. 그 경단의 치유력에 대해서도 그 어떤 설명도 주어지지 않는다. 또한 관객은 다른 영혼이 강의 신을 대하는 태도에서 이 영혼 사회에도 사회구조가 있다는 것을 추론할 수 있다. 이야기 어디에서도 이 사회의 위계질서를 설명해주지 않지만, 관객은 이 장면을 통해 위계질서가 있다는 것을 확신하게 된다. 즉 이 사회에는 우리가 보지 못하는 깊이가 있다. 영혼들의 기이한 모습과 소리에 대해서도 아무런 설명이 없다. 종종 뛰어가는 초롱불 등 모든 배경과 설정이 의도적으로 특이하고 다르다. 그러나 이런 것들에 대해 아무런 설명이 없다.

물론 일부는 일본의 민속종교인 신토神道로 설명할 수 있다. 신토는 미야자키 감독이 〈센과 치히로의 행방불명〉을 만들면서 참고한 종교다. 그러나 모든 것을 신토로 설명할 수는 없으며,

그것은 의도된 것이다. 2002년 한 기자는 미야자키 하야오를 인터뷰하면서 이렇게 말했다. "〈센과 치히로의 행방불명〉이 감독님의 다른 애니메이션과 달랐다고 느낀 점은 작가가 정말로 자유롭게 이야기를 풀어나갔다는 것입니다. 작가가 이 이야기를 정말 자신이 원하는 대로, 심지어 논리 같은 건 무시한 채 마음껏 펼친다는 그런 느낌이요." 미야자키는 이렇게 답했다.

> 논리적인 영화는 누구나 만들 수 있습니다. 그러나 저는 논리에 기대지 않습니다. … 영화를 만들다 보면 어느 순간 뚜껑이 열리고 아주 다른 아이디어와 비전이 해방됩니다. … 저는 관객을 위한다는 명목으로 어떤 정해진 방식으로 장면을 만들지 않습니다. 예컨대 제가 생각하는 이 애니메이션의 결말은 치히로가 홀로 기차를 타는 장면입니다. … 저는 제가 처음으로 혼자 기차를 탔던 일과 그때 제가 느꼈던 감정을 기억합니다. 그런 감정을 장면에 담기 위해서는 산이라든가 숲 같은, 기차의 차창으로 보이는 풍경이 없어야 했습니다. … 모든 것이 기차를 타고 있는 그 자체에 초점을 맞추고 있어야 하니까요. 저는 제가 무의식의 흐름에 따라 작업한다는 것을 그 장면을 만들면서 깨달았어요. 단순히 논리 말고도 이야기 창작을 이끌어내는 더 근본적인 것들이 있습니다.[35]

소프트 세계관 구축은 바로 여기서 말하는 '더 근본적인 것들'을 활용한다. 미야자키 감독은 이야기의 주제와 정서적 흐름을 완벽하게 이해하고서 풀어내는 감독으로 유명하다. 그래서 그의 세계관에서는 이야기의 주제와 정서적 흐름이 생생하게 드러나며 관객을 단숨에 사로잡고서 놓아주지 않는다.

미야자키 감독은 〈센과 치히로의 행방불명〉의 세계가 작동하는 방식을 관객에게 듬성듬성 보여줌으로써 그 세계가 신비하고 이국적인, 현실 세계와 완전히 다른 세계라고 느끼게 만든다. 《반지의 제왕》 시리즈가 구체적이고 명확한 역사적·문화적·정치적 맥락을 통해 독자를 끌어들인다면 〈센과 치히로의 행방불명〉은 관객이나 독자의 궁금증을 자극해 상상에 깊이를 더한다. 〈센과 치히로의 행방불명〉의 세계는 질문으로 가득한 세계다. 관객에게 이 모든 기이한 것들의 의미를 구체적으로 직접 알려주고, 세계를 완전히 이해 가능한 것으로 만들었다면 영혼 세계의 이국적인 매력이 감소할 것이다. 게다가 이 이야기는 의도적으로 열 살 아이의 관점에서 바라보도록 설계되었다. 길을 잃은 느낌, '행방불명'된 느낌이 이 이야기의 전체적인 분위기를 지배하는 핵심 요소다. 소프트 세계관 구축은 논리보다는 그런 전체적인 분위기와 인물의 감정을 우선순위에 둠으로써 이야기에 푹 빠지게 만든다. 미야자키 감독도 하나의 세계를 빚어냈지만, 다만 관객이 경험하기를 바라는 감정들, '더 근본적인 것들'을 출발점으로 삼았다.

하드 세계관 구축이 의식적으로 구체적인 법칙을 설명하고 일관성과 투명성을 확보하면서 세계에 사실성과 깊이를 더해 독자를 빠져들게 한다면, 소프트 세계관 구축은 의식적으로 미지의 것을 활용하고 법칙의 유동성과 독자의 상상력을 동원해 독자를 빠져들게 한다.

소프트 세계관 구축은 다른 유형의 일관성, 요컨대 독자의 정서적·주제적 경험의 일관성을 추구한다. 하드 세계관 구축이 인지적·지식적 논리에 초점을 맞춘다면 소프트 세계관 구축은 정서적·심리적 논리에 초점을 맞춘다. 특정한 유형의 경험을 제공하는 것들로 세계를 채우고 인지적·지식적 논리와는 무관하더라도 그 경험과 공명하는 요소들을 집어넣는다. 경험적 차원, 즉 심리적이고 정서적인 측면에서는 이야기의 세계가 이해되고 일관되게 느껴진다. 톨킨 같은 작가는 이런 유형의 일관성에는 관심이 없다. 소프트 세계관 구축은 앞서 인터뷰에서 미야자키 감독이 언급한 '더 근본적인 것들'을 토대로 세계를 만든다.

마법적 사실주의는 오래전부터 소프트 세계관 구축을 했다. 에이미 벤더의 단편 소설 〈마지팬〉에서는 한 남자가 아버지가 돌아가신 뒤 몸통에 구멍이 난다. 은유가 아니라 살과 피가 보이는 '몸통을 완전히 꿰뚫은 축구공 크기의 구멍'이다.

다만 하드 세계관 구축과 소프트 세계관 구축은 이분법적으로 구별되는 것이 아니라 그 두 가지를 연결하는 스펙트럼이 존재한다는 것을 기억하자. 작가는 극적인 효과를 위해 정보 제공을 유보할 수도 있고, 처음부터 답을 마련해두지 않을 수도 있다. 세계의 일부에는 하드 세계관 구축을 적용하고 나머지에는 소프트 세계관 구축 방식을 적용할 수도 있다. 네뷸러상 수상자인 SF 소설가 낸시 크레스Nancy Kress는 이렇게 말한다.

아주 극단적인 하드 SF 소설에도 사변적인 요소가 들어 있다. 그렇지 않다면 SF 소설이라고 할 수 없다.[36]

소프트 세계관 구축 방식의 가장 큰 장점은 누가 뭐라 해도 창작의 자유일 것이다. 이야기 세계의 타당성을 독자에게 끊임없이 입증하지 않아도 된다. 〈하울의 움직이는 성〉, 〈센과 치히로의 행방불명〉, 〈마녀 배달부 키키〉에는 미야자키 감독이 원하면 언제든 고래가 날아다닐 수 있으며, 그렇다고 해서 그 세계가 터무니없는 것이 되지 않는다. 미야자키의 이야기에는 설명할 수 없는 현상들이 끊임없이 등장한다. 〈천공의 성 라퓨타〉에 나오는 곤충 형상의 비행기는 비효율적이고 비논리적이지만 기발하다. 〈센과 치히로의 행방불명〉에 나오는 종종 뛰는 초롱불은 어둠 속 희망을 상징하는 역할을 한다.

미야자키 감독은 답을 알고 있는 경우에도 관객에게 그 답을 항상 알려주지는 않으며, 그렇게 해도 이야기에 나쁜 영향을 미치지 않는다. 그런 일들이 그냥 벌어지고, 이야기의 세계에 다른 차원의 뭔가를 더한다. 감정을 불러일으키고, 인상을 남기고, 이야기에서 처음 느낀 심리적·정서적 경험의 분위기를 바꾼다. 이상하고 독특하고 아무런 설명 없이 현실 속의 일상 법칙에서 완전히 벗어난 것들을 통해 스튜디오 지브리 애니메이션 특유의 마법적인 분위기가 만들어지기도 하지만 또한 그 덕분에 이미 구체적으로 확립된 세계관에 이야기를 끼워 맞추는 대신 미야자키 감독이 자신이 원하는 어떤 이야기든 마음껏 펼칠 수 있는 유연한 배경과 장애물이 만들어진다. 자유가 주어지는 것이다.

소프트 세계관 구축 방식을 따르는 또 다른 예로는 〈다크소울〉 게임이 있다. 이 게임에서는 플레이어가 기이하고 우울한 세계에 툭 떨어지고 갑자기 주어진 수수께끼 같은 상황을 혼자 풀어야 한다. H. P. 러브크래프트와 그의 추종자들은 미지의 세계와 존재론적 감각에 의존해서 이야기를 써나간다. 이런 소설은 소프트 세계관 구축 방식을 따를 수밖에 없다. 완벽하게 설명 가능한 세계는 심리 공포 소설이라는 장르가 추구하는 목표 자체에 반하기 때문이다. 이런 소설은 쉽게 상상하거나 이해할 수 없는 힘과 대면하는 인간에 대해 이야기한다. 인지적·지식적 현실이 아니라 정서적·심리적 현실에 바탕을 둔 존재론적 세계관이다. 제프 밴더미어의 《소멸의 땅》은 설명할 수 없는 것들로 규정되는 세계라는 패턴을 따른다. 이 세계는 오직 경험적 논리로만 연결되며 독자는 이 세계를 머리가 아닌 감정으로 이해하게 된다. 요코 타로橫尾太郎 감독이 제작한 게임 〈니어〉 시리즈도 비슷한 전략을 사용한다.

　　그러나 소프트 세계관 구축 방식을 채택한 이야기 중에 우리에게 가장 익숙한 것은 아마도 J. K. 롤링의 《해리 포터》 시리즈일 것이다. 롤링은 세계관의 요소들이 권마다 어떻게 더해졌는지를 설명했다. 이를테면 《해리 포터와 불사조 기사단》에서는 마법부가 등장하고 《해리 포터와 아즈카반의 죄수》에서는 디멘터가 등장한다. 이런 것들은 모두 해리 포터의 정서적 변화의 흐름을 가장 잘 보여줄 수 있는 시기에 등장했다. 《해리 포터》의 세계는 각 권에서 다루는 주제에 맞는 요소, 점점 더 깊어지고 성숙해지는 주인공과 주인공의 세계를 반영하는 요소들을 집어넣으면서 시리즈 전반에 걸쳐 끊임없이 확장하고 변했다.

　　롤링은 화폐 체계를 설명하거나 17시클이 1갈레온이고 29넛이 1시클이고 다시 493넛이 1갈레온인 화폐 체계가 조금이라도 논리적으로 보이도록 하는 데 시간을 낭비하지 않는다. 이런 기이하고도 쓸모없는 화폐 체계는 그저 이 세계가 지루한 현실 세계와는 달리 얼마나 유쾌하고 이상한지를 보여주는, 전체 세계관의 아주 작은 한 요소일 뿐이다. 인지적으로는 논리가 부족할지 모르나, 롤링이 독자에게 제공하려는 경험과는 완벽하게 맞아떨어진다. 롤링은 독자에게 이 엉뚱한 마법 세계에 초대받은 느낌을 주고자 했다. 순간 이동이 가능한 마법사들이 올빼미로 편지를 주고받고, 학생들에게 벌칙으로 밤에 숲을 돌아다니게 하는 것과 심리적 일관성을 유지한다. 다시 한번 말하지만 이것은 다른 유형의 일관성이다.

또한 소프트 세계관 구축 방식은 인물 중심 서사에서 돋보인다. 스튜디오 지브리의 〈마녀 배달부 키키〉는 마녀의 세계와 마녀 세계의 우편 서비스가 어떻게 작동하는지에 대해서는 그야말로 아무것도 설명하지 않는다. 거의 모든 마을과 도시에 예지력이나 비행 능력이 있는 마법사가 살지만 세계관적 요소는 오로지 키키의 인물호를 보조하는 장치일 뿐이다. 키키가 인정받고 싶고, 그래서 열심히 일하고, 그러다 완전히 방전될 정도로 지치고, 그래서 쉬는 법을 배워야 한다는 것이 이야기의 전부다. 키키의 시련은 키키 주변의 세계관 설정과는 무관하다. 주인공의 과제와 보상 모두 세계관과는 아무 관련이 없다. 그래서 관객은 이야기 내내 주인공의 여정에만 집중할 수 있을 뿐 아니라 세계관 자체를 정당화할 필요성도 제기되지 않는다. 키키의 성격 변화 과정에 도움이 된다면 그때그때 세계의 조각들을 더해도 되고 그런 조각들이 그 자체로 말이 되는지 안 되는지는 신경 쓰지 않아도 된다. J. K. 롤링은 소프트 세계관 구축 방식의 이런 두 번째 강점을 다음과 같이 훌륭하게 정리했다.

> 등장인물은 내 것이기도 하지만 그에 못지않게 독자의 것이기도 합니다. 각 인물은 책을 읽는 독자 한 명 한 명의 머릿속에서 독자적인 삶을 얻죠. 때로는 독자가 상상한 등장인물의 내면세계가 내가 그 인물에게 부여한 내면세계와 다를 수도 있습니다. 그러나 우리가 각자 머릿속에서 자신만의 등장인물을 만들어낼 수 있다는 점이 책이 주는 즐거움이니까요.[37]

이것은 하드 세계관 구축과 소프트 세계관 구축 모두에 해당하는 말이지만, 하드 세계관 구축에서는 작가가 세계가 어떤 모습인지를 일일이 정해서 독자에게 알려준다면 소프트 세계관 구축에서는 독자가 세계 설정에 참여하도록 유도한다. 즉 독자가 이야기를 읽거나 관객이 이야기를 감상하는 행위가 곧 상상 활동이 된다. 그런 상상 활동은 즐겁고 참여적이다. 이를테면 지난 수십 년 동안 협력 과제 테이블 게임(보드 게임, 카드 게임, 주사위 게임, 미니어처 워게임, 타일 기반 게임과 같이 보통 탁자나 기타 평평한 표면 위에 즐기는 게임)은 공동 세계관 구축 방식을 적용해서 플레이어들에게 참여형 경험을 제공했다.

세계관 구축의 목적은 독자에게 세계를 이해시키는 것이 아니다. 세부사항도 중요하지만 독자의 몰입을 이끌어내는 것도 그만큼, 또는 그보다 더 중요하며, 그런 몰입을 돕는 분위기와 어조를 만들어내기 위해 세계관을 구축하는 것이다. 그런 분위기와 어조 조성은 하드 세계관 구축 방식으로도 가능하지만 소프트 세계관 구축 방식과는 다른 식으로 접근하며, 따라서 결과물도 다를 수밖에 없다. 마찬가지로 소프트 세계관 구축 방식으로도 그림다크 판타지 세계를 만들어낼 수 있다. 그러나 그렇게 만들어진 세계는 식량과 식수가 얼마나 조금 남았는지에 관한 세세한 정보에서 비롯된 암울함보다는 러브크래프트의 소설에서처럼 등장인물을 압도하는 미지의 힘에서 비롯된 암울함이 지배하는 세계일 것이다. 게임 〈다크 소울〉이 그런 예다.

핵심은 이것이다. 하드 세계관 구축 방식을 채택한 이야기는 그 속성상 복합적이고 다층적인 세계를 만들어내는 반면, 소프트 세계관 구축 방식은 논리적 근거에 대한 요구가 적으므로 이야기 세계에서 강조하고 싶은 부분을 선택할 수 있다.

아마도 이것 때문에 최근에 J. K. 롤링의 '해명'이 불충분했을 것이다. 지금까지 살펴본 이야기 중에서도《해리 포터》시리즈만큼 세계관이 기괴하고 일관되지 않은 이야기도 드물다. 그러나《해리 포터》시리즈의 마법 세계는 사실적인 세부사항과 정교하고 일관된 법칙을 통해 독자를 몰입시키려는 의도로 창조된 세계가 아니다. 이를테면 마법 주문도 책마다 그때그때 이야기에 맞게 소개된다.《해리 포터》시리즈의 세계는 아기자기한 분위기와 새로운 가능성으로 독자를 끌어들이며 괴짜에 가까운 등장인물을 보여주려고 만든 세계이자 그 세계와 그런 인물들이 잘 어우러지도록 만든 세계다. 이 모든 것은 유쾌한 분위기를 자아내며, 후속편으로 갈수록 그런 유쾌한 분위기가 사라지면서 점점 어두운 이야기로 변한다. 그러나 롤링은 이따금 자신이 창조한 소프트 세계관을 합리적으로 설명하려고 애썼고, 그런 설명은 늘 핵심에서 벗어난 것처럼 보인다. 결코 추구하지 말았어야 하는 자의적인 결론들처럼 느껴질 뿐이다. 오히려 그 세계의 마법적 분위기를 만들어낸 주문을 깨고 독자들이 마음껏 상상하면서 참여한 세계를 무너뜨린다.

톨킨과 조던이 판타지와 SF 장르에서 하드 세계관 구축 방식의 기초를 닦은 뒤로 최근 20-30년 동안 조지 R. R. 마틴과 브랜던 샌더슨이 그 계보를 이으며 하드 세계관이 큰 인기를 얻었다. 그러나 그렇다고 해서 작가가 창조한 모든 것, 특히 이야기의 설정이나 보상과 무관한 요소들에까지 논리적 근거를 제시해야 한다고 생각하지는 말자. 때로는 기이하고 기묘하고, 심지어 터무니없는 것들도 존재하며, 그런 것들이 독자를 위한 '더 근본적인 것들'에 해당할 때는 이야기의 장점이 될 수도 있다. 분위기, 비전, 경험을 먼저 정하고 만들어내는 것이 효과적일 수도 있다.

그렇다고 해서 일관성이 부족하고 모순된 세계관을 구축해야 한다는 말이 아니다. 작가의 세계가 작가에게 보이는 것과 똑같은 모습으로 독자에게도 보이도록 할 방법은 어디에도 없다. 시험 삼아 소프트 세계관 구축을 시도하고 싶다면 작가 자신이 들려주고 싶은 중심 이야기를 골라서 독자가 그 세계를 이해하는 데 꼭 필요한 세계관적 요소가 무엇인지 파악하라. 그런 다음에 '더 근본적인 것들'이 무엇인지 고민하면서 그 요소들을 중심으로 세계를 확장하라. 작가가 이야기를 통해 전달하려는 정서적 논리에 어울리는 기묘하고 이상한 이미지는 일단 모두 활용해보라.

　아무도 모르는 일 아닌가.

　그게 마음에 쏙 들지도.

1. Brandon Sanderson, Dan Wells, Howard Taylor, Rob Wells "Fight Scenes"(podcast, 1 March 2009); Writing Excuses, writingexcuses.com.

2. Fonda Lee "Blow-by-blow: 5 tips on Writing Action and Fight Scenes"(7 October 2015) Writer's Digest, www.writersdigest.com

3. James Scott Bell Elements of Fiction Writing — Conflict and Suspense(Writer's Digest Books, United States, 2012).

4. James Scott Bell Elements of Fiction Writing — Conflict and Suspense(Writer's Digest Books, United States, 2012).

5. September C Fawkes "8 Common Pacing Problems"(September C Fawkes: Write better with an editor); www.septembercfawkes.com.

6. K. M. Weiland, Creating Character Arcs: The Masterful Author's Guide to Uniting Story Structure, Plot, and Character Development(PenForASword Publishing, United States, 2016) at 26.

7. John Truby, The Anatomy of Story: 22 Steps to Becoming a Master Storyteller(FABER & FABER, United States, 2008).

8. Patrick Rothfuss, "Power Creep"(JoJo Cruise 2017, San Diego).

9. Brandon Sanderson, Amal El-Mohtar, Mary Robinette Kowal, Maurice Broaddus, "Backstories"(podcast, 13 May 2018); Writing Excuses, writingexcuses.com.

10. Brandon Sanderson, Amal El-Mohtar, Mary Robinette Kowal, Maurice Broaddus, "Backstories"(podcast, 13 May 2018); writingexcuses.com.

11. The Dynamics and Logics of Civil War, Lars-Erik Cederman, Manuel Vogt, 2017, Journal of Conflict Resolution.

12. Institutions as the fundamental cause of long-run growth, Acemoglu, Johnson, Robinson, 2004, National Bureau of Economic Research.

13. Sebastian Schutte, "Violence and Civilian Loyalties: Evidence from Afghanistan" (2017), Journal of Conflict Resolution, DOI: 10.1177/0022002715626249.

14. Kocher, Matthew Adam, Thomas B. Pepinsky, Stathis N. Kalyvas, "Aerial Bombing and Counterinsurgency in the Vietnam War" (2011), American Journal of Political Science 55 (2).

15. Brandon Sanderson, Mary Robinette Kowal, Mary Anne Mohanraj, Wesley Chu, "Description Through the Third Person Lens" (podcast, 12 February 2017); writingexcuses.com.

16. Kristen Kieffer, "How to define your character's unique voice" (21 February 2018); www.well-storied.com.

17. Christopher Ryan, Sex at Dawn: How We Mate, Why We Stray, and What it Means for Modern Relationships (Harper Perennial, 2012), at 149-150.

18. Rosemary Sgroi, "Monopolies in Elizabethan Parliaments" The History of Parliament; https://historyofparliamentonline.org/.

19. Interview with GRR Martin, Author of A Song of Ice and Fire (Rolling Stone, 23 April 2014) transcript provided by Mikal Gilmore.

20. Dr Peter Drummond, "An analysis of toponyms and toponymic patterns in eight parishes of the upper Kelvin basin" (M.A (Hons), M.Sc PhD thesis, University of Glasgow, 2014).

21. Gregory McNarmee, Grand Canyon Place Names (2nd ed., Bower House, United States 2004) at 7.

22. Ben Tarnoff, "The new status symbol: it's not what you spend—it's how hard you work" The Guardian (United States, 24 April 2017).

23. Pang-Ti Ho, "Aspects of Social Mobility in China, 1368-1911" (1959) 1 CSSH 330.

24. Danny Dorling, "Class Segregation" in Considering Class: Theory, Culture, and the Media in the 21st Century (Brill, United States, 2017) chapter 15.

25. Dr. Abraham V. Thomas, "Is There a Caste System in India?" (1984) 2 Bridgewater Review Article 7.

26. Laura McClure, Spoken Like a Woman: Speech and Gender in Athenian

Drama(Princeton University Press, United States, 2009).

27. Letter from Martin Luther King Jr. Letter from Birmingham Jail regarding the civil rights movement(16 April 1963).

28. David T. Gleeson, The Green and the Gray: The Irish in the Confederate States of America(University of North Carolina Press, United Stated, 2016).

29. Dr Abraham V. Thomas, "Is There a Caste System in India?"(1984) 2 Bridgewater Review Article 7.

30. Melvin Kranzburg and Michael T. Hannan, "History of the organisation of work"(Britannica); www.britannica.com/.

31. Manali S. Deshpande, "History of the Indian Caste System and its Impact on India Today"(Phd, California Polytechnic State University, 2010).

32. Pang-Ti Ho, "Aspects of Social Mobility in China, 1368-1911"(1959) 1 CSSH 330.

33. Abraham V. Thomas, "Is There a Caste System in India?"(1984) 2 Bridgewater Review Article 7.

34. Gerald Jordan, Comptes Rendus on 'A Class Society at War: England 1914-18'(York University Press, United Kingdom, 2010).

35. Interview with Hayao Miyazaki, creator of Spirit Away(December 2001) transcript provided by Tom Mes of Midnight Eye.

36. Nancy Kress, "Ten Authors on the 'Hard' vs. 'Soft' Science Fiction Debate"(20 Feb 2017); www.tor.com.

37. J. K. Rowling, "Why Dumbledore went to the hilltop"(27 October 2015); www.twitlonger.com.

작가를 위한
세계관 구축법

구동 편
종족, 계급, 전투

초판 1쇄   2022년 6월 20일

지은이 티머시 힉슨
옮긴이 방진이

펴낸이 김한청
기획편집 원경은 김지연 차언조 양희우 유자영 김병수
마케팅 최지애 현승원
디자인 이성아 박다애
운영 최원준 설채린

펴낸곳 도서출판 다른
출판등록 2004년 9월 2일 제2013-000194호
주소 서울시 마포구 양화로 64 서교제일빌딩 902호
전화 02-3143-6478   팩스 02-3143-6479   이메일 khc15968@hanmail.net
블로그 blog.naver.com/darun_pub   인스타그램 @darunpublishers

ISBN 979-11-5633-469-9 04800
        979-11-5633-467-5 (SET)